아 멜 리 가
연애를 하지 않는
이   유

마 수 주 의 보

2

아멜리가 연애를 하지 않는 이유 2

초판 1쇄 발행 | 2015년 4월 10일

지은이 ⓒ 온푸나무 2015
일러스트 ⓒ 팀 그레이존 2015

교정교열 | 김혜랑
교정 | 유민, 박미정
디자인 | 팀 그레이존
편집 | 나비노블
표지편집 | 서유미

펴낸이 | 김혜랑
펴낸곳 | 메르헨 미디어
등록일자 | 2012년 6월 27일
등록번호 | 제 2012-000141 호
ISBN 979-11-86170-21-2 04810
ISBN 978-89-98328-62-7 (세트)

※ 이 도서의 국립중앙도서관 출판예정도서목록(CIP)은 서지정보유통지원시스템 홈페이지(http://seoji.nl.go.kr)와 국가자료공동목록시스템 (http://www.nl.go.kr/kolisnet)에서 이용하실 수 있습니다. (CIP제어번호 : CIP2015004375)

nabinovel@nabinovel.net
http://nabinovel.net

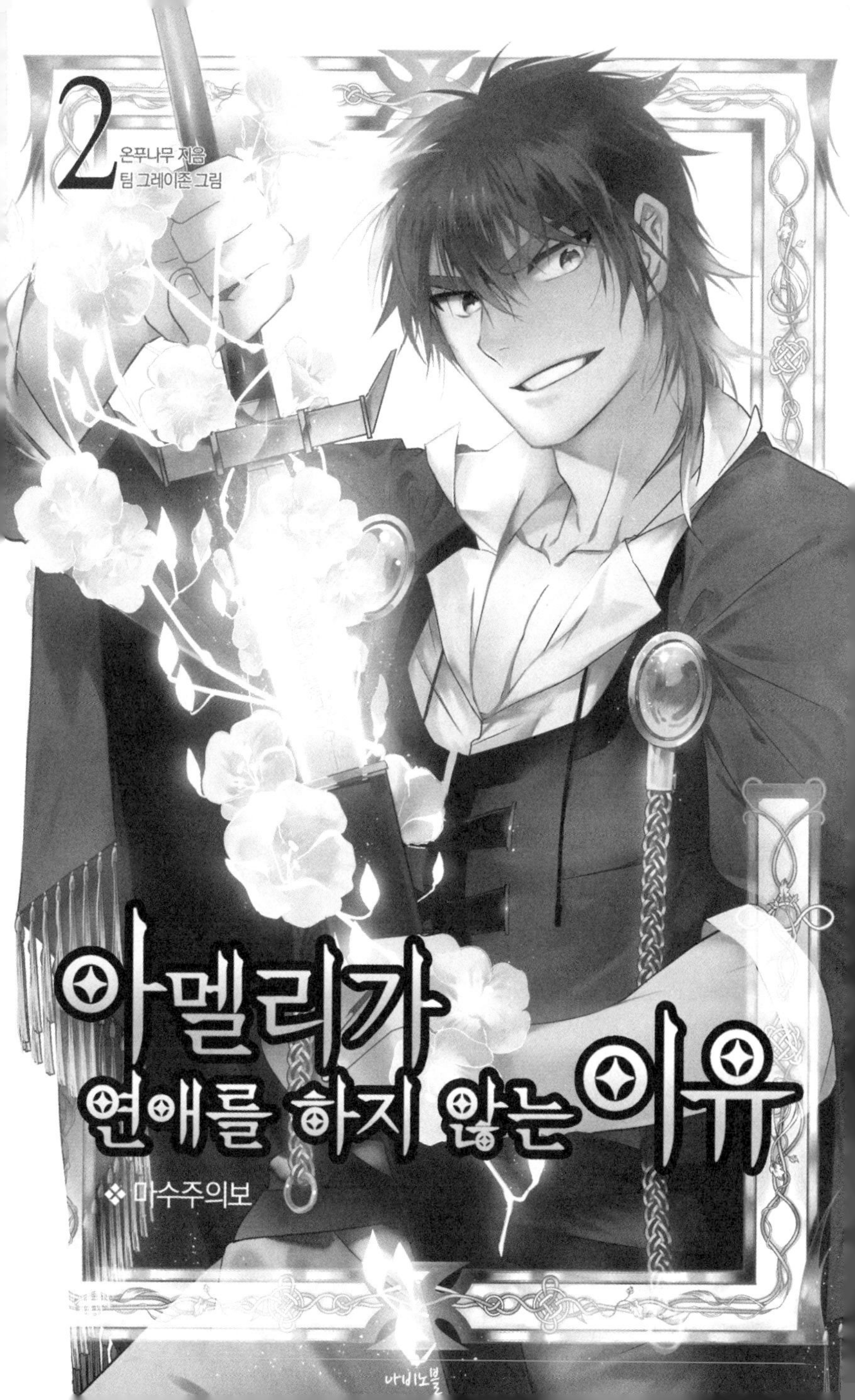

2
온푸나무 지음
팀 그레이존 그림
아멜리가 연애를 하지 않는 이유
❖ 마수주의보
나비노블

아멜리가 연애를 하지 않는 이유

목 차

러브 스릴러의 시작

10
히스톤의 사정

　단조롭지만 격조 높은 인테리어의 서재에는 고루한 책 냄새와 건조한 공기가 떠돌았다. 그 적막한 공간에 앉아 있는 것은 오직 백색의 제복을 입고 있는 흑발의 남자 한 사람뿐이었다. 그는 두 눈을 감은 채 책상 앞에 앉아 있어 얼핏 선잠에 든 것처럼 보였다.

　하지만 얼마 지나지 않아 그의 눈꺼풀이 올라갔다. 느슨한 졸음기 따윈 찾아볼 수 없는 날카로운 시선이 책상 위에 펼쳐진 두 장의 지도를 응시했다. 한 장은 낡고 빛이 바랬으며 다른 한 장은 조금 손을 탄 흔적을 제외하고는 거의 새것이나 다름없었다. 하지만 지도가 나타내고 있는 지역은 동일했다. 램피 대륙의 남동부. 과거에는 「라트샤」라는 고왕국의 영토였으나 현재에는 「파샤」라고 불리는 지역이었다.

　– 라트샤가 언제적 나라인지 아셔요?

폰티나에서 들었던 아멜리의 목소리가 생생하게 귓가에 스쳐 갔다.

― 라트샤는 언제 멸망했나요?

평민이 역사에 무지하다는 것은 별로 특이한 일도 아니건만 그녀의 질문에는 어딘가 묘한 구석이 있었다. 어째서인가. 칸은 좀 더 오래된 기억을 떠올렸다. 아멜리와의 첫 만남 때였다.

― 제 이름은 아멜리여요. 발번 마을에 살고 있고요.

발번이라는 지명은 파샤 지도상에서 찾을 수 없었다. 어쩌면 지나친 오지라든가, 인구가 적어 정보가 누락됐을 가능성도 있다. 정밀하지 못한 시중 지도에서는 종종 그런 일이 일어난다. 이것 역시 대수롭지 않게 넘길 수도 있지만…….

칸은 황동으로 만든 묵직한 레터 오프너를 집어 들었다. 고지도 위를 맴돌던 무기질적인 시선이 어느 한 지점에서 멈추었다. 레터 오프너의 날이 퍽 소리를 내며 사납게 내리꽂혔다. 얇은 종이를 뚫고 원목으로 만든 책상의 상판까지 파고 들어간 날은 어느 거대한 산맥의 한가운데 위치한 마을을 나타내는 작은 문자를 정확히 가리키고 있었다.

「발번」

칸의 침착한 눈빛에 작은 혼란이 일었다. 파샤에는 없고, 라트샤에는 존재하는 지명. 이것은 과연 무슨 뜻인가. 소용돌이치는 상념 속에서 터무니없는 가설 하나가 의식 표면으로 튀어 올랐다.

설마.

칸은 고개를 가로저었다. 마법사라 하더라도 어려울 일을 평범한 시골 처녀에 불과한 그녀가 할 수 있을 리 없었다.

그럼에도 한 번 들기 시작한 의심은 쉬이 사라지지 않았다. 기억을 거슬러 올라갈수록 의혹은 점점 짙어져만 갔다.

첫 만남 때 그녀가 입고 있던 옷은 몹시 남루하고 더러워 크게 눈여겨볼 것이 못 되었으나, 돌이켜 떠올려 보면 파샤의 전형적인 의복과는 다른 형태였다. 게다가 패트리샤나 도로시에게 곧잘 상식적인 수준의 질문들을 던지곤 했다. 파샤의 수도가 어디냐, 이런 디자인의 옷은 다른 지방에선 흔한 것이냐, 체처럼 생긴 구멍 뚫린 국자는 어디에 쓰는 것이냐 등. 당시에 패트리샤 일행 모두는 아멜리가 물정 모르는 시골 사람이기 때문에 그런 질문을 한다고 여겼지만 이 부분에서도 의구심을 가지자면 얼마든지 가능했다.

칸은 레터 오프너를 책상에 꽂힌 채로 두고 책상 서랍에서 서신 한 통을 꺼냈다. 이미 겉봉이 뜯어진 상태였다.

「친애하는 칸 렉시온 메이슨 경.

먼저 귀하께서 파샤 왕립 도서관에 보여주신 관심에 감사드립니다.

문의하신 라트샤의 「전국 호적대장」은 파샤 왕립 도서관의 사료보존 연구과에서 소장 중입니다. 다만 성석의 시대 1기부터 3기까지에 해당하는 시기의 내용은 여러 차례의 전란으로 인해 소멸해, 현재 남아 있는 자료는 그 이후인 4기부터 말기까지의 기록임을 알려 드립니다. 이와 같은 사항에 불편함이 없으시다면 렉시온 경께서 청탁하신 대로, 라트샤의 소읍 「발번」에 거주하던 여성 「아멜리」와 동시기의 남성 「빌슨」에 관한 탐색 작업을 착수하도록 하겠습니다.

전체 기록의 일부라고는 하나 그 양이 방대합니다. 작업은 다소 오래 걸릴 수 있습니다. 이 점 양해 부탁드리며, 위와 같은 사항을 모두 숙지하신 이후에도 여전히 문의에 대한 답변을 희망하신다면 회신해주십시오.

파샤왕립도서관장 로버트 페인 말보로」

칸이 가볍게 관자놀이를 짓눌렀다. 사흘간 미뤄온 문제에 이제는 결단을 내리고 싶었다. 망상 같은 생각에 시간과 노력을 낭비하는 것은 정말로 자신답지 않았지만, 아멜리에 관한 것이라면 그게 무엇이든 증명해보고 싶은 충동을 떨쳐버릴 수 없었다. 이것은 「변화」였다. 이성보다 감정이 중요해지고 원칙보다 충동이 우선이 되어가는 변화.

마치 인간에서 짐승으로 변해가는 것 같군.

칸의 입꼬리가 시니컬하게 꿈틀거렸다. 스스로의 변화가 달갑지 않았다. 불쾌하고 혼란스러웠다. 그러나 이상하게도 저항할 의지는 생기지 않았다. 사랑이 사람을 바꿔놓는다고들 하지 않나. 이 변화도 아마 그런 것이겠지. 칸은 대수롭지 않게 짐작했다. 사실 별로 확신은 없었지만.

칸의 손이 깃 펜을 낚아챘다.

「친애하는 로버트 페인 말보로 관장

답변을 희망합니다.

가능한 한 조속히 결과를 보내주신다면 감사하겠습니다.

로열 나이트 칸 렉시온 메이슨」

짧막한 답신이 고급스러운 미색의 편지봉투 속으로 미끄러져 들어갔다. 곧 붉은 씰링왁스가 녹아 뚝 떨어져 내린 위로 메이슨 가의 인장이 찍혔다. 왁스가 응고되는 동안 칸은 책상에 놓여 있던 작은 종을 흔들었다. 서재 문밖에서 대기 중이던 사환이 냉큼 서재에 들어섰다.

"왕립 도서관장."

단 한 마디로도 충분했다. 사환은 은쟁반에 서찰을 담아 부리나케 사라졌다.

다시 홀로 남은 칸은 의자 등받이에 몸을 깊숙이 묻었다. 하지만 몸도, 마음도 편해지지 않았다. 긴장의 근원이 여전히 곁에 남아 있기 때문이었다. 시시때때로 그의 신경을 곤두세우고 갉아 없애는 그것은, 바로 아멜리의 체향이었다. 바다를 건너 다른 대륙으로 이동한 인간의 체취를 느끼다니. 이건 아무리 특출난 후각으로도 불가능한 일이었다. 이쯤 되면 아무리 아둔해도 눈치챌 수밖에 없는 것이다.

진짜 향기가 아니겠지, 이건.

아멜리가 히스톤에 있을 때부터 은연중 깨달아가고 있던 것이었다. 이렇게 인상적인 향기임에도 타인이 언급하는 것은 들어본 적 없다. 패트리샤 공주 앞에서 직접 언급해본 적도 있었지만 공주는 무슨 소리냐는 식의 떨떠름한 반응만 보이지 않았던가. 게다가 더욱 묘한 사실은 아멜리의 체취가 맡아지는 것보다는 「느껴지는」 것에 가깝다는 점이었다. 향기를 통해 아멜리의 위치를 알아낼 때도 냄새를 쫓아간다기보다는 일종의 육감을 따라 움직이는 것이었다.

과연 이 향기의 정체는 무엇일까? 신경계의 교란을 일으키는 독향이 환후(幻嗅)를 유발하는 것인가. 아멜리에 대한 집착을 끊어내지 못하는 까닭도 독향이 가진 중독성 때문일까?

여러 의문과 가설들이 어수선하게 떠올랐다 사라졌다. 그러나 칸은 오래 고민하지 않았다.

어차피 진짜 향기든 가짜 향기든, 중독성이 있든 없든 전혀 상관없기 때문이었다. 향기가 아멜리의 존재를 증명하는 이상, 중요한 것은 「향기가 느껴진다」는 사실 그 자체였다. 게다가 머릿속은 이미 다른 상념이 온통 차지한 상태였다.

왜 그리 멍청했던가.

칸은 부서진 문짝과 텅 빈 집을 발견한 그 순간을 회상할 때마다 전신의 피가 썰물처럼 빠져나가는 듯했다. 냉정함을 잃은 상태에서 내렸던 옳지 못한 판단이 낳은 최악의 결과였다. 그는 아멜리의 향기를 느낄 때마다 자신의 과오를 통렬히 자책할 수밖에 없었다.

어리석었다. 후회한다. 그녀를 그런 집에 가둬서는 안 되는 것이었는데.

좀 더,

확실한 장소에 가둬놓아야 했다.

칸이 거칠게 책상을 내리치며 자리에서 일어났다.

터질 듯한 속을 어찌할 수가 없었다. 보물보다 귀하디귀한 것을 충동적으로 얄팍한 판잣집에 내버려두고 말았으니 이런 부주의함으로 누굴 탓하란 말인가. 곱씹으면 곱씹을수록 자기 혐오감에 숨이 막혀왔다.

칸은 신선한 공기를 찾아 커튼을 걷고 창문을 열었다. 순식간에 음침한 실내에 강렬한 빛이 쏟아져 들어왔다. 칸은 절로 눈살을 찌푸렸다.

창밖은 한창 물오른 봄이었다. 정원사의 정성 어린 손길이 닿은 정원수들과 봄꽃이 만개한 화단 그리고 깨끗하게 펼쳐진 푸른 하늘이 한 폭의 그림처럼 아름답게 어우러지고 있었다. 페르마 온실 정원을 보고 기뻐하던 아멜리에게 보여주고 싶은 풍경이었다. 하지만 지금쯤은 다른 남자와 이국의 봄을 한창 즐기고 있을 테니 파샤의 봄은 안중에도 없으리라.

칸의 눈빛이 서늘하게 가라앉았다. 이윽고 서재는 다시 희미한 램프 빛에 의존하는 밀실로 돌아왔다. 그는 어둠에 아직 적응되지 않은 눈으로 서재의 한구석을 쏘아 보았다. 비단 천으로 가려진 벽면에 초상화 하나가 걸려 있는 장소였다.

똑같군. 아멜리나 「그 여자」나.

젊고 순진한 여인이란 본디 그런 것인 모양이다. 너무 쉽게 유혹당해버린다. 너무 쉽게 흔들리고, 너무 쉽게 마음을 바꾼다.

환멸감으로 그의 눈썹이 일그러졌다. 칸은 그것을 가리려는 듯이 커다란 손으로 눈가를 덮었다. 이제 산만한 것들은 보이지 않았다. 오로지 빈틈없는 어둠 속에서 생각만을 거듭할 뿐이었다.

하지만 나쁜 것은 아멜리가 아니라 자신의 태도였을지도 모른다. 부서지기 쉬운 유리잔이나 변색되기 쉬운 은식기에는 특별한 관리가 필요하지 않은가. 마찬가지로 그런 속성을 가진 인간에겐 걸맞은 취급 방법이 존재하리라.

어찌 되었든 후회만 하며 앉아있을 순 없는 노릇이었다. 실수로부터 무언가를 배우지 않으면, 경험을 통해 강해지지 않으면 무사라 할 수 없다. 우선은, 되찾아 온다. 그 뒤에는? 이런 일이 또 벌어지지 않도록 무언가를 하지 않으면.

다시는 한눈팔지 못하도록, 혹은 감히 타인이 넘볼 수 없도록. 그러려면⋯⋯.

똑똑.

조심스러운 노크 소리가 회오리치며 깊게 가라앉아가던 상념을 방해했다.

"출타하실 시간입니다."

문 너머에서 집사가 말했다. 칸은 손을 거뒀다. 어느새 번민과 고뇌는 흔적도 없이 사라졌다. 남아 있는 표정은 단 하나. 항상 그에게 승리를 안겨주었던 부동심이었다.

❧

알현실의 창은 커서 오후의 볕이 잘 들어왔다. 이네즈는 그 따스한 기운을 만끽하며 찻잔을 들었다. 마주 앉은 사람은 그녀와 비슷한 나잇대의 중년 남자였다. 새치 섞인 금발에 넓적한 띠 모양의 관을 얹고 있다. 왕관에 박힌 보석에 반사된 빛이 다소 눈이 부셨다. 그래도 영 못 참을 정도는 아니었기에 이네즈는 좋은 기분을 유지한 채로 입을 뗐다.

"마곳 경과 테일러 경으로부터 연락이 왔다 들었습니다."

"그러네, 이네즈."

"패트리샤 공주님의 설득이 효과가 있었나 보군요. 하지만 가렛 경, 로즈 경, 폰즈 경은 아직도 연락 두절이라고 하던데 정말인가요?"

"유감스럽게도. 가렛 경에게는 곧 스콧 경을 파견할 계획이다."

국왕이 은제 3단 트레이에 놓인 쿠키를 집으며 말했다. 이네즈의 뇌리에 루크 스콧 가렛의 얼굴이 스쳤다. 성정이야 유별나지만 기사로서의 충성심은 의심의 여지가 없었다. 다만 국왕은 가렛가의 복잡한 가정사를 간과하고 있는 듯했다.

"물과 기름을 섞으시려면 비누가 필요하지 않을까요?"

국왕은 금세 그녀의 말뜻을 알아차렸다.

"음. 눅스 경을 동행시키겠다."

제롬 눅스 뒤아멜. 서글서글하지만 얕잡아 볼 수 없는 미소를 가진 청년. 정치판에서는 대놓고 야망을 드러내는 부류보다는 그처럼 처세에 능한 이들이 질긴 생명력을 보이는 법이었다. 그 증거로 벌써 국왕이 신뢰를 보이고 있지 않은가.

"짐은 모쪼록 올여름이 지나기 전까지 이 건이 마무리되길 바라고 있네."

국왕의 입안에서 쿠키 부스러기 한 조각이 튀어나와 턱수염에 붙었다. 어린 왕자였던 시절부터 음식을 입에 넣고 말하는 습관을 고치라고 귀에 딱지가 앉도록 들어왔는데도 여전한 걸 보라. 역시 보통 고집은 아니다.

이네즈는 부채로 스스로의 턱을 가리켰다. 국왕이 대수롭지 않게 턱수염을 툭툭 털자 그의 손가락에 붙어 있던 부스러기들마저 수염으로 옮겨갔다. 결국 이네즈는 포기했다. 어차피 그녀에게도 중요한 문제는 아니었다.

"나머지 두 오랜 친구들은 아예 소재지 불명이라니 어찌해야 찾아낼 수 있겠는가. 참모인 자네가 좋은 의견 좀 내보게."

이네즈는 로즈 경과 폰즈 경을 마지막으로 목격했던 때를 떠올렸다. 한 사람은 처형당한 아우의 몸을 끌어안은 채 울부짖고 있었고 또 한 사람은 현 국왕이 살아 있는 한 히스톤에 두 번 다시 돌아오지 않겠다며 왕성을 향해 저주를 퍼부었다. 후자의 남자는 바로 얼마 전까지 왕실모독죄로 수배가 걸려 있었으니 찾아내기란 더욱 쉽지 않을 것이었다.

"폐하의 올바른 길잡이가 되는 것은 언제나 큰 기쁨이자 영광입니다만."

"다만?"

"말씀드리기에 앞서, 충의에서 비롯된 제 지나친 솔직함에 대해 미리 용서를 구하고 싶어지는군요."

"잠깐. 이거 전에 한 번 거론했던 실효성 문제인가?"

"다행히 기억하고 계시네요."

"피차 비슷한 연배인데 나만 늙어가는 인간인 것처럼 얘기하지 말게."

오히려 그 반대지. 이네즈는 속으로 대꾸했다.

"다시 듣긴 싫으신가요?"

"아니. 말해보게."

"23년 전 젤원 황군을 거의 섬멸할 뻔했던 아홉 명의 영웅들이 백성들에겐 믿음을, 병사들에겐 사기를 불어넣어 줄 수 있으리라는 점엔 여전히 수긍합니다. 다만 아홉 명 전원이 개전에 동의하지 않는 사태가 벌어질 경우 일어날 역효과는 여전히 우려가 됩니다."

"전원이 동의하지 않으리라 확신하는군?"

"가능성을 점치는 것뿐입니다."

왕이 의뭉스럽게 웃었다.

"짐 때문인가?"

좀 더 설득적이 되어보라는 신호였다. 이네즈는 약간 목소리를 낮췄다.

"저는 트라우마란 것에 대해 말하고 있는 거예요, 폐하. 물론 히스톤에서는 벌써 옛일이죠. 휴전 이후 히스톤은 산적한 과제들로 인해 한가하게 과거에 사로잡혀 있을 틈은 없었으니까요. 그러나 아홉 영웅들은요, 폐하?"

"……."

"깊은 산 속 은둔자 혹은 세상을 등진 야인으로 지내온 그들에게도 과거가 단순히 과거일까요? 아니면 현재진행형인 악몽일까요. 로즈 경과 폰즈 경의 불충했던 끝을 돌이켜 보세요. 답이 보이지 않나요?"

국왕은 이렇다 할 반응을 보이는 대신 쿠키를 우적우적 씹었다. 열성적으로 트레이를 비워가는 모습을 보아하니 또 시간 절약을 위해 끼니를 다과로 때우려는 것 같았다. 이네즈는 살짝 콧잔등을 찡그리며 좀 더 힘주어 말했다.

"혹여 젤윈전에 대한 경험을 지닌 자를 원하시는 거라면 마곳 경과 테일러 경만으로도 충분하지 않을까요."

"내관에게 쿠키 당도를 좀 낮추라 일러야겠군. 너무 달아."

국왕은 입가를 닦은 냅킨을 테이블에 툭 내던졌다.

"얘기 잘 들었네. 어쨌든 자넨 본질적인 목적을 모르니 그런 걱정을 할 수밖에 없겠지."

본질적인 목적이라고? 이네즈의 눈빛에 의아함이 어렸다.

"아홉 영웅 건은 검은 마법사들의 요구였다."

"……놀랍게도 금시초문이로군요."

반어적인 표현이었다.

국왕은 그녀에게 국정 전반에 관해서는 서슴없이 의논을 해오면서도 검은 마법사들과 관련된 부분에서만큼은 말을 아껴왔다. 이네즈는 그 점을 불안하게 여겼지만 그녀를 비롯한 최측근들 모두 국왕의 역정을 살 것이 두려워 눈치만 살피는 실정이었다.

"패트리샤 공주님은 알고 있나요?"

"모른다."

하긴 공주도 검은 마법사들을 달갑게 여기지 않는다. 귀띔을 들었다면 진작 티를 냈으리라. 이네즈는 말없이 부채 끝을 검지로 톡톡 두드리다가 물었다.

"그들은 무슨 까닭에 그런 요구를 한 거지요?"

"괴물을 제거하기 위해서."

"이해가 되지 않네요. 괴물을 제거하는 데 아홉 영웅이 무슨 쓰임이 있답니까?"

"짐도 모른다."

"폐하."

"심각해질 필요 없네. 짐의 눈이 옹이구멍은 아니잖나."

"물론 폐하께서야 더없이 영명하신 군주이십니다……만. 마법사들이란 마음 먹으면 죽은 사람도 살리고 다 늙어빠진 노파도 회춘을 시키는 자들이 아닙니까. 그들이 작정을 한다면 옹이구멍 눈이 아니라 돋보기를 열 개씩 달고 있어도 속을 수밖에 없을 걸요."

국왕은 침음하다가 불쑥 엉뚱한 소리를 꺼냈다.

"이네즈. 이 시대의 이름이 무엇이지?"

그녀는 어리둥절한 눈빛으로 되물었다.

"아직 정해지지 않았잖아요? 신탁이 내려오지 않았으니까요."

"그렇지. 우리 시대엔 아직 이름이 없어. 성석의 시대가 막을 내린 지 120여 년이나 지났는데도 말이지. 무슨 까닭일까. 자네는 짐작할 수 있겠는가?"

"저 같은 일개 인간이 어찌요. 신들이나 신녀들만이 알겠지요."

"짐은 신녀가 아니나 알 것 같네.

그는 찻잎 찌꺼기가 말라붙어가는 빈 찻잔의 밑바닥을 내려다보며 말했다.

"구시대의 잔재가 순리를 거스르며 이 땅에 남아 있기 때문이야. 그리하여 신들이 아직 현시대를 인정하지 않는 걸세."

"……."

"말로 설명하면 바보처럼 들릴지 모르겠군. 그러나 오래전부터 짐에게는 그런 기묘한 확신이 있었다네. 이번만큼은 대업이 이루어지리란 확신이 말일세. 자, 이네즈. 우리가 전쟁을 준비해온 20년간 무슨 일들이 벌어졌는가를 돌이켜보게. 자멸 중인 젤원, 불세출의 무사 렉시온 경, 그리고 「그 남자」의 등장. 신의 가호가 아니라고는 믿기 힘든

기적의 연속이 아니었나. 잘 짜 맞춘 연극 무대처럼, 완벽하게 맞물리는 톱니바퀴처럼 이 흐름은 멈출 수 없어. 이쯤 되면 젤윈의 멸망은 짐의 소망이자 파샤의 숙업에 그치는 것이 아니라 동시에 구생신(九生神)의 의지인 거지. 짐은 알 수 있네. 이 전쟁, 신들은 우리 편에 서 있어."

국왕의 목소리는 확신에 차 있었다. 하지만 이네즈는 도리어 냉소적이 되었다. 자아도취적인 운명론이라니. 누가 왕 아니랄까 봐 거창하기도 하다. 물론 그녀가 비웃음을 겉으로 드러내는 일은 없었다.

그렇게 회의를 마치고 알현실을 나온 이네즈는 깊은 생각에 잠겼다.

마법사들이 내 눈이 닿지 않는 곳에서 착실하게 왕을 구워삶고 있나 보군. 더 이상 가만히 둬선 안 되겠어. 하지만 아직 그들을 견제할 마땅한 세력이 없단 말이지. 누굴 내세워야 할까? 코스토바? 이미 적이 너무 많아. 친정인 핀델은 힘이 부족하고……. 코스토바와 핀델을 묶으면 외척이 나선다고 다른 세력들이 가만있지 않겠지. 흠. 선더랜드를 부추겨볼까? 유서 깊은 무가인 만큼 우직한 성격들인데다 마법사들을 상대할 때 두려움도 없을 테니 가장 적격일지도.

"부인."

느닷없이 들려온 낮은 음성에 이네즈의 발걸음이 멈췄다. 맞은편에서 걸어오고 있는 장신의 청년은 매우 낯이 익었다.

"렉시온 경."

칸이 충분히 근접한 위치에 이르자 이네즈가 장갑 낀 손을 내밀었다. 칸이 그 손을 닿을 듯 말 듯하게 잡고 예를 표했다.

"용안보다 뵙기 어려운 예비사위님과 이런 데서 우연히 마주치는군요."

"송구합니다."

"경이 중책을 맡아 공사다망하다는 것은 알고 있지만 조금 느긋해지는 편이 좋을 거예요. 젊음만 믿고 몸을 혹사해오다가 나이 들어 고생하는 친구들이 내 주변에 제법 있습니다."

"예."

"참. 솔린느의 아틀리에에 새로운 작품이 많이 늘었답니다. 조만간 작은 개인전을 열어주려고 해요. 과년한 처녀가 붓만 붙들고 지내는 모습이 개인적으론 썩 보기 좋은 모습은 아니라 생각하지만, 주위의 친절한 분들께서 제 딸아이에게 특별한 소질이 있다고 거듭 말씀해주시니까요. 그래도 솔린느는 본인의 실력이 미덥지 않은지 자꾸만 쓸데없는 걱정을 하네요. 혹시 전시회 전에 렉시온 경이 그림에 대한 평을 해줄 수 있다면 그 애에게 큰 도움이 될 텐데요."

"근시일 내 들리도록 하겠습니다."

"우연한 마주침에 더해 이심전심이니 참 행복한 날이로군요. 그럼 봄꽃이 지기 전에 재회하길 고대하고 있겠습니다."

"살펴 가십시오."

예의 바른 인사를 교환한 두 사람은 무심히 서로를 지나쳤다. 정적 속에서 고압적이면서 건조한 군홧발 소리와 다소 신경질적으로 또각거리는 하이힐 소리만이 울리다가, 군화 소리가 먼저 사라졌다. 칸의 신형이 알현실 안으로 사라진 것을 확인한 이네즈는 아랫입술을 지그시 깨물었다.

코스토바와 메이슨의 약혼에 대한 농담들이 사교계에 퍼지고 있다는 사실을 알게 된 건 얼마 전의 일이었다.

칸과 솔린느의 약혼이 10년을 채우면 성대한 불꽃놀이 축제를 열자는 둥, 혼인 선물로는 새치 염색약이 좋겠다는 둥 모욕적이지 않은 언사가 없었지만 가장 최악은 게일 선더랜드와 솔린느 코스토바 중에 누가 먼저 기혼자가 될지를 두고 진행 중인 내기였다.

평민 여자와 야반도주한 구제불능 망나니 난봉꾼과 양갓집 규수로서 곱게 자라온 딸이 함께 호사가들 입에 오르내리고 있다는 소식에 이네즈는 거의 몸져누울 뻔했다.

이런 비극적인 상황에서 메이슨가는 칸의 업무 일정상 올해 안에 혼례를 올리는 것은 힘들 것 같다는 「통보」를 해왔다. 매년 그랬듯이 말이다. 순두부처럼 물러터진 남편은 "할 수 없지."라는 단 한 마디로 순응해버렸고, 중매를 섰던 국왕은 예비 사위의 편의를 봐주라는 속 편한 소리만 하고 있다. 당사자인 딸마저 별다른 반응 없이 물감 냄새 풀풀 나는 창고에 틀어박혀 두문불출하는 상태이다 보니, 어찌 된 영문인지 안달복달하고 있는 것은 이네즈 한 사람밖에 없었다.

"내가 대체 전생에 무슨 죄를 지었기에!"

이네즈가 홧김에 쥐고 있던 부채를 바닥에 패대기쳤다. 그 거친 소리가 때마침 회랑 모퉁이 너머를 지나가고 있던 시녀의 발길을 끌어들였다.

"어머나! 부채가!"

바닥에 떨어진 비단 부채를 보고 호들갑을 떠는 시녀는 이네즈의 딸보다도 한참 어려 보이는 앳된 용모였다.

"부챗살이 부러진 거 같은데 어쩌면 왕실 소속의 장인들이 고칠 수 있을 거예요. 이대로 버리긴 아깝잖아요? 이렇게 근사한 부챈데, 분명히 부인께서도 아끼시는 것일 텐데요. 허락만 해주신다면 제가 지금 당장 달려가 수리를 요청할게요.”

이네즈는 시녀의 커다란 눈망울을 지그시 바라보았다. 멍청하고 대책 없이 낙관적인 눈빛이 그녀를 둘러싼 무능한 주변인들과 닮아 보였다. 순간적으로 가슴 속의 울화가 들끓었다. 이네즈는 흥분하지 않으려 애쓰며 오른쪽 장갑을 벗었다. 철썩! 시녀가 악 소리를 지르며 뺨을 감쌌다.

“천것이 어디서 감히 먼저 귀족에게 말을 걸어온단 말이냐.”

“저, 저는 단지 부인께서 고, 곤경에 처하신 듯하여!”

말이 채 끝나기도 전에 두 번째 따귀가 인정사정없이 이어졌다. 시녀는 고통보다는 정신적인 충격 탓에 비틀거리다가 급기야 바닥에 주저앉았다.

“이름과 소속을 밝혀라. 네 행실을 궁내관에게 알려 합당한 벌을 내리도록 하겠다.”

“저, 저는…….”

“말을 똑바로 하거라. 또 손수 네 행동거지를 교정해 주어야겠느냐.”

“바이올렛. 바이올렛입니다! 지, 지금은 패트리샤 공주님 밑에서 일하고 있는 중…….”

이네즈는 무표정하게 장갑을 도로 꼈다. 그리고 아무 일 없었다는 듯이 우아한 걸음걸이로 자리를 떠났다.

시녀는 넋 놓고 주저앉아 있다가 귀부인의 녹색 드레스 자락이 자취를 감추고 나서야 주위를 둘러보았다. 알현실 앞의 근위병 두 명은 아무것도 보지 못했다는 듯이 허공만 쏘아 보고 있었지만 바이올렛은 창피함과 서러움을 걷잡을 수가 없었다.

홀로 비척거리며 시녀 기숙사로 돌아온 바이올렛을 가장 먼저 발견한 사람은 같은 방을 쓰는 선배 시녀 매기였다.

"세상에! 너 어떻게 된 거니? 뺨에 이 손자국 좀 봐. 대체 어디서 이런 지독한 꼴을 당했어?"

"매기 언니……."

바이올렛은 끝내 참고 있던 울음을 터뜨렸다. 잠시 후, 자초지종을 모두 전해 들은 매기는 크게 한숨부터 쉬었다. 그녀는 차가운 물수건으로 바이올렛의 뺨을 식혀주며 달래듯이 말했다.

"하필 코스토바 부인과 마주쳤구나. 그분, 원래 아랫사람에게 가차없기로 유명해. 웬만해선 눈에 안 띄는 편이 좋았을 텐데."

바이올렛이 억울하다는 듯 얼굴을 일그러뜨렸다.

"전 얼굴도 한 번 뵌 적 없는 분이었는걸요."

"하긴 네가 원래 모시던 분과 코스토바 부인과는 전혀 왕래하지 않으시니까……. 어쨌든 이미 벌어진 일 어쩌겠니. 살다 보면 이런 일도 있어. 그냥 액땜했다고 치렴."

그러나 바이올렛은 고개를 저으며 앙칼지게 말했다.

"싫어요. 왕세자 저하께 이 일을 고하겠어요."

"뭐?"

"그분은 다정하시니까 분명히 제 억울함을 알아주실 거예요."

"끔찍한 소리 마. 가뜩이나 두 분 사이가 나쁜데 심각한 분쟁이라도 생기면 어쩌려고?"

"바라는 바에요!"

매기가 이맛살을 찌푸리며 물수건으로 바이올렛의 퉁퉁 부은 뺨을 꾹 눌렀다. 바이올렛이 아야 하며 작게 비명을 질렀다.

"바보 같은 것. 작은 복수에 목숨을 걸 셈이야? 저하와 코스토바 부인 사이에 문제가 생기면 넌 그 발단이 됐다는 이유 하나만으로 경을 치를 수도 있어. 설마 폐하께서 너 같은 시녀 목숨 빼앗길 주저하시겠니?"

바이올렛은 해쓱해져 아무 말도 하지 못했다. 마음 같아선 상관없다 며 악다구니를 쓰고 싶었지만, 스스로 생각해도 매기의 말은 맞는 말이었다. 매기가 쐐기를 박듯 덧붙였다.

"왕성에선 무슨 일을 겪든 장님인 척, 벙어리인 척 조용히 넘겨야 해."

"그러다가 궁내관님께서 진짜 벌을 내리시면 어떡해요? 태형을 받게 되거나 하면, 전…… 아마 죽어버릴지도 몰라요."

겨우 진정됐던 눈물샘이 다시 터졌다. 매기가 끅끅거리는 바이올렛의 어깨를 다독거렸다.

"걱정 말렴. 내가 궁내관님과 시녀장님께 잘 말씀 드려놓을게. 그분들도 왕성에서 괜한 분란이 일어나기를 원치 않으실 테니 분명히 도와주실걸. 자, 바이올렛. 여기 누워 한숨 자렴. 깨어나면 뺨도 가라앉아 있을 거고 기분도 한결 나아질 거야."

"하지만 패트리샤 공주님의 다과실에 찻잎이 다 떨어져서 주방에 가는 길이었는데……."

"내가 대신해줄게."

"정말이에요, 매기 언니?"

"네 얼굴이 멀쩡해질 때까진 그래야지 별수 있겠니. 요즘 네가 무슨 일을 맡고 있더라?"

"공주님 식사 준비랑 목욕 준비랑 또…….."

매기는 침대에 누운 바이올렛의 숨소리가 차분해질 즈음 자리에서 일어났다. 그리고 조용히 방에서 나오다가 어느 빈 침대 앞에서 무심코 발걸음을 멈췄다. 주인의 부재로 벌써 열흘도 넘게 싸늘히 식어 있는 이부자리였다.

가만히 생각해보면 바이올렛의 봉변은 여기에서 비롯됐다. 침대 주인의 공석을 메우기 위해 왕세자의 시녀였던 바이올렛이 임시로 패트리샤 공주 밑으로 와, 익숙지 않은 구역을 돌아다니다가, 원래라면 마주칠 일 없는 귀족을 만나게 된 게 아닌가.

바이올렛은 바이올렛대로 얻어맞아 괴롭고, 매기는 매기대로 졸지에 일감이 두 배가 늘어 괴로웠다. 매기는 원망스럽게 빈 침대를 쏘아보다가 제풀에 화들짝 놀랐다.

이런. 나도 참 못됐구나. 하필 휴가 중에 전염병에 걸려버린 애 속도 말이 아닐 텐데 말이야. 격리됐다던데 치료는 제대로 받고 있는지 모르겠네. 가엾은 것.

매기는 한숨을 쉬며 방문을 닫았다. 뒤에 남겨진 빈 침대밑의 명패에는 가지런한 글씨로 이름이 적혀 있었다.

「도로시 프리먼」

11
초심자의 행운

　긴 항해가 끝나는 순간은 누구에게나 특별한 느낌을 선사하는 법이다. 하지만 오늘 맨튼에 입항한 파샤의 여객선 「오르키스」호 승객들의 감상은 다른 배 승객들의 것보다 한층 더 각별했다. 불과 수일 전만 하더라도 모종의 사건으로 오르키스 호는 망망대해 한가운데 강제로 정박해 있었고, 승객들은 꼼짝없이 굶어 죽을 판국이었던 것이다.

　그러다 천만다행으로 물과 식량이 떨어지기 전 사건이 해결됐고 오르키스 호는 항로에 복귀했다. 비록 선박회사가 공지했던 것보다 두 배에 가까운 항해 기간이 걸리고 말았지만 의외로 불평을 토로하는 승객들은 많지 않았다. 살아서 목적지에 도착할 수 있다면 그 이상 무엇을 바랄까 하는 심정들인데다, 육지가 보이기 시작하자 하선 준비를 하느라 혼이 쏙 빠져버린 까닭이었다.

"우린 짐이 많지 않아 다행이어요. 그쵸?"

아멜리가 부산스러운 갑판을 태평스레 구경하면서 옆 사람의 동조를 구했다. 그러나 대꾸가 없었다. 옆을 보니 수염 덥수룩한 붉은 머리 남자는 입을 꾹 다문 채 저 먼 어딘가를 바라보고 있었다. 넋 나간 몰골 같긴 한데 핏발 선 안구만큼은 번들번들 광기가 흘렀다.

"간밤에 좀 주무시긴 했어요?"

"전사에게 휴식이란 없다."

이게 뭔 소리야. 아멜리는 고개를 갸웃거렸으나 더는 묻지 않았다.

어차피 요 근래 그의 행동에 이상한 점은 한두 개가 아니었다. 항해 초반에는 따분해 죽겠다며 온몸을 비틀어댈 뿐이었지만 배가 바다 한가운데서 갑자기 멈췄을 때부터 증세가 심해지기 시작했다. 동문서답은 차라리 양호한 편이었다. 관계자 외 출입금지 구역인 망루에 오르거나 선원을 제압해 망원경을 뺏는 등 만행을 저질러온 것에 비한다면.

"1등실 승객부터 하선 시작합니다."

항해사의 우렁찬 외침에 삼삼오오 흩어져 있던 승객들이 출입구로 모여들었다. 북적북적 긴 행렬이 만들어지는 동안 선원들은 노약자들이 먼저 내릴 수 있도록 맨 앞줄로 인도했다. 오르키스호의 승객 대부분은 파샤인으로, 공공질서와 노약자 배려를 중시하는 사회 분위기 속에서 자라왔기에 그러한 처사에 딱히 불만을 가지지 않았다.

다만 어디에나 예외는 있는 법이었다.

"이런 게 어디 있어! 용납 못 해! 난 아까부터 기다렸다고!"

선원들을 향해 삿대질을 하는 게일을 아멜리가 황급히 말렸다.

"조용히 하셔요. 사람들이 쳐다보잖아요."

"나부터 내리게 해, 이 자식들아!"

"게일님! 진짜 창피하게 왜 이러셔요!"

"쟤들이야말로 나한테 왜 이러냐고 가서 좀 물어봐라."

"어휴……."

아멜리의 진땀 나는 노력 끝에 게일은 다소 진정을 했다. 하지만 오래지 않아 신경쇠약증에 걸린 사람처럼 신발 밑창으로 바닥을 신경질적으로 두드려대기 시작했다.

"빨리 내려라. 빨리. 빨리. 빨리. 빨리. 빨리 내리라고. 빨리. 빨리. 빨리. 빨리."

"진정하셔요. 아직 줄 선 지 5분밖에 안 지났잖아요."

"5분이나 지났어? 와, 나 진짜 미치겠네. 이 사람들 취미가 허송세월이래? 아주 그냥 배 안에서 살림을 차려라. 살림을 차려!"

게일이 앞줄 사람들 들으란 듯이 악을 쓰고 있을 때, 갑자기 배불뚝이 신사 한 명이 줄에서 튀어나와 선원들에게 큰소리를 치기 시작했다. 다른 사람들의 웅성거림을 엿들은 아멜리가 게일에게 말을 전했다.

"저 아저씨가 값비싼 금시계를 잃어버렸대요. 그래서 내리기 전에 승객들을 상대로 소지품 검사를 해야 한다고 우기고 있나 봐요."

"뭐야?"

게일은 불구대천의 원수라도 보듯 배불뚝이 신사를 향해 눈을 부라렸다. 그런데 아멜리가 게일의 소매를 잡아당겼다.

"저것 좀 보셔요. 싸움이 났네요. 누가 새치기를 한 모양이어요."

이제 게일은 그저 한 마리의 괴수가 되어 모든 것을 때려 부수고 싶은 강렬한 충동에 휩싸였다. 오매불망 그리던 육지가 바로 코앞이었다. 그럼에도 옴짝달싹할 수 없는 신세라니. 너무하다. 가혹하다. 부당하다. 도저히 못 참겠다!

"죽기 싫으면 다 꺼져!"

게일의 심지 짧은 인내심은 전소하고야 말았다. 흡사 짐승의 포효 같은 일갈이 터지자 게일의 앞줄에 있던 사람들은 거의 본능에 가깝게 허겁지겁 자리를 비켰다.

"게일님!"

만류하는 듯한 아멜리의 외침도 게일의 귀에는 들리지 않았다. 그는 붉은 기를 향해 돌진하는 미친 황소처럼 오직 출구 하나만을 보며 질주할 뿐이었다. 그러자 선내 질서와 평화를 유지해야 할 의무가 있는 선원들이 무법자를 저지하러 나섰다.

"이러시면 곤란합니다, 크윽!"

선원들은 무법자의 몸통에 들이받혀 볼링 핀처럼 획획 나가떨어졌다. 승객들은 경악했다. 저것은 인간인가, 흉기인가? 이제 무법자는 앞길에 출구를 떡 하니 가로막고 있는 노인만을 남겨 놓은 상태였다. 만일 작고 연약해 보이는 저 노인이 저 무지막지한 인간에 치인다면 젤원 땅을 목전에 두고 황천객이 되고 말리라. 지켜보던 사람들이 끔찍한 미래를 예상하며 눈을 돌렸다. 그런데 별안간 게일이 외쳤다.

"할배, 숙이쇼!"

백발 성성한 머리에 잠시간 어두운 그림자가 졌다. 지켜보던 사람들의 턱이 일제히 쩍 벌어졌다.

"으하하하! 내가 일등이다!"

붉은 머리 청년은 노인의 머리를 말 그대로 타 넘어 버렸다. 그리고 희열에 찬 웃음소리를 남기며 사라져 갔다. 남겨진 자들 사이에 잠시 간 정적이 감돌다가 한 박자 늦게 노인이 풀썩 혼절했다. 그제야 여기 저기서 노성이 터져 나왔다.

"저런 미친 자를 보았나!"

"진상이잖아, 진상!"

뒤늦게 열화와 같은 비난과 질타로 휩싸인 선상에서 아멜리는 두 손에 얼굴을 묻은 채 고개를 숙였다.

'으으, 시작부터 이게 뭐람.'

그러나 부끄러움은 오직 남겨진 자의 몫인 법. 이미 배를 떠난 청년은 비린 바닷바람을 한껏 들이마시며 행복에 젖는 중이었다. 처음 경험해보는 항해도 아니었건만 유례없이 견디기 힘든 열흘이 아니었던가. 직장 때려치우고 집 나와서 자유의 꿀맛을 맛보려던 찰나 아무것도 없는 망망대해 한가운데에서 기약 없이 묶여 버렸다. 복권에 당첨되어 돈 찾으러 갔더니 은행이 무기한 휴점한 상황이나 마찬가지 아닌가.

하지만 피가 마르던 나날도 지나갔다. 고진감래, 인간 승리! 그는 벅차오르는 가슴 속 혈기를 참을 수 없어 두 손을 번쩍 들었다.

"게일 독립 만세……!"

"게일님!"

만세 삼창 중이던 그의 뒤통수에 뾰족뾰족한 목소리가 꽂혔다. 졸지에 볼링 핀과 허들이 된 사람들에게 「못난 일행」 대신 새우등이 되도록 사과를 한 뒤 도망치듯 배에서 내린 아멜리였다.

"잠깐 차례를 지키면 금방 내렸을 텐데! 어쩜 그렇게 막무가내로 새치기를! 누가 다치질 않아 망정이지 큰일 날 뻔했다고요!"

"오, 아멜리잖아? 안녕! 여기서 만나다니 우연이네."

게일이 해맑게, 혹은 정말 백치라도 된 것처럼 인사를 건네자 아멜리는 기가 막혀 말문이 막혔다.

"……아직 정신이 안 돌아오셨어요?"

"응! 점심 곧 먹어야지!"

"하아……."

아멜리는 절로 이마를 감쌌다. 시작부터 어째 상당히 불안하구나.

예상치 못한 망신살이 뻗치긴 했지만 어쨌든 지루했던 항해는 끝났다. 두 사람 앞에 놓인 것은 새로운 땅, 새로운 바람이었다. 주변 풍경은 건축물부터 사람들 옷차림, 가로수 등 하나하나 이국적인 매력을 뽐냈고, 번성한 무역항 특유의 방만한 공기가 여기저기를 떠돌았다. 엄격하고 점잖은 분위기의 파샤에 있다 온 아멜리는 마치 자신이 축제의 한가운데 있는 것처럼 느껴질 정도였다.

"파샤와는 전혀 다르네요. 여기 사람들은 모두 음유시인이나 모험가 같아요. 그렇죠, 게일니임……?"

아멜리가 뒤를 돌아보자 게일은 스쳐 지나가는 한 무리의 여자들을 홀린 듯이 쳐다보는 중이었다.

가무잡잡하게 그을린 탄력적인 피부와 노출을 두려워하지 않는 과감한 패션 역시 파샤에서는 보기 힘든 진풍경이었다. 멀어져가는 미녀 군단의 굴곡진 뒤태를 아련하게 바라보는 게일의 눈은 어느덧 글썽글썽했다.

"젤원이야. 젤원이다⋯⋯."

아멜리는 게일과 조금 떨어져 걷기로 했다.

⋘⋙

그날 저녁, 시내의 큰 식당에서 해산물 요리로 배를 채우고 있을 때였다.

"맨튼엔 2주간 머무르자."

파래빵을 자르고 있던 아멜리가 고개를 들었다.

"그렇게 오래요?"

"무슨 소리야. 「그렇게 오래요?」가 아니라 「그렇게 짧게요?」 겠지."

"어째서요?"

"여기가 어떤 곳이냐. 세계 지하 경제의 요충지 맨튼 아니냐. 암시장이면 암시장, 도박장이면 도박장, 홍등가면 홍등가. 뭐 하나 빠지는 구석이 없는 은혜로운 도시란 말이다! 씹고 뜯고 즐기고 맛보려면 솔직히 2주도 모자라!"

게일이 포크를 쥔 주먹으로 테이블을 탕탕 내리치며 열변을 토했지만 아멜리는 쌀알 한 톨만큼의 감흥도 느끼지 못했다.

　"전부 불건전하잖아요."

　불쑥 튀어나온 정론에 게일의 열띤 기세는 주춤 눌리고 말았다.

　"쳇. 낭만도 없는 녀석이야."

　"그보다 파샤엔 언제 돌아갈 수 있을까요?"

　게일의 얼굴은 한층 더 구겨졌다.

　"넌 어떻게 오자마자 돌아갈 생각부터 하냐?"

　"그래도, 고향 떠난 지 오래됐으니 궁금한 걸요. 집이 그립기도 하고……."

　"그놈이 두 눈 시퍼렇게 뜨고 있는 한 무릴 걸."

　게일은 일부러 심술궂은 소리를 하고선 새우튀김을 힘차게 씹어 먹었다. 반대로 아멜리는 시무룩해져 먹던 빵을 내려놓았다.

　"역시 전 고향에 돌아가지 못하게 된 건가요?"

　"뭘 또 풀이 죽고 그래. 평생 못 돌아갈 거라곤 안 했다."

　"그럼요?"

　"걔도 약혼녀랑 결혼해서 애 낳고 살다 보면 널 잊겠지. 한 3년만 기다려봐."

　"3년이나……. 하아, 그때까지 뭘 한담."

　"이렇게 된 거, 그냥 나랑 세상 구경이나 해."

　"게일님은 히스톤에 안 돌아가실 거여요?"

　"10년쯤 파샤엔 발가락 하나 대기 싫다."

진심인가? 아멜리는 항해 중 면도를 제대로 하지 않아 수염이 부숭부숭 난 게일의 얼굴을 빤히 쳐다보았다. 유들유들한 낯짝으로 새우튀김 한 접시를 동내는 모습에선 그 어떠한 내면적인 갈등이나 망설임 따위는 느껴지지 않았다.

"세상 구경이라면 젤원만이 아니라 전 세계를 다 돌아보실 계획이셔요?"

"당연하지. 큰 사람이 되려면 자고로 큰물에서 놀아야 하는 법이거든."

"젤원 말곤 어딜 가시려고요?"

"가고 싶은 데야 많지. 굳이 꼽으라면 램피 북부에 있는 「아타락시아」 정도일까."

"거긴 뭐가 좋은데요?"

"나도 잘 몰라. 세상에 알려진 정보가 없거든. 한 번 들어가면 살아서 나올 수 없는 장소라는 것 외엔."

"굉장히 위험한 곳이란 뜻 아니어요?"

"그러니까 좋지."

"가면 무슨 득이 있는 건데요?"

"호기심 해결."

아멜리는 황당한 나머지 말문이 막혔다. 게일이 히죽 웃으며 덧붙였다.

"겸사겸사 내가 아타락시아를 정복한 최초의 인간이 되면 더 좋지."

진심인가? 아멜리는 고개를 절레절레 흔들었다.

"저한텐 무리인 걸요."

"걱정 마라. 안 따라와도 돼."

"네?"

"내가 거기 갈 때쯤이면 어차피 넌 고향으로 돌아갔을걸."

"……."

"지금은 램피에 왔으니까 젤원부터 돌아야지. 이것만 해도 1년은 족히 걸린다. 두근두근 기대되지 않아?"

두근두근 기대는커녕 묘한 섭섭함이 번지는 중이었다. 하지만 아멜리는 태연한 척하며 물었다.

"아는 게 없어서 그런지 젤원 여행이라 해도 잘 실감이 안 나요. 맨 튼 다음엔 어디로 가실 거여요?"

"발길 닿는 대로 돌아다니는 것도 꽤 낭만적이지만 목표가 있어야 여행이 루즈해지지 않겠지. 그러니까 꼭 방문해야 하는 곳을 몇 개 정해두자. 젤원은 보통 남부, 중부, 북부로 나눠. 남부에선 암석도시 「스토니스」, 중부에선 수도 「윈 델람」, 북부의 인공섬 「롬바르」가 유명하지. 이렇게 세 군데를 목표로 할래?"

"좋아요."

"녀석. 현명한 선택을 하는군."

게일이 껄껄거리다가 아멜리가 잘라 놓은 파래빵을 슬쩍 가져가 덥석 물었다. 그러나 입안에서 느껴지는 생소한 맛에 그야말로 벌레 씹은 표정이 되어버렸다.

"윽. 이거 뭐야. 퉤퉤!"

옆에서 게일이 침을 뱉고 물로 입안을 헹구는 등 부산을 떨거나 말거나, 아멜리는 머릿속으로 자신이 가진 돈을 계산해보았다. 3년까진 모르겠지만 1년 여행이라면 어찌어찌 버틸 수 있을 듯했다. 다만 게일의 상황은 어떨까. 울란 항에서부터 지금까지 씀씀이를 보면 형편이 궁한 것 같지는 않았지만 아무래도 저 「게일」이다 보니 걱정이 됐다.

"노잣돈은 충분하셔요?"

"저금했던 돈 다 싸들고 나왔어."

저금이라고? 아멜리가 고개를 갸웃거렸다. 벼락같이 야반도주를 했으니 당연히 은행에 들릴 기회는 없었다. 사전에 계획된 일이 아니었으니 미리 준비해둘 수 있을 리도 만무했다. 그런데 어떻게 게일이 저금한 돈을 찾아왔을까. 아멜리의 의문을 읽은 게일이 말했다.

"돼지저금통의 배를 땄단 말이다. 이 몸은 은행 같은 건 이용 안 해. 녹봉을 받으면 곧바로 현금화해서 저금통에 모아왔으니까."

"은행에 맡기면 이자를 준다는데 아깝게 왜요?"

"소탐대실이라 하였다. 언제라도 훌쩍 가출, 아니 독립을 할 수 있으려면 손안의 현금이 짱이야. 게다가 섣불리 은행에 맡겼다가 강제 계좌 정지라도 당하면 큰일이지."

아멜리는 한층 더 어리둥절해져 되물었다.

"강제 계좌 정지를 왜 당하는데요?"

"내 말의 요는, 돈 걱정할 필요 없단 거야. 바로 이 순간을 위해 그간 개 같이 돈을 벌어온 거니까! 이제 우리가 가진 건 시간과 젊음과 돈뿐이다. 젤원에서 코가 노래지도록 놀자꾸나! 음핫핫핫!"

호탕한 웃음에 식당 손님 중 몇몇이 그들을 향해 시선을 던졌다. 시끄러웠기 때문인지 대화 내용에 흥미를 느꼈기 때문인지는 알 수 없었지만 아멜리는 불안해졌다.

　"돈 얘기를 할 땐 목소리를 낮추셔요. 나쁜 사람들이 노리면 어째요?"

　그러나 게일은 아멜리의 충고를 들은 체도 하지 않으며 먹음직스러운 생선찜을 거덜 냈다.

　두 사람이 식사를 마치고 나왔을 때는 땅거미가 진 저녁이었다. 맨튼의 시내는 벌써 불야성을 이루고 있었다. 게일이 갈 곳이 있다며 기세 좋게 앞장섰다.

　"어디 가요?"

　"따라와 보면 알아."

　아멜리는 한참 잠자코 따라갔지만 걸으면 걸을수록 거리 풍경이 수상해져만 갔다. 단란한 가족의 모습이 자주 보였던 식당가와 달리 이 거리의 행인 중엔 남성의 비율이 압도적으로 높았다. 그리고 도저히 식당으로는 보이지 않는 요란한 조명의 가게도 많아졌다.

　설마.

　아멜리가 마침내 걸음을 멈췄다. 아멜리를 따라 게일도 걸음을 멈췄다.

　"왜 그래?"

　"설마 아니죠?"

　"뭐가?"

　"지금 가는 곳이 유난히 남자들에게 인기가 많은 그런 류의 장소는 아닌 거죠?"

"어? 응? 뭐?"

노골적인 딴청이다. 심증을 확신한 아멜리가 언성을 높였다.

"설마 게일님 진짜 절! 데리고 헐벗은! 여자들이 나오는 그런 불건전한! 읍!"

게일이 번개처럼 아멜리의 입을 틀어막았다.

"야야, 지나가는 사람들이 오해하잖아."

그는 이미지 회복을 위해 주위 행인들에게 선량한 미소를 지어 보였다. 그러나 그들이 놀라 멈춰선 이유는 웬 우락부락한 남자가 가녀린 여자를 덥석 붙잡았기 때문이었으므로 미소는 오히려 역효과를 불러 일으켰다.

"뭔 생각을 하는겨. 내가 미쳤다고 널 데리고 그런 델 가겠냐."

"그럼 어딜 가는지 왜 말씀을 안 하셔요? 이 동넨 뭐하는 동네고요?"

"좋은 경험시켜줄 테니 잔말 말고 따라오기나 해."

치안유지대에 신고할까 말까 주변에서 삼삼오오 모여 수군대고 있던 행인들의 눈이 커다래졌다. 이 남자, 역시 악당인가!

"싫어요!"

흑발의 여자가 야무지게 악당의 손을 뿌리쳤다.

"제대로 말씀 안 해주시면 안 따라갈 거여요."

"거 참 협조 안 해주네. 알겠다 알겠어."

악당은 입맛을 쩝쩝 다시며 물러났다.

행인들이 안도의 한숨을 쉬었다. 악당은 악당인데 말이 통하는 악당인가 보군.

졸지에 신고당할 뻔한 남자 게일은 여전히 주변 사정을 전혀 눈치채지 못한 채 호주머니에서 종이 뭉치를 꺼내 펼쳤다.

"이게 뭐여요?"

"맨튼의 명물 「도박사의 거리」 안내도. 아까 여관에서 얻었단다."

저녁 식사 전, 그들은 광장 근처에서 청결해 보이는 작은 여관을 찾아냈다. 여관 리셉션을 담당하고 있는 직원은 매우 친절해서, 게일이 숙박계를 쓰고 있는 동안 아멜리에게 선뜻 맨튼의 명소들에 대해 알려주었던 것이다. 그런데 게일에게 불건전한 정보까지 전해줬다는 걸 알게 되자 아멜리는 가벼운 배신감을 느꼈다.

"착해 보이는 사람이었는데 도박같이 나쁜 걸 손님한테 추천해주다니……."

"후후. 도박이 나쁜 거라고?"

"뭐여요? 그 음흉한 미소는."

아멜리가 떨떠름하게 게일에게서 한 걸음 물러섰다.

"내가 이제부터 맨튼이 은혜로운 이유를 설명해주마."

현재 대부분의 나라에서 도박은 금지되어 있다. 하지만 약 10년 전 젤원은 국가 간의 불문율을 깨며 맨튼을 비롯한 일부 남부 도시들에 한해 도박 사업을 양성화했다. 이 정책은 연간 10만 명이라는 대단위의 관광객을 불러들이는 큰 성공을 거뒀다.

덕분에 당시 거의 파탄 지경이었던 남부의 지역 경제는 되살아났고 도박 사업에서 얻는 세금으로 황실의 곳간은 전에 없이 풍족해졌다.

비록 이 정책의 폐단 때문에 국내외로 비판의 목소리가 쏟아지고 있지만, 부유한 관광객들이 뿌려대는 외화와 금괴에 맛이 들린 젤원은 오히려 외국인 관련 규제를 완화하며 도박 사업을 적극 장려하고 있는 실정이었다.

"폐단이라는 건 뭐죠?"

"크겐 고리대금업과 약이지."

"약? 약은 좋은 건데요?"

순진하게 눈을 깜박거리는 아멜리를 보며 게일이 끌끌 혀를 찼다. 하긴 깊은 산 속 옹달샘 물만 마시며 지내던 애가 뭘 알겠어.

"병 고치는 약 말고 사람을 일시적으로 기분 좋게 만들어주는 마약 말이다."

"아! 뭔지 알겠어요. 양귀비 열매나 히죽이나뭇잎 같은 거 말이군요."

"히죽이나뭇잎은 또 뭐냐."

양귀비 열매와 히죽이나뭇잎은 아멜리의 고향에서 의생들이 진통 제로 쓰던 약재였다. 하지만 그 약재들은 경우에 따라 사람을 죽음으로 몰고 갈 수 있기 때문에 약재상에서나 의원에서나 몹시 신중하게 취급을 했다. 더욱이 발번이 속한 지방에선 전혀 나지 않아 먼 지방에서 수입을 해왔기에 일반인은 쉽게 접할 수 없었다.

그런데 폐단이 될 정도라면 이 지방에서는 마약의 재료가 난다는 것일까?

아멜리가 순간적으로 떠오른 의문을 게일에게 물었다. 게일은 고개를 저었다.

"나도 자세한 건 모르겠지만 재료는 이 근방에서 나지 않을걸."

"그럼 일반 사람들이 어떻게 그걸 손에 넣죠? 설마 약재상에서 무분별하게 팔진 않을 텐데요."

"공급책은 당연히 따로 있지. 이쪽은 마스터스 리그가 꽉 잡고 있어."

"마스터스 리그?"

"세상사에 이렇게 어두워서야. 잘 들어, 아멜리. 마스터스 리그란."

잘난 척하며 설명해 주려던 게일이 순간 멈칫했다. 마스터스 리그는 젤원의 포주연합과 도둑조합과 3대양의 주요 해적이 연맹을 맺어 결성한 다국적 범죄조직으로, 국경을 넘나들며 마약 공급, 인신매매, 장물 판매 등 온갖 강력 범죄를 일으키고 다니는 집단이었다. 하지만 이걸 그대로 설명하면 가뜩이나 겁 많고 걱정 많은 아멜리의 세상 구경 의욕이 뚝 떨어지리라.

"……사람들 삥 뜯고 다니는 불량배 집단이라고나 할까."

그의 설명은 최대치로 순화된 것이었다. 그래도 아멜리는 충분히 불쾌한 기색이 되었다.

"끔찍해라."

"넌 뭐 걱정할 필요 없다. 내가 옆에 있으니까 불량배쯤이야."

게일이 거들먹거들먹 안심시키려는데, 아멜리의 목소리가 커졌다.

"젤원에는 불량배가 많나요?"

"응? 어, 뭐 조금."

"나쁘네요, 정말. 돈 뺏는 걸로도 모자라 위험한 약까지 팔다니요. 왜 여기 사람들은 그런 무서운 일이 벌어지도록 가만히 있는 거죠? 돈 버는 것도 중요하지만 사람 사는 게 우선이잖아요. 나라님에게 탄원을 드려 이런 불건전한 사업은 중단시켜야 해요. 그럼 불량배도 안 꼬일 테고, 사람들도 평화롭게 살 수 있을 거예요."

"불량배만 안 꼬이겠냐. 관광객들도 안 꼬이게 되겠지."

"그럼 안 되나요?"

"남부민 대부분이 원정 도박을 온 외국인을 상대로 장사를 하며 먹고 살아. 이제 와서 그만두면 다 같이 길바닥에 나앉게 될걸."

"……."

"날 왜 그렇게 봐? 내가 약 파냐?"

아멜리가 탐탁지 않은 눈길로 게일을 흘겨보며 말했다.

"이런 사정을 다 알면서도 도박사의 거린지 뭔지에 가고 싶으셔요?"

"어쩔 수 없어. 우리 같은 사람들이 가서 게임을 즐겨주지 않으면 맨튼의 어느 가정에선 어린애가 배를 곯을지도 모른대두?"

"그러다가 게일님이 도박 중독자가 되면 어떡해요? 나아가 나쁜 약에까지 손대게 되면……?"

즉흥적이고 충동적인 게일의 성향을 고려해보면 매우 있을 법한 일이라 아멜리는 자신이 무심코 내뱉은 말에 소름이 오싹 돋았다. 하지만 게일의 태도는 태평하기만 했다.

"괜찮아. 나 아직 한 번도 안 해봤어. 설마 하자마자 중독되겠냐."

"설마가 사람 잡는대요."

"나약한 녀석들이 도박이나 마약에 빠지는 거야. 근데 내가 나약하냐?"

게일이 이두박근을 뽐내는 포즈를 취하며 물었다. 우락부락하게 튀어나오는 근육을 보면서도 아멜리는 단호하게 고개를 저었다.

"몸의 강함과 마음의 강함은 별개의 문제라고 보는데요."

"나한텐 약보다 좋은 스트레스 해소법이 있단다. 그래서 항상 건강한 심리 상태를 유지하고 있으니 염려 하덜덜 말아라."

"그게 뭔데요?"

게일이 이번엔 불끈 쥔 오른 주먹을 들어 보였다.

"……사람 패는 거요?"

"앙."

아멜리는 머리가 지끈지끈 아파졌다. 게일과 대화가 길어지면 보통은 이렇게 된다.

"그건 둘째치고요. 도박을 안 해봤단 말부터 믿지 못하겠어요. 분명히 게일님 입으로 맨튼에 여러 번 와봤다고 말씀하셨는데 그동안 단한 번도 안 해봤다고요?"

"아이고, 맨튼에 수십 번을 왔어도 카드엔 손가락 하나 못 대봤어요. 공무 수행 중에 사행성 오락은 금지라고 옆에서 얼마나 회초리질을 해대던지."

"해본 적 없다면 재미있는지 없는지도 모르실 거 아니어요? 어째서 그렇게 하고 싶어 안달이셔요? 이해가 안 돼요."

"이해가 안 된다니. 아멜리, 이건 무척 당연한 현상이야."

"어째서요?"

"파샤에선 불법이잖아."

"그래서요?"

"하지 말라면 더 하고 싶은 게 사람 심리잖아."

게일의 표정은 하늘을 우러러 한 점 부끄러움이 없었다. 아아, 내 머리. 아멜리는 급기야 두 손으로 이마를 감싸 쥐었다.

큰일이네. 게일님은 도박장에 꼭 가고 싶으신가 봐.

맨튼에서 도박이 합법이고 불법이고를 떠나, 오늘의 게일은 심히 미덥지 않고 불안했다. 배 안에서 정서 불안처럼 굴던 여파인가? 아니면 고대하면 젤윈에 도착해 너무 기분이 들뜬 걸까? 미묘하게 흥분 상태인 게일을 보며 찜찜한 기분이 된 아멜리는 그의 주의를 다른 곳으로 돌리고 싶어졌다. 그러다 문득 여관직원에게 들었던 관광 정보 하나가 떠올랐다.

"아, 맞다! 오늘 밤 아주 재미난 인형극 공연이 있을 거랬는데. 어때요, 게일님?"

게일은 망측한 소리라도 들었다는 듯이 질겁했다.

"제정신이야?"

누가 누구한테 제정신이라는 건지. 아멜리는 어이가 없었지만 인내심을 가지려 애썼다.

"커다란 목각 인형에 실을 매달아서 움직이는 건데, 장인들이 오랜 세월에 걸쳐 만드는 인형이라 예술품이나 다름없대요. 말만 들어도 근사하지 않아요? 그러니까 도박 같은 거 말고 인형극 보러 가요. 네?"

아멜리가 채근했다. 하지만 게일은 대답할 경황이 없었다.

「밤」에 「여자」가 자신을 「꼬시는」 말인데 이렇게 아무 느낌 없을 수가 있다니!

밤과 여자의 조합은 언제나 가슴 설레는 진리였거늘 지금은 심장소리는커녕 하품이 나오기 직전이었다. 밤과 여자의 조합은 절대 진리가 아니었단 말인가 하는 새로운 깨달음에 이어, 이대로 듣고 있다간 불능이 되어버리는 게 아닐까 하는 피해망상까지 찾아왔다. 게일은 서둘러 뭐라고 또 말을 하려고 입을 떼는 아멜리를 제지했다.

"아멜리. 인형극, 보고 싶으면 봐."

"정말요?"

드디어 마음을 돌렸구나 싶어 아멜리가 반색하려는 찰나.

"난 게임하고 있을게."

갑자기 머리 위로 찬물이 쏟아진 것만 같다. 아멜리가 믿을 수 없다는 듯이 되물었다.

"저 혼자…… 가라고요?"

"응."

"농담이시죠?"

"왜 농담이라고 생각해?"

"극장에 혼자 가는 사람이 어디 있어요?"

"둘 이상이 가야 한다는 법이라도 정해졌냐. 형편 안 되면 혼자 갈 수도 있는 거지. 관람할 때 눈알 두 쌍 필요한 거 아니잖아."

"그래도 다들 가족이나 친구들하고 보러 올 텐데요. 저만 혼자면 외롭기도 하고……."

애초에 게일의 관심을 도박으로부터 떨어뜨리려고 한 제안인데 게일이 같이 가지 않으면 말짱 헛수고가 아닌가.

"어쨌든 혼자는 싫어요. 같이 가주시면 안 돼요?"

"인형이 예술품이라며? 예술은 원래 조용히 혼자 감상하는 거야. 널 위해 내가 자리를 피해 줄 테니 질릴 때까지 실컷 감상하다 와."

게일이 선심 베풀 듯이 말했다. 아멜리는 슬슬 언짢아지기 시작했다. 게일의 말투도 말투거니와 이렇게 자신이 간절히 부탁을 하고 있는데도 그놈의 게임을 절대로 포기 못 하겠다는 그의 태도가 마음에 들지 않았다. 달리 보면 그녀보다 게임을 우위에 두는 태도가 아닌가. 일반적인 친구 사이였더라도 짜증이 났을 일인데 나름대로 생사고락을 함께한 각별한 사이인 그에게 천대를 당하자 뒤통수를 맞은 듯한 느낌마저 들었다.

"진심으로, 혼자 게임하러 가실 거여요?"

"진심. 진심."

배신감을 넘어 실망감이 밀려온다.

"……알아서 하셔요."

아멜리는 게일에게서 등을 돌려 홀로 왔던 길을 거슬러 올라갔다.

"뭐야. 삐쳤냐?"

그제야 분위기 파악을 한 게일이 뒤에서 소리쳤다. 그러나 아멜리는 그의 목소리조차도 듣기 짜증 났다. 어서 빨리 멀어져야지, 하고 부지런히 발을 놀렸지만 슬프게도 다리 길이의 차이란 것 때문에 눈 깜짝할 사이에 따라 잡히고 말았다. 게일은 그녀의 주위를 파리처럼 알짱거리며 집요하게 물어왔다.

"삐쳤지?"

"……."

"어쭈. 쳐다보지도 않고."

"……."

"맞네. 맞네. 삐친 거 맞네."

"안 삐쳤어요."

"왜 삐쳤는데?"

"따라오지 마셔요."

"내가 따로 놀자고 해서 삐쳤어?"

"저리 가시라니까요."

"뭐 그런 걸로 삐치고 그러냐. 누가 여자 아니랄까 봐."

게일이 털털하게 웃으며 아멜리의 어깨를 팡팡 두드렸다. 장난식이라고는 하나 굳은살이 박인 무사의 손바닥, 그것도 사이즈는 솥뚜껑만 해 가볍게 맞아도 꽤 아프다. 아멜리가 입술을 질끈 깨물며 속으로 참을 인자를 새기고 있는데, 게일은 한술 더 떠 그녀의 머리칼을 잔뜩 흐트려 놓기까지 했다.

"야, 됐다. 됐어. 오늘은 내가 져줄게. 인형극인지 뭔지 보러 가자."

그러니까 왜 아까부터 본인이 선심 쓴다는 태도란 말인가! 아멜리는 정수리에 얹어진 게일의 손을 매몰차게 쳐냈다. 게일이 허공에 뜬 손을 머쓱하게 내리면서 물었다.

"왜 그래?"

"따라오지 마시라고요."

"같이 인형극−."

"싫어요."

예상 밖의 반응에 게일은 잠시간 눈알을 데굴데굴 굴렸다.

"마음 변했어? 그럼 극장까지 데려다 줄-."

"됐어요. 걷는데 다리 두 쌍 필요한 거 아니잖아요?"

"여자가 혼자 밤길-."

"밤길이 왜요? 스토커 피해 바다까지 건넌 마당에 제가 밤길 따위 두려워하겠어요? 천만에요. 무슨 일을 겪어도 히스톤에서 당했던 일 만큼 나쁠 리 없으니까, 그렇게 생각하면 세상천지에 무서울 게 하나 도 없답니다. 제가 절 걱정하지 않는데 게일님이 무슨 권리로 절 걱정 하셔요? 전 이제부터 낯선 도시의 유흥가를 혼자 즐거이 헤매고 다닐 계획이라 갈 길이 아주 바쁘네요. 게일님이 자꾸 따라오면 불량배들이 저한테 말 거는데 굉장히 지장이 생기겠죠? 그만 따라오셔요. 게임인 지 뭔지 하러 가보시라고요. 아시겠어요?"

이게 가란 소리야 말란 소리야?

게일이 화자의 의도를 파악하려 애쓰는 사이 아멜리는 또다시 저만 치 멀어지고 있었다. 물론 이대로 보낼 수는 없는 노릇이었다. 그는 다 시 슬그머니 아멜리의 뒤에 따라 붙었다.

"흠흠."

"……"

헛기침을 해도 쥐뿔만큼의 관심도 주지 않는 게 확실히 토라진 것 같긴 한데, 대체 뭣 때문에? 극장에 혼자 가라는 말이 그렇게 화낼 일 인가? 잔머리를 돌돌 굴리던 게일은 한순간 뇌리를 스쳐 간 깨달음에 제 손바닥을 내리쳤다.

"너. 혼자선 아무것도 못 하는 타입이지?"

뭐라? 아멜리가 우뚝 걸음을 멈췄다.

"혼자 있으면 남들이 찐따처럼 여길 거 같아 무섭냐? 그래서 혼자 밥 먹는 거 불안하고, 혼자 있음 남들이 막 쳐다보는 거 같고 그래?"

"누가……!"

"아이고, 이 아가 같은 아가씨야. 그랬으면 진작 말을 하지. 아니, 뭐 난 혼자서 뭐든지 잘하니까 네 심정을 이해는 못 하겠지만 그래도 인정은 해줄 수 있단 말이다. 사람마다 약점은 다 다른 법이니까, 암."

사람 말은 귓등으로도 안 듣는구나. 아멜리의 혈압 곡선은 누구보다 빠르게, 남들과는 빠르게 수직 상승했다.

"앞으론 혼자서 뭘 하란 말 안 할 테니 그만 화 풀어라. 함께 있어주면 되잖아. 내가."

"<u>그믄흐스요.</u>"

지옥의 밑바닥에서 기어 올라온 듯한 목소리였다. 다소 분위기 파악을 한 게일이 입을 합 다물었다. 이게 아닌가? 잠깐 동안 두 남녀는 말 없이 걷기만 했다. 침묵을 오래 못 견딘 건 역시 게일이었다.

"거참. 불만이 있으면 잔소리를 하든가, 쌍욕을 하든가. 그래야 나도 적당히 받아주고 풀어주지. 꽁해선 입만 다물면 나더러 어떡하란 말이냐."

아멜리는 게일의 말이 맞는 말이라 생각했다. 하지만 그래도 입을 열 수 없었다. 직설적으로 불만을 말하자면 "게임이 중요해요, 내가 중요해요."인데 어쩐지 입 밖에 내고 나면 상당히 자존심 상하고 창피할 것 같았다.

"화 안 났으니까 그냥 절 내버려 두셔요."

아멜리는 차라리 어딘가 조용한 곳에서 혼자 속을 삭이고 싶은 심정이었다. 그러나 야속하게도 게일은 부탁을 들어주지 않았다. 오히려 앞으로 불쑥 튀어나오더니 그녀의 앞길을 아예 가로막아 버렸다.

"느껴져?"

영문 모르고 양손을 덥석 잡혀버린 아멜리는 가히 불쾌한 기분이 됐다.

"손 치우셔요."

"느껴지냐니까. 너, 지금 손에 뭔가 찌릿찌릿 짜르르한 게 느껴지지 않아?"

"그렇게 세게 쥐고 계시니까 당연히 제 손이 저리죠."

게일이 답답하다는 듯 외쳤다.

"잘 생각해봐. 나 운 좋잖아!"

이게 웬 밑도 끝도 없는 소리야? 아멜리의 시선이 뜨악해지든 말든 게일이 계속 외쳤다.

"잘생겼지. 귀족이지. 머리 좋지. 강하지. 그 어렵다는 로열 나이트에도 한 방에 들어갔지. 말하자면 나는 사기 캐릭터란 말이다. 금수저를 물고 태어난 행운의 사나이!"

사실이라면 사실이긴 한데, 본인 입으로 말하니 참 없어 보였다.

"그런 행운의 사나이가 열흘간 배 안에 갇혀 아무것도 못 했다. 그럼 그 행운 다 어디로 갔겠어? 당연히 이 몸에 고스란히 다 쌓였겠지. 즉, 현재의 내 육체는 행운의 덩어리! 행운의 저금통! 행운의 적립카드!

그렇다고 이게 평생 쌓여 있을까? 노노. 행운이란 자고로 향기와 같다. 코를 틀어쥐도록 지독했던 향기라도 시간이 흐르면 다 날아가 버리듯 아무리 강력한 운도 언젠가는 사라져 버리지. 그래서 인생은 타이밍이라는 말이 나온 거야. 행운이 날아가기 전 바로 그때 써먹어야 하거든."

아멜리는 게일의 정성스러운 헛소리를 한 귀로 흘려들으며 무엇보다 잡힌 손을 빼내려 낑낑거렸다. 하지만 밥 먹고 근육만 열심히 키워댄 무사의 악력은 역시 녹록지 않았다.

"인형극이 보고 싶다 했지? 좋~지. 하지만 내일 본다고 큰일 나는 거 아니잖아. 하지만 난 오늘 게임을 하지 않으면 안 되거든. 어제의 운발은 오늘의 운발과 같지 않으며, 오늘의 운발은 내일과는 또 다른 법이니까. 아멜리, 혼자 있기 싫은 건 알겠다. 하지만 난 극장에 갈 수 없어. 내겐 일생일대의 기회가 기다리고 있거든. 그러니까 네가 날 따라와. 오늘만!"

"싫어요."

쾌속의 거절이었다. 게일은 순간 움찔했으나 굴하지 않았다.

"정말? 내가 억만장자가 되는 순간에 옆에 있으면 콩고물이 막 떨어질 텐데?"

"됐어요."

"에이, 그러지 말고. 네가 내 행운의 마스코튼데 이럴 때 옆에 없으면 어떡해."

"웬 행운의 마스코트? 막 갖다 붙이지 마셔요."

"네 덕분에 내가 파샤에서 탈출했으니까 행운의 마스코트 맞지 뭘."

"많이 정신이 없으신가 봐요. 거꾸로 말씀하셨어요. 게일님이 절 탈출시켜 주신 거죠."

그러자 게일의 표정이 묘하게 변했다. 달라진 분위기에 아멜리도 의아함을 느꼈다.

"아니어요?"

게일은 아멜리의 손을 놓아주었다. 그리고 혼자 멋쩍게 턱을 긁적거리다가, 마치 꺼내기 힘든 얘기를 하려는 사람처럼 입술을 달싹거렸다.

"음, 너 말이다. 내가 언제부터 집 떠날 생각을 했던 줄 알아?"

"저야 모르죠."

"열다섯 때부터야. 준기사가 막 됐을 무렵. 정말 가출도 한 번 했었어. 안타깝게도 아버지랑 둘째 형이 쫓아오는 바람에 한 달 만에 질질 도로 끌려가 버렸지만. 그 뒤로는 시도해본 적이 없었다. 치기 어린 어린애일 때나 가출이 단순한 해프닝이지, 다 큰 어른이 그런 짓을 하면 사회적 물의를 빚는 사건이잖냐. 그래서 각오가 필요했어."

"각오요?"

"하지 않은 선택에 늘 미련을 가지는 동물이 인간인데 나라고 예외겠어? 꿈꾸던 대로 집을 훌쩍 떠나더라도 살다 보면 후회하는 날이 한 번쯤은 찾아올 거라 생각했어. 떠나지 않아도 마찬가지일 테고. 그렇다면 「떠나지 말걸」과 「떠날걸」 중 어느 쪽이 더 큰 후회가 될까? 그 생각이 자꾸 내 발목을 잡더라고. 아마 나의 떠나려는 의지에 강력한 동기나 구실이 없었기 때문이었겠지. 뭐랄까, 내 가출 의지는 일상에 지친 직장인이 「외국 휴양지에서 팔자 좋게 늘어지고 싶어라~」하고 바라는 정도의 절박함에 불과했단 거다. 그러던 중에…… 네가 나타났어."

게일이 검지로 아멜리의 동그란 이마를 가볍게 눌렀다.

"정말 웃기지. 설마 어느 날 갑자기 평원 한복판에서 우연히 마주친 여자가 내 오랜 소망을 이뤄주게 되리라 예상이나 했겠냐."

"하지만 전 아무것도 한 게 없어요."

"아직도 모르겠어? 너란 존재 자체가 내가 찾아 헤매던 강력한 동기이자 구실이었다니까. 네가 칸과 더럽게 엮이지만 않았어도, 아 물론 그건 굉장히 유감이라 생각한다만, 난 히스톤을 떠나겠다는 결심을 선뜻 내리지 못했어. 그러니까, 고맙다. 아멜리. 나타나 줘서 고맙고 나와 함께 떠나줘서 고마워. 정말로 내 행운의 마스코트라고 생각해, 넌."

게일이 손가락으로 그녀의 뺨을 톡톡 치는 순간, 아멜리는 목구멍이 꽉 막혀버렸다. 꼼짝할 수 없고 입을 벙긋하기도 어려웠다. 발끝부터 명치까지 울렁울렁하면서도 간질간질한 감각이 타고 올라와 당황스럽기 짝이 없었다. 난생처음 겪어보는 묘한 감각. 아니, 히스톤에서 울란 항으로 그와 함께 달려갈 때 한 번 겪은 것도 같은…….

"자, 이제 게임하러 가자!"

와장창. 어디선가 밥상이 엎어지는 환청이 들렸다.

"가자, 제발 가자. 이러고 있는 동안에도 내 운발이 날아가고 있다니까? 행운의 마스코트여. 어서 날 따라오라. 어서어서!"

"……."

그리고 얼마 뒤, 맨튼의 치안유지대에는 가냘픈 흑발의 여성을 반쯤 질질 끌고 가는 근육질의 적발 남성을 도박사의 거리 방향에서 목격했다는 다수의 신고가 들어오게 되었다.

༄

도박사의 거리에 들어선 게일은 번듯한 도박장 건물이 늘어선 길을 휙 둘러본 뒤 「베이비캣」이라는 업장으로 입장했다. 왠지 모르게 끌린다는 게 선택의 이유였다. 도박장의 실내는 주점과 비슷한 느낌이었는데, 넓은 공간에 크고 작은 여러 개의 테이블이 놓여 있고 한쪽 구석에는 바텐더가 상주하는 바가 있었다. 벽면은 물론 테이블마다 램프가 놓여 있었지만 손님들이 뻑뻑 뿜어대는 담배 연기로 인해 시야는 다소 탁한 느낌이었다. 게일은 끼어들 수 있는 판을 물색했지만 모두 만석이라 여의치 않았다.

"이런 밤중에도 장사가 정말 잘 되는군요."

아멜리가 게임에 열중한 도박장 손님들을 신기하게 바라보며 말했다.

"맨튼이 이걸로 먹고 산다니까."

"혹시 모르니까 게일님은 돈 너무 많이 걸지 마셔요."

"걱정 마. 난 이런 쪽에 소질이 있는 것 같아."

"무슨 근거로요?"

"오늘 딴 돈으로 내일 원 없이 쇼핑이나 시켜줄 테니 사고 싶은 물건 리스트나 작성하고 있어라. 으하하!"

동문서답을 하는 게일은 아멜리에게 안심은커녕 불안감만 왕창 불어넣어 주었다. 그때 어느 게임 테이블에서 한 남자가 일어나 공석이 생겼다.

게일이 바통터치를 하듯 그 자리에 끼어들었다.

"어서 오시오."

이미 앉아 있던 세 남자가 태연하게 게일을 맞이했다. 곧 새로운 판이 시작됐다. 아멜리는 게일 옆에 의자를 끌어 놓고 앉아 카드게임을 관전했다. 룰을 잘 모르는 데다 직접 하는 것도 아니니 따분하기 짝이 없었다. 그렇지만 어쩐지 게일이 염려스러워 자리를 뜨지 않고 계속 지켜보았다.

"이겼다!"

그녀의 우려와 다르게 게일은 파죽지세로 연승을 거뒀다. 첫 번째, 두 번째 판에 이어 세 번째 판의 칩까지 싹싹 긁어가자 같이 게임을 하던 남자들의 얼굴이 점점 우거지상이 되어갔다.

"아무래도 이 테이블에선 안 되겠군."

한 남자가 포기 선언을 하며 자리에서 일어났다.

"저런. 오늘 빤스만 입고 집에 돌아갈 양반이시구먼."

게일이 능청스럽게 혼잣말했다. 그러자 옆에 있는 남자가 낄낄거리 며 맞장구를 쳤다.

"본전은 찾아야지. 그냥 집에 갔다간 여편네 등쌀에 입고 있던 빤스마저 홀랑 벗겨져 내쫓길걸."

떠나려던 남자가 도로 자리에 앉았다.

"쳇. 좋아. 이렇게 된 거 끝까지 가보자고. 다들 도중에 도망치기 없기요. 특히 거기 빨간 머리."

"두말하면 잔소리."

그들은 질리지도 않고 네 번째 판을 시작했다. 그러나 아멜리에겐 이 판이 저 판 같고, 저 판이 이 판 같을 따름이었다. 게임 구경은 질렸다. 주위는 시끄럽고 탁한 공기 때문에 어쩐지 머리도 아팠다.

"저 잠깐 바람 좀 쐬고 올게요."

게일은 카드패만 들여다보느라 듣는 둥 마는 둥이었다. 아멜리는 베이비캣 밖으로 나왔지만 아쉽게도 그곳 역시 청정지대는 아니었다. 한숨 돌리러 나온 손님들의 담배 연기를 피해 슬금슬금 자리를 옮기다 보니 그녀는 어느덧 베이비캣과 제법 떨어지게 됐다. 그래도 길거리는 환하고 북적거려 별로 무서운 느낌은 아니었다. 오히려 나온 김에 산책이나 해보자는 생각까지 들었다.

아멜리는 도박사의 거리를 쭉 따라 올라가며 거리를 구경했다. 화려한 외양을 가진 도박장 건물 외에도 길거리에는 다트 던지기나 고리 던지기 같은 놀이를 즐길 수 있는 작은 노점들이 있어 누구나 가볍게 게임을 즐길 수 있었다. 아멜리와 비슷한 또래의 여자들도 고리 던지기를 하고 있었다.

고향 친구들이 절로 떠올랐다.

안젤라, 베스, 한나, 제인……. 모두들 쾌활한 성격이었기에 이 흥겨운 거리에 온다면 무척 즐거워하리라. 하지만 현재는 친구들의 생사조차 확신할 수 없었다.

　친구들도 그렇고 우리 마을은 어떻게 됐을까. 정말 많은 시간이 흘러버린 거라면 친구들이나 촌장님네, 그리고 토미, 해리, 루니 같은 꼬맹이들은 지금쯤 존재하지 않겠구나. ……다들 행복하게 지냈었겠지? 그리고 그들의 후손들이 현재의 발번을 이루고 있을 테고 말이야. 어쩜 우리 마을도 목야처럼 큰 도시가 되진 않았을까?

　아멜리의 눈은 휘황찬란한 유흥가를 바라보고 있었지만 마음은 작고 소박한 고향을 떠올리고 있었다.

　어쩔 수 없는 현상이었다. 집, 친구, 추억 등 그녀의 전부나 다름없는 것들을 발번에 남기고 왔으니 마음 둘 곳 역시 발번밖에 없는 것이었다. 아니, 그래도 딱 한 명. 고향 친구들 못지않게 마음의 의지가 되는 사람이 곁에 있긴 하다.

　- 고맙다. 아멜리. 나타나줘서 고맙고 나와 함께 떠나줘서 고마워. 정말로 내 행운의 마스코트라고 생각해, 넌.

　갑자기 뺨이 화끈 달아올랐다. 아멜리는 얼른 얼굴을 감싸 쥐었다. 기분이 이상했다. 몸 둘 바를 모르게 부끄러운데 왜 부끄러운 건지 스스로도 정확히 이유를 알 수 없었다. 아멜리는 가볍게 뺨을 두드리며 기분 전환을 하려 애썼다.

　'내 목숨을 구해줬으면서 오히려 나한테 감사인사라니. 하여간 게일 님은 엉뚱하셔.'

그녀가 어수선한 마음을 진정시키며 베이비캣으로 돌아왔을 때 게일은 여전히 같은 테이블에 앉아 있었다. 그런데 함께 게임을 하던 이들은 온데간데없고, 홀로 남은 게일의 모습은 어딘가 이상했다.

"게일님? 왜 혼자 머리를 쥐어뜯고 계셔요?"

"아멜리……."

부스스 고개를 든 게일을 보고 아멜리는 깜짝 놀랄 수밖에 없었다. 조금 전 베이비캣을 나올 때만 해도 활력에 넘치던 그의 안색이 잠깐 사이 엉망이 되어 있던 것이었다. 얼마나 머리를 쥐어뜯었으면 까치집이 되어있고 건조한 눈에는 핏발이 섰다.

"무슨 일 있었어요?"

게일이 깊은 한숨과 함께 까슬한 얼굴을 한 번 쓸었다.

"개털 됐다."

간단한 설명이었으나 아멜리는 알아들을 수 없었다.

"개털이 무슨 뜻이어요?"

"개털이란 건 말이지."

잠깐 말을 끊은 게일이 어깨를 들썩이며 낮게 웃기 시작했다. 그러나 결코 유쾌하게 들리지는 않는, 신경질적인 발작과 같은 웃음이었다. 이윽고 그가 웃음을 뚝 그치더니 한 마디 한 마디 말을 씹어먹듯 내뱉었다.

"가진 돈을, 몽땅, 다, 잃었다는, 뜻, 이다!"

게임 테이블이 거칠게 뒤집혀 바닥에 떨어졌다. 아멜리를 비롯해 베이비캣 실내는 한순간 정적에 휩싸였다.

그러나 곧이어 풍채 좋은 경호원들이 등장하면서 모든 것은 정상화됐다. 아멜리와 게일을 제외하고는.

　'이게 웬 망신이람.'

　아멜리는 민폐를 끼친 탓에 강제 퇴장당했다는 것이 부끄러워 견딜 수 없었다. 하지만 정작 소동을 일으킨 장본인은 다른 이유로 한참 동안이나 흥분 상태였다.

　"세 판을 내리 이겼는데 그 뒤 다섯 판을 내리 졌어. 이게 말이 돼? 사기다. 누군가의 농간이 틀림없어. 내가 볼 때 걔넨 타짜야. 사기도박단! 아오. 내 밑천이 똑 떨어지지만 않았어도 아주 혼꾸멍을 내줬을 텐데!"

　분노의 불똥은 아멜리에게로도 튀었다.

　"넌 내 옆에 붙어 있으라니까 어딜 갔다 왔어? 아까 네 돈만 있었어도 그놈들을 이렇게 허무하게 놓치진 않았을 거다. 허구한 날 껌딱지처럼 붙어있던 애가 꼭 중요한 순간에만 사라져요. 아으, 이 원통함을 어찌할꼬! 한 판. 딱 한 판만 더 할 수 있다면……."

　게일이 미친 사람처럼 중얼대다 갑자기 환한 표정으로 아멜리의 어깨를 덥석 붙들었다.

　"그렇지! 아직 희망은 있어. 그놈들 아직 멀리 못 갔을걸! 내가 잡아올게!"

　"……."

　"반드시 잡아올 테니까 넌 그동안 돈을 칩으로 바꿔놔. 가진 돈 아끼지 말고 싹싹 긁어서! 흐흐흐. 그놈들 속옷 바람 되기 전까지 내가 놔주나 봐라. 건방지게 감히 누구의 돈을 먹고 튀…… 악! 내 귀! 야, 이거

놔! 안 놔? 아야야."

게일의 입에서는 귀를 잡힌 채 질질 끌려가는 동안 연신 비명과 애걸이 터져 나왔다. 그러나 도박사의 거리에서 이것은 세끼 밥상보다도 흔한 풍경이었으므로 주변 사람들은 게일에게 놀라울 만큼 관심을 주지 않았다.

꽃무늬

게일이 날린 건 단순히 큰돈이 아니었다.

"전 재산을 날렸다고요?"

아멜리의 다리가 휘청거렸다. 듣기만 해도 심장이 벌렁거리고 손이 덜덜 떨리는 얘기인데 하물며 현실이라고 곧이곧대로 믿을 순 없었다.

"농담이시죠?"

"나도 그랬으면 좋겠다만."

곧 죽을 사람처럼 창백해진 아멜리와 달리 정작 당사자는 다소 침울한 기색은 있었지만 대체로 태연한 기색이었다.

"뭐 할 수 없지. 이미 벌어진 일."

인형 뽑기에서 꽝이 나오더라도 지금의 게일보다는 더 낙담하는 모습을 보이리라. 아멜리는 비틀비틀 침대에 걸터앉았다.

"믿을 수 없어……. 내가 꿈을 꾸는 중인가?"

"진정해. 진정."

꿈이라고 치고, 저 얄미울 정도로 천연덕스러운 남자의 수염을 한껏 당겨보면 안 될까. 아멜리는 슬그머니 찾아온 사악한 충동을 억누르며 톡 쏘아붙였다.

"제가 진정하게 생겼어요?"

"돈 잃은 건 난데 네가 왜 흥분해?"

물론 돈은 게일의 돈이고 유흥에 탐진하는 것도 게일의 자유였다. 하지만 빈털터리가 된 동행인이 당장 누구에게 기대올 것인가. 그렇게 따지면 당연히 그녀도 이 문제에 상관이 있는 데다, 이해관계를 떠나 억울함도 있었다.

"히스톤에 있을 때 매일 저한테 와서 일하기 싫다고 징징거리셨잖아요."

"뭐냐. 갑자기 그 얘긴 왜 해."

"좋은 소리도 한두 번이라는데 전들 게일님 투정이 듣기 좋았겠냐고요. 그래도 친구 장래를 생각해 열심히 들어주고 달래주고 또 응원도 해줬는데, 그렇게 꾸역꾸역 힘들게 번 돈을 고작 노름으로 다 날리셨단 거잖아요. 이게 대체 뭐여요. 허무해. 억울해. 이럴 줄 알았으면 게일님에게 시간 낭비하지 않았을 거여요. 제 시간과 노력 돌려줘요!"

"나도 잃으려고 잃은 게 아니란 말이다! 허무하고 억울하긴 마찬가지야!"

잘한 것도 없으면서 목청은 크다. 아멜리는 관자놀이를 꾹꾹 누르며 마음속으로 참을 인자를 새겼다.

"좋아요. 그럼 제가 이해할 수 있게 설명 좀 해보셔요. 정확히 무슨 일이 벌어진 거여요?"

"무슨 일이 벌어졌냐고 묻는다면, 그냥 게임을 했고 졌다고 밖엔……"

"누가 옆에서 전 재산을 걸라고 바람이라도 넣던가요? 아님 그 사람들이 게일님 멱살 잡고 협박이라도 했어요?"

"자꾸 이길락 말락 감질나게 져버리잖아."

"그래서요?"

"한 판만 더, 한 판만 더 하다가 그만."

게일이 아련한 눈길로 쩝쩝 입맛을 다셨다.

"그 뭐시냐. 인생이나 게임이나 「한방」이란 게 있잖아? 그래서 한꺼번에 만회할 수 있을 줄 알았지. 나도 참 귀신에 홀린 기분이다. 살다 보니 별일이 다 있어. 그치?"

그녀는 너무 황당하고 기가 막혀 머릿속이 하얗게 비어가는 것만 같았다. 전 재산을 날린 일을 고작 「별일」이라는 한 마디로 넘기려고 하는 이 남자의 뇌 내 구조는 어떻게 생겨먹은 걸까?

"게일님 정말로 스물여섯 맞아요?"

"맞는데. 왜 또 뜬금없이."

"그렇담 애가 둘 셋 딸려도 이상하지 않을 나인데, 어째서 사리 분별력은 다섯 살배기여요?"

"내가 독신주의라서 그런가?"

"지금 저랑 만담하셔요?"

용암이 솟구치는 활화산 같은 분노 앞에서 히히거리던 게일이 즉각 쭈그러들었다.

"아니……."

"세상에는 말이죠. 평생 먹을 걱정, 입을 걱정 안 하고 사는 귀족만 있는 게 아니에요. 어떤 사람들은 자식 입에 풀칠이라도 해주려고 아침부터 밤까지 쉴 새 없이 노동만 하며 평생을 살아요. 약만 있으면 씻을 듯이 나을 병인데 단지 돈이 없어 결국 죽고 마는 사람들도 있고요. 저만 해도 굶어 죽지 않기를 바라며 겨울을 난 적이 한두 번이 아닌 걸요. 그래서 돈이란 게 귀중한 거여요. 허투루 써선 안 되는 물건이고요. 아시겠어요?"

게일은 침통한 표정으로 고개를 푹 떨어뜨렸다.

언뜻 자신의 죄를 깨닫고 뉘우치는 모습 같기도 해 아멜리의 마음이 약간 누그러졌다.

'내가 너무 심했나? 하긴 누가 뭐라 해도 돈 잃은 건 게일님이니까 태도야 어쨌든 속이 많이 상하셨겠지.'

하지만 게일의 본심은 아멜리의 예상과 전혀 딴판이었다.

'아아, 겨우 히스톤 잔소리쟁이들을 피해 떠났더니 설마 아멜리가 잔소리쟁이로 변할 줄이야. 혹시 내 관상이 문젠가? 딱 마주치면 갑자기 막 잔소리하고 바가지 긁고 뭐 그런 욕구가 막 솟구치게 생겨 먹은 건가, 나는?'

물론 그의 속을 알 리 없는 아멜리는 한결 온화해진 태도로 말을 이었다.

"게일님이 노름에 쓰지 않는다고 해서 그 돈이 꼭 가난한 사람들에게 도움되는 건 아니지요. 그런 의미에서 내 돈 내가 쓰겠다는데 웬 간섭이냐 하고 불만스러우실지도 몰라요. 하지만 제가 굳이 이런 말씀드리는 건, 그래도 게일님이 남의 아픔에 공감은 해줄 수 있는 사람이라고 생각하기 때문이어요. 아무리 돈이 많아도, 그 돈 쓸 자유가 있다고 해도 「돈」의 가치를 좀 더 아시길 바라요. 흥청망청 먹고 즐기는 데 쓸 수 있는 것만이 아니라 누군가의 목숨을 구해줄 수 있고, 가난한 삶을 행복하게 만들어줄 수 있는 도구로서의 가치를요."

"나도 잃으려고 잃은 건 아닌데."

게일이 작게 툴툴거렸다.

"······제 말 진지하게 안 들으셨어요?"

"듣고 있다니까. 요는 내가 돈을 우습게 아는 똥멍청이란 거 아니냐. 솔직히 별로 새삼스러운 가르침도 아닌······ 악! 귀 잡지 마! 성감대다!"

도저히 갱생의 여지가 보이지 않았다. 아멜리는 친구로서, 그리고 이제는 경제적 주도권을 쥔 여행 동반자로서 이 사태를 방관할 수 없었다. 그렇게 시작된 건전한 노동과 소비의 가치, 성인으로서의 책임감에 대한 설교는 동녘이 희붐해지도록 이어졌다. 그동안 게일은 지옥의 밑바닥에서 고문을 당하는 심정이었다. 졸려 미칠 것만 같은데 잠이 들려 할 때마다 악마의 부드러운 손길이 가차 없이 흔들어 깨우니 말 그대로 진짜 고문이었던 것이다.

"넌 잠도 없냐······."

"게일님이 사태의 심각성을 전혀 깨닫지 못하는 거 같아 걱정이 돼서 그래요. 선더랜드가를 나왔으니 이젠 부잣집 도련님 신분도 아니시란 말이어요. 옛날 같은 경제관념으론 험한 세상을 헤쳐나갈 수 없어요."

"아냐. 난 깨달은 거 같아."

"뭘 깨달으셨는데요?"

"돈은 소중하다. 낭비하지 말자. 됐지? 나 잔다."

"돈의 소중함을 깨달았으면 전 재산을 날린 이때 잠이 올 리 없을 텐데……."

뜨끔.

"돈을 벌면 말이어요. 우선 7할은 저축을 해둬야 해요. 큰돈을 번들 모으기만 하면 무슨 소용이냐고 생각하실지도 모르겠지만, 더 큰 그림을 보는 거죠. 한순간의 쾌락을 위해 오늘 번 돈 오늘 쓰자는 식으로 낭비했다가 덜컥 병에라도 걸리면 그땐 어쩌실 거여요. 몸이 아파 수입도 끊기고 모아놓은 돈도 없고. 혹은 본인이 아니라 가족이나 친구가 아플 때……. 잠깐만요. 지금 어딜 올라가시는 거여요?"

아멜리가 은근슬쩍 침대로 옮겨가려던 게일을 가로막았다.

"도로 앉아주셔요."

"너 진짜 왜 그러냐. 좀 자자. 자게 해줘!"

"지금 게일님은 쿨쿨 주무실 때가 아니란 말이어요! 알거지가 됐다고요. 알거지!"

"알거지는 자면 안 돼? 잘 권리도 없나?"

"정신 못 차린 알거지한텐 없어요!"

이것은 말하는 벽이요, 얌전한 아가씨의 얼굴을 한 폭군이다. 마음 같아선 창밖으로 냅다 던져 버려 이 방에 평화를 되찾아오고 싶었지만 차마 인두겁을 쓴 자로서 무력한 여자에게 손댈 수는 없는 노릇이었다. 이러지도 저러지도 못한 채 내적 갈등을 심화해가던 게일에게 드디어 한계가 왔다.

"이젠 됐다."

"네?"

게일이 아멜리에게 손을 뻗쳤다. 설마 설마 하던 아멜리는 그의 손이 자신에게 닿기 직전 반사적으로 눈을 질끈 감으며 목을 움츠렸다. 하지만 고통은 없고 대신 몸이 기우뚱 넘어졌다. 게일의 손에 떠밀려 침대로 쓰러진 아멜리는 당황해 그를 올려다보았다. 뭐지? 싸우자는 건가?

"입 다물고, 그냥 자."

"예? 자라뇨. 무슨 말을……."

게일은 이미 아멜리의 말을 듣고 있지 않았다. 그는 눈을 감은 채 더없이 평화로운 표정이 되어 침대 위로 몸을 날렸다. 귀찮게 종알대는 훼방꾼을 제압하면서 숙면도 취할 수 있는 일거양득의 해결 방법을 찾아낸 것이었다. 하지만 아멜리의 안색은 새파랗게 질렸다. 게일의 신장과 몸무게는 장난으로라도 웃어넘길 수 없는 것이었다. 압사까진 모르겠지만 적어도 어딘가 갈비뼈 하나는 부러지리라.

도, 도망쳐야!

아멜리가 화급히 침대에서 빠져나오려고 벌떡 몸을 일으켰다. 그런데 그렇게 무릎을 세우자마자, 누구도 예상치 못했던 충돌이 발생하고 말았다.

"끄어어……."

게일이 짐승처럼 몸을 웅크렸다. 그의 어깨가 격하게 떨리는 것을 보며 아멜리는 한 박자 늦게 무슨 일이 벌어졌는가를 깨달았다. 무릎으로 느낀 생소한 감촉의 정체가 무엇인지 알 것 같자 반사적으로 온몸에 소름이 쭉쭉 끼쳤다.

그때 게일이 웅크린 채 헛구역질을 했다.

"우욱."

그 소리에 아멜리는 간신히 정신을 부여잡았다. 게일의 상태는 많이 심각해 보였다. 하긴 남성의 중앙을 괜히 「급소」라고 부르겠는가. 까닥하면 생명을 위협할 수 있는 장소인 것이다. 사태의 심각성을 깨닫고 나자 아멜리는 눈앞의 고자, 아니 고자가 될지도 모르는 남자에 대한 걱정에 발을 동동 굴렀다.

"어쩜 좋아. 많이 아프셔요? 못 움직이시겠어요? 저, 전 그냥 일어나려던 것뿐인데."

그러나 당한 사람은 그 말을 믿지 않았다. 게일이 간신히 고개를 들었다. 핏기 가신 얼굴에 식은땀이 흥건했다.

"너."

"네! 네! 게일님, 뭐가 필요하셔요?"

"나한테…… 무슨 원한이 있었냐."

"네?"

"말해. 왜 날 죽이려 하는지."

"아, 아니어요. 그런 게……. 아아, 정말 죄송해요!"

"누구 사주냐. 패트리샤 공주? 도로시? 아님 설마…… 울 엄마?"

바깥에서 사생아를 만들어오면 멱을 따버리겠다던 모친의 고상한 미소를 떠올려 보면 상당히 그럴싸한 추측이었다. 아멜리는 식은땀을 흘리며 헛소리를 하는 게일을 보며 사태의 심각성을 더욱 강하게 실감했다. 그는 고통으로 제정신이 아닌 모양이었다. 혹시 터진 건 아닐까? 자신이 선더랜드가 삼남의 씨를 말려버린 것인가? 만일 그렇다면 평생을 사죄해도 갚을 길이 없는 죄였다. 아멜리는 울 것 같은 얼굴이 되어 연신 사과했다.

"정말 정말 죄송해요. 그, 그렇지! 의생을 불러오겠어요."

"누가 고자킥 당했다고 의생을 불러…… 으윽!"

악을 쓰던 게일이 아직 가시지 않은 아픔에 다시 침대 위에 머리를 박았다.

"그, 그럼 어떡해요. 뭐라도 처치를 해야죠. 피, 피가 나는 건 아니죠? 여관 주방에 부탁해 얼음 가져올 테니 대고 계실래요? 그러면 좀 나을까요?"

"이 시간에 주방 문을 열었겠냐."

때는 늦은 밤. 리셉션 직원 정도를 제외하면 여관 직원들은 모두 퇴근했을 시각이었다.

"긴급한 상황이라고 하면 열어주지 않을까요?"

"무슨 긴급 상황이라고 설명할 건데? 오밤중에 남자 가랑이 사이가 부풀었다고? 거참 하나도 안 쪽팔리고 하나도 안 망신스럽네! 아, 좋다 좋아!"

안절부절 눈알을 굴리던 아멜리가 딴에는 꾀를 내었다.

"게일님 혼자서 그런 게 아니라…… 제가 그렇게 만든 거라고 확실하게 말해두면 남들이 오해하지 않을……."

"뭔 소릴하는 거야, 얘가!"

"그러니까 제가 이렇게 무릎으로 꽉! 찍어버렸다고……."

게일은 이제 낭심이 아니라 복장이 터질 것만 같았다.

"이 시간에 여자랑 밀실에 있다가 고자킥을 당했다고 소문나면 내가 이 여관에, 아니 스토니스에 잘도 계속 머물 수 있겠다. 신고나 안 당하면 다행이지. 아으. 내가 진짜 제 명에 못 산다. 젤원에 온 뒤로 망신살이 아주 동서남북 무지갯빛으로 뻗치고 있단 말이다!"

"죄송해요."

아멜리는 기어들어가는 목소리로 사과했다. 게일은 분통이 터진다는 듯이 매트리스에 이마를 박다가, 이를 북북 갈다가, 막판에는 머리를 이불에 묻은 채로 음습하게 중얼거렸다.

"패트리샤 공주랑 도로시가 널 망친 거야. 쿠울……."

쿠울? 죄인 모드에 들어가 있던 아멜리가 고개를 들었다. 거기엔 고통을 극복하기 위해 고개를 침대에 처박고 가랑이 사이를 부여잡은 다소 아름답지 못한 모습을 한 게일이 있었다. 그리고 소리가 들려왔다.

드르렁 드르렁. 푸우우우우.

믿을 수 없게도, 코 고는 소리였다. 아멜리는 황당하기 짝이 없었지만 한편으로는 크게 안도했다. 하체에 심각한 이상이 생겼다면 저렇게 쿨쿨 잘 수 있을 리 없을 것 아닌가. 멀쩡한 총각의 인생을 말아먹을 뻔한 순간에서 벗어나자 마음에 관대함이 흘러넘쳤다.

'많이 고단했나봐, 게일 님. 안쓰럽기도 하지.'

아멜리는 게일에게 살며시 이불을 덮어준 뒤 발소리를 죽여 방을 빠져나왔다.

⚜

정오에 가까워졌을 때 아멜리는 게일의 방을 다시 찾아갔다. 간밤의 후유증 탓인지 그는 아직도 꿈속을 헤매는 중이었다. 태평하게 잠든 얼굴을 보고 있노라니 걱정이 태산처럼 닥쳤다. 앞으로 가야 할 길이 구만린데 시작부터 이 모양이니 어쩌면 좋을까? 잃은 돈이야 둘째쳐도, 문제는 현실 감각 없는 모태 부자의 정신 상태였다. 이대로라면 여행 중 비슷한 위기가 끊임없이 되풀이될 가능성이 높았다. 의지하며 따라다니는 입장에선 그가 좀 더 정신을 바짝 차려주지 않으면 곤란했다. 하지만 어젯밤만 보아도 게일의 태도는 크게 달라진 게 없었다. 설교도 먹히지 않았다. 하긴 고작 하룻밤의 설교로 사람이 바뀌는 것이 가능했다면 세계엔 이미 평화가 가득했으리라.

아멜리는 고민을 거듭했지만 당장 떠오르는 방안은 하나밖에 없었다. 사람을 바꾸느니 차라리 환경을 바꾸자.

"게일님. 해가 중천이어요. 안 일어나셔요?"

"우음……."

게일이 뒤척거리며 돌아누웠다.

"우리요. 오늘 떠나요."

"어……."

"이곳의 놀고먹자는 분위기는 우리에게, 특히 게일님에게 전혀 도움이 안 될 것 같아요. 좀 더 차분한 장소로 옮겨가 일거리를 찾아 돈을 벌어요. 동의하시죠?"

"음, 일……. 일?"

벼락처럼 귓구멍에 꽂힌 단어에 게일의 몸은 용수철처럼 튀어 올랐다.

"누가 방금 일이라고 했어?"

"어마. 일어나셨네요."

"일이라니? 누가 일을 해? 왜 일을 해? 왜? 돈 없어서? 그런 거라면 아멜리 네 돈이 있잖아. 설마 야박하게 네 돈 내 돈 구분하려는 건 아니겠지? 너, 내가 히스톤에서 먹여주고 재워준 은혜를 벌써 잊은 거냐?"

아직 눈에 붙은 눈곱이 떨어지지도 않았건만 게일의 입은 속사포처럼 움직였다.

"잊었을 리가요. 물론 제 돈을 당분간 경비로 쓸 거여요. 하지만 계속 쓰기만 하면 언젠간 당연히 바닥날 거 아니어요. 수입을 만들어 지출을 메워야죠."

게일은 자신이 아직 잠에서 덜 깬 게 아닐까 의심했다. 아니면 이런 황당무계한 소리가 들려올 리 없었다.

"당장 먹고살 게 없다면 모를까, 수중에 넉넉한 돈이 있는데 왜 돈 떨어질 걸 미리 걱정해?"

"장래를 대비해야죠."

"그런 논리라면 돈이 있을 때도 일해야 하고 돈이 없을 때도 일해야 하잖아. 그럼 어느 타이밍에 놀라고?"

"먹고 사는 게 시급한 걸요. 나중에 놀아요."

아멜리의 말투는 순전히 어린애 투정을 달래는 듯했다. 게일이 아침이라 더욱 까슬해진 턱을 쓸며 허허로이 웃었다.

"네 말이 맞다. 자유와 젊음 그까짓 거, 급하면 미뤄놨다 나중에 누리면 되지."

"아. 그럼 이제 결정된 거……."

"……될 리가 있나!"

게일이 격앙된 어조로 외쳤다.

"나중은 무슨 나중. 정신 차려, 아멜리. 지팡이 짚고 골골댈 때 놀 거냐. 관 속에 들어가서 자유 누릴래? 성현들이 노세 노세 젊어서 노세라는 말을 괜히 했겠어?"

"개미와 배짱이 일화도 못 들어보셨어요? 굶어 죽으면 자유와 젊음도 없답니다."

이런 벽창호 같은! 게일이 손톱을 잘근잘근 씹었다. 가만히 앉아 있다간 코뚜레라도 꿰어차게 생겼다. 그는 인정에 호소하기로 했다.

"넌 내가 그 시궁창을 어떻게 벗어났는지 알잖아. 근데 나한테 또 일을 하라는 건 너무 심한 짓이란 생각 안 들어?"

"게일님도 참. 제가 뭐 어디 가서 노비 생활이라도 하자고 한 건가요. 여유 있게 여행을 할 수 있을 정도로만 돈을 벌자는 말이어요. 이런 호사스러운 여관에 묵는 것도 그만두고요."

"그러니까 지금은 바로 그 여유로운 때라니까? 돈벌이 같은 건 돈이 떨어질 때 하란 말이다."

"그때가 닥치면 바로 일거리를 구할 수 있을지 없을지 장담할 수 없잖아요. 배 곯으며 일거리를 찾아 헤매게 되면 얼마나 힘들겠어요. 게다가 지금 페이스로 보건대 분명히 겨울 직전에 돈이 떨어질 거여요. 엄동설한에 노숙이라도 하게 되면 큰일이지요. 생활력이 있을 때 미리 벌어두는 게 나아요."

와, 이건 틀렸어. 세상에 파샤 국왕과 힌다 선배보다 더한 일 중독자가 있다니. 신이시여. 왜 저한텐 이런 시련만 안겨 주시나이까. 어쩌다 내 주위에 온통 이런 변태들의 씨만 뿌려놨냐고요!

게일은 속으로 한탄하며 아멜리에게서 돌아앉았다.

"난 못해. 안 해."

"그럼 어쩌시려고요? 구걸하시게요?"

"돈 떨어지면 일할게. 그때 가서도 충분하다니까."

"그 말을 무턱대고 믿고 가기엔 우리 처지가 굉장히 불안정한 상태라는 건 알고 계시죠?"

집도 직업도 없이 연고지 없는 외국을 방랑하는 두 남녀.

음유 시가에서나 낭만이 있는 삶이지 현실로 오면 생고생 삽질이 따로 없었다. 그래도 게일은 꿋꿋하게 반박했다.

"현실적으로 따져도 말이야. 여기저기 돌아다니는 처지에 무슨 일을 어떻게 구해?"

"찾아보면 짧게 일할 사람이 필요한 자리도 있지 않을까요? 저 같은 경우엔 고향에서 바느질감을 받아서 하거나 하루 몇 시간 정도 아이를 돌봐주거나 했거든요. 그런 건 오래 일할 필요가 없이 돈을 벌 수 있잖아요."

게일이 비웃음을 잔뜩 머금었다.

"바느질? 애 돌보기? 이 내가?"

"하긴 그 울퉁불퉁한 손으로 바느질은 좀 그렇네요. 게일님 성격이면 아이를 울리기만 할 것 같기도 하고. 음, 그럼 심부름이라든가?"

"너. 파샤엔 명예훼손죄라는 게 있다는 걸 알고 있냐."

"왜 심부름이 명예훼손감이어요?"

"내가 긍지 높고 명예로운 귀족이라는 사실을 아예 잊고 사는구나. 내가 선더랜드야. 내 조상님이 파샤의 개국공신이었어. 파샤 개국공신의 후손이 젤원에 와서 심부름꾼이 된다는 건 있을 수 없는 일이다."

게일님이 자기 가문에 이렇게 자부심을 갖고 있는 사람이었나? 아멜리는 다소 떨떠름했지만 제안을 바꿨다.

"그럼 너무 잔심부름 같은 거 말고요. 편지 배달 같은 건 괜찮지 않아요? 게일님은 말도 잘 타시니까요."

"차라리 앞치마 두르고 서빙을 하라고 해라."

"어마! 좋은 생각이어요! 식당 일자리를 구하면 남은 음식을 공짜로 얻을 수 있을지도 모르잖아요."

게일의 자포자기식 중얼거림에 아멜리는 박수까지 치며 좋아했다. 결국 게일은 정색하며 불만을 터뜨릴 수밖에 없었다.

"아, 좀!"

영문을 모르는 아멜리는 눈을 동그랗게 뜨며 되물었다.

"왜 그러셔요?"

"난 허드렛일은 죽어도 안 할 거다. 내가 인간 같지 않은 한 놈만 없었으면 파샤를 평정할 수도 있었던 남자거든? 그런 남자가 외국에서 앞치마 두르고 남한테 굽실대야겠냐고. 생각만 해도 쪽팔려, 진짜."

"게일님 이거 철 맞죠?"

아멜리가 뜬금없이 협탁 위에 놓인 게일의 장검을 가리키며 물었다.

"맞는데 왜."

"좀 들어보시라고요."

"……"

윽박은 먹히지 않을 것 같다. 그리하여 게일은 다시 동정심 유발 작전으로 돌아가기로 했다.

"젤윈엔 파샤 귀족들도 놀러 많이들 와. 걔네 입이 얼마나 싼데. 내가 여기서 허드렛일 하다가 딱 걸리면 파샤 방방곡곡에 소문 퍼지는 건 시간문제야. 우리 가족이나 전 직장 동료들이 알게 되기라도 하면 그런 개망신이 또 어디 있냐. 좀 봐 줘. 사나이 체면이 있지, 금의환향은 못 할망정 쫄딱 망한 꼴을 보여줄 순 없잖아. 응?"

게일의 호소는 구구절절 간절했지만 아멜리는 정말 단순히, 이해가 되지 않아 되물었다.

"하지만 그게 진실이잖아요?"

오해를 산다면 큰일이지만 진실이 밝혀지는 것이 뭐가 문제냐. 설령 밝혀진 뒤 좋지 않은 결과를 불러오더라도 진실인 이상 그것마저 본인이 감당할 몫이다. 그런 것이 아멜리의 사고방식이었다. 게일은 답답했지만 포기했다. 촌스러운 시골 처녀에게 귀족 사교계의 미묘한 생리를 이해시키기엔 여의치 않았다.

섬세함이라곤 없는 녀석. 네가 칸이랑 결혼을 했으면 아마 메이슨가가 패가망신했을 거다!

어쩌면 자신은 아멜리의 인생이 아니라 칸의 인생을 구한 것일지도 모른다. 무심코 든 그런 생각을 한쪽으로 젖혀두고서 게일은 필사적으로 머리를 굴렸다. 무슨 핑계든 노동의 세계로 재입문만 피할 수 있다면 좋았다.

그런데 지성이면 감천이라던가. 드디어 묘안이 떠올랐다.

"아, 맞다. 어제는 흥분해서 내가 깜박하고 있었는데, 우리가 여기 예정보다 늦게 도착했지?"

"네. 닷새쯤 더 걸렸죠."

"우리보다 늦게 출발한 배가 젤원에 먼저 도착했을 수도 있겠네. 혹시 칸이 추적자 같은 걸 보냈다면 어떡하지?"

휘둘렀다, 낚시대!

"에이, 설마요. 아무리 그 사람이라도 그렇게까지……."

"설마가 사람 잡지. 칸을 10년 넘게 봐온 내가 볼 땐 말이다. 분명히 보냈을 거야. 적이 자기 시야에서 벗어났다고 해서 포기하고 돌아설 놈이 아니거든."

아멜리의 얼굴이 파리해졌다. 겨우 벗어났다고 생각했는데 외국도 안전한 장소는 될 수 없는 것인가. 게일의 말을 듣고 생각해보니 수긍이 가기도 하는 것이, 칸은 일반적인 남자가 아니었다. 그에겐 신분과 돈과 권력이 있다. 그런 남자에게 가능한 일이 어디까지인지를 작은 세계에서 살아온 평민인 자신이 어찌 가늠하고 단정할 수 있으랴. 게일의 말이 옳을지도 모른다. 아니, 옳을 것이다.

"……맨튼을 빨리 떠나야겠네요."

걸렸다, 물고기!

"그래. 그리고 신변이 안정될 때까지 눈에 뜨이는 활동도 자제하자. 아르바이트 같은 거 말이야. 돈도 좋지만 목숨이 더 중하지."

감아올렸다, 낚시줄!

"네……."

게일은 올라가려는 입꼬리를 아래로 끌어내리기 위해 애를 써야 했다. 솔직히 추적자 따위의 가능성은 병아리 눈물만큼도 염두에 두지 않았다. 우선 이 거대한 몬쥬대륙에서 작정하고 도망 중인 두 사람을 찾아내기란 모래사장에서 바늘 찾기이니 섣불리 덤빌 리가 없었다. 파샤 같았다면 공권력을 동원해 수월하게 찾아낼 수 있을지 몰라도 젤윈과 파샤는 관계가 나쁜 데다 젤윈 측에서 외국 귀족의 개인사를 위해 움직여줄 리가 없는 것이다.

또, 아멜리의 곁에 전직 로열 나이트이자 파샤의 손꼽히는 강호인 자신이 딱 버티고 있으니 어중이떠중이를 보내봤자 소용없다는 것은 칸도 잘 알고 있으리라. 그렇다고 해서 칸 본인이 직접 나설 리도 없었다. 젤원까지 쫓아오려면 장기휴가계를 내든지 로열 나이트를 때려치우든지 해야 할 텐데, 어느 쪽이든 파샤 국왕이 허락해줄 리가 없는 것이다.

'후후, 월척이로군.'

다소 불안한 얼굴로 생각에 잠긴 아멜리를 바라보며 게일은 더할 나위 없는 흡족함을 느꼈다.

12
까달나무 속의 여자

몬쥬는 넓적한 물고기처럼 생긴 대륙으로, 북부의 산간지방 일부와 동부사막지대를 제외한 대부분이 젤윈의 영토에 속해 있다. 그중 물고기의 꼬리지느러미에 해당하는 영역이 젤윈의 남부 지방이며 그중에서도 가장 끄트머리에 맨튼 항구가 위치해 있었다.

여행자들이 맨튼을 통해 젤윈에 입국하면 그 이후에는 해안지대를 따라 놓인 서해안국도를 따라가거나 내륙을 잇는 중앙 국도를 통하기 마련이다. 후자의 경우엔 필연적으로 거친 황무지를 거치게 되는데 이 황무지 가운데에는 광활하기로 유명한 미라 숲과 험준한 무케스산이 자리 잡고 있다. 전자는 지평선까지 펼쳐지는 거대한 규모를 가진 수해(樹海)로, 실종 사건이 빈번히 일어났기 때문에 국가적인 대공사를 통해 숲 가운데에 인근 도시와 최단 거리로 이어지는 큰길을 놓았다.

덕분에 과거 마성의 숲이었던 곳이 오늘날엔 오히려 여행자들이 선호하는 경로가 되었다.

이에 비하면 미라 숲과 맞닿아 있는 「무케스산」은 평범한 축에 속했다. 적당히 높고 적당히 험했으며 마성에 비하면 사고 발생 빈도도 낮았다. 심지어 다른 지역의 산보다 맹수의 위협까지 드문 안전한 산이었는데 이는 미라 숲에 들어가길 두려워하는 사냥꾼들이 죄다 무케스산으로 몰려 짐승의 씨가 말랐기 때문이었다.

아멜리는 게일이 이웃도시 스토니스로 향하는 중 둘 중 한 경로를 선택하라고 했을 때 무케스산을 희망했다. 우선 산골 출신답게 산길이 익숙하기도 했지만 약초꾼으로서 몬쥬의 산에 대한 호기심도 컸다. 그러나 산으로 깊이 들어가면 들어갈수록 아멜리의 실망감은 커졌다. 몬쥬가 아니라 델림 산맥 어딘가라고 해도 믿을 수 있을 정도로 그녀가 보아온 산과 별다를 바가 없었다.

"젤원의 자연환경은 파샤랑 별로 다르지 않나 봐요."

"이쪽 지방이 원래 좀 그래. 하지만 내륙으로 들어갈수록 확연히 이국적인 느낌이 나니까 성급히 실망할 거 없어."

"게일님은 젤원을 다 돌아보셨어요?"

"대략."

"그럼 별로 기대가 안 되시겠어요?"

"별로 그렇지도 않아. 그땐 일하느라 바빠서 눈으로 보기만 했지 즐길 수 없었거든."

"전부터 궁금했던 건데요. 로열 나이트는 하는 일이 정확히 뭐여요?"

"특사도 하고, 밀사도 하고, 암행어사도 하고, 호위무사도 한다. 물론 전쟁이 일어나거나 난이 봉기하면 장수로든 화살받이로든 투입돼. 코에 걸면 코걸이, 귀에 걸면 귀걸이지."

"와, 만능이군요. 멋져요."

"멋지긴 개뿔. 그래 봤자 왕실 따가리 신센데."

"그래도 도로시는 로열 나이트가 굉장히 근사한 직업인 것처럼 말하던데요?"

"시녀가 하는 일보단 개미 눈곱만큼 나은 점이 있을진 모르지만 기본적으로는 걔나 나나 마찬가지다. 그래도 왕성 시녀는 대놓고 목숨 바쳐 일하라는 소리는 안 듣지. 난 생명수당 인상 요청을 하면 명예직 운운하며 기각당하거나 하고. 에라이, 몹쓸 것들. 망해라, 로열 나이트. 망해라, 파샤 왕가!"

"너무 심해요. 파샤 왕가는 패트리샤 공주님의 가족이잖아요."

"너도 사지에 몰렸을 때 왕을 위해 죽을 기회이니 영광으로 알라는 망언 한 번 들어보셔. 그때도 나한테 심하다는 말이 나오나 보자. 응?"

게일이 눈을 희번덕거리며 킬킬 웃었다. 왠지 모르게 마음의 상처가 엿보이는 대목이라 아멜리는 입을 다물었다. 그랬더니 게일은 이때다 싶어 전 직장과 전 주군에 대한 저주에 가까운 맹비난을 쏟아내기 시작했고 아멜리는 10여 분간 고막 테러를 당하다가 그가 숨을 고르느라 씩씩대는 틈에 겨우 화제를 돌렸다.

"참. 로열 나이트를 그만둔 건 괜찮으셨어요?"

"안 괜찮을 이유가 있나."

"하지만 게일님 매일 그렇게 바쁘셨잖아요. 일이 많았단 건데 하루 아침에 그만둬서 지금쯤 다른 사람들이 곤란해지진 않았을까요?"

"알 게 뭐야."

"흠……. 혹시 화가 나서 게일님 잡으러 오는 거 아니어요?"

아멜리가 걱정스럽게 묻자, 게일은 고개를 뒤로 젖히며 호탕한 웃음을 터뜨린 뒤 호언장담을 했다.

"로열 나이트에 그런 쓸데없는 일을 할 인력이 남아 있다면 내 손에 장을 지진다. 아니다. 아예 삭발을 하겠어."

"말이 씨가 된다던데……."

아멜리가 떨떠름하게 중얼거리던 그때였다. 느닷없이 천지를 진동시키는 굉음이 터져 나왔다. 놀란 말들이 앞발을 들며 급히 멈춰 서자, 자연히 말 위에 있던 아멜리와 게일의 몸도 사정없이 흔들렸다.

게일은 노련한 기수답게 금방 말을 진정시켰으나 승마에 서툰 아멜리는 어찌할 바를 몰라 했다. 그저 안장에서 떨어지지 않기 위해 말갈기를 필사적으로 붙잡고 있는데, 혼비백산한 말이 방향을 틀어 길도 없는 숲으로 뛰어들었다.

"꺄아아아악!"

"아멜리!"

게일이 그 뒤를 곧장 쫓아가려 했지만 또 한 번 커다란 폭발음이 터졌다. 게일이 겁을 먹고 아예 정지해버린 말을 달래는 사이 아멜리의 말은 산비탈을 따라 줄달음질 쳤다. 마치 세상 끝까지라도 달려갈 기세였다. 이미 원래 있던 장소가 어딘지 짐작도 할 수 없었다.

수풀을 뚫고, 냇가를 지나며 한참 달리던 말은 제풀에 진이 빠질 즈음 멈춰 섰다. 아멜리는 안장에서 거의 굴러떨어지듯 내려왔다.

"하아. 살았다."

말 위에서 노심초사하느라 굳었던 몸을 풀면서 주위를 둘러보니, 숲 어딘가였다. 딱 그 사실 하나밖에는 알 수 없었다.

아멜리는 곤혹스러워 우두커니 서 있다가 이 낯설지 않은 감각에 예전 기억을 상기했다. 불과 몇 달 전, 앞뒤 꽉 막힌 동굴 속에서 활로를 찾아 헤매며 온갖 지혜를 짜내야 했었다. 그때에 비하면 현재 사정이 훨씬 나았다. 어딜 둘러보아도 다 똑같아 보이는 밀림이지만 빛이 있고 하늘이 있고 동식물도 있다. 아무것도 없는 어둠 속에서도 길을 찾아냈으니 이쯤이야 눈감고도 돌파할 수 있으리라.

자신감을 회복한 아멜리는 찬찬히 주변 지형부터 눈에 새겼다. 그리고 땅도 살펴보았다. 곧 그녀는 낙엽과 돌 부스러기가 덮인 땅바닥에서 제법 선명한 말발굽 자국 하나를 찾아냈다.

"맞아! 말 발자국을 따라 거슬러 올라가면 되겠다! ……어라?"

아멜리가 눈을 가늘게 떴다. 무심코 발끝으로 건드린 낙엽이 툭 떨어지면서 그 아래 숨어 있던 것이 모습을 드러냈는데, 왠지 눈에 익은 생김새였다. 사람의 귀처럼 찌그러진 타원형의 갓에 소위 나이테라 불리는 물결무늬가 있는 누런 버섯.

"설마."

아멜리는 믿을 수 없다는 듯이 중얼거렸다.

"황금귀 버섯?"

황금귀 버섯은 발번 근처에서도 좀처럼 구경하기 힘든 희귀 버섯으로, 영험한 약효 덕에 100년산부터는 목야에서 최상급 약재로 취급됐다. 그런데 지금 보이는 버섯은 색깔과 크기와 나이테 등으로 미루어 보아 적어도 200년산, 혹은 그 이상이었다. 더욱 놀라운 점은 그것 하나만이 전부가 아니라는 사실이었다. 근처의 나무 밑동에 있는 누르스름한 자국도, 썩어가는 낙엽 밑과 어느 바위 그늘의 낙엽이 봉긋 솟은 자리도 전부 황금귀 버섯이었다. 그야말로 전설에나 등장할 법한 황금귀 버섯밭이었다.

"맙소사……."

아멜리의 가슴이 세차게 뛰었다. 발번의 약초꾼들이든 목야의 약재상들이든 누가 과연 이 얘길 믿어주랴? 하지만 그녀가 보고 있는 것은 의심의 여지 없는 현실이었다. 넋 놓고 있을 시간이 없었다. 아멜리는 양손의 장갑을 야무지게 당겨 바로 낀 뒤 꿀꺽 마른 침을 삼켰다.

드디어 외칠 때가 온 것이었다. 살면서 언젠가 꼭 한 번쯤 외쳐보고 싶었던 그 대사, 모든 약초꾼의 로망인 그 대사를.

"심! 봤! 다아아아!"

❧

같은 시각.

"아! 멜! 리이이이!"

진정으로 횡재수가 든 아멜리에게 까맣게 잊혀진 자칭 행운의 사나이도 어딘가에서 소리를 지르고 있었다.

"여기도 없냐아아아!"

우렁찬 외침은 허망한 메아리만 남겼다. 벌써 오며 가며 이름을 백 번쯤 불러본 것 같은데 응답이라곤 찍소리도 없다.

"여기가 아닌가?"

게일은 가벼운 낭패감을 느꼈다. 10여 분 전까지는 땅에 난 말발굽 자국과 부러진 나뭇가지를 보며 쫓아왔지만 어느 지점부터는 아멜리의 흔적이 정체 모를 흔적들과 섞여버려 추적이 어려워졌다. 후자는 폭발음 주인공의 흔적일 가능성이 컸기에 약간 호기심이 동했지만, 곧 해가 진다. 산중에 어둠이 내리고 기온이 떨어지기 전에 아멜리를 찾아내지 않으면 일이 더욱 꼬이리라. 그렇게 게일이 말머리를 돌리려는 찰나였다.

"응?"

그가 귀를 쫑긋 세웠다. 예민한 청각에 희미한 소음이 잡히고 있었다.

"사내놈 목소리 같은데……."

아멜리가 아닌 듯싶었지만 어차피 단서도 없었던 터라 그는 소리의 진원지를 따라가 확인해보기로 했다.

숲을 헤치며 나아가다 보니 이내 큼직큼직한 바위와 자잘한 돌멩이로 뒤덮인 냇가가 나타났다. 산중 어디에서나 볼 수 있는 여상스러운 풍경이었지만 딱 하나 눈에 거슬리는 것이 있었다. 냇가 바위에 올라선 채로 길길이 날뛰고 있는 한 남자.

잔뜩 화가 난 듯한 제스처 속에서 어딘가 부자연스러운 움직임이 보였다. 게다가 낯선 남자의 바로 근처에 갈색 말 한 필이 뻣뻣하게 쓰러져 있었다. 십중팔구 사체이리라.

'아까 폭발음은 저 녀석이었나. 폭발사고로 저는 다치고 말은 죽어 오도 가도 못하게 됐다……는 건가?'

호기심은 해결됐다. 그리고 게일은 곤경에 처해 씩씩거리고 있는 낯선 남자를 도와주기에는 바쁜 몸이었다. 게일이 슬그머니 자리를 뜨려는데, 낯선 남자가 말의 투레질 소리를 알아차렸다. 그와 정면으로 시선이 마주친 게일은 내심 당황했다. 생각지도 않게 아는 얼굴이었던 것이다.

'수마법사 올리언 아냐?'

이 세계에서 마법사란 존재는 희귀했다. 그런데 그 적은 숫자마저 대부분 왕립연구소라는 이름의 상아탑에 틀어박히게 되거나 군대에 들어가 전장에 파견되는 탓에 더더욱 민간과 멀어져 있는 상황이었다. 다만 일부 마법사는 거액의 고용비를 받고 귀족이나 부자의 호위마법사가 되거나, 천문학적인 지원비를 받으며 그들이 원하는 마법 연구를 해주기도 했다.

그런 류의 마법사들에 대한 평판은 대개 좋지 못했는데, 그중에서도 소상인과 장인들에게 반강제로 빚을 지우고 착취하는 악랄한 상인조합장의 앞잡이 노릇을 해온 올리언의 악명은 으뜸이었다.

게일은 그와 직접 대면한 적은 없었지만 로열 나이트의 내부 공유 자료에서 초상화를 본 적이 있었다.

툭 불거진 눈알에 두툼하면서 작은 입술은 흡사 붕어를 연상시키던 생김새였기에 초상화치고 너무 과장적인 화풍 아닌가 싶었는데 이게 웬걸, 실물이 초상화를 쏙 빼닮아 못 알아볼 수가 없었다.

"웬 놈이냐!"

조용히 가긴 글렀군. 게일은 혀를 차면서 숲에서 완전히 빠져나와 올리언을 마주 보고 섰다.

"그냥 지나가던 사람인데 뭔 일 있었수?"

천연덕스럽게 물었지만 게일은 바람결에 피 냄새를 맡고 있었다. 올리언의 왼쪽 다리가 피에 젖어 있다. 지혈을 한 것인지 말라가는 핏자국이었으나 바지를 적신 양은 이미 상당했다. 올리언도 게일을 아래위로 훑어보며 물었다.

"이 근처에서 계집 하나를 못 봤나."

"계집이라면?"

"젊은 년이다. 마른 체격에 흑발."

맨튼 시내 한복판이었다면 「마른 체격에 흑발을 가진 젊은 여자」야 1분에 열 명도 넘게 지나간다. 하지만 이곳은 인적 드문 밤의 산길, 심지어 아멜리가 탄 말의 흔적을 따라가는 길이었으니 게일은 도저히 다른 인물을 떠올릴 수 없었다.

"글쎄. 봤나 못 봤나. 근데 그 여자가 누군데?"

"됐다. 꺼져라."

"궁금하게 해놓고 말을 안 해주기?"

말에서 내려오는 게일을 보며 올리언은 얼굴을 찌푸렸다.

가뜩이나 일이 꼬여 짜증 나는데 웬 파리 한 마리가 귀찮게 굴고 있었다.

"밀당도 좋은데 말야."

보아하니 근육밖에 없는 무식한 무사다. 마법사를 상대하고 있음을 알게 되면 겁을 먹고 줄행랑을 치겠지만 올리언은 일부러 입을 다물었다. 마침 화풀이가 필요하던 터였다.

올리언이 양손을 들어 올렸다. 그런데 수인을 맺으려던 그때, 푹 하고 낯선 소리가 들렸다. 올리언은 제 오른손을 바라보았다. 손바닥 중앙에 웬 칼날이 튀어나와있다. 올리언은 자신이 보고 있는 것의 의미를 이해하지 못해 한순간 멍해졌다. 무슨 일이 일어난 건가? 현실 인지는 의식보다 신경이 먼저 했다.

"아악!"

걸걸한 비명이 메아리치는 계곡에서 게일이 씩 웃었다.

"나로 말할 것 같으면 돌직구가 더 좋거든."

손바닥을 꿰뚫고 튀어나온 칼날을 타고 선혈이 뚝뚝 떨어졌다. 소름 끼치는 이물감과 격통, 그리고 기습에 대한 분노로 올리언의 눈앞도 시뻘게졌다.

"이 개새끼가!"

"이제 말할 맘이 좀 들었나?"

"죽여 버린다!"

"그 손으로?"

올리언이 왼손으로 단도의 손잡이를 움켜쥐었다.

단박에 칼을 뽑아낼 작정이었으나 고통으로 인해 손에 힘이 헛돌았다.

"아아……."

우직 우직. 칼날이 힘겹게 뼈와 살점 사이를 비집는 소리가 소름 끼치게 고막을 긁었다. 간신히 자신의 손에서 칼을 뽑아낸 올리언은 피범벅이 된 단도를 바위에 내동댕이쳤다. 그리고 피를 콸콸 쏟아내는 오른손바닥 위로 왼손 손가락 세 개를 올렸다.

"워터핀!"

계곡 줄기에서 주먹만 한 물방울들이 솟아올랐다. 허공에 뜬 물방울은 각각 바늘처럼 날카로운 형태로 변해 게일의 머리 위를 덮쳐 왔다.

"겨우 초식(初式)마법이라니."

게일이 지극히 여유로운 태도로 허리춤으로 손을 가져갔다. 뱀처럼 매끄럽게 검집을 빠져나온 검이 새파랗게 짙은 빛을 뿜어내자, 바늘 모양의 물방울들은 갑자기 벽에 부딪힌 것처럼 허공중에서 산산이 부서졌다. 게일이 하얗게 질려 경악하고 있는 적을 타박했다.

"넌 코앞에 있는 적의 견적도 못 내냐. 명색이 「수질관리사」라는 놈이 완전히 동태눈이로군."

올리언의 얼굴이 대번에 다른 의미로 굳었다. 수질관리사는 파샤에서 통하는 그의 별명이었다. 그냥 지나가던 무사가 아니었나. 올리언의 경계심이 올라갔다.

"넌 누구냐? 그년과 한패인가? 어떻게 여기까지 쫓아왔지?"

게일이 혀를 쯧쯧 찼다.

"아직도 정신을 못 차렸군. 네가 지금 나한테 질문을 던질 처지냐."

게일의 신형이 빠르게 움직이기 시작했다. 올리언도 새로운 수인을 취하려 손을 들었다. 그런데 웬일인지 오른손의 감각이 느껴지지 않았다. 그토록 격렬하던 통증이었는데 어느 사이엔가 사라진 상태였고 이젠 그저 통나무 조각 하나를 손목 아래 달고 있는 듯한 느낌뿐이었다.

'아차! 칼에 마비 독이!'

올리언이 허둥지둥 멀쩡한 왼손으로 품 안의 마법스크롤을 꺼내려 했다. 그러나 적은 이미 그의 코앞이었다. 때가 너무 늦었다.

"컥!"

옆구리를 걷어차인 올리언의 몸이 허공에 붕 떴다가 이내 바위투성이의 땅으로 추락했다. 치명적인 높이는 아니었으나 이미 심한 부상을 입고 있던 상태에선 타격이 컸다. 올리언은 거의 혼절 직전이었다. 반면에 바위 위에 선 게일은 지극히 여유로운 자세로 적의 가련한 몰골을 내려다보았다.

"말해 봐라. 네가 찾는 여자가 누군지. 왜 야산 한가운데서 여자를 쫓아다니고 있는지, 다리 부상은 왜 입었으며 저 말은 왜 죽었는지."

"저승에서나, 알아, 봐라. 허억! 허억!"

"꼴에 마법사라고 칼잡이 앞에서 자존심 세우네."

은은해졌던 검의 푸른 광채가 또다시 짙어졌다. 엉금엉금 자리를 벗어나려 하던 올리언이 동작을 멈췄다. 적의 검에 새겨져 있는 문자가 매우 낯익었다.

'마어?'

파편화된 정보가 번개처럼 올리언의 뇌리를 스쳤다. 푸른 검날에 마어라면, 그건…….

"딴 생각할 때가 아닐 텐데."

무심한 충고와 함께 올리언의 시야에 푸른 검광이 가득 찼다.

꿍

"끙차! 휴우."

아멜리는 버섯으로 가득한 보따리를 말안장에 실으며 만족스러운 한숨을 내쉬었다. 한참 쪼그리고 앉아 있던 터라 등허리가 몹시 뻐근했지만 마음만큼은 날아갈 듯 가벼웠다.

"스토니스에 도착하자마자 팔러 가야겠네. 요샌 얼마쯤 쳐줄까? 음, 약효가 어딜 가는 건 아니니까 시세는 크게 떨어지지 않았을 거야. 아무튼 이걸로 게일님이 입은 손실을……. 아차! 게일님!"

꿈같은 사건에 들떠 까맣게 잊고 있던 이름을 떠올린 아멜리가 번쩍 하늘을 쳐다보았다. 어느덧 서녘부터 붉게 저녁놀이 타오르는 중이었다. 그렇다면 헤어진 지 두 시간쯤 지났을까?

"아직도 안 나타나신 걸 보니 역시 내가 찾아 나설 수밖에 없겠어."

불행 중 다행으로 무케스산은 맹수가 적은 곳이었고 젤원은 파샤와 달리 마물이 전혀 출몰하지 않는 나라였다.

산적이나 노상강도만 아니라면, 그리고 낭떠러지만 조심한다면 딱히 위험은 없으리라. 게다가 그녀에겐 말과 램프도 있었다. 해가 완전히 떨어지기 전에 말발굽 자국을 따라가다 보면 게일과 만날 수 있을지도 모른다. 상황을 정리한 아멜리가 씩씩하게 기합을 넣었다.

"좋아, 가자!"

"에취."

난데없이 들린 작은 재채기 소리에 아멜리가 말의 기다란 얼굴을 빤히 쳐다보았다.

"에취."

말도 무심하게 아멜리를 쳐다보았다.

"에취."

재채기 소리가 연거푸 세 번이나 들려오는 동안 아멜리와 말은 서로 입도 벙긋하지 않았다. 그렇다면 이 장소에 다른 누군가가 있다는 뜻이었다. 하지만 버섯을 따는 내내 이 일대에서 인기척을 느낀 적이 없었다. 아멜리는 좋지 않은 예감에 식은땀을 흘렸다.

설마 또 목야에서처럼 유령이…….

"아흐, 깜박 졸았네."

"꺄아아아아악!"

아멜리의 입에서 숲이 떠나가라 우렁찬 비명이 울려 퍼졌다.

"어! 밖에 누구 있어요?"

낯선 목소리는 왠지 반가워하는 것 같았다. 아멜리는 말 목을 와락 끌어안은 채 소리 질렀다.

"사람이면 물러가고 귀신이면 물러가라!"

결론은 어쨌든 사라지라는 것이었다. 그러자 목소리도 다급하게 외쳤다.

"나 귀신 아냐. 사람이니까 좀 도와줘요."

어디선가 들은 적이 있는 것 같다. 저런 식으로 사람을 꼬여서 저세상으로 데려가는 귀신의 이야기를.

"안 속아!"

"진짜 사람이야. 머리부터 발끝까지 엄청나게 사람, 사람!"

귀신치고는 활기가 넘치는 목소리인 데다 어딘지 절박한 느낌의 외침이었다. 아멜리는 겁이 났지만 혹시 진짜 곤경에 빠진 사람일 수도 있다는 생각에 주춤주춤 목소리 방향으로 다가갔다. 물론 말을 부둥켜안은 채로.

"여기예요. 여기."

정체불명의 목소리가 인도한 곳은 어느 나무 앞이었다. 나무 기둥은 여러 개의 굵은 덩굴이 뭉쳐져 있는 형태이고 나무 꼭대기의 무성한 잎사귀들은 하나의 작은 산을 이루어 웅장한 느낌을 주고 있었다. 바로 「까달나무」였다. 고향 마을 어귀에도 서 있는 서낭당 나무와 같은 수종이라 반갑긴 해도, 팔라톤나무로 뒤덮인 무케스산에서 까달나무 딱 한 그루가 덩그러니 자라고 있다는 것은 상당히 수상쩍어 보였다. 설마 함정일까?

"왔어요?"

까달나무가 말을 건 순간 아멜리는 공중으로 거의 1m는 뛰어올랐다.

'사람이라더니 날 속였어!'

아멜리가 정신없이 말고삐를 잡아끌었다. 도망쳐야 한다! 그런데 하필 이럴 때 말이 사람 마음을 몰라주고서 버티고 섰다. 이히힝거리는 저항의 울음소리를 들은 나무귀신이 재빨리 으름장을 놓았다.

"설마 그냥 가려는 건 아니겠지? 저주할 거야!"

저주라는 한 마디에, 아멜리는 도망가려던 동작 그대로 얼어붙었다.

"갔어요? 안 갔어요? 진짜 갔어? 있으면 대답해봐요."

"있어요⋯⋯."

눈치가 귀신같다는 건 역시 괜히 나온 말이 아니구나. 아멜리가 울먹울먹 대답했다.

"다행이다. 난 또 그쪽이 튀려는 줄 알고 쫄았잖아. 혹시 톱 있어요?"

"아뇨."

"도끼나 칼, 뭐 그런 건?"

찾는 것마다 살벌한 흉기였다. 무서운 상상을 하고만 아멜리가 공포에 질려 외쳤다.

"살려주세요!"

"뭔 소리야? 연장 아무것도 없어요?"

"도끼는 없고 작은 손칼이 이, 있긴 한데요. 뭐에 쓰려는 건지 물어봐도 될까요?"

"나무 좀 자르려고요."

아멜리는 멍하니 까달나무를 쳐다보았다. 인간이 아니라 나무를 자른다고?

"무슨 나무를요?"

"무슨 나무긴. 당신이 보고 있는 이 나무지."

"네? 까달나무가 까달나무를? 스스로 목숨을 끊으려고……?"

"뭐?"

어리둥절하게 반문했던 까달나무가 곧 걸걸한 폭소를 터뜨렸다.

"아가씨. 난 나무가 아니에요. 이 안에 갇혀 있단 말이에요."

"나무 안에 갇혔다고요?"

아멜리는 미심쩍게 반문했다. 어디로 보나 손상된 곳 전혀 없는 평범하고 싱싱한 나무인데 어떻게 그 안에 다람쥐도 아니고 사람이 들어갈 수 있을까.

"사정은 나가서 설명해줄 테니까 여기서 좀 빠져나가게 도와줄래요?"

"사람이라면야 얼마든지 도와줄 수 있지만……. 어떻게 하면 되죠?"

"이 안쪽은 텅 비어 있거든요. 도끼가 있으면 기둥 자르기 어렵지 않을 텐데. 당신 말고 주변에 누구 또 없어요? 힘세고 톱 가진 사람."

아멜리는 다시 한 번 까맣게 잊고 있던 인물의 얼굴이 번쩍 떠올랐다.

"있어요! 큰 검을 가지고 있고 힘도 센 사람이!"

"오! 어디에?"

"그건 잘 모르겠어요. 제가 길을 잃는 바람에 잠시 헤어졌거든요. 하지만 무케스산 어딘가에 틀림없이 있을 테니 금방 데려올 수 있을 거여요."

"아뇨. 먼 데 있는 사람 찾으러 가지 말아요. 지금 이 장소에서 최선을 다해봅시다."

"여기서 최선을 다하는 사람이란……."

"응. 당신."

묘한 정적이 흘렀다.

"설마 안 도와주려고요? 사람이 나무에 갇혀 있는데 안 꺼내줘? 이런 야박한 인심을 봤나!"

"안 도와주려는 게 아니고요. 저 혼자선 무리일 거 같아서요. 장작 패는 것도 힘든데 어떻게 이런 나무를."

"왜 이렇게 매사에 자신감이 없어? 할 수 있어! 당신은 뭐든지 할 수 있어!"

"저기, 그냥 친구를 불러올게요. 오래 걸리지 않을 거여요."

"안 돼!"

나무귀신이 격하게 거부했다.

"그러는 중에 내가 꼴까닥 죽으면 어떡해?"

"네?"

아멜리가 당혹스러워 되물었다. 뜬금없이 죽긴 왜 죽는단 말인가?

"당신이 떠난 사이 내가 막 폐소공포증에 걸려서 과호흡증으로 질식해 죽으면 어떡해? 그 여자만 도와줬으면 살 수 있었는데 하면서 당신한테 원한을 품을지도 모르는데? 억울함이 사무쳐 구천을 떠돌다가 당신 꿈에 찾아가 나한테 왜 그랬어요 흑흑하면서 피눈물을 흘려도 쿨쿨 발 뻗고 숙면할 자신 있어요? 나 진짜 농담 아니거든? 한 여자의 남은 인생이 걸린 문제라 여기고 진지하게 숙고해봐요."

참 구구절절 눈물겨운 협박이었다. 솔직히 내용은 좀 우스웠지만 상대방이 얼마나 절박한 심정인지는 전달됐다. 아멜리는 마주한 나무를 바라보며 오랜 기억을 더듬었다.

'까달나무라. 촌장님 어렸을 때 기근이 와서 까달나무 줄기를 뜯어 먹었다고 하셨던 거 같은데? 그래, 맞아. 줄기가 물러서 손으로 뜯을 수 있다고 하셨어. 그래서 가구나 도구로는 못 만든다고도 하셨지.'

목질이 무른 덩굴나무. 심지어 속은 비었다고 하니 기둥을 이루는 덩굴의 바깥 부분만 약간 잘라내면 안에 갇힌 사람을 꺼내기에 충분하리라. 상황을 종합해본 아멜리는 도전해볼만 하다는 결론을 내렸다.

"좋아요! 해보죠."

"정말? 파이팅! 파이팅!"

아멜리는 짐 속에서 손바닥 길이만한 손칼을 꺼냈다. 맨튼에서 산 야영 물품 중 하나로, 양날 중 한쪽은 빵칼용 톱날이고 다른 한쪽은 과도용 매끈한 날이었다. 빵칼에 나무톱 성능을 기대할 순 없으나 아예 없는 날보단 낫겠지 싶었다. 아멜리는 빵칼의 날을 세워 조심조심 줄기를 켜기 시작했다.

"내 구세주님은 이름이?"

"아멜리라고 해요."

"이름 예쁘네. 난 모르간. 나이는 스물네 살."

아멜리가 살짝 놀라 반갑게 말했다.

"저도 스물네 살이어요."

"동갑이었어요? 우리 친구네, 친구. 여기서 혼자 뭐하고 있었어요?"

"스토니스로 가는 중이었어요. 근데 아까 갑자기 큰 소리가 나는 바람에 제 말이 놀라 멋대로 달리더니 여기까지 데리고 왔네요."

"흐응. 그랬구나. 미안요."

"왜 모르간이 사과해요?"

"인간은 죄 많은 존재니까 늘 세상에 사과하며 살아야 해요."

이게 뭔 소리야. 아멜리는 눈썹을 찡그렸다. 요새 젤원에 헛소리 병이 유행 중인가?

"나도 스토니스 가는 길이었어요. 거기 친척 아저씨 댁이 있거든요."

"그런 사람이 나무 안엔 어쩌다 들어가게 됐어요?"

"아니, 뭐. 국도에서 웬 불한당을 만나는 바람에. 냅다 황무지로 도망쳤는데 정신 차려보니 무케스산이더라고요. 근데 이 새끼가 주제도 모르고 자꾸 쫓아오네? 마침 나한테 어떤 마법사의 연구실을 털, 이크크. 방문했을 때 선물 받은 스크롤이 있어서 확 찢어버렸죠. 나, 마어를 조금 읽을 줄 아는데 스크롤엔 나무와 방어라는 단어가 들어 있었다고요. 그럼 당연히 나무가 나를 지켜주는 마법인가보다 하고 생각하게 되잖아요. 근데 정신 차려보니 어딘가 좁은 공간 안에 쳐 갇혀 있는 거야. 씨발, 이게 무슨 방어마법이야. 감금마법이지."

안 그래도 여자치고 목소리가 걸걸한데 말버릇까지 굉장히 험했다. 귀족은 고사하고 도로시처럼 어느 정도 교양을 갖춘 평민 같지도 않았다. 설마 깡패는 아니겠지.

"본의 아니게 나무로 변장을 하게 된 덕분에 불한당에게서 벗어날 순 있었지만 이거 뭐 시간이 지나도 마법 해제가 돼야지 말이죠. 참 센스가 거지발싸개 같은 마법사 새끼죠? 타이머를 맞춰 놔야 할 거 아냐.

나 혼자 이걸 어떻게 빠져나가라고. 내가 폐소공포증이라도 있었음 이미 한 시간 전쯤 숨넘어갔을걸.”

모르간이 스크롤 제작자에 대해 걸쭉하게 비난을 늘어놓는 사이 아멜리는 묵묵히 작업 속도에 박차를 가했다. 덕분에 30분쯤 지났을 때 비좁은 나무 구멍이 만들어졌다.

“너무 작나요? 더 크게 할까요?”

“한 번 빠져 나가볼게요.”

모르간이 안에서 비비적대더니 머리부터 빠져나왔다.

“으아, 내 머리털.”

머리카락이 나무껍질 같은 데 끼었는지 모르간이 작게 비명을 질렀다. 아멜리는 한 걸음 물러나 드디어 모습을 드러낸 정체불명의 여자를 관찰했다. 얼굴과 뒤통수가 구별되지 않을 정도로 산발이 된 긴 흑발이 머리통을 뒤덮고 있는 데다 나무 밖으로 상체만 빠져나온 상태로 팔을 버둥버둥하는 모습이 가히 괴기스러웠다. 솔직히 지옥에서 갓 탈출 중인 요괴라 해도 믿음직했다. 꿈에 나올까 두려운 그 모습을 아멜리가 기가 질려 쳐다보고 있자, 시선을 느낀 모르간이 칭얼거렸다.

“보지만 말고 좀 도와줘요.”

“아, 네!”

아멜리가 모르간의 양손을 맞잡고서 있는 힘껏 잡아당겼다.

“으윽!”

“아야! 아이고! 살가죽 벗겨져!”

“좀만 더⋯⋯.”

"아파!"

나무구멍에 딱 끼어있던 골반이 통과하자마자 홀랑 빠져나온 모르간의 몸이 아멜리의 위로 사정없이 쏟아졌다. 비명 속에서 두 여자의 몸이 한데 얽힌 채 땅바닥을 데굴데굴 굴렀다. 겨우 움직임이 멎고 나자 두 여자 모두 진이 빠져서 일어날 수가 없었다. 할딱거리는 숨소리가 잦아들면서 모르간이 먼저 벌떡 일어났다.

"아이구, 쑤신다."

어깨와 허리를 돌리며 몸을 풀던 모르간이 아직도 바닥에 퍼져있는 아멜리에게 손을 내밀었다.

"괜찮아요?"

아멜리도 정신을 추스르며 몸을 일으켰다.

"괜찮……."

모르간의 손을 잡으며 일어나려던 아멜리는 모르간과 시선이 마주친 순간, 하려던 말을 잊어버렸다. 눈앞에 있는 흑발의 여자, 모르간 때문이었다. 한 마디로, 미녀였다. 두 마디로는 굉장한 미녀였다. 세 마디로 하자면 유례없이 굉장한 미녀였다.

'세상에 마상에.'

아멜리는 충격을 받고 말았다. 걸걸한 목소리에 말투도 무서워 깡패가 아닌가 의심이 들게 하던 여자였건만 실제로는 놀라울 만큼 고혹적인 아름다움을 지닌 젊은 여자였다니! 맨튼에서 게일이 넋을 놓고 봤던 여자들처럼 건강미 넘치는 젤원 남부 미녀의 신체적 특징을 고루 갖춘 데다, 깊고 그윽한 눈매와 맑고 천진한 눈동자의 조화는 신비롭기까지 했다.

모르간이 넋을 잃은 아멜리의 손을 덥석 잡고 힘껏 일으켰다.

"이 신세는 잊지 않겠어요. 나 모르간, 빌린 돈은 떼먹어도 목숨값은 절대 떼먹지 않으니까."

말이 뭔가 좀 이상한 것 같았지만 아멜리는 따질 겨를도 없이 속으로 감탄을 거듭했다.

'지금까지 만난 여자 중에 제일 예쁜 건 도로시였는데 그보다 예쁜 여자도 있구나. 역시 세상은 넓고 미인은 많아.'

그때 모르간이 돌연 인상을 찌푸렸다.

"쉬 마려."

"……"

모르간은 너무 오래 갇혀 있었다고 투덜대며 근방의 덤불 속으로 걸어 들어갔다. 이윽고 볼일 보는 소리가 적나라하게 들려왔다. 아멜리가 황급히 귀를 틀어막았다. 저렇게 예쁜 얼굴로 처음 만난 사람 앞에서 노상방뇨라니, 이건 털털하다 못해 특이한 거다. 아멜리는 저도 모르게 신세 한탄을 했다.

어쩐지 동굴에서 나온 뒤론 이상한 사람들을 많이 만나는 거 같아. 휴우. 나처럼 평범한 사람에게 이게 다 무슨 일인지 모르겠네.

따지고 보면 시대를 초월해버린 여자야말로 가장 「이상한 사람」이었지만 당사자는 아직 깨닫지 못한 사실이었다.

꧁

    게일은 너른 바위에 가만히 앉아 피가 묻은 검을 손질하는 중이었다. 그러나 피를 닦아내는 손길보다는 머릿속이 더 부산했다. 올리언에게 자백받은 이야기는 몇 번을 곱씹어도 기가 막혔다.

    약 3년 전, 파샤 상인조합은 휘하의 장인공방에 희귀한 마그네트 원석을 맡기며 국왕에게 진상할 보석세공품의 제작을 의뢰했다. 장장 2년에 걸쳐 완성된 세공품은 국왕 탄신일 연회가 열리기 6개월 전 상인조합의 금고로 옮겨졌다. 그리고 연회일 직전 상인조합장이 세공품을 직접 히스톤으로 이송하기 위해 금고문을 열었다. 하지만 금고 내부는 텅 비어 있었다. 세공품이 감쪽같이 도난당한 것이었다.

    파샤 상인조합은 대혼란에 빠졌고, 이 소식을 접한 파샤 국왕은 대노했다. 좀도둑 따위가 국왕을 위한 예물에 마수를 뻗쳤다는 것 자체도 매우 치욕적이었지만, 더 심각한 문제는 마그네트 원석이 본디 왕실의 소유물이라는 사실이었다.

    사정은 이러했다. 원래 파샤왕실은 장인공방에 품질 좋은 마그네트 원석을 맡기며 국왕이 쓸 장신구로 가공해달라는 단순한 의뢰를 하였다. 그런데 왕실과 장인공방의 연결책 노릇을 하고 있던 상인조합이 돌연 끼어들어 색다른 제안을 했다.

"이 마그네트 원석은 대단한 물건입니다. 물론 이 하나만으로도 큰 가치를 지니지만, 만일 저희 상인조합이 소유하고 있는 보석들과 합칠 수 있다면 전 세계의 그 어느 왕실에서도 찾아볼 수 없는 희대의 보배가 될 것이 분명합니다. 이 도전이 성공하면 파샤왕실의 위명만이 아니라 저희 상인조합의 명예와 기술력 또한 전대륙에 널리 퍼질 겁니다. 그러니 부디 맡겨주십시오. 원석 외의 재료비와 제작비는 모두 상인조합에서 대겠습니다. 이 프로젝트에는 그런 가치가 있습니다! 단지 소유하는 것만으로도 역사서에 기록될 만한 그런 걸작을 만들어내고야 말겠습니다!"

사실 국왕은 상인조합의 돌발적인 제안이 불리한 상법의 수정을 청탁하기 전 자신의 환심을 얻어두려는 속셈임을 간파하고 있었다. 그럼에도 국왕은 상인조합장의 호언장담에 귀가 솔깃했다. 파샤는 역사가 짧은 나라고, 게다가 그 기원은 이웃국 젤원에게서 쫓겨난 야만족 파만이기에 주위의 혈통 좋은 왕가들은 은근히 파샤왕실을 무시하고 있었다. 그 사실을 알고 있던 파샤국왕은 주변국들의 시기와 부러움을 살만한 보배를 가질 수 있다는 말을 거부할 수 없었다.

결국 마그네트 원석은 상인조합의 손으로 들어갔다. 단, 완성된 세공품을 3년 이내에 진상해야 한다는 조건도 붙었다. 이때까진 누구도 2년 만에 마른하늘에 날벼락 같은 도난 사건이 발생하리라곤 꿈도 꾸지 못했다.

도난 사건으로 국왕의 심기가 매우 불편해졌다는 소문이 들려오자 상인조합은 다급히 사라진 세공품 수배에 총력을 기울였다.

국왕도 조력자로 로열 나이트를 파견해 주었다. 덕분에 반년 뒤 문제의 세공품을 젤윈의 남부 암시장에서 찾아낼 수 있었다. 이미 몇 번의 세탁을 거친 상태라 원출처를 밝혀낼 순 없었지만, 상인조합은 거액을 들여 세공품을 매입해 약속한 기간 내에 진상하는 데 성공했다.

그러나 모든 것은 엉망진창이 된 후였다. 국왕은 상인조합에 대한 신뢰를 거두었고, 세간의 평판도 훼손됐다. 경제적 손해까지 순전히 상인조합의 몫이었으니 세상 누구보다도 이윤에 밝은 장사꾼들로서는 굴욕이나 다름없는 결과였다.

상인조합장 왈도는 조합원들 앞에서 자신의 사활을 걸고 범인을 잡아내겠노라 공약했다. 그 후 젤윈 각지로 파견된 그의 수하들은 얼마 지나지 않아 이번 도난 사건에 악명 높은 국제범죄조직「마스터스 리그」가 연루되어 있음을 알아냈다. 마스터스 리그의 간부를 잡아 파샤로 압송하라는 지시가 떨어졌으나 왈도의 수하들은 사실 적의 간부는커녕 잔챙이가 누구인지 알아내기도 쉽지 않은 형편이었다.

그러던 중 왈도의 가장 유능한 수하 올리언이 마스터스 리그의 조직원 한 명을 생포하는 데 성공했다. 겨우 얻은 수확물을 보고하기 위해 올리언은 조직원을 데리고 서둘러 맨튼으로 향했다. 그러나 맨튼에 거의 다 와 갈 무렵 그만 조직원을 놓쳐, 가까스로 무케스산까지 도망친 자를 쫓아왔으나 그만 야비한 덫에 걸려 다리에 큰 부상을 입고 말았다. 바로 그런 때에 게일과 맞닥뜨리게 됐던 것이다.

올리언의 이야기를 곱씹어본 게일은 끌끌 혀를 찼다. 파샤왕실에 상인조합에 마스터스 리그 등등 골치 아픈 이름들이 잔뜩 등장하긴 하지만 약 2주 전이었다면 아무래도 좋았을 일이었다.

"근데 왜 국왕이 파견한 로열 나이트가 하필 칸이냐고⋯⋯."

일이 꼬여도 더럽게 꼬였다. 칸과 왈도 사이에 연결고리가 있는 이상 왈도의 수하인 올리언을 그냥 보내주긴 어려웠다. 도망 중인 그들의 소식이 칸에게 들어갈 수도 있고, 어쩌면 파샤 왕실의 적을 쫓고 있는 마법사를 상처 입혔으므로 지명수배당할 수도 있다. 더 최악을 점친다면, 마스터스 리그의 관련자로 오해받는 것이다. 로열 나이트의 명예가 있기에 만일 깡패조직과의 연루 의혹을 받는다면 게일 자신보다 직장 동료들이 더 펄펄 뛰며 변호해주겠지만 하필 얼마 전 통보도 없이 직장을 때려치우고 야반도주한 참이 아니었던가.

"까마귀 날자 배 떨어진다더니. 쯧쯧."

게일은 한줌 잿더미가 된 남자를 시냇물에 흘려보냈다. 수마법사이므로 수장도 나름 괜찮은 장례 방법이라 생각하면서.

마법사의 흔적은 삽시간에 물살에 떠내려가 사라졌다. 게일은 어쩐지 싱숭생숭해졌다. 엄한 살인으로 인한 양심의 가책 탓은 아니었다. 그저, 올리언을 죽인 행위가 파샤 왕실에 정면으로 반(反)하는 것이었고, 따라서 그가 걸음마 떼기도 전부터 주입 당해온 가치관과 완전히 상충하는 행위였기 때문이었다. 충심으로 살고, 충심으로 죽으라. 귀에 딱지가 앉도록 들어온 말이었지만 그렇게 안 한다고 해서 세상이 뒤집어지지도 않는다. 게일은 하늘에 뜬 노란 반달을 올려다보았다. 절반은 비고 절반은 차오른 모양새가 딱 그의 심정 같았다. 반쯤 허탈하고 반쯤 충만하다. 그러나 저 반달은 앞으로 점점 차오를 것이다.

게일은 자신 또한 그러하리라는 것을 예감했다.

앞으로는 그 누구에게도 복종하지 않겠다. 난 왕이 아니라 나 자신을 위해 살 거다. 내가 아닌 남을 위해 목숨 바치는 짓 따위 안 해.

게일은 어느덧 깨끗해진 검을 검집에 집어넣었다.

"자, 아멜리나 찾으러 가볼까."

༄

아멜리는 무케스산 지리를 잘 아는 모르간 덕분에 사냥꾼들이 쓴다는 작은 산장을 찾아올 수 있었다. 모르간은 일행을 잃어버린 사람이라면 산장 불빛을 보고 찾아올 거라는 조언을 했는데, 정말로 한 시간도 안 되어 게일이 나타났다. 그런데 어쩐 일인지 문가에 망부석처럼 서서 움직이질 않았다. 아멜리가 그의 눈앞에 손을 휘젓자, 그제야 반쯤 풀린 눈으로 입을 열었다.

"이 여신님은 누구시지, 아멜리?"

아멜리 등 뒤에서 모르간이 귀를 쫑긋 세웠다.

"여신님? 나요?"

헉! 게일은 무심결에 자신의 심장 부근을 움켜쥐었다. 그녀는 용모도 훌륭한데 목소리까지 매력적인 허스키 보이스였다. 그는 10점 만점의 10점짜리 취향 저격을 당해 정신을 차릴 수 없었다.

"이분은 모르간이라고 하고, 산속에서 곤란한 지경에 빠져있는 걸 제가 우연히 발견해 구해줬어요. 그리고 모르간은 절 이곳까지 안내해줬고요."

몽롱한 채 아멜리의 설명을 듣고 있던 게일이 순간 욕설을 내뱉었다.

"이런 몹쓸……!"

"왜 그러셔요?"

"젤원의 황제를 가만두지 않겠다!"

"황제는 또 왜요?"

"미인은 나라의 보배이니 모르간 양이 곤경에 처한 건 국보 관리 소홀! 그럼 책임질 놈은 이 나라 황제잖아!"

아멜리는 황당함에 말문이 막혔다. 이 양반이 잠깐 못 본 새 머리라도 다쳤나?

"잘생긴 검사님께서 농담까지 잘하셔."

모르간이 까르르 웃음을 터뜨리는 소리에 게일은 표정을 굳혔다.

"농담? 그래요. 모르간 양이 국보라니. 농담이 아니라 정말 망언입니다."

"응? 망언?"

"당신의 미모는 겨우 국보가 아니라 인류의 보배, 말하자면 세계문화유산! 따지고 보면 책임은 우리 모두에게 있었어! 아아, 아멜리. 우리의 죄를 어찌해야 한단 말이냐."

아멜리는 딱 1분만 히스톤으로 돌아가고 싶어졌다. 그곳이라면 굳이 자신이 손을 쓰지 않아도 저 붉은 머리통을 갈겨주고 싶어 안달 난 사람들이 한 부대쯤 있을 텐데.

"통성명이나 마저 하셔요. 모르간. 이쪽은 제 친구인……."

"스테아라고 합니다."

아멜리가 말하는 도중 게일이 불쑥 끼어들어 가명을 댔다. 아멜리가 어리둥절하게 그를 쳐다보았지만 그의 시선은 모르간에게서, 정확히는 얇은 천이 착 달라붙어 있는 탄탄한 허벅지에서 떨어질 줄 모르는 중이었다. 아멜리가 인상을 찌푸리며 그의 옆구리를 쿡 찔렀다.

"왜?"

"배고프지 않으셔요?"

"난 모르간 양을 쳐다만 봐도 배가 부른걸."

"불도 피워야 하는데요."

"뭐하러 굳이. 모르간 양을 보기만 해도 이렇게 몸이 막 후끈후끈한데."

"……."

아멜리의 싸늘한 시선이 북풍한설을 거쳐 만년설이 되어갈 즈음 게일이 굼벵이처럼 움직이며 나갈 채비를 했다. 어기적거리며 산장 밖으로 나가는 게일의 등에 대고 아멜리가 외쳤다.

"말들한테 물하고 먹이 챙겨주는 것도 잊지 마셔요."

귀찮게스리. 게일이 입속말을 꿍얼대며 밖에 나간 뒤 아멜리는 짐을 뒤적거리며 육포와 비스킷을 꺼냈다.

"저흰 맨튼에서 출발했는데, 스토니스까지 금방 도착할 줄 알고 음식을 많이 챙겨오지 않았어요. 그래도 비상식량이 있으니까 이걸로 같이 저녁을……?"

아무 생각 없이 뒤돌아보던 아멜리는 움찔 놀랐다. 모르간은 테이블에 안장 턱을 괴고 아멜리를 빤히 쳐다보고 있었다. 워낙 미인이니 무슨 표정을 지어도 아름답긴 한데, 저 미소는 어쩐지 엉큼한 느낌이 있었다.

"솔직히 말해봐요."

"네?"

"아까 질투했죠?"

"네에?"

어라? 혹시 내가 모르간의 미모를 질투했다는 느낌을 받았나? 어째서? 아멜리는 모르간의 오해에 당황했다.

"전혀 그렇지 않아요. 왜 그런 생각을 했어요?"

"표정이 엄청 안 좋던데?"

"음, 아깐 속이 좀 안 좋아서……."

솔직히 말하자면 게일이 고까웠던 것이지만.

"괜찮아. 괜찮아. 다 말해도 돼요. 어차피 나랑은 지나가는 인연인데 후환 없잖아."

모르간이 너그러운 미소를 지으며 말했다. 아멜리는 뭔가 핀트가 어긋났음을 깨달았다.

"대관절 뭘 말하라는 거여요?"

"저 남자 좋아하지?"

그 순간 아멜리가 들고 있던 비스킷통이 요란한 소리를 내며 바닥에 떨어졌다. 아멜리는 자신이 들은 소리를 믿을 수 없어 곱씹고 또 곱씹다가 한없이 진지한 표정으로 입을 뗐다.

"혹시 젤원에도 명예훼손죄란 게 있어요?"

"어머, 귀엽다. 부정하려는 거 보니 이제 막 시작하는 풋풋한 사인가 봐."

"전혀 풋풋하지 않아요!"

"호오. 그럼 농밀해?"

"아뇨! 그런 뜻이 아니라!"

아멜리의 필사적인 부정에도 모르간은 다 안다는 듯 고개를 끄덕거렸다.

"걱정 말아요. 난 그냥 연애하는 젊은이들 구경하는 게 재미있어서 그러는 거지. 딱히 당신 친구한테 관심 없어요."

"전혀 걱정 같은 거 안 해요! 모르간 씨가 관심 있대도 상관없거든요!"

"난 취향이 꽤 소나무걸랑. 꽂히는 타입이 확실히 정해져 있다고."

"저기, 내 말 듣고 있어요?"

"우선은 흑발이 좋아요."

안 듣는구나. 아멜리는 좌절했다.

"성격은 과묵하고 진중하며 심지 곧은 남자. 직업은 뭐든 상관없지만 일을 할 땐 묵묵히 최선을 다하면 좋겠고, 다른 여자한테 한눈 안 파는 성실한 사람이어야지. 말하자면 차가운 도시 남자, 하지만 내 여자에겐 따뜻한 타입이랄까."

'그럼 게일님과 머리부터 발끝까지 다른 사람이잖아?'

아멜리는 열심히 헛물 켰던 게일을 딱하게 여기면서 한편으론 모르간의 묘사가 어딘가 낯이 익어 고민에 빠졌다.

누구였더라. 머릿속에서 뭉게뭉게 흑발의 누군가가 떠오를 듯했다. 그런데 모르간의 이어지는 말이 산통을 깼다.

"눈치 빠르고 말귀는 잘 알아들으면서 시키면 시키는 대로 요리랑 빨래랑 청소도 잘하고, 밭도 잘 갈고, 물고기도 잘 잡는 능력남이 멋지지. 아, 안마 솜씨도 탁월하면 금상첨화. 내가 요새 어깨가 자주 결려서 말이죠. 아이구, 지금도 좀 쑤시네. 망할 놈의 나무 탓인가. 그렇지만 나한테 굽실대기만 하면 매력이 없죠. 내가 애인을 구하는 거지 머슴을 구하는 건 아니잖아?"

하지만 같은 조건으로 머슴을 구해도 아주 아주 훌륭한 머슴을 구할 수 있을 텐데. 아멜리는 언뜻 스친 생각을 차마 입 밖에 꺼내진 못했다.

"이런 성격과 능력에, 여자 형제 없고 부모님이 딴 나라에 살고 계시는 부잣집 3형제 중 막내인 남자, 나타나기만 하면 당장 결혼인데 도통 안 나와~. 기다리다 꼬부랑 할머니 되어 황혼 로맨스를 해버리겠어~."

과연 실재하기는 할까.

"혹시 괜찮은 사람 누구 몰라요?"

"모르간 정도라면 이미 훌륭한 구혼자들이 줄을 섰을 거 같은데요?"

"별로 그렇지도 않아요. 난 변변치 않은 남자는 취급 안 해서."

변변치 않다는 건 이상형에 부합하지 않는다는 뜻인가? 하지만 마음만 먹으면 어느 나라 왕자와도 결혼할 수 있을 것 같은 미녀가 왕자보다도 희귀할 것 같은 존재만 기다리고 있다니. 아멜리는 안타까운 마음이 들어 나름대로 선의의 조언을 건네기로 했다.

"약간 눈을 낮춰보는 건 어때요? 그러니까, 안마 실력이 서투르거나 막내아들이 아닌 남자라 할지라도 다른 장점이 있다면 신랑감으로 괜찮지 않을까요?"

"무슨 소리! 나만큼 눈 낮은 여자가 어디 있다고요. 얼굴 안 봐. 몸매 안 봐. 나이 안 봐. 학력 안 봐. 신분 안 봐. 초혼 여부 안 봐. 대머리 유전자 안 봐. 크기와 테크닉도 중간만 가면 된다는데 어떻게 이보다 관대해져! 타협 같은 건 안 해요. 아니, 못 해."

"……모르간 씨 혹시 독신주의자인 건 아니어요?"

타이밍 좋게, 산장 문이 벌컥 열리며 인상을 박박 쓴 진짜 독신주의자가 나타났다.

"말안장의 저 보따리는 뭐야?"

"어마, 보셨군요. 황금귀 버섯이어요."

"황금 귀고 황금 코고 저런 건 왜 땄는데?"

"어마, 모르셔요? 황금귀 버섯은……."

게일은 설명을 다 듣지도 않고 칼같이 잘라 말했다.

"안 먹어."

안 먹긴 뭘 안 먹는단 말인가. 그러나 아멜리는 어린애 같은 밥투정이 못마땅해 그의 오해를 풀어주지 않았다.

"편식은 나빠요."

"어쩔 수 없어. 나는 전생에 버섯과 원수지간이었거든."

"저 버섯으로 식비 절약을 할 수 있을 텐데요?"

"차라리 굶으마."

이럴 때 보면 그의 부잣집 도련님 내력은 어디로 가질 않는다.

아멜리가 게일에게 눈을 흘기고 있는데 모르간이 끼어들었다.

"어, 버섯 왜 싫어해요? 무지 맛있는데? 스프로 만들어도 맛있고 숯불에 구워 먹어도 맛있어요. 특히 구울 때 버섯 갓에 고이는 물이 남자에게 그렇게 좋다던데. 흐흥."

모르간이 콧잔등을 살짝 찡그리며 야릇한 눈웃음을 치자 게일의 안면 근육은 버터처럼 녹아내렸다.

"먹겠슴다. 모르간 양을 위해서 목숨이 다하는 그 날까지 매일 하루 세 끼 버섯만 먹겠습니다."

하아……. 아멜리는 패트리샤 공주가 여행 중 왜 그리 자주 편두통에 시달렸었는지 겨우 헤아릴 수 있을 것 같았다.

그들은 조촐한 저녁 식사를 나누며 대화 삼매경에 빠졌다. 모르간은 아멜리와 게일이 둘 다 파샤인으로, 젤윈 유람 중이라는 사실을 알게 되었다. 그리고 아멜리와 게일은 모르간이 단맛보단 매운맛을 좋아하고 강아지보단 고양이파이며 미모 관리법은 딱히 없다는 사실을 알게 되었다. 물론 전적으로 게일의 쓸데없는 질문 덕분이었다.

"헤에. 역시 파샤 사람들이었구나. 아멜리 씨 말투가 좀 낯설어서 긴가민가했어요."

말투가 촌스럽다고 놀림 받았던 기억이 떠올라 아멜리는 살짝 얼굴을 붉혔다.

"제 고향에선 다들 이런 말투를 써요."

게일도 옆에서 거들었다.

"얘가 억양이 좀 후지죠? 시골 출신이라 그래요."

"아하. 파샤의 지방 말투구나."

"지방이라고 다 같은 지방이 아닙니다. 얘 고향은 완전 깡촌, 무슨 이름도 없는 두메산골이라고요."

"이름 정돈 있는데요……."

아멜리가 소심하게 중얼거렸다. 들뜬 게일의 귀엔 들리지 않았지만.

"깡촌에서 나고 자라 스무 해 넘게 고향 밖으로 나와 보지도 못했다나요. 여행의 자유가 있는 이 시대에 아직도 그런 사람이 있다는 게 믿어져요, 모르간 양? 그래서 세련된 수도 태생이며 견문 넓고 여행도 많이 해본 내가 불쌍한 친구를 위해 나서게 됐죠. 더 늦기 전에 세상 구경이나 좀 시켜주려고. 의리하면 또 나니까. 하하하!"

"그랬구나. 하긴 세상 구경이라면 젤윈만큼 좋은 장소도 없죠. 절경 많고 유적지 많고 사람 많고. 아, 맞다. 나, 파샤 사람을 만나면 물어보고 싶던 게 있는데."

"뭘까요. 혹시 우리 집 주소?"

저놈의 주둥이는 지치지도 않는구나. 반면에 아멜리의 신체엔 차곡차곡 피로가 적립되어가는 중이었기에 그녀는 게일의 헛소리에 반응하는 것을 그만두기로 했다.

"마수(魔獸)가 증가하고 있다면서요?"

"예전보다 많이 늘어나긴 했어요."

"거긴 왜 그렇죠? 젤윈은 이렇게 조용한데."

"글쎄요? 그냥 나라 터가 안 좋은 게 아닐까요."

"흐음……."

"그러는 젤윈이야말로 요새 어때요?"

"평민들 형편이야 늘 똑같죠."

"저런 저런. 「젤윈의 샛별」이 잘하지 못하고 있나 보군요."

"생각보단 잘하고 있어요. 다만 상대가 기황(奇皇)인 걸 어쩌겠어요."

"그 사람 요새 또 뭔 짓 합니까?"

"수도에 무투경기장을 짓는 중이에요."

"웬 무투경기장?"

"파샤의 수프림 나이트 때문일 걸요."

콜록! 찻물을 마치고 있던 아멜리가 크게 사레가 들렸다.

"바보같이 왜 이래. 천천히 마셔."

게일이 아멜리의 등을 탁탁 두드려 주면서 모르간에게 물었다.

"수프림 나이트 때문이라는 게 무슨 소립니까?"

"세상에서 가장 큰 나라는 젤윈인데 세상에서 가장 강한 무사는 파샤에 있으니 대국의 체면이 서질 않는다고 했다나요. 경기장을 다 지으면 추계무사전처럼 큰 대회를 열어 젤윈 최강자를 뽑을 거라는데, 무투장 공사에 중북부 사람들을 동원하고 있어서 그쪽 민심이 별로 좋지 않아요. 젊은 재상 혼자 수습하기에 벅차기도 하겠죠."

게일이 혀를 찼다.

"젤윈 사람들도 참 딱해요. 폭정(暴政) 10년에 우정(愚政) 10년이 겨우 끝났나 싶었을 텐데 이번엔 기정(奇政) 10년이라. 가늘고 길게 싸는 똥도 아니고 이건 뭐."

"그래도 가끔은 선정도 베푸니까 예전보단 살기 편다고들 하던데."

"아니, 이럴 땐 차라리 일관적으로 나쁜 놈이 나아요. 확 뒤집어엎게."

게일의 의견에는 다분히 사감이 섞여 있었다.

잠잘 때가 되자 게일은 산장의 침대 두 개를 여자들에게 양보했다. 그에 아멜리는 경악을 금치 못했다. 그는 파샤에서 야영을 할 때도 잠만큼은 좀 좋은 데서 자고 싶다며 공주의 마차를 탐내던 남자였다. 어디 마차뿐인가. 공주의 베개, 공주의 모포, 공주의 파자마 등. 누가 보면 공주를 가슴 절절히 사모하는 변태로 오해할 정도로 안락한 잠자리에 집착했다. 그런 남자가 자발적으로 침대를 양보하고 침낭을 택할 줄이야.

"이렇게 누추한 데서 자다가 우리 여신님 피부가 상하시면 어쩐다. 인류의 보배를 위해 내가 나서야겠구나."

심지어 부산스레 모르간의 잠자리를 정리해주기까지 했다. 집에선 손가락 하나 까닥하기 싫어 시도 때도 없이 종을 울려대던 남자가 아니었던가. 아멜리는 이 놀라운 변화를 목도하며 발번의 친구들이 종종 하던 말을 떠올렸다.

'예쁜 여자들은 살기 편하댔나. 과연. 바로 이래서구나.'

그 자신을 「예쁜 여자」의 범주 안에 넣지 않는 아멜리로선 왠지 모르게 서러운 기분이 들었다. 그것도 잠시, 지난밤부터 잠을 제대로 못 잔 데다 오늘 하루 온갖 소동을 겪었던 아멜리는 베개에 머리를 대기 무섭게 깊은 잠에 빠져들었다. 여신님의 밤을 지키는 수호천사가 되겠다며 술술 지껄이던 게일도 금세 드르렁드르렁 코를 골았다.

코 고는 소리와 규칙적인 숨소리가 한 시간쯤 반복되던 중, 모르간이 일어났다. 그녀는 살며시 침대를 빠져나와 옆 침대로 다가갔다. 아멜리는 세상 모르고 자는 중이었다. 눈앞에서 손을 흔들어도, 볼을 찔러도 전혀 반응이 없자 모르간이 만족스러운 미소를 지었다. 길고 고운 손가락이 아멜리의 앞섶으로 파고들었다.

잠시 후 모르간은 홀로 산길을 걷는 중이었다. 램프도 없이 밤하늘의 총총한 별빛에 의지하고 있었으나 조금도 주춤대지 않았다. 발걸음은 경쾌한 리듬이면서도 발돋움을 한 사람처럼 조용조용했다.

파삭. 그러므로 모르간이 낙엽 밟히는 소리를 자신의 것으로 착각하는 일은 없었다.

"이런, 미안해라. 혹시 내가 깨웠나?"

"걱정 하덜덜 마쇼. 아예 자지도 않았수다."

적발의 청년이 시큰둥하게 대답했다.

"잠자리가 불편하면 잠이 안 와요? 「귀족」이 따로 없네."

"달밤에 산책하는 취미는 「도둑고양이」한테나 있는 줄 알았는데."

"어머……."

모르간이 묘한 표정을 지었다. 게일이 아랑곳없이 저벅저벅 걸어 그녀에게 가까이 다가섰다.

"난 손버릇 나쁜 애들만은 이해를 못 하겠더라. 왜 제 것이 아닌 물건에 굳이 손을 대고 싶어 할까?"

모르간은 도망치긴커녕 여유만만하게 팔짱을 끼었다.

"눈앞에 벌거벗은 미녀가 있는데 당신 같으면 안 덤벼들어?"

호오. 그런 논리…… 무심코 납득할 뻔했던 게일이 황급히 생각을 돌이켰다. 아니지, 아니지. 암만 미녀가 벌거벗고 있어도 멋대로 덮치면 범죄잖아.

그는 일부러 인상을 쓰며 손바닥을 척 내밀었다.

"헛소리 집어치우고 지갑이나 내놔."

"어떻게 알았어? 내가 도둑고양이인 거?"

"돌려주면 가르쳐드리리다."

말 끝나기 무섭게 손바닥에 지갑이 툭 올려졌다. 게일은 지갑을 열어 내용물을 확인했지만 금화며 작게 접힌 은행 증서며 모두 제대로 들어 있는 것 같았다. 그러나 상대방의 순순한 태도에 찜찜함이 남았다.

"몰래 몇 개 빼낸 건 아니겠지."

"내가 그렇게까지 치사하진 않아. 어서 약속대로 말해주기나 해."

그냥 갈까? 게일은 불쑥 그런 생각이 들었다. 그러다가 달빛 아래 미소를 띠며 서 있는 모르간의 자태를 내리훑게 되었다. 젠장. 이쁘긴 오질라게 이쁘네.

"아까 올리언을 만났다."

마른 체격에 흑발을 가진 젊은 여자. 설마 이런 산중에 아멜리 말고 한 명이 더 있을 줄은 몰랐지만, 게일은 모르간을 보자마자 바로 올리언이 말하던 리그원이라는 것을 알아차렸다. 참 어이없는 일이었다. 만일 올리언이 「섹시한 미녀」라고 딱 한 마디만 덧붙였더라면 게일은 아멜리라 착각하지 않았을 테고 올리언은 좀 더 오래 이승에 머물 수도 있었다. 하지만 모든 건 이미 지나간 일. 게일은 올리언이 다음 생에 동태눈만은 아니길 바란다며 명복을 빌어줄 수밖에 없었다.

"올리언 동료야?"

"……."

"아님 친구야?"

게일의 얼굴이 일그러졌다. 어떻게 이렇게 귀티 나는 날 보며 깡패 친구라는 심한 착각을?

"올리언은 지금 어디 있어?"

"알려줄까 보냐."

"죽였지?"

헐. 저 여자 신기가 있나.

"왜 그랬어?"

게일은 대답을 주저했다. 사실 올리언을 죽였다는 게 동네방네 소문나 봐야 별로 좋을 것이 없었다. 그러나 한낱 좀도둑 앞에서 몸 사리자니 그것도 왠지 꼴이 우스웠다.

"첫째론 정당방위. 둘째론 어른의 사정. 자, 호기심 풀었으면 어여 가보셔. 우리 근처에 다신 얼씬거리지 마라."

"당신이 올리언을 죽였다면 내 목숨을 구해줬단 뜻이네. 어머나. 이 은혜를 어떻게 갚지?"

뺨을 감싸며 한숨 쉬는 모르간의 자태는 흡사 밤의 여신처럼 고혹적이었다.

게일은 저도 모르게 꿀꺽 마른 침을 삼켰다.

"올리언은 말이지. 날 파쇼로 끌고 간 뒤 고문해서 간부급에 관한 정보를 얻으려고 했던 거야. 완전히 병신 같은 발상이었지만. 말단 때문에 무너질 조직 같으면 여태 장사를 해먹을 수 있었겠어?"

말이야 맞는 말이었지만 게일은 설마 올리언이 그 정도로 생각이 없었을 것 같진 않았다. 책상 앞에서 펜대만 굴리는 상사에게 쪼여본 자만이 느낄 수 있는 직감이었다.

"많고 많은 형제 중에 하필 내가 올리언 눈에 딱 걸려 독박 쓸 판이었는데 당신이 구해준 셈이네? 나 정말 감동했어."

모르간이 손을 뻗어오자 게일은 황급히 지갑을 등 뒤로 감췄다. 그러나 모르간의 손길이 향한 곳은 지갑이 아니었다. 모르간이 게일의 팔뚝을 지분대며 물었다.

"진짜 단단하다. 전부 근육?"

"저리 비켜."

게일은 으르렁거렸으나, 결코 자신 쪽에서 뿌리치지는 않았다.

"잘생기고 몸 좋은데 엄청나게 강하기까지 한 남자라니, 완전히 사기 캐릭터네. 평생 가도 또 만날 수 없을 텐데 그냥 보내려니 아쉬워. 흐흥. 마침 갚아야 할 것도 있는데, 어떡하지……."

모르간이 나른하게 중얼거렸다. 게일의 울대는 점점 더 격한 상하운동을 했다.

'이상형을 만났는데 왜 하필 범죄자냐. 하늘도 무심……. 아냐. 이건 혹시 나더러 구제해주라는 하늘의 계시? 제2의 인생을 살아보려고 외국에 오자마자 이상형을 만났는데 어떻게 이게 단순한 우연이야. 운명이지, 운명. 분명히!'

물론 게일에게도 일말의 양심이란 것이 있었다.

'정신 차려라. 게일 선더랜드! 이 여잔 아멜리의 돈을 훔쳐간 도둑이다. 게다가 마스터스 리그 소속이잖아. 악질 중의 악질이야.'

하지만 일말은 어디까지나 일말인 법.

'먹고 살기 힘들 때 좀 실수한 걸 가지고 주홍글씨 붙이는 건 너무 야박하잖아? 훔친 돈은 이미 돌려줬고, 마스터스 리그야 내 사랑의 힘으로 개과천선하면 손 씻겠지. 게다가 여자의 과거에 신경 쓰는 건 내 스타일이 아니야. 나는 지금이 좋으면 그만이다!'

게일이 열심히 자기 합리화를 하는 사이 모르간이 은근하게 속삭였다.

"이렇게 몸도 좋고 힘도 세니 당연히 밤에 「그것」도 장난 아니게 잘 하시겠네."

게일의 귓바퀴에 뜨거운 입김이 훅 끼쳤다. 그것은 그의 정조관념을 그로기 상태로 만드는 레프트훅이었다.

툭. 아멜리의 지갑이 땅에 떨어졌다.

게일은 모르간의 가느다란 허리에 두 팔을 휘감으며 강하게 끌어안았다. 모르간도 기다렸단 듯이 자신의 팔을 게일의 목에 둘렀다. 어둠 속에서 한 덩어리로 뒤얽힌 남녀가 서로를 뜨겁게 응시했다. 야릇한 사건이 벌어지기 직전의 숨 막히는 공기 속에서 게일이 목소리를 깔며 은근히 물었다.

"「그것」이라면⋯⋯?"

"아이. 알면서."

알지. 알지. 알고말고. 게일이 저도 모르게 헤벌쭉 따라 웃던 그 순간.

찌익! 종이 찢어지는 소리였다. 게일이 놀라 뒤로 물러서려는 찰나, 그의 다리를 지탱해주던 힘이 모래알 흩어지듯 사라져 갔다. 털썩 무릎 꿇은 게일을 보며 모르간이 깔깔 웃음을 터뜨렸다.

"취침말고 딴 게 있어?"

저게 감히⋯⋯! 게일이 욕설을 내뱉으려 했으나 입은 움직이지 않았다. 눈꺼풀도 쇠추가 달린 것처럼 무거웠다. 점점 가물가물해지는 시야로 모르간이 파닥파닥 작별의 손 인사를 했다.

"잘 자. 변태 무사님."

빌어먹을. 입속에 욕설을 머금은 채 게일의 몸은 완전히 쓰러졌다.

❧

경쾌한 산새 소리에 아멜리는 잠에서 깨어났다. 거의 이틀간 미뤄뒀던 잠이라 그런지 꿈도 꾸지 않은 아주 개운한 숙면이었다.

그런데 기분 좋게 일어나고 보니 산장 안이 왠지 썰렁했다.

"게일님은 수련하러 가신 것 같고, 모르간은⋯⋯ 씻으러 갔을까?"

아멜리는 대수롭지 않게 생각하며 자신도 세수를 하러 산장에서 나왔다. 그런데 냇가로 내려가는 길에 땅바닥에 대자로 엎어진 커다란 남정네를 발견할 수 있었다. 처음엔 야생 곰이라도 나타난 줄 알고 도망치려 했는데, 저 붉은 머리통이 굉장히 낯이 익었다.

"게일님!"

아멜리가 혼비백산하며 쓰러진 게일에게로 달려갔다. 그런데 막상 그의 안색을 살펴보니 별로 아파 보이진 않았다. 오히려 불그레한 얼굴로 입맛을 쩝쩝 다시는 모습이 행복해 보인달까. 그런데 왜 보는 사람에겐 찜찜함이 느껴지는 걸까?

"일어나셔요."

아멜리가 게일을 흔들어 깨웠다. 하지만 아무리 흔들어도 일어나지 않아 게일의 콧구멍과 입술을 꾹 틀어막았더니 마침내 푸하푸하 급한 숨을 쉬며 벌떡 일어났다.

"안녕히 주무셨어요?"

게일이 아멜리를 보고서 몽롱한 눈을 끔벅거리다가 주위를 두리번거렸다.

"내 섹시 미녀는 어디 갔……. 아차! 그 여자!"

"그 여자?"

게일은 간밤에 일어난 사건을 아멜리에게 전달했다. 물론 마스터스 리그나 모르간의 미인계에 관해선 자체 검열된 이야기였지만 그것만으로도 아멜리에겐 매우 충격적인 소식이었다.

"제 돈을 훔쳐갔다고요? 모르간이?"

그들은 산장의 남은 짐을 확인해보았다. 지갑 외에 다른 잡동사니들은 모두 그대로 남아있었지만 산장 울타리에 매어둔 말 중 게일이 타고 다녔던 말은 보이지 않았다.

"그 요사스러운 좀도둑이 내 말까지!"

게일은 뒷목을 잡고 펄쩍펄쩍 뛰었지만 아멜리는 도리어 차분해졌다.

"이만하길 다행이어요. 최악의 상황은 면했잖아요."

"이게 최악의 상황 아니면 뭐가 최악이냐."

"잠든 틈에 해코지를 당했을 수도 있잖아요. 모르간이 강도가 아니라 좀도둑이길 망정이지 정말 큰일 날 뻔했어요."

아멜리는 자신이 한 말에 소름이 돋았다. 그렇게 웃는 낯으로 사람 뒤통수를 치는 여자인데 마음만 먹으면 더한 짓을 못할까. 악인 옆에서 태평하게 쿨쿨 잠이 들어놓고서 돈과 말만 잃은 것은 아무리 생각해도 천운이었다.

"해코지? 하! 그랬었다면 내가 멍석말이를 해줬을걸."

아멜리는 반박하지 않았다. 대신 아직 흙바닥의 흔적이 남아 있는 게일의 뺨을 지그시 응시했을 뿐이었다. 게일이 황급히 흙을 털어내며 변명했다.

"이건 어디까지나 실수야. 그 여자가 더럽고 치사하게 수면 마법으로 기습하지만 않았어도."

아멜리가 눈을 휘둥그레 떴다.

"마법? 모르간이 마녀였단 말이어요?"

그리고 보면 모르간의 비인간적인 미모는 풍문으로만 들어온 「마녀」

라는 존재의 이미지에 부합하는 면이 있다. 그러나 아멜리의 말을 들은 게일은 가소롭다는 듯 한쪽 입꼬리를 들어 올렸다.

"마녀는 아무나 하나? 좀도둑 주제에 어디선가 훔친 마법스크롤이나 썼겠지."

마법스크롤. 아멜리는 이미 귀에 익은 단어라는 것을 알아차렸다.

"마법스크롤이 뭐여요?"

"두루마리 종이처럼 생긴 마법 도구야. 일회용이긴 하지만 그것만 있으면 일반인들도 마법을 쓸 수 있거든."

아멜리는 순간 상황도 잊고 강렬한 호기심에 사로잡혔다.

"그건 어디서 팔아요?"

"왜?"

"저도 그런 거 하나 있으면 좋을 거 같아서요."

"안됐지만 아무나 막 살 순 없어. 스크롤은 제작부터 매매까지 전부 나라에서 관리를 해서 값도 값이지만 구매 시 행정적인 절차가 엄청 귀찮고 번거롭단 말이지. 나도 살면서 딱 세 번밖에 못 써봤다."

"그래요? 아쉽네요."

아멜리가 실망스럽게 중얼거렸다.

"어쩔 수 없는 거다. 개나 소나 다 마법을 쓸 수 있게 되면 세상이 어떻게 되겠어?"

"……우리 같은 사람들이 늘어나겠지요."

아멜리는 친구를 잃고 혼자 덩그러니 남게 된 외로운 말을 바라보았다.

"그래. 그렇단 말이지. 그러니까 그딴 좀도둑이 스크롤을 가지고 있어선 안 되는 거였다고! 내가 수면 마법에 당하다니, 으, 짜증 나. 그딴 잔재주에 이 내가!"

하지만 도둑은 달아났고 갈 길은 아직 멀었다. 두 사람은 남은 짐을 정리해 무케스산부터 빠져나오기로 했다. 덩그러니 혼자 남은 말에 올라탄 아멜리를 게일이 부럽다는 듯이 쳐다보았다.

"나도 태워줘."

"그야 당연히……"

흔쾌히 수락하려던 아멜리의 눈에 별안간 게일의 우람한 체구가 확 들어왔다. 크다. 두껍다. 울퉁불퉁하다. 알차다. 물에 빠진대도 떠오르지 않을 것 같다.

아멜리는 새삼스레 게일의 말이 자신의 말보다 두 배에 가까운 노동을 해왔다는 사실을 알아차렸다. 어쩌면 게일의 말은 모르간에게 잡혀가 오히려 기뻐했을지도 모르는 일이었다.

"왜? 뭘 고민해? 나랑 같이 타면 두근두근 떨릴까 봐?"

뻔뻔한 말을 지껄이는 근육남을 보니 더욱 고민스러웠다. 파샤에선 간혹 칸이나 게일의 말을 얻어 탄 적이 있었지만 역참의 평범한 말과는 감히 비교도 할 수 없을 정도의 혈통 좋은 명마들이었기 때문에 문제가 되지 않았던 것이다. 하지만 현재 타고 있는 말은 지금까지 수많은 여행자들에게 혹사당해온 중년의 말이라, 게일 같은 근육 덩어리를 추가로 감당하기는 벅차 보였다. 말도 불쌍하고, 혹시 무리를 하다 다치기라도 하면 역참에 돈도 물어줘야 한다.

하지만 현재처럼 경제적 사정이 곤란해진 때에 쓸데없는 지출은 할 수 없었다.

"게일님까지 태우기엔 말이 가엾지 않아요?"

"걸어가야 하는 난 안 가엾고?"

"음, 그래도 여기서 스토니스까지 별로 멀지 않다고 하니까요. 게일님이 몇 시간 걷는다고 쉽게 지치실 분도 아니시고요."

"그런 문제가 아니지. 걸어서 말을 졸졸 따라가면 내가 꼭 종자 같잖냐."

과연 듣고 보니 귀족인 게일이 평민인 자신의 종자처럼 보이는 것도 도리가 아니다 싶었다. 아멜리는 선뜻 말에서 내려왔다.

"짐만 말에 싣고 함께 걸어가요."

게일은 못마땅하게 혀를 찼다. 멀쩡한 말 한 필을 내버려두고 굳이 두 사람 다 걷는다면 그 무슨 낭비인가.

"아니면 게일님이 타시겠어요?"

더욱 좋지 않다. 종자로 오해받으면 자존심이 좀 상할 뿐이지만, 여자를 걷게 하고 자신이 말을 타면 파렴치한으로 욕을 먹을 것 아닌가. 하다못해 아멜리가 통통하고 튼실한 시골 아낙, 아니 탄탄하고 건강미 넘치던 몸매를 자랑하던 모르간처럼 생겼더라면 상황은 달라졌으리라. 게일은 아쉬운 눈초리로 아멜리를 내리훑었다.

"넌 어디서 피죽이나 얻어먹고 다녔냐?"

"네?"

"됐다, 됐어. 내가 걷고 만다. 웬만큼 눈깔이 삔 놈 아니면 이 늠름한 풍채를 보고 종자로 착각하진 않겠지."

게일은 아멜리가 정말로 마른 볏단이라도 되는 것처럼 번쩍 안아 들어 다시 안장 위로 올려버렸다. 퉁명스럽게 말고삐를 잡아끄는 게일의 뒤통수를 보며 아멜리는 대견함을 느꼈다.

"역시 게일님은 의외로 배려심이 많아요."

"의외로?"

"그런데 항상 사족을 달아 다른 사람들을 오해하게 만드는 경향이 있으신 게 문제여요."

아멜리는 게일을 천하의 난봉꾼 취급하던 패트리샤와 도로시를 떠올렸다. 사람은 누구나 장단점을 동시에 갖고 있는 법인데 유독 게일에 관해서는 다들 단점만 보는 듯하다. 아멜리는 몹시 안타까웠지만 정작 당사자는 전혀 개의치 않는 듯했다.

"상관없어. 어차피 착하다는 이유로 부귀영화를 누리는 놈은 본 적 없으니까."

"……."

소란스러웠던 지난밤이 꿈만 같게도, 무케스산을 나와 스토니스로 이어지는 국도를 걸어가는 길은 몹시 평화롭고 조용했다. 아멜리는 조용히 입을 다물고 간밤의 상황을 돌이켜보았다.

행동거지가 범상치 않은 여자라고는 생각했지만 설마 그런 아름다운 얼굴을 하고서 좀도둑이었을 줄이야. 그렇다면 모르간은 다 같이 밥을 먹고 대화를 나누던 내내 속으로는 도둑질할 꿍꿍이를 품고 있던 걸까.

열 길 물속은 알아도 한 길 사람 속은 모른다더니 그 말이 딱이로구나. 아멜리는 매혹적이던 모르간의 미소를 떠올리며 몸서리를 쳤다.

그 앞에서 게일도 한숨을 푹푹 쉬어대고 있었다.

'게일님도 무척 속상하신가 봐.'

아멜리는 안타깝게 여겼지만 사실 게일은 조금 다른 생각 중이었다.

'재수가 없으면 뒤로 넘어져도 코가 깨진다더니 어떻게 이런 일이. 광신도인 패트리샤 공주가 봤으면 신의 안배니 계획이니 지껄였겠군. 하지만 내가 봤을 때 이건 농간이야, 신의 농간. 내가 뭐 거창하게 세계 정복이나 불로장생을 바라? 걍 주어진 수명만큼만 놀고먹으며 살겠다는 거잖아. 이것보다 소박하고 무해한 소원이 또 어디 있다고 안 들어주냐. 정말 신이 존재한다면 참 성격 더럽게 꼬인 신일 거다.'

으휴. 하아. 흐이. 연달아 터지는 한숨 소리를 듣다 못한 아멜리가 입을 열었다.

"그만하셔요. 복 달아나요."

그 말에 게일은 절로 자조적인 쓴웃음을 지으며 뇌까렸다.

"과연 내게 달아날 복이나 남아 있을까……."

"행운의 사나이라며 큰소리치실 땐 언제고요? 자, 기운 내셔요. 다 괜찮아질 거여요."

"이상하네."

게일이 미심쩍게 아멜리를 쳐다보았다.

"뭐가요?"

"가진 돈 다 날렸는데 너 왜 이렇게 태연하냐."

"태연하지 않아요. 화나고 속상해요. 게일님처럼 한숨만 안 쉴 뿐이지."

"이 평온한 상태가 화나고 속상한 거라면 맨튼에서 밤을 새워가며 날 달달 볶았을 땐 도대체 얼마나 극한의 심리 상태였단 거냐."

"그땐 게일님이 너무 한심해서 참을 수 없던 거고요, 지금은 목숨이라도 건진 게 어딘가 싶네요."

아멜리는 말안장에 달아 놓은 자루를 힐끔 곁눈질했다. 도둑이 가치를 몰랐기 때문인지 황금귀 버섯은 고스란히 남아 있었다. 브래지어 안쪽에 천을 덧대 숨겨놓은 루브얀 세 알도 무사했다. 당장 먹고 살길이 막막해지진 않은 셈이었지만 아직 게일에게 알려줄 생각은 없었다.

"면목이 없기도 하고요."

"뭔 소리냐."

"제가 모르간을 데려오지만 않았어도 이런 일은 없었을 테니까요. 정말 면목이 없네요. 죄송해요, 게일님."

아멜리는 죄책감이 들었다. 돌이켜 보면 자신과 엮여 게일이 득을 본 적은 별로 없는 것 같았다. 본인 말로는 파샤를 떠날 수 있어 좋았다곤 하지만 과연 고향을 등진 것이 복이 될 수 있을까? 그 사건 때문에 괜히 칸의 원한을 사고 도망자 신세가 되지 않았나. 이번에는 자신이 데려온 낯선 여자 때문에 봉변까지 당했다. 어쩌면 자신은 게일에게 있어 행운의 마스코트는커녕 흉사를 몰고 오는 여자일지도 몰랐다.

아멜리의 우울한 심정과 달리 게일은 약간 어리둥절하기만 했다.

'가장 큰 피해를 본 아멜리가 나한테 사과하는 게 맞는 경운가?'

혼란스럽지만 어쨌든 맨튼에서의 실수를 덮어버릴 수 있는 절호의 기회가 도래했다. 게일은 기회를 놓치지 않는 남자였다.

"너나 나나 젤원에 와서 들뜬 마음에 실수 한 번씩 한 거지. 쌤쌤이라 치고 넘어가고, 대신 앞으론 맨튼과 무케스산에서 있었던 일에 대해선 언급하지 말자. 오케이?"

아멜리가 작게 고개를 끄덕였다. 게일은 회심의 미소를 지었다. 태연한 척은 했어도 맨튼 이후로 아멜리 앞에서 영 체면이 서지 않았던 건 사실이었다. 하지만 이걸로 없던 일이 됐으니 앞으론 깨끗하고 맑고 자신 있는 사나이의 모습으로 돌아갈 수 있다. 마음의 부채를 벗어던진 게일은 후련함을 만끽했다.

'생각해보니 고 도둑이 눈꼽만큼 도움이 된 건가. 인생사 새옹지마라더니 별일이군. 쯧.'

공교롭게도 아멜리 역시 게일과 비슷한 생각을 하는 중이었다.

'귀한 버섯을 발견해서 웬 횡재야 싶었는데 바로 그 장소에서 만난 여자가 내가 갖고 있던 원래 돈을 가져갔어. 운이 좋은 건지, 나쁜 건지 모르겠네. 인생은 새옹지마라는 말이 맞긴 맞나 봐.'

별난 사건들을 겪으며 두 사람은 차츰 스토니스에 가까워지고 있었다.

13
아르바이트를 하자

무케스산을 통과하여 황야를 계속 나아가다 보면 등장하는 기묘한 석림(石林)이 있다. 석순처럼 제멋대로 하늘을 향해 뻗어난 거대한 바위산들의 집합. 가장 큰 바위산의 높이는 170m에 달하고 가장 작은 것은 1m 등으로 크기는 저마다 다르지만 그 개수를 모두 합하면 무려 3만여 개에 달했다.

인간이 이 바위산 일대에 찾아들기 시작한 건 젤원의 건국 초기부터였다고 전해지고 있다. 인간이 1,000년 가까이 걸쳐 바위산을 깎고, 쪼고, 뚫어 기어코 건설해낸 도시, 그것이 암석 도시라고 불리는 스토니스였다.

암석 도시라는 말을 듣고서 원시적인 형태의 도시를 상상했었던 아멜리는 스토니스에 도착해 매우 체계적이고 정돈된 풍경에 깜짝 놀랐다.

도로는 모두 깔끔하게 석제 블록으로 포장되어 있어 사람이나 마차나 편하게 이동할 수 있었고, 길가에는 가로수 대신 돌로 만들어진 가로등과 예술적인 석상을 나열해 몹시 아름다웠다. 도시 중심부의 바위산들은 모두 인간의 손길이 닿아 주택과 상가로 개조된 상태였다. 대부분 3층 이상이며 일부는 20층 이상의 초고층 건물이었다.

"저렇게 높은 집에 무서워서 어떻게 살죠?"

"익숙해지면 다 살게 돼 있어. 어, 잠깐. 이 여관 괜찮다. 아멜리, 우리 여기서 묵자."

게일이 광장 근처의 여관 마크를 달고 있는 5층짜리 바위산을 가리키며 말했다. 하지만 겉보기에도 근사하고, 활짝 열린 정문 너머로 보이는 인테리어도 퍽 호화로웠다.

"굉장히 비싸 보여요. 저희 돈 없잖아요."

"어차피 숙박비는 후불이니까 벌어서 내면 되지."

지극히 자연스러운 태도로 방을 잡은 게일은 그대로 여관 1층과 연결되어 있는 식당으로 들어섰다.

"배고프다. 밥 좀 먹자."

당황한 아멜리는 아까와 같은 말을 되풀이했다.

"돈 없잖아요?"

"여관에서 운영하는 식당이래. 숙박비에 달아놓으라 하면 돼."

참 넉살 좋기로는 세계 챔피언감인 인간이었다. 게일은 식욕이 없는 아멜리를 앞에 두고 주문한 음식을 먹성 좋게 해치워 나갔다. 아멜리는 그를 신기하게 또 걱정스레 바라보았다.

어디에서든 주눅 들지 않는 당당한 태도는 참 존경할 만한 것이지만 무책임한 태도는 문제가 된다. 특히 현재 두 사람은 일종의 운명 공동체이기 때문에 게일의 선택과 행동은 그녀에게도 여파가 미치는 상황이었다. 그리하여 아멜리는 궁금해졌다. 무직에 무전인 스물여섯의 노총각 게일 선더랜드. 과연 그는 남들이 이해하지 못하는 자기만의 신념에 따라 사는 개념남일까? 아니면 자유로운 영혼이라는 말로 자신의 무책임과 불성실을 포장하는 속 빈 강정일까?

그녀가 버섯 얘기를 일부러 하지 않은 건 바로 이 순간을 위해서였다. 정상적인 성인 남자라면 시련이 닥쳤을 때 극복하기 위한 노력을 한다. 그러나 변변찮은 남자라면 아무 생각 없이 「될 대로 되라」하고 있을 터.

아멜리가 짐짓 걱정스러운 말투로 물었다.

"스토니스에 도착했는데 이젠 어쩌죠?"

스튜 바닥을 긁고 있던 게일이 툴툴거리듯 말했다.

"어쩌긴. 치안유지대에 도난신고부터 하고 먹고살 돈을 마련해봐야지."

"저랑 같이 식당 알바하실래요?"

"그딴 건 안 할 거라니까."

아멜리의 낯빛이 흐려졌다. 이 와중에도 체면부터 챙기는 걸 보니 역시 게일님은……

"스토니스엔 일자리를 알선해주는 인력시장이란 곳이 있어. 내일 가서 호위무사 일이 있나 살펴보마."

"생각해둔 게 있으셨군요!"

아멜리의 표정이 대낮처럼 밝아졌다.

"그럼 계속 멍 때리고 있으라?"

게일의 태도는 시종일관 퉁명스러웠지만 아멜리는 전혀 개의치 않았다. 함께 여행 다니는 친구에게 위기관리 능력이 탑재되어 있다는 사실 하나만으로 그녀의 마음은 풍선처럼 가벼워졌다.

"어라? 그런데 왜 하필 호위무사를 하시려고요?"

"말했잖아. 남부지방은 고리대금업이 성행하고 있다고. 잠자리가 가시방석인 부자들이 산더미처럼 많을 테니 호위무사 일자리도 많을 걸. 부자니까 돈도 많이 주겠지."

"그럼 대신 싸워줘야 하는 거여요? 좀 위험하지 않아요?"

"아멜리. 넌 날 너무 과소평가하는 경향이 있어. 흥. 무리도 아니지. 패트리샤 공주나 그 시녀나 허구한 날 수프림 나이트가 제일 대단하다, 최고다 하면서 호들갑을 떨어댔으니 옆에서 세뇌가 안 되고 배겨. 네겐 수프림 나이트 외의 기사들은 다 갯지렁이 내지는 짚신벌레 같은 존재감이었겠지. 하지만 말이다. 나는!"

게일이 아멜리의 코앞으로 불쑥 브이 사인을 들이밀었다.

"파샤에서 두 번째로 강한 남자야. 왕실에서 해마다 센 놈들 다 불러 모아 싸움질 붙이는 대회를 여는데 내가 준우승을 했거든. 그것도 2회 연속."

솔직히 두 번 다 결승전에서 칸에게 완패했던 터라 게일에게는 떠올리기만 해도 화병이 도질 것 같은 기억이었다.

그래도 여기서 확실히 해두지 않으면 패트리샤와 도로시에게 세뇌 아닌 세뇌를 당한 아멜리의 눈을 뜨게 만들 수 없었다. 과연, 그녀는 눈을 반짝반짝 빛내며 게일을 달리 보는 중이었다.

"와! 게일님이 강하시단 건 알았는데 설마 두 번째로 강하신 줄은 몰랐어요. 루크님이나 패트릭 님과 비슷하리라 생각했거든요."

"루크? 패트릭? 후후. 그 두 사람의 실력은 내 발가락에도 못 미쳐."

게일은 우쭐거리며 앞머리를 쓸어 올렸다.

"그렇구나! 정말 대단하시네요. ……어? 그런데 게일님이 파샤에서 두 번째로 강하다면……."

모르간은 파샤 2인자를 물리친 초고수?

"왜 말을 하다 말아?"

게일은 간밤의 사건을 까맣게 잊고 있는 눈치였다. 괜히 상기시켰다 간 먹던 게 속에 얹히는 게 아닌가 몰라. 아멜리는 얼른 고개를 저으며 방긋 웃었다.

"아무것도 아니어요. 정말 마음이 든든해서요."

"후후. 그렇겠지. 나도 내가 든든한데 넌 오죽하겠어."

"……."

어쨌든 게일 선더랜드가 아주 대책 없는 난봉꾼은 아니라고 결론을 내린 아멜리는 이제 버섯을 팔 때가 되었다고 생각했다. 그녀는 여관 직원에게 스토니스에서 가장 큰 약재상의 위치를 물었다. 게일은 어리둥절했다.

"웬 약재상?"

"저 버섯들을 팔려고요. 사실 우리가 먹을 게 아니거든요."

"근데 왜 채소가게가 아니라 약재상이야?"

"좋은 경험시켜드릴 테니 따라오기나 하셔요."

왠지 모르게 아멜리의 태도가 자신만만했다. 게일은 입맛을 쩝 다시고는 그녀가 시키는 대로 버섯 자루를 짊어졌다. 여관 직원이 알려준 큰 약재상에 도착하자, 아멜리는 점원과 몇 마디 대화를 나누었다. 약재상 점원은 게일이 내려놓은 자루를 들춰보더니 안색이 변해 가게 안쪽으로 뛰어들어갔다.

그리고 1분도 안 지나, 앞치마와 팔 토시를 한 중년 남자가 헐레벌떡 뛰쳐나왔다. 약재상 주인인 그는 황금귀 버섯을 꺼내 만져보고 냄새맡고 씹어도 보았다. 이윽고 아멜리를 향해 그의 떡두꺼비 같은 웃음이 쏟아졌다.

잠시 후 아멜리는 금화와 은화로 두둑한 비단 주머니를 손에 넣었다. 게일은 모든 상황을 지켜보고서도 어안이 벙벙했다.

"어떻게 고작 버섯 따위로 그렇게 큰돈을 벌 수 있어?"

"원래는 엄청 귀한 버섯이거든요. 중병 걸린 환자들의 약에 꼭 들어간대요. 그런데 그만한 약효를 내려면 최소 100년간 자라줘야 해서 구하기 쉽지 않아요."

"넌 지나가다 막 땄잖아."

"네. 운이 무지 좋았어요."

아멜리가 웃으며 브이 사인을 했다. 불현듯 게일은 자신의 크나큰 실수를 깨달았다.

'아차, 맨튼에서 내가 아니라 아멜리한테 게임을 시켜야 했던 거구나! 이런 제길. 잭팟을 날렸네.'

아멜리는 절반으로 나눈 버섯 대금을 게일에게 내밀었다.

"왜 날 줘?"

"또 도난당하면 어떡해요. 나눠서 가지고 있는 게 안전할 거 같아요. 그리고 게일님도 개인적으로 돈 쓸데가 있으실 테니까요."

"응? 그럼 이거 내가 써도 돼?"

"그럼요."

"전부 다 써도 돼?"

"필요하면 그래야죠."

돈을 날린 날 아멜리에게 밤새도록 자산관리법에 대한 강의를 들었던 게일은 그녀에게 「돈」이 얼마나 의미 있는 대상인지 인지하고 있었다. 그런 그녀가 절반이나 선뜻 떼어주자 감동은 배가 되었다.

'맨튼에서는 염전에 4박 5일 묻혀 있던 애처럼 짜게 굴더니 의외로 배포가 큰 녀석이구나!'

게일이 아멜리를 와락 끌어안았다.

"아멜리! 너야말로 진정한 여신이야!"

얼굴이 빨개진 아멜리가 게일의 정강이를 냅다 걷어찼다.

"미취한 처녀를 그렇게 덥석덥석 안지 말아요. 시집도 못 가게!"

게일은 으악 소리를 지르며 손을 풀었지만 물론 용가리 통뼈 무사에게 가냘픈 다리의 발길질이 아플 리가 없었다. 게일은 히죽히죽 웃으며 조금 따끔할 뿐인 정강이를 어루만졌다.

"나 때문에 못 가면 내가 책임지지 뭐."

아멜리는 기가 막혀 눈을 흘겼다.

"노름하는 남자랑 누가 결혼을 해요?"

"태어나서 처음이었다니까 그러네. 쩝. 내가 도박판에 또 끼면 게일이 아니라 개자식이지! 아예 이름을 그렇게 간다!"

게일은 주먹을 불끈 쥐고 맹세했다. 물론 그의 호언장담을 신뢰할 턱이 없는 아멜리는 자못 강경한 태도로 맨튼에서의 설교를 되풀이했다.

"단, 엊그제 밤에 제가 했던 얘기들은 유념해주셔야 해요. 첫째, 낭비하지 마시고 둘째, 노름하지 마시고 셋째, 비상금은 따로 마련해서 위급할 때 아니면 절대 손대지 마시고……."

게일은 열성적으로 고개를 끄덕거렸지만 아멜리의 이야기는 모두 게일의 귓등을 타고 흘러 지나가는 중이었다.

'이게 웬 떡이냐. 당분간 아무 생각 없이 놀아도 되겠다!'

아멜리도 그 사실을 눈치챘지만 굳이 타박하진 않았다. 은근히 기가 죽어 지내던 모습보다는 근거 없는 자신감이 넘치고 촐랑거리는 모습이 차라리 보기 좋았다.

'기운 차리신 것 같네. 이제는 더욱 힘내서 일을 하시겠지?'

아멜리는 흐뭇하게 미소 지었다. 게일도 싱글벙글 웃었다.

'뭐부터 하고 놀지?'

두 남녀는 다음 목적지인 치안유지대 사무소로 향하며 기분 좋은 동상이몽에 젖어 들어갔다.

"어이구야. 많이도 털리셨네."

도둑맞은 돈의 액수를 들은 치안유지대원이 혀를 찼다. 게일이 옳다
구나 맞장구를 쳤다.

"그렇습니다. 아주 양심에 털 난 계집이죠. 꼭 잡아주십쇼."

"더구나 예금 증서까지. 워윅 은행에 맡긴 예금이라고 하셨죠? 원래
본인 인증이 안 되면 못 찾는 거지만 요새 이쪽 동네에서 호패 위조가 빈
번하게 벌어져서 말이죠. 위험할지도 몰라요. 그래도 파샤 지점에 맡겼
다 하니 다행이군요. 젤윈에서 찾으려면 절차가 오래 걸릴 테니 말이죠."

"남부에도 워윅은행 지점이 있습니까?"

"원 델람에나 가야 있을 걸요."

"이런. 너무 먼데요."

"우선 예금 증서를 도난당했다고 그쪽에 미리 전보부터 쳐두시죠.
나중에 직접 방문하면 되니까요."

대원은 계속 서류에 글씨를 끄적이며 물었다.

"범인에 대해 어디까지 이야기했더라. 이름은 모르간, 나이는 24세
추정, 성별은 여성이라고 했죠. 친척이 스토니스에 산다고 말했고요?
흠. 인상착의는 어땠습니까?"

"이쁩니다."

"좀 더 구체적인 묘사를……."

"몸매 죽입니다. 각선미도 예술이고요. 허리부터 골반, 종아리까지 선이 아주 그냥 막 이렇게. 이~렇게."

허공에 대고 여자의 하반신 라인을 그리는 게일의 손짓에 사무소 내의 시선들이 집중됐다. 아멜리가 민망함에 고개를 수그리자, 대원은 정신을 차리며 큼큼 헛기침을 했다.

"미인형이라는 사실은 잘 알겠습니다. 머리색, 눈동자 색, 키나 체격 같은 특징은 어땠습니까?"

"긴 흑발에 녹색 눈, 또 피부는 가무잡잡한 편이었지. 키는 너만 했던가?"

"아마 저보다 좀 더 클 거여요. 한 뼘 차이까진 안 됐던 거 같아요."

"복장은요?"

"어젠 남색 경장을 입고 있었어요. 다른 액세서리는 안 했고, 가방 같은 것도 없었어요."

대원이 설명을 받아 적느라 재게 손을 놀렸다. 게일은 거듭 강조했다.

"엄청 섹시한 미녀라고도 써주십시오. 한 번 보면 잊히지 않는! 눈에 안 뜨이려야 안 뜨일 수 없는! 그런 아름다움의 소유자! 어라, 대원님 왜 손이 멈췄어요? 아니, 날 쳐다볼 때가 아니라 어서 쓰시라니까? 대신 써드려요?"

여차저차 사건 접수가 마무리됐다. 게일은 화장실을 갔다 오겠다며 자리를 비웠고 아멜리는 그를 기다리는 동안 대원에게 궁금했던 점을 물어보았다.

"이렇게 신고를 하면 그다음엔 어떻게 진행되요?"

"스토니스 치안유지대의 블랙리스트에 올려놓고 검문 시 참고를 하게 되겠지요. 만약 혐의자가 잡히고 절도에 대한 증거까지 확보되면 처벌을 받게 될 겁니다."

"제 돈도 되찾을 수 있을까요?"

"기대하지 않는 편이 좋을 겁니다. 이 일을 오래 해왔지만 전부 되찾는 경우는 별로 본 적이 없거든요. 도둑은 훔친 돈을 금방 탕진해버리기 일쑤니까요. 그렇게 되면 아멜리 씨가 좀 억울하겠지만, 대신 범인에게 좀 더 오래 징역살이를 시킬 수 있어요."

"징역살이라면 옥에 가두는 벌 말씀이시죠?"

"갇히기만 해서는 너무 약하잖습니까. 대부분 심한 노역이 동반되지요. 음, 가만 보자. 요즘 남부에서 잡히는 범죄자들은 주로 황무지 개간하는 곳에 투입되거나 갱도의 잡일꾼이 되더군요. 황무지는 종일 따갑고 매운 흙바람이 불어 숨쉬기도 쉽지 않은 곳이고, 갱도는 흔히 지옥 밑바닥에 비견되니 얼마나 가혹한 환경인진 말 안 해도 아시겠죠? 그런 곳에서 하루에 한 끼, 쥐 파먹은 빵을 먹으며 발목엔 무거운 쇠사슬을 달고 일하게 됩니다."

아멜리는 무심코 눈살을 찌푸렸다. 그녀는 평화롭고 조용한 산골에 살았던 터라 범죄는 물론 끔찍한 형벌에 관한 얘기에도 익숙지 않은 사람이었다.

"젤원에선 좀도둑에게도 그렇게 심한 벌을 내리나요? 저는 도둑이 벌금을 물고 곤장 정도 맞게 될 거라고 생각했는데요."

"저런 저런. 아멜리 씨도 다른 파샤인처럼 젤원 법이 느슨하다는 고정관념을 갖고 있군요."

대원은 약간 못마땅한 듯이 말했다.

"그랬던 적도 있긴 하지만 다 옛날 일입니다. 요샌 백성의 생계를 위협하는 행위에 대해선 처벌이 아주 엄격해요. 특히 절도, 강도, 노략, 횡령 같은 범죄엔 아주 얄짤이 없죠. 제가 재판관은 아니니 장담하긴 좀 그렇지만, 이 사건은 절도액이 제법 크니 최소 징역 2, 3년쯤 나올 것 같네요. 여자라면 노역하다 폐인되기에 충분한 시간이죠. 이 정도면 아멜리 씨가 설령 돈을 되찾지 못해도 범인에게 충분히 복수해줄 수 있는 셈 아닙니까. 하하."

대원이 유쾌한 어조로 말했다. 그러나 아멜리는 전혀 웃을 기분이 아니었다. 아무리 마땅한 죗값이라 하더라도 어찌 남이 고통받는 얘기를 들으며 웃을 수 있겠는가. 그때 게일이 돌아왔다. 그만 대화를 끝내고 싶었던 아멜리는 마침 잘됐다며 대원에게 작별 인사를 했다.

"전 이만 가볼게요. 그럼 나머지, 잘 부탁드립니다."

"살펴 가십시오. 아멜리 씨는 나쁜 짓 저지르지 말고 착하게 사시고요."

막 사무소를 나가려던 게일이 그 소리를 듣고 문전에서 멈칫했다. 그는 어쩐지 불쾌한 기색으로 대원을 째려보았다.

"저 아저씨가 뭔데 남보고 착하게 살라 말라야."

"치안유지대원이니까 그냥 하는 소리겠죠. 자, 어서 나가요."

아멜리는 괜한 시비가 붙을세라 게일의 등을 떠밀었다. 게일은 탐탁지 않게 입맛을 다시면서 다시 발걸음을 옮겼다. 그러나 아주 느긋한 속도였다.

"서두를 게 뭐 있냐. 어차피 오늘 할 일은 다 끝났는데."

"아뇨. 인력시장이 남았잖아요."

계단을 내려가고 있던 게일은 깨금발인 채 쩍 굳어버렸다. 수초가 지나 그가 겨우 삐걱삐걱 고개를 돌렸다.

"뭐?"

"호위무사 일자리, 알아보겠다 하지 않으셨어요?"

"그, 그건……."

버섯을 팔아 급한 불을 껐으니 그 계획은 자동으로 백지화되는 게 아니었단 말인가. 그러나 아멜리는 게일의 흔들리는 눈동자를 알아채지 못했다. 그녀는 결연한 표정으로 말을 이어나갔다.

"저, 이번 사건을 통해 느꼈어요. 역시 여비 외의 비상금을 마련해둘 필요가 있다는 것을. 사실 이번처럼 도난 사건이 아니더라도 여행 중 다치거나 병에 걸릴 수도 있는 일이잖아요. 어차피 모르간이 잡힐지 어떨지 한 달간 스토니스에 머무르며 두고 보자고 하셨으니 돈 벌려면 시기적으로 지금이 딱이에요."

"저기, 네가 뭘 하나 잊고 있는 것 같다만."

"추적자 말씀이셔요? 흠……. 저 생각해봤는데요. 게일님 말씀대로 그런 사람이 있다고 쳐도요. 우리가 사람들 눈에 띄는 곳에 있으면 함부로 못 덤비지 않을까요?"

"글쎄. 꼭 그렇다고는……."

"설령 앞뒤 안 가리고 덤빈다 하더라도 주변에 사람이 많으면 도움을 받기 쉬울 거 아니에요. 그러니까 번화가의 일자리를 구하면 돈도 벌고 몸도 지키고. 일석이조니 딱 좋네요. 그쵸?"

모든 문제가 해결됐다는 듯 아멜리가 환하게 웃었다. 대조적으로 게일은 시시각각 흙빛으로 변해가는 중이었다.

"자, 그럼 인력시장으로 가요!"

아멜리가 씩씩하게 외친 그때.

"잠깐!"

게일이 헐레벌떡 아멜리를 불러 세웠다.

"나, 나 혼자 갔다 올게."

"네? 왜요?"

그는 거무죽죽한 얼굴에 억지 미소를 띠며 상냥하게 말했다.

"너 오전 내내 말을 탔으니 피곤할 거 아냐. 무리하면 병나."

"게일님도 피곤하기는 마찬가지이실 텐데."

"나랑 네 체력을 비교하냐?"

게일이 쯧쯧 혀를 차며 자신의 어깨에 겨우 미치는 아멜리의 머리통을 손바닥으로 내리 눌렀다. 신장과 완력 차이를 과시하는 그 행위에 아멜리가 슬그머니 심통이 나 게일의 손을 뿌리쳤다.

"저도 한 체력 하거든요?"

평생 밭 갈고 산을 타고 다니던 건강한 시골 여자가 주장했다.

그러나 평생 맷집 단련하면서 연병장과 전장을 구르고 다녔던 무사에겐 번데기 앞의 주름일 따름이었다. 게일은 속으로 코웃음을 치면서 고개를 주억거렸다.

"아, 그래. 네 체력이 대단하긴 하지. 어쨌든 쉴 수 있을 때 쉬는 것도 나쁘진 않아."

패트리샤나 도로시, 패트릭이 이 같은 호의를 보였다면 아멜리는 순순히 받아들였을 것이다. 그러나 눈앞의 남자가 보이는 상냥한 배려에는 어딘가 수상쩍은 구석이 있었다.

"저랑 같이 있기 싫으셔요?"

의심과 불신이 덕지덕지 묻어 있는 질문에 게일은 부정 대신 아멜리의 양어깨를 덥석 붙잡았다.

"잘 들어, 아멜리."

그는 왠지 모르게 비장한 태도였다.

"내가 좀 유쾌한 녀석인 건 사실이야. 그래도 언제까지나 너와 팔짱 끼고 까아꺄아 꽃밭 구경을 다녀줄 순 없어."

아멜리가 고개를 갸웃거렸다. 우리가 언제 꽃밭 구경을 했지?

"왜인줄 아냐. 사나이란 아무리 순한 양의 탈을 뒤집어쓰고 있어도 본질은 한 마리 고독한 늑대기 때문이다!"

양의 탈을 뒤집어쓴 늑대라면 나쁜 사람이라는 뜻 아닌가?

"나는 사나이, 사나이는 늑대. 그런데 늑대란 건 원래 고독한 짐승이지."

늑대는 무리 지어 사는 동물일 텐데?

"고로 인력시장엔 나 혼자 가겠단 거야."

주장과 전개와 결론이 모두 뒤죽박죽이었으나, 단 하나 이해할 수 있는 건 게일의 진실 어린 표정이었다.

혼자 있고 싶다는 건 진짜인 것 같다. 그러고 보면 그들은 최근 매일 아침부터 밤까지 붙어 다녔던 터라 확실히 개인적인 시간이 적긴 했다.

'하긴 나도 게일 님이 옆에 있으면 동굴 책 작업에 집중할 수 없지.'

아멜리는 고개를 끄덕였다.

"그럼 먼저 숙소에 돌아가 있을게요. 부디 사고만 치지 마셔요."

"오냐! 걱정 마!"

두 사람은 광장에서 헤어졌다. 게일은 걱정스러운 듯 자꾸 뒤돌아보는 아멜리에게 안심하라며 손을 붕붕 흔들어주다가 그녀의 뒷모습이 완전히 사라지자 숙소의 반대 방향으로 발길을 돌렸다. 시내의 인파 속으로 파묻혀 들어가는 게일의 입가에는 한 줄기 음흉한 미소가 걸려 있었다.

꽃

무기점 밀집 구역 「아이로남」은 무채색이 많은 암석도시 스토니스 안에서도 가장 우중충한 빛깔의 동네였다.

가게마다 위협적인 쇳덩어리가 예사로 쌓여 있으며 오가는 행인은 대개 시큼한 땀내와 술 냄새를 풍기고 다니는 마초들이었다. 게일은 그러한 살풍경 속을 룰루랄라 콧노래를 부르며 걸었다.

"여기 3년만인가, 4년만인가. 별로 변한 건 없구면."

게일은 예전부터 지방과 외국 출장이 잦았던 터라 여러 지역의 무기점들을 방문해볼 기회가 있었는데 그것이 자연스럽게 취미로 발전했다. 그 지역의 무기점을 순례하며 유행과 무기 제작 수준을 파악하고, 간혹 재야에 묻힌 명검을 발굴해내거나 했다. 또, 무기점에는 무기를 써먹을 수 있는 기회를 찾고 있거나 그에 관한 정보를 갖고 있는 사람들이 들락거리는 법이었으므로 동종업계 동향을 파악하기도 좋은 장소였다.

"호오. 이게 말로만 듣던 판토나식 외날검이구나. 나름 괜찮네."

이국의 검을 가볍게 휘둘러보는 게일의 옆에서 무기점 주인이 굽실굽실 맞장구를 쳤다.

"과연 안목이 높으십니다, 나리. 저희 가게에서 가장 인기 있는 물건 중 하나입죠."

"이 메이스 디자인도 죽여주는데?"

"둔기류에도 관심이 있으시군요? 취향이 폭넓기도 하셔라."

"음. 20년간 검술만 들입다 팠더니 가끔 이런 것도 당기더라고. 아무 생각 없이 붕붕 휘두를 수 있으니 좋잖아."

"그 기분 저도 알고말고요. 그걸로 드릴깝쇼?"

"그래도 여자 꼬실 땐 검이 훨 낫겠지."

게일은 들고 있던 메이스를 주인에게 휙 던져버렸다. 허둥지둥 묵직한 쇳덩어리를 받아낸 주인의 입에서 미약한 신음이 새어나왔다. 그러거나 말거나 다양한 검들이 꽂힌 통을 뒤적뒤적하던 게일은 송곳처럼 가늘고 곧은 검 하나를 뽑아들었다.

"레이피어가 있네. 어라, 뭐가 이렇게 싸?"

"아이고, 그걸 보셨습니까요. 눈썰미도 좋으셔. 그쪽은 떨이 품목을 모아놓은 통인데요. 제작상 약간 실수가 있던 물건들을 염가에 판매하고 있지요."

"가만 있자. 그 미친 여자도 레이피어를 쓰는데. 아멜리도 하나 사줄까? ……쯧쯧. 그렇게 얇고 흐물흐물한 팔로 무슨 검을 쥘꼬. 차라리 호신용 무기가 낫겠군. 어이, 주인장. 너클 같은 거 있나? 여자 손에 맞는 사이즈로."

"글쎄요. 그건 찾아봐야……."

말하던 도중 무기점 주인은 이것이 40분째 물건을 만지작대고만 있는 민폐 손님을 쫓아낼 절호의 기회임을 알아차렸다.

"아이고 죄송합니다만 없습니다요. 저희 가게가 워낙 영세하다 보니 취급하지 않는 상품이 많거든요. 차라리 옆 가게에 가보심이 어떨까요. 거긴 액세서리부터 무기까지 없는 게 없는 데다 점원들도 매우 친절하고 박식해서 손님께서 원하시는 물건이라면 뭐든 찾아줄 겁니다. 저희같이 작고 허름하고 물건도 제대로 없는 가게완 비교도 안 되죠. 그쪽이 훨씬, 훨씬 제대로 된 무기점이니 꼭 가보시길 추천해 드립니다!"

그러자 게일은 사람 좋은 미소를 지으며 무기점 주인의 어깨를 탁탁 두드렸다.

"왜 그렇게 본인 가게를 비하해? 여기도 좋아. 자신감을 가져, 주인장."

이게 아닌데.

"요번엔 갑옷 좀 살펴볼까."

민폐 손님은 적어도 1시간은 더 눌어붙어 있을 작정인 듯했다. 안 살 거면 당장 꺼지라는 노성이 무기점 주인의 목젖을 깔짝거리는 순간이었다.

"이거 좋아 보인다. 착용해봐도 되지?"

10kg짜리 편갑을 종잇조각 줍듯 사뿐히 들어 올리는 게일의 모습에 무기점 주인의 입은 한일자로 굳게 다물어졌다.

"응? 이거 어떻게 입는 거지?"

게일은 편갑을 공중에 휙휙 던져 돌리며 이리저리 살폈다. 그때마다 셔츠를 찢고 나올 듯이 부풀어 오르는 이두근의 박력에 무기점 주인의 심장도 두근두근해졌다.

이 바닥에서 약 30년. 하루가 멀다 하고 저잣거리 양아치나 어깨들을 상대하느라 산전수전 다 겪은 그로서도 저런 것은 처음 보았다. 얼마나 단련을 해야 저런 괴물 같은 팔뚝을 갖게 되는 건진 알 수 없지만 현재 당장 알 수 있는 사실도 있었다. 저 팔에 한 대 맞으면 아프리란 것이다. 그것도 매우.

"멀뚱히 서 있지만 말고 좀 도와줘."

끝내 편갑 입는 방법을 알아내지 못한 게일이 타박하듯 무기점 주인을 불렀다. 무기점 주인이 하얗게 질린 얼굴로 함박미소를 지었다.

"손님을 돕는 것이 저의 기쁨이자 영광입죠."

그런 식으로 아이로남의 무기점들을 들쑤시고 다니길 세 시간. 게일은 슬슬 무기점 순례가 지겨워졌다. 점심 식사도 다 소화되어 배도 고팠다. 그는 무기점 밀집 구역을 나와 옆 동네로 넘어가는 골목으로 들어섰는데, 그 골목 어귀에는 거동이 수상쩍은 남자 한 명이 서 있었다.

짙은 구레나룻에 까맣게 그을린 피부에서 풍기는 투박한 분위기는 이 동네 남자들에게도 흔히 볼 수 있는 것이었지만 오가는 행인을 일없이 노려보는 행태가 영 수상했다. 대부분의 행인은 그 시비라고밖에 볼 수 없는 행동에 인상을 험악하게 구기며 지나쳐 갔지만 개중엔 성질을 못 참고 무기를 꺼내 든 남자도 있었다.

"너 이 새끼. 붙어보잔 거냐. 엉?"

오오. 한판 벌어지는 건가.

게일은 가벼운 흥미를 느껴 발을 멈췄다. 하지만 기대와 다르게, 구레나룻 사나이가 납작 엎드리며 사과를 했다.

"죄송합니다. 아는 사람인 줄 알고."

무기를 든 남자도, 지켜보고 있던 게일도 멍청하게 입을 벌렸다. 시비 거는 듯 노려볼 땐 언제고 이렇게 빛의 속도로 깨갱하다니. 김이 새어버린 무사는 별 모자란 새끼를 봤다며 가래침을 뱉고 떠나갔다. 게일도 그 의견에 심히 동감하는 바였다.

'동네마다 바보가 한 명씩 있다더니, 여기는 저놈인가 보군.'

게일은 눈을 마주치지 않으려 애쓰며 최대한 빨리 골목 어귀를 벗어나려 했다. 동네 바보가 해로울 건 없어도 귀찮을 수는 있으니까. 그런데 구레나룻 사나이의 앞을 막 지나칠 때 느닷없이 투기(鬪氣)가 묵직하게 날아들었다.

그건 적의나 살의는 아니나 호승지심이 흘러넘치는 도발이자 적의 사기를 꺾어놓기 위한 무형의 공격이었다.

어찌 기 싸움에 지고 실전에서의 승리를 바랄 수 있으랴. 소년 시절부터 실전에서 굴러와 기 싸움의 중요성을 아주 잘 알고 있는 게일은 낯선 이의 투기를 자신의 투기로 되받아쳤다. 하지만 결코 의식적인 행동은 아니었다.

눈앞에서 파리가 왱왱거리면 손을 휘젓는 것처럼, 혹은 콧구멍 속으로 먼지가 들어오면 재채기를 하게 되는 것처럼 무사로서 지극히 자연스럽고 생리적인 반응일 뿐이었다. 그렇기 때문에 투기를 받아친 직후 게일은 아차 싶었다.

여기는 전장이 아니다. 기사단 훈련장도 아니다. 상대방에게 투기를 과시해봤자 돌아오는 것은······.

"거기 빨간 머리."

아니나 다를까 구레나룻 사나이가 벽에서 등을 떼고서 다가왔다. 게일은 노골적으로 인상을 찡그렸다. 길거리에서 불특정다수를 상대로 투기나 날려대는 놈의 주목을 받아 뭐 좋은 일이 있겠는가. 십중팔구 귀찮은 일일 것이다.

'젠장. 너무 잘나도 문제군.'

이미 엎질러진 물이었지만 적어도 앞으론 길거리에서 소동에 휘말리지 않도록 투기를 잘 갈무리해 존재감 없어 보이도록 노력해야겠다고 게일은 다짐했다.

물론 자신의 근육질 덩어리 신체가 타인의 안구에 얼마나 위협적인지에 대한 자각은 없었다.

"쓸만하군. 몸도 좋고, 혹시 돈 필요하지 않나?"

멋모르고 유흥가에 발 디딘 순진한 시골 처녀가 껄렁한 포주 끄나풀에게 들을 법한 대사를 들은 184cm의 근육남은 잠깐 당황했다. 그리고 주위를 두리번거리며 상대방의 대사가 정확히 자신을 향한 말이란 것을 확인한 뒤 주먹 쥔 손의 가운뎃손가락을 올렸다.

"바쁘니 꺼지쇼."

"성격 급하군. 얘기 좀 들어보지? 난 부잣집 아가씨의 호위무사 해줄 사람을 구하고 있거든."

"길바닥에서?"

"뭐, 그건 나름의 사정이 있어서. 아무튼 생각 있으면 내일 저녁 전까지 여기 나온 주소로 와."

구레나룻 사나이가 내민 명함에는 [용병중개소 써니필드 / 소장 슬론 / 스토니스 브로드스톤 거리 555번지]라고 적혀 있었다. 동네 바보인 줄 알았던 자의 정체는 용병 스카우터였던 것이다.

아무에게나 시비를 걸어댔던 까닭은 나름대로의 선별 과정이었으리라.

'같이 다니는 애가 눈만 뜨면 일하라고 성화를 부리더니 이젠 지나

가는 사람도 날 붙잡고 일을 하러 오라 해? 미치겠군. 횡재수가 아니라 과로수가 든 게야.'

게일은 자신의 기가 막힌 신세를 한탄하며 명함을 대충 호주머니에 쑤셔 넣었다.

❧

게일과 헤어진 아멜리는 홀로 숙소로 돌아왔다. 하지만 곧바로 방으로 들어가진 않았다.

"저, 혹시 의원을 찾아가려면 어떻게 해야 하는지 아셔요?"

"어디 아프세요, 손님?"

눈이 커진 여관 직원에게 아멜리가 황급히 손을 저었다.

"별거 아니어요. 어, 조금 두통이 있어서 진찰을 받아보려고요."

"그러시군요. 동네 의원은 여기서 별로 멀지 않아요. 마차를 타고 가면 더 큰 국립병원도 있는데 가벼운 두통이라면 의생에게 진찰받으셔도 괜찮으시겠요."

여관 직원이 친절하게 약도를 그려주어 아멜리는 금세 근처의 의원을 찾을 수 있었다. 의원의 주인인 의생은 구불구불한 반백 머리의 노파였다. 낡은 진료실에서 아멜리를 마주 앉힌 의생이 팁팁한 목소리로 물었다.

"어디가 아파서 왔다고?"

"아픈 건 아닌데요. 손톱이랑 발톱이 자라지 않아요. 머리카락도요."

노파의 표정이 묘해졌다.

"겨우 그것 때문에 진찰받으러 왔단 말이야?"

"증상이 좀 오래됐거든요. 아마도, 거의 1년 가까이……."

이 부분에 관해선 아멜리 역시 확신이 없었다. 어쩌면 100년 넘게 일수도 있다고 말하고 싶었지만 그랬다간 미친 사람 취급받기 딱 좋지 않은가. 의생이 아멜리의 손목 안쪽을 짚어 보았다.

"맥은 잘 뛰는데. 갓 잡아 올린 물고기처럼 펄떡펄떡해."

그 뒤 눈도 까뒤집어 보고 신체 이곳저곳을 살펴보았으나 의생은 별다른 이상을 발견하지 못했다.

"그럼 왜 안 자라는 걸까요?"

"밥을 제대로 안 먹어서겠지."

"혹시 뭘 잘못 먹었을 때 이런 증상이 나타나는 경우는 없나요, 선생님? 마음에 짚이는 게 하나 있어요. 한동안 처음 보는 잡초를 밥 대신 매일 먹은 적이 있거든요. 그것 때문에 아픈 적은 없었지만……. 아무래도 그때부터 이런 탈이 생기기 시작한 거 같아요."

아멜리는 조심스레 빛나는 풀에 관한 얘기를 꺼냈다. 하지만 의생은 별로 귀담아듣지 않았다. 도리어 못마땅한 표정이 되어 아멜리를 꾸짖었다.

"그래서야 영양 부족이 되는 게 당연하지! 다이어트 한답시고 풀만 먹지 말고 고기 먹고 생선도 먹어. 하여간 요즘 처자들이란."

"아뇨. 다이어트가 아니라……."

"요즘 젊은 것들은 이래서 문제라니까. 제 몸에 조금만 탈이 나도 하늘이 무너지는 줄 알지. 머리카락이 안 자란다고 의생을 찾아오다니. 내가 어렸을 때라면 상상도 못 했을 일이지. 그땐 모두들 피죽 한 그릇으로 일주일을 버텼어. 머리가 안 자라기만 해? 숭덩숭덩 빠지고 팔다리는 사시나무처럼 말라갔지. 그래도 다들 잘 살아남았어. 인간 목숨 줄이란 게 그런 거야. 가는 듯하면서도 고래 힘줄보다 세. 사람 그리 쉽게 픽픽 죽지 않아. 아가씨도 작은 것에 호들갑 떨지 말고 집에 가서 밥이나 팍팍 먹어."

건강 염려증 환자 취급을 받은 아멜리는 억울했다.

"선생님. 제 상태는 정말 보통 상태가 아니란 말이에요. 지진이 나서 지하 동굴에 갇히는 바람에 반년 넘게 풀이랑 물로 연명했다고요. 그래도 다른 건 다 멀쩡한데 머리카락이랑 손톱, 발톱에만 이상이 생겼단 말이에요. 이게 정상일 리 없잖아요. 부디 제대로 좀 살펴봐 주셔요. 어딘가 분명히 이상이 있을 거여요."

"이제 보니 아가씬 몸이 아니라 머리가 아픈 사람이었구먼."

의생은 끝내 아멜리를 흰 눈으로 바라볼 뿐이었다. 큰맘 먹고 과거 얘기까지 털어놓았던 아멜리는 맥이 탁 풀렸다. 이건 시간 낭비다. 어차피 자신의 이야기를 믿게 해줘 봤자 저 의생은 치료방법도 찾아내지 못하리라. 아멜리는 자신에게 필요한 사람이 민간요법으로 잔병이나 겨우 고쳐주는 동네 의생이 아니라 온갖 희귀병의 치료법을 두루 섭렵한 유능한 치료사임을 깨달았다.

여관으로 돌아온 아멜리는 아까의 친절했던 여관 직원을 다시 찾았다.

"궁금한 게 하나 있는데요. 젤원에선 병 잘 고치기로 소문난 명의가 있나요?"

"어이쿠. 많이 심한 두통이라던가요?"

"아뇨. 덕분에 두통은 다 나았어요. 그냥 호기심에 물어보는 거여요."

"아아, 그러시군요. 병 잘 고치기로 유명한 사람이라? 일단은 수도에 있는 국립병원의 의사들이 유능하기로 소문났지요. 민간 의생과 달리 나라에서 가르치고 훈련시킨 치료 전문가들이거든요. 황제나 황족의 주치의도 그들 중에서 뽑혀요."

"그렇게 대단한 사람을 치료하는 치료사라면 진료비를 몹시 비싸게 받겠군요."

당연하다면 몹시 당연한 것을 심각하게 중얼거리는 아멜리를 보고 여관 직원이 하하 웃음을 터뜨렸다.

"돈은 둘째 치더라도 만나볼 수나 있으면 다행이지요."

"역시……"

실망한 아멜리가 시무룩하게 어깨를 늘어뜨렸다.

"만나기 어렵긴 마찬가지지만 돈이 덜 드는 명의도 있긴 해요. 신성 치료사라고 해서, 신의 힘으로 병을 낫게 하는 사제들 말이에요. 소문으론 못 고치는 병이 없다고 하더라고요."

"그게 정말이어요?"

"네. 하지만 워낙 고쳐달라는 사람들이 많아서 아주 심한 병에 걸리지 않은 이상 은총을 받기 어렵대요."

"신성 치료사는 어디로 가야 만날 수 있나요?"

"아쉽게도 스토니스 신전엔 없어요. 하지만 수도에 있는 테이온 대신전엔 있지 않을까요? 아무래도 젤윈에서 제일 큰 신전이니까 없는 게 없겠죠."

수도에 있는 테이온 대신전. 아멜리는 그 정보를 기억하기 위해 몇 번이나 입속으로 되뇌었다.

✤

시내를 설렁설렁 돌아다니던 게일은 해가 진 뒤에야 숙소로 돌아왔다. 자신의 방에서 동굴 책 필사를 하고 있던 아멜리는 게일의 기척을 느끼자마자 복도로 뛰쳐나왔다.

"어서 오셔요, 게일님!"

"오냐. 좀 쉬었어?"

"덕분에요. 인력시장은 어땠어요?"

아멜리는 게일의 방에 따라 들어가며 잔뜩 기대에 찬 목소리로 물었다. 게일은 태연하게 준비해온 답변을 내놓았다.

"아쉽게도 허탕이다. 할 게 없더라."

아멜리는 예상 밖이라는 듯이 약간 놀란 표정이 되었다.

"죄송해요."

"뭐가?"

"제가 괜히 오늘 가보라고 해서 게일님이 헛고생을……."

"구직활동이란 게 원래 다 이렇지, 뭐."

그는 침대에 걸터앉아 신발 끈을 느슨하게 하며 말했다. 건성건성한 말투였다.

"전 스토니스는 큰 도시니까 일자리가 아주 많을 줄 알았거든요. 마음만 먹으면 금방 좋은 자리를 얻게 될 줄 알았어요."

"큰 도시에는 일자리만큼 경쟁자도 많아."

"하긴 그러네요. 제 생각이 짧았어요."

아멜리는 시무룩해져서 가만히 있다가 불쑥 물었다.

"내일도 인력시장에 가실 거죠?"

"응? 어어. 그래. 점심쯤 나가볼까 해."

한 일주일쯤 허탕 치면 아멜리도 포기하려나? 게일은 그리 생각하며 내일의 땡땡이를 위해 은근슬쩍 밑밥을 깔았다.

"너무 기대하고 있진 마. 또 실망할라."

"네. 게일님도 너무 부담 갖지 마셔요. 아, 배고프시겠다. 저녁 먹으러 갈까요?"

돌아오는 길에 열심히 준비했던 디테일한 핑계와 연기가 필요 없을 정도로 간단한 마무리였다.

그날 밤 게일은 말똥말똥 눈을 뜬 채 좀처럼 잠을 이루지 못했다. 묘하게 속이 더부룩했다.

과식이 문제였을까? 곰곰이 생각해보니 낮에 사 먹은 양념 강한 닭꼬치가 의심스러웠다. 그는 윗배를 문지르며 모로 누워 투덜거렸다.

'쳇. 숯불맛 말고 소금맛으로 사 먹을걸.'

한편, 불면의 밤은 그의 옆방도 마찬가지였다. 아멜리는 반듯하게 누워 머릿속으로 오늘까지의 경비 지출을 계산 중이었다.

'여관비에 하루 두 끼씩, 두 사람 몫이니 돈이 쑥쑥 빠져나가는구나. 하긴 도시살이는 원래 돈이 많이 들지. 스토니스를 떠나 중부까지 여행을 시작하면 교통비가 추가될 테고, 곧 월동 준비도 하게 될 텐데. 휴우. 지금 어떻게든 절약해두지 않으면······.'

파샤 여행 때는 패트리샤 일행이 여비를 모두 댔기 때문에 금전 문제로 고민해본 적이 없었다. 그런데 주도적으로 여행을 시작하니 호주머니에 구멍 난 듯 돈이 빠져나가는 중이었다. 아무리 계산해보아도 스토니스에서 추가 경비를 벌지 못하면 현재 가진 돈으로는 올가을까지밖에 버티지 못할 것 같았다. 그리하면 결국 동굴의 보석을 팔게 될 것이었다.

'그것만큼은 장래 진료비로 남겨두고 싶은데······.'

아멜리는 침대에서 일어나 램프를 켰다. 희미한 빛에 손과 발을 비추어 보았다.

언제나처럼 같은 길이에서 단정하게 다듬어진 손톱과 발톱. 여전히 자라지 않고 있었다.

그리고 망가지지도 않는다.

새로운 증상을 알게 된 건 젤원으로 건너오는 중이었다.

감금당한 집에서 탈출 시도를 할 때 창의 나무 덧판을 무리하게 뜯으려다 손을 다쳤었다.

항해 첫날에 치료를 하고 붕대를 감았는데, 그로부터 이틀 뒤 붕대를 갈려고 보니 깨진 손톱은 물론 손의 상처가 모두 감쪽같이 아물어 있었다.

혹시나 하는 생각이 스쳤다. 그 생각을 시험해보고 싶었지만 차마 자해는 할 수 없어, 대신 머리카락 한 움큼을 새끼손가락 길이만큼 잘라 보았다. 하지만 하루 종일 별 이상이 없었다. 역시 지나친 생각이었을까 하며 잠이 든 다음 날 아침. 머리카락은 원래의 길이로 돌아왔다.

머리카락과 손톱, 발톱이 자라지 않는 몸. 그리고 상처도 금방 나아 버리는 몸. 이게 과연 좋은 걸까, 나쁜 걸까.

낮의 의생에게 이 점을 알려주었다면 조금 달리 진찰해주었을까? 아멜리는 스스로 고개를 저었다. 자라지 않는다는 말 하나에도 그런 반응을 보이는데, 다치지도 않는다고 말하면 정말 정신병자 취급을 했겠지.

설령 머리칼을 잘라 증명해 보여도 상대방이 치료할 능력이 없다면 다 무슨 소용이랴. 운 나쁘면 세상의 구경거리로만 전락하게 될지도 모른다. 따라서 그녀는 입 무겁고 실력이 좋은 치료자가 필요했다.

지금으로선 수도 윈 델람에서 그러한 사람을 찾게 되길 기대할 수밖에 없었다.

하지만 그곳에서도, 이 괴상한 증상들이 치료 불가능한 괴질이라고 하면 그때부턴 어떻게 해야 하는 걸까.

– 문제란 건 외면만 한다면 결코 해결되지 않아요. 괴로운 문제일수록 반드시 맞부딪쳐야 하는 거여요. 그래야 해결할 수 있는 방법을 알아낼 수 있고, 마침내 편안해질 수 있을 테니까요.

– 모든 일이 말처럼 간단하면 좋겠지. 세상엔 해결이 불가능한 문제도 있거든.

소년의 말이 천 번 옳았다. 집안에 숨어든 뱀을 찾아내거나 암굴 안에서 탈출구를 찾는 것보다 더욱 어렵고 힘든 일이 세상엔 얼마든지 존재했다.

이를테면 불치병의 치료처럼 말이다. 아멜리는 우울해져 이불 속으로 기어들어갔다. 잠깐 사이 식어버린 이부자리 탓에 몸이 바르르 떨려왔다. 그녀는 이불을 머리끝까지 덮어쓰고 그 안에서 새우처럼 웅크렸다.

'촌장님. 안 되겠어요. 제안에 있는 건 아무리 단단히 무장을 해도 잡을 수 없는 뱀 같은 걸요……'

무거운 마음을 안고 밤새 뒤척이던 아멜리는 새벽녘이 되어서야 간신히 잠에 빠져들었다.

그 무렵 옆방에서 게일은 거대한 닭꼬치에 깔려 허우적거리는 악몽을 한창 꾸는 중이었다.

다음 날 오전, 게일은 여느 때보다 더욱 열심히 체력 단련에 매진했다. 평소라면 한바탕 흘린 땀에 기분이 상쾌해졌을 텐데 이번만큼은 예외였다.

지난밤 꿈자리가 워낙 사나워서일까. 그가 이 찜찜한 기분을 어떻게 하면 지울 수 있을까 고민하며 땀을 닦고 있을 때 누군가 방문을 노크했다. 문밖에는 외출 채비를 마친 아멜리가 서 있었다.

"운동 다 마치셨어요?"

"응. 넌 어디 가?"

"오늘 점심에 인력시장 나간다고 하셨잖아요. 저도 같이 가려고 왔어요."

게일은 내심 당황했다. 이러면 땡땡이를 못 치는데?

"가지 마. 재미없어. 가봤자 시간 죽이기밖에 안 돼."

"놀러 가는 건가요, 뭐. 재미없어도 일자리를 구하려면 가야죠."

"내 일자린 내가 알아서……."

아멜리가 고개를 가로저었다.

"아뇨. 제 일자리요."

게일이 눈을 끔벅거렸다. 이게 뭔 소리야?

"스토니스에 머무르는 동안 비상금 마련하기로 한 거 벌써 잊으셨어요?"

"응. 그래서 내가 벌어올 건데."

한 달간 열심히 복권 긁어서, 라는 뒷말은 생략됐다.

"게일님 혼자서만 일하시겠다고요? 어째서요?"

"네가 버섯 판 돈만큼 나도 여비를 보태야지. 그래야 공평한 거 아닌가."

또 엉뚱한 소리가 튀어나올 줄 알았더니 의외로 기특한 소리였다. 아멜리의 눈빛에 약간의 감동이 어렸다. 바로 며칠 전까지 일하기 싫다고 바락바락 악을 쓰던 남자가 자진해서 여비의 절반을 책임지겠다고 나오는 걸 보니 그간의 잔소리가 영 헛수고는 아니었던 모양이었다. 그녀는 기분 좋게 고개를 저었다.

"그런 건 신경 쓰지 마셔요. 혼자보단 둘이 벌면 돈이 더 금방 모일 테니까 저도 일하겠어요."

"돈은 내가 알아서 한대도. 놀 자격이 있는 사람은 놀아라."

"자격이고 뭐고, 게일님이 힘들게 일하고 계시는데 저 혼자 어떻게 맘 편히 놀 수 있겠어요."

"객지에서 일하는 거 무지 힘들어. 고생한다, 너."

"그건 게일님도 마찬가지잖아요."

"나는 괜찮아. 체력이 있잖냐. 외국에 나와 일해보는 게 처음도 아니다."

무엇보다 진짜 일할 생각은 없으니까, 라고 불로소득 일천확금의 꿈에 젖은 남자는 생각했다. 사정 모르는 아멜리는 더욱더 가슴이 뭉클해졌다. 허구한 날 말썽 피우고 속 썩이던 막내아들이 의젓해져서 효도하는 모습을 지켜보는 노모의 심정이 바로 이러할까.

"저도 괜찮아요. 그리고 잠깐 몸 편히 노는 것보단 하루빨리 여비를 모아 게일님과 재미있게 여행을 다니는 게 좋은 걸요. 그걸 위해선 고생쯤이야 얼마든지 견디겠어요. 우리, 함께 힘내요!"

아멜리가 씩씩하게 파이팅을 외쳤다. 게일은 겨우 진정됐던 속이 까닭 모르게 다시 거북해지는 것을 느끼며 명치를 움켜쥐었다.

'그놈의 닭꼬치, 다신 먹나 봐라!'

결국 게일은 혹을 달고 천근만근의 발걸음으로 숙소를 나설 수밖에 없었다.

때는 정오를 훌쩍 넘긴 오후. 3층짜리 바위산 건물 앞은 제법 붐비고 있었다. 드넓은 앞마당 가운데엔 사람 키만한 길쭉한 말뚝이 빽빽이 꽂혀 있었는데, 구인 공고를 붙여둔 팻말이었다.

"우리도 저 종이를 봐야 하나요?"

까막눈인 아멜리가 다소 난감하게 물었다. 다행히 게일은 고개를 저었다.

"저쪽은 대개 잡역부 일자리. 우린 건물로 들어가자."

건물 1층은 접수와 상담을 해주는 사무실이었다. 번호가 매겨진 여러 개의 책상이 있었고, 책상마다 제복을 입은 직원들이 앉아 구직자와 대화를 나누고 있었다. 각 책상 앞으로 줄을 서 상담 차례를 기다리는 사람들도 제법 많았다.

"우리도 줄 서자. 상담사랑 얘기 좀 나누면 적당한 일자릴 주선해줄 거다."

"어마, 참 편리한 시스템이네요. 고맙기도 하지."

아멜리는 감탄했으나 게일은 시큰둥한 표정이었다.

"고맙긴. 저 치들도 다 먹고 살려고 하는 짓인데."

"이 사람들은 뭐로 돈을 버는데요?"

"일자리를 소개해줄 때마다 건당 정보제공료를 받아. 돈독이 오른 상담사도 있으니 눈 뜨고 코 베이기 싫으면 정신 똑바로 차려."

그들은 여성 전용 창구의 줄 끝에 섰다.

"저 남자는 마누라 일 시키려고 여기까지 따라왔나 보네."

"사지 멀쩡해 보이는데 본인이 일을 하지."

"에이그, 지저분한 꼬락서니를 보면 모르겠어? 기둥서방인 게 틀림없어."

아멜리는 한참 동안 주변의 수군거림이 정확히 누구를 가리키는지 몰랐다. 그저 어딘가에 부부가 있는가 보다 하며 흘려들었는데, 왠지 따가운 시선이 느껴졌다. 그제야 아멜리도 주위를 둘러보았다. 시선의 주인공은 자신들이었고 좀 더 주목받는 대상은 키가 고만고만한 여자들 가운데 끼어 있는 신장 180 이상의 근육질 남성이었다.

"저 혼자 기다려도 되니까 딴 일 보고 계셔요."

"됐다."

"남들이 흉보는 거 같은데요?"

"내가 남 눈 무서워하며 사는 타입으로 보이냐."

언제는 사나이 체면이 어쩌고 하더니? 그래도 아멜리는 내심 기쁘고 흐뭇했다. 그가 여자들 틈바구니에서 창피함을 감수하며 서 있는 이유는 오로지 자신을 돌봐주기 위함이 아닌가. 얼마 전 노름에 환장해 개인행동도 불사하려던 그의 모습을 떠올리면 이것은 실로 장족의 변화였다.

30분쯤 지나 그들의 차례가 왔다. 상담사는 코안경을 걸친 깐깐해 보이는 노부인이었다.

"약초꾼? 안타깝지만 그런 경력에 맞는 자리는 없군요."

아멜리는 약간 실망스러웠지만 포기하지 않았다.

"제가 일할 만한 곳이 달리 없을까요?"

"단기로 할 수 있는 자리를 찾는다니까, 어디 보자. 가정부는 어때요?"

"가정부라면 다른 사람 집에서 밥 해주고 청소, 빨래하는 일이죠? 그런 일은 늘 해 와서 자신 있어요."

"좋은 자세로군요. 단기직 가정부 일자리는 현재 세 군데가 있는데요. 우선 첫 번째 자리부터 설명해드릴게요. 고용주는 금융업에 종사하는 나이 지긋하신 남자분인데 혼자 생활하고 있기 때문에 아침저녁으로 집안일을 해줄 젊은 여성을 구하고 있어요. 원래는 장기간 근무해줄 직원을 채용하려고 했는데, 현재 자리가 아예 비어 있기 때문에 사정이 좀 급한가 봐요. 잠깐이라도 자리를 채워줄 사람이 필요하다더군요. 일당은 400젤이에요."

그때 아멜리 옆에 앉아 가만히 듣고 있던 게일이 불쑥 끼어들었다.

"전에 일하던 사람은 왜 다른 사람이 구해지기도 전에 그만뒀답니까?"

"급한 집안 사정이 있었다고 해요."

"그래도 웬만해선 안 그럴 텐데."

나만큼 시달렸던 인간이 아니라면 말이지. 게일은 탐탁지 않은 기분이 들었다.

"고용주 양반은 왜 콕 집어 젊은 여성을 구한답니까?"

"평범한 현상입니다. 많은 고용주들이 상대적으로 체력이 좋은 청년층 노동자를 선호하고 있거든요."

"그럴 거면 남자를 구하면 되잖아."

게일이 어이없다는 듯이 중얼거렸다. 상담사는 자꾸 딴죽을 거는 제삼자가 못마땅한 기색이 역력했다.

"아멜리 씨의 동행인분께선 걱정이 많으시군요. 하지만 우리 인력 시장은 그렇게 허술한 기관이 아니에요. 여기에 고용주로 등록하려는 사람들은 신분과 재산을 확실히 갖춰야 하기 때문에 7할 이상이 귀족이거나 준귀족에 가까운 자산가죠."

"글쎄올시다. 내가 알기로 변태에는 귀천이 없던데."

게일과 상담사 사이에 흐르는 불편한 기류는 아멜리도 느낄 수 있을 만큼 뚜렷해졌다. 아멜리는 분위기를 누그러뜨리려고 애써 미소를 지었다.

"다른 데는 또 어떤 곳이 있나요?"

"식료품상회를 운영하는 대가족이 사는 집에서도 사람을 구하고 있습니다. 기존의 가정부가 휴가를 떠난 동안에만 일해주면 된다는군요. 급료는 일당 480젤로 후한 편이에요. 대신 입주 가정부여야 한다는 조건이 있지만요."

"입주라면 거기 들어가 살아야 한단 말씀이시죠?"

"그래요. 이 댁 할머니, 할아버지께서 중풍으로 거동이 불편하셔서 밤에 돌봐드려야 한다고 해요. 물론 밤새 붙어 있어야 하는 건 아니고요. 새벽에 한두 번 깨어나서 요강을 비워주거나 몸을 뒤집어주는 정도의 일인 것 같네요. 참고로, 낮엔 집안일을 하는 짬짬이 아이들과 놀아주고 씻겨줘야 한답니다."

"헐. 겨우 480젤에 가정부, 보모, 간병인 무려 세 가지 역할을 시켜 먹는다고? 급료가 약값으로 다 나가겠구만."

급속도로 경직되어가는 상담사의 분위기를 느낀 아멜리가 팔꿈치로 게일의 옆구리를 쿡쿡 찔렀다. 하지만 게일의 목소리는 그것이 스위치라도 된 것처럼 되레 더 커졌다.

"거 돈도 있는 집 같은데 웬만하면 사람 셋 따로 쓰라고 하쇼. 어디서 남의 등골에 빨대를 꽂으려 해. 아멜리 너도 놀랍지 않냐? 너 혼자 집안일 하면서 병든 노인네들 돌보고 애도 봐줘야 한대. 밤에 잠도 제대로 못 자면서. 그러면서 480젤이라니, 장사꾼이 아니라 완전히 도둑놈 심본데."

상담사가 쥐고 있던 서류를 세차게 내려놓았다.

"이것도 싫다 저것도 싫다 하는 걸 보니 형편이 그리 어렵지 않은 분들 같군요. 우리 사무소에서 소개해줄 수 있는 일자리는 전부 이런 것들밖에 없어요. 더 들어봐야 시간 낭비가 아닐까요?"

"내 말이 그 말……."

아멜리가 게일의 입을 황급히 틀어막으며 도리질 쳤다.

"아니어요. 전 정말 일하고 싶거든요. 부디 계속 말씀해주셔요, 상담사님."

상담사는 코안경을 추켜올리며 아멜리를 바라보았다. 옆의 까치집 머리 남자보다 훨씬 얌전하고 공손해 보이는 태도가 그럭저럭 마음에 찼다.

"좋아요. 마지막 자리예요. 이것까지 거절하면 저희 인력사무소에서 아멜리 양에게 제안해드릴 만한 일자리는 더 이상 없습니다."

"네! 감사합니다!"

"고용주는 중년 부인인데 머지않아 다른 도시로 이사를 해요. 그때까지만 일해줄 하녀를 구하고 있습니다. 요리, 빨래, 청소같이 일반적인 가정부 일과 간단한 심부름을 맡아주면 됩니다. 급료는 일당 300젤이에요."

상담사가 어디 딴죽 걸 게 있으면 어디 해보라는 듯한 도전적인 눈빛으로 게일을 예의 주시했다. 그에 게일도 거만하게 턱을 쳐들며 눈빛으로 화답했다. 일단 계속 해봐.

"한 가지 주의점은, 고용주가 매우 엄격한 가치관을 가진 분이라 가정부 역시 스스로에게 엄격한 사람이길 원한답니다. 행실 바르고, 신중하며, 깔끔한 것을 좋아하고, 정리정돈을 잘하면서, 덤벙대거나 말귀가 느려선 안 된다고요."

게일의 입가가 실룩거렸다. 반사적으로 상담사의 입가도 실룩거렸다. 그러나 누구도 섣불리 입을 열지는 않는 일촉즉발의 팽팽한 긴장감이었다.

상담사가 신중하게 서류로 시선을 옮겨 빠르게 나머지 유의사항을 읽어 내렸다.

"집안의 규칙에 따르지 않거나, 시키는 일을 제대로 완수하지 못하면 그날 분의 일당을 절반밖에 줄 수 없다는 것을 고지해달라는 요청이 있었습니다. 예를 들면 천장 속 그릇과 컵을 기존 배열에 맞지 않게 놓거나, 물건을 엉뚱한 위치에 갖다 놓거나, 요리할 때 부인의 레시피와 1mg의 오차가 생기면……."

"미친 강박증 여편네 아냐."

게일의 사족을 끝으로, 두 사람은 사무소에서 쫓겨났다.

"날씨 참 조오타."

게일은 인력시장 마당 구석에 놓인 벤치에 늘어져 앉아 감탄사를 터뜨렸다. 과연 구름 한 점 없이 청명한 하늘이었다. 그러나 뿔이 난 아멜리의 시선은 옆 사람의 얼굴에 고정된 상태였다.

"왜 그러셨어요?"

"뭘."

게일이 모르는 척 되물었다.

"상담사에게 잘 보여도 모자랄 판에 말할 때마다 토를 다셨잖아요.

제가 봐도 너무 무례한 행동이었어요. 그분이 화내는 것도 당연해요."

"마땅히 토를 달아야지, 그런 엉망진창일 일자리들만 소개해주는데 가만있으면 호구다."

"그렇게 엉망진창이었나요? 전 잘 모르겠던 걸요."

"얼씨구?"

"게다가 일하는 사람은 게일님이 아니라 저니까 제가 괜찮으면 되는 거 아니어요?"

"어절씨구?"

"원래 남의 돈 받기란 쉽지 않아요. 감수할 건 감수해야죠. 솔직히, 일할 수 있는 곳이 있다는 게 어디여요."

게일은 뜨악하게 아멜리를 쳐다보았다. 뭐야. 이 슈퍼 긍정 마인드는? 이게 말로만 듣던 노예근성?

"혹시 제가 고향에 있을 때 날품팔이였단 거 말씀드린 적 있나요?"

"약초꾼 했다며?"

"약초꾼이 되기 전엔 마을 사람들의 소소한 일을 대신 해주거나 농사일을 돕거나 했어요. 그땐 힘든 일이든 쉬운 일이든 상관없이 계속 들어와 주기만 하면 좋았어요. 일감이 떨어지면 당장 생계가 곤란해지니까요. 이렇게 입맛에 맞게 일을 가린다는 건, 생각해본 적도 없는 일이어요."

귀족으로 태어나 고등교육을 받고 자란 그와 가난한 산골에서 소처럼 일만 하며 살아온 아멜리의 가치관이 다른 것은 당연한 현상이었다.

그래서 게일은 아멜리의 생각을 이해할 수 있었으나, 물러서고 싶진 않았다. 그랬다간 까라면 까야 하는 인권 유린의 현장을 박차고 나온 그의 행동이 정당화될 수 없는 까닭이었다.

"아멜리. 뭐든지 열심히 하겠다는 네 정신은 아주 훌륭해. 훌륭하다만, 너같이 순박한 사람들을 이용해 자기 배 불리면서 남의 삶은 피폐하게 만드는 악덕 고용주들이 있다는 게 문제야. 예를 들면 파샤 국왕이라거나, 파샤 국왕이라거나, 파샤 국왕이지."

파샤국왕에 대한 게일의 처절한 원한이 엿보이는 대목이었다.

"잘 생각해 보거라. 사람 나고 돈 났지, 돈 나고 사람 났냐. 우리는 부당한 대우에는 장렬히 저항해야 해. 사람은 누구나 존중받을 가치가 있다! 쾌적한 환경에서 노동할 권리가 있다! 비극은…… 내 대에서 끝나야 해. 크흑!"

게일이 북받쳐 오르는 감정을 못 참고 콧잔등을 꽉 쥐었다. 아멜리는 솔직히 게일이 왜 이렇게 감정적으로 나오는지 이해하기 어려웠지만 적어도 그가 나름 상처 입었다는 것은 느껴졌다.

"게일님이 무슨 생각이셨던 건지는 알겠어요. 그래도 아까 상담사님이 소개해준 일자리들이 로열 나이트……만큼 가혹해 보이진 않던걸요. 특히 첫 번째나 세 번째 일자리는 한 사람분의 집안일만 해주면 되니 쉽지 않을까요?"

"첫 번째만큼은 절대로 안 돼. 어디 말만한 처녀가 음흉한 홀애비네 집에 혼자 드나들려고!"

아멜리는 「음흉한」이라는 단어의 근거를 묻고 싶었지만 이야기가 길어질 거 같아 그만두었다.

"세 번째 자리는 어때요?"

"하, 그 강박증 여편네? 아서라. 내가 동종의 인간하고 일을 해봐서 아는데 그런 치들은 존재 자체가 정신적인 고문이야. 차라리 몸이 고된 게 낫지 스트레스에는 약도 없어요."

"남은 건 두 번째 일자리밖에 없는데요."

"노비 되는 게 네 꿈이었다면야 그것까진 못 말리지."

결국 셋 다 하지 말라는 소리였다. 물론 독립적인 성인인 그녀가 아르바이트를 하기 위해 친구의 허락을 구할 필요는 없었다. 그러나 게일이 일견 쓸데없는 참견을 하는 이유는 그녀가 맨튼에서 밤샘 잔소리를 해야 했던 이유와 동일하지 않겠는가. 그래서 아멜리는 게일의 의견을 무시하고 싶지 않았다.

"알겠어요. 다른 일자리를 찾아볼게요."

아멜리가 약간 시무룩해져 중얼거렸다. 게일도 슬슬 명치께의 불편함이 어제 먹은 닭꼬치 탓이 아님을 알아차리게 됐다.

'끙, 할 수 없군.'

그는 바지 호주머니를 뒤져 잔뜩 구겨진 명함 한 장을 찾아냈다.

"사실 나 어제 알바 제의 받았다. 좀 수상쩍어서 거절할 참이었지만 인력시장은 튼 거 같으니 이거라도 해야지 뭐."

수상쩍다는 말에 아멜리는 곧장 걱정스러운 표정을 지었다.

"무리하지 마셔요. 찾아보면 식당 종업원이라든가 설거지 담당자처럼 평화롭고 안전한 일자리가 얼마든지 있을 테니까요."

그 순간 게일은 하늘이 무너지는 한이 있더라도 명함에 나온 용병 중개소를 찾아가야겠다는 결심을 했다.

"걱정 마. 호위 무사라 했으니 양아치나 불량배나 적당히 쫓아주면 되겠지."

"그래도 다치면……."

"괜찮다니까. 어차피 그런 임무에는 이골이 났어. 왕도 지켜봤고 공주도 지켜봤고, 이거 봐라. 지금 이 순간에도 하고 있잖아?"

씩 미소 짓는 게일의 손가락이 아멜리를 가리켰다.

14
써니필드 용병중개소

브로드스톤 거리는 너무 낮거나 작아 건물로 쓰일 수 없는 바위산들이 몰려 있는 황무지였다.

게일은 명함에 나온 용병 중개소인 써니필드 사무소를 어렵지 않게 발견할 수 있었다. 그곳만이 유일하게 간판을 달고 있는 바위산이었기 때문이다.

사무실 내부는 허름하면서 간소했다. 업무에 필요한 최소한의 사물만 놓여 있는 느낌이었고 일하고 있는 사무원도 딱 한 명밖에 없었다. 남자 두 명이 더 있었지만 누가 봐도 손님이었고 또 용병이었다. 각자 무기를 가지고 있는데다 분위기도 예사롭지 않았던 것이다.

게일은 더벅머리 사무원 청년에게 써니필드의 명함을 내밀었다.

"일하러 왔는데."

더벅머리는 명함을 들고 2층으로 올라갔다가 잠시 후 어제 본 구레나룻 사나이와 함께 내려왔다.

"다들 잘 왔네."

슬론 소장은 세 남자를 쭉 둘러보았다. 지푸라기 같은 금발에 마른 체구의 남자, 갈색 머리에 처진 눈의 남자, 그리고 가장 키가 큰 적발의 남자. 무기 좀 들었다고 무사입네 하고 다니는 오합지졸과는 분위기부터 다른 재목들이었다. 슬론 소장은 그들을 선별한 자신의 안목에 흡족해했다.

"적어도 세 명이 오길 바랐는데 딱 세 명이 모였군. 여기까지 온 걸 보면 다들 일할 의향이 있다고 봐도 되겠지?"

아무도 대꾸하지 않았지만 슬론은 개의치 않고 말을 이었다.

"서론은 생략하고 본론부터 시작하겠다. 질 나쁜 스토커에 시달리고 있는 어느 귀한 집 따님의 호위무사가 필요하다. 내용은 신변 보호, 기간은 한 달. 도중에 스토커를 생포하거나 죽인다면 공로자에게 인센티브를 지급하고, 그 시점에서 세 명 전원의 계약이 종료된다. 물론 남은 계약 기간의 임금은 일괄 지급해준다."

금발의 용병이 물었다.

"시작한 지 하루 만에 스토커를 잡아도 한 달 치 고용비를 다 주겠단 거요?"

"그래."

"총 얼마?"

"일당 1500으로 쳐서 총 4만 5천 벨. 인센티브 발생 시 10만 벨 추가."

금발의 용병이 휘파람을 불었다. 젤원에서 호위무사 고용비는 일당 800벨에서 1000벨 사이가 시중가이니 써니필드의 인심은 상당히 후한 편이라 할 수 있었다. 혹은, 그만큼 힘든 임무를 암시하는 것일 수도 있었다.

"보통 악질이 아닌가 보네, 그 스토커?"

"마법을 구사할 줄 안다."

슬론은 담담했지만 게일을 제외한 두 용병의 안색은 대번에 달라졌다. 금발의 용병이 우물우물 말했다.

"마법사라니……. 난 한 번도 상대해본 적 없는데."

"쫄 거 없다. 마법사라 해도 견습이나 다름없는 수준이야. 그리고 마법사는 자기 속성과 일치하는 기운이 적은 곳에선 제대로 마력을 뽑아내지 못하는데 공교롭게도 이 자는 목마법사다. 그런데 여긴 어딘가."

"스토니스지."

"그래. 암석도시 스토니스지. 목마법사가 제 실력을 발휘할 수 있는 무대가 아니야. 스토니스에 있는 한 이 스토커 마법사는 비리비리한 백면서생 그 이상도 이하도 아닐 걸세."

"아무리 약해도 마법사는 마법산데 묘한 재주 하나쯤은 부릴 줄 알거 아니오."

"쓸데없는 걱정이다. 일격필살의 마법은 그리 흔치 않은 데다 아무 마법사나 부릴 수 없네. 그런 의미에서 마법은 그저 성능 좀 좋은 무기에 불과해."

"그래도……."

슬론이 손을 들어 금발 용병의 말을 막았다.

"한 가지 더. 앞서 말했듯이 주된 임무는 아가씨의 신변 보호다. 마법사를 죽이거나 잡아서 인센티브를 받을지 말지는 개개인의 선택이고 우리 쪽에선 거기에 관해 전혀 부담 주지 않아. 반드시 마법사와 정면 대결을 하라고 등 떠밀지도 않을 걸세."

"마법사가 나타났을 때 우리가 도망치든 숨든 상관 않겠다?"

"아가씨만 무사히 지켜낸다면."

용병들은 각자 바삐 머릿속 계산에 들어갔다. 게일은 이미 계산을 끝낸 상태였던 터라 슬론을 눈여겨보았다. 마법사는 웬만한 왕족이나 대귀족보다도 희귀하다. 게일 그 자신이야 기사였으니 자주 맞붙을 일도 있었고 아카데미에서 마법 관련 지식도 쌓았다. 하지만 일반 용병은 다르다. 마법을 접할 기회도 없을뿐더러 전장에서도 마법사는 마법사들끼리 붙고, 용병은 백병전에 투입되니 마법사와의 전투 경험을 쌓을 수 있을 리 없다. 그런데 슬론은 마법에 대해 해박할 뿐만 아니라 마법사를 상대하는 일에도 상당히 자신감이 넘쳐 보였다. 저것은 틀림없이 경험에서 우러나오는 태도였다.

'뭔가 수상한 냄새가 나는군.'

게일의 육감은 그렇게 말했지만, 그렇다고 피해가야 할 정도의 위협으로는 느껴지지 않았다.

"난 할래."

게일이 제일 먼저 손을 들고 나서자 옆에 있던 처진 눈의 용병도 고개를 끄덕였다. 머뭇거리고 있던 나머지 한 명도 끼었다.

"꼭 마법사와 싸워야 하는 게 아니라면야……."

슬론은 흡족한 미소를 지었다.

"좋아. 세 명 다 고용한다. 클라우스. 계약서를 가져와."

더벅머리 사무원이 계약서를 가져오는 사이 게일은 자신만의 새로운 계획을 세웠다. 이 일은 스토커만 잡으면 계약이 즉시 종료되고 한 달 치 보수와 인센티브를 받을 수 있다는 점이 가장 매력적이다. 다른 용병들은 마법사란 말만 듣고서 잔뜩 쫄았지만, 마법사와의 전투 경험이 풍부한 게일에겐 전혀 문제가 되지 않았다. 따라서 그의 목표는 최단 기간 최대 이윤을 뽑아내는 것으로 설정됐다.

'이 알바, 사흘 내로 끝내주마.'

게일은 자신 있게 계약서에 서명했다. 호위무사는 소장을 포함해 총 네 명. 2인 1조가 되어 여덟 시간마다 교대하기로 했다. 게일의 당번은 그날 저녁부터였다.

⌘

게일은 파트너가 된 금발의 용병 엘리야와 함께 슬론이 이끄는 마차를 탔다.

써니필드 사무소에서 고용주가 사는 곳까지는 그리 멀지 않다고 했다. 마차 안에서 엘리야는 붙임성 좋게 말을 걸어왔다.

"파샤 억양을 쓰던데, 혹시 파샤 사람? 나 원래 그리로 건너가는 중이었어."

"어. 거기 괜찮지. 요샌 용병 일거리가 넘쳐나."

"형씨도 마수를 상대해본 적이 있나?"

"물론."

"어때? 아무래도 인간보단 짐승 사냥하는 느낌일 것 같다만."

"파샤 가기 전에 한 가지 알아둬. 요샌 그쪽에서 마수를 마물이라고 불러."

"왜?"

"명칭은 학자들이 바꾼 거지만 내 생각에도 그쪽이 이치에 맞아. 그것들은 짐승이라기보단 기계 같은 느낌이라."

"엑! 그렇게 딱딱해?"

찰떡같은 설명을 개떡처럼 받아먹는 엘리야가 왠지 낯설게 느껴지지 않다. 게일의 뇌리에 무슨 말만 하면 눈을 동그랗게 뜨고 되묻는 한 여자의 얼굴이 스쳐 지나갔다.

'어쩐지 아멜리 같은 녀석이로군.'

로열 나이트 안에 있을 땐 잘 몰랐는데, 자신은 생각했던 것보다 훨씬 더 잘난 인간일지도 모르겠다. 아니면 애 보기가 팔자거나.

"딱딱해서 기계 같다는 게 아니야. 보통 야생 동물은 치명상을 입으면 겁먹거나 도망가잖아. 마물들은 전혀 그러지 않아. 그러니 끝장을 보려면 철저하게 숨통을 끊어놔야 해. 대충 이쯤이면 됐겠지 하고 방심했다가 황천 간 녀석들 한두 명 본 게 아니다."

"조언 고맙군. 하는 김에 하나 더 알려줘. 제일 위험한 녀석은?"

"위험성은 종류보단 상황에 따른 문젠데."

"그래도 일반적으로 용병들이 제일 꺼려하는 놈이 있을 거 아냐."

"흠, 촉수 계열인가? 체액이 강산성이라 좀 골치 아프거든. 촉수 때문에 근거리 공격도 힘들고. 나 같은 검사에겐 아무래도 가장 까다로운 상대겠지."

물론 다 무시하고 발라버리는 칸 같은 놈도 있지만 그건 불필요한 설명이었다.

"흐, 난 그런 놈들이라면 자신 있어."

엘리야가 자신의 양 주먹을 불쑥 들어 올렸다. 어느새 손가락 사이사이에 예리한 날붙이가 삐죽삐죽 튀어나와 있었다. 게일은 엘리야가 소매를 슬쩍 털 때부터 움직임을 간파해 그다지 놀라지 않았지만 일반적인 기준에서 볼 땐 인상적인 솜씨이긴 했다.

"괜찮은데."

건성적인 칭찬에 엘리야는 부끄러움 없이 대꾸했다.

"괜찮은 정도가 아니지. 형씨는 검만 다루나?"

"거의."

엘리야의 눈이 마차 의자에 구겨 앉아 있는 게일의 신체를 내리훑었다. 좌우로 떡 벌어진 우람한 어깨와 소도 때려잡을 두꺼운 팔뚝, 바지가 터져나갈 듯 근육이 부푼 허벅지는 「건장」이라는 단어 그 자체였다.

엘리야가 감탄하며 말했다.

"철퇴 같은 거 들고 다녀보는 게 어때? 마주치기만 하면 적군이 10 리 밖으로 꽁무니를 빼겠다."

"적군보다 여자들이 먼저 100리 밖으로 달아나겠지. 철퇴는 검보다 열 배는 더 질이 나빠 보이잖아."

"활은 어때? 도리안식 강궁 당겨본 적 있나?"

게일이 심드렁히 고개를 저었다.

"됐어. 원거리 무기엔 일없어."

"잘 못 다뤄?"

게일이 코웃음을 치며 대꾸했다.

"흥. 내가 못 다루는 무기는 없어. 손맛이 안 느껴지면 스트레스가 안 풀리니까 싫다는 거야."

"헤에. 난 먼 거리에서 명중을 시켜야 스트레스가 확 풀리던데. 3년 전엔 말이야. 그린게이트 협곡에서 상당한 준마를 탄 장수의 목을 정확히 꿰뚫은 적이 있어. 근데 나중에 알고 보니 그 말이 이드가야 서러브레드였어! 얼마나 빨랐을지 상상이 가? 그게 내 실력이라는 거지. 크, 그때 생각만 하면 자다가도 머리털이 쭈뼛 선다. 아주 그냥 짜릿짜릿해."

엘리야가 기분 좋게 껄껄거렸다. 그 모습을 보며 게일은 무심히 한마디 던졌다.

"변태 같다."

"사람 때리면서 스트레스 푸는 놈이 뭐가 어째?"

그때 마차가 정지했다.

두 남자는 으리으리한 대저택을 예상하며 내렸지만 막상 보이는 건 소박하기 짝이 없는 2층 건물이었다. 1층은 문 닫힌 잡화점이었고, 2층은 테라스에 빨래가 널려 있어 가정집임을 짐작케 했다. 주변은 조용하고 평범한 주택가였다.

"생각했던 거랑 좀 다르군."

"고용주의 본가가 아니라 안전가옥이다. 호위무사 넷이서 어떻게 대저택을 감당하겠나."

"그럼 스토커 잡힐 때까지 그 아가씨 집에도 안 돌아가는 거요?"

"평화로운 일상으로 돌아가기 위한 약간의 희생이지."

"저런."

엘리야가 안타깝다는 듯 혀를 찼다. 그때, 근처의 골목 담벼락 그늘을 지그시 바라보고 있던 게일이 슬론에게 물었다.

"저 친구도 써니필드 소속인가?"

호오. 슬론은 내심 게일의 눈썰미에 감탄하며 그늘 속의 인영을 불렀다.

"어이, 나와."

그늘 속에서 빡빡 깎은 중머리의 남자가 모습을 드러냈다.

"우리 사무소 전속 용병 모건이다. 다른 곳에 파견을 가게 돼 이쪽 근무는 오늘까지야. 그 덕에 자네들이 고용된 거지만."

모건은 자신의 기척을 알아챘던 게일을 눈여겨보며 인사했다.

"신참들이군. 행운을 빈다."

그는 슬론과 개인적인 작별인사를 나눈 뒤 곧 자리를 떴다.

남은 세 남자는 건물의 외부계단을 통해 2층으로 올라갔다. 슬론이 암호인 듯한 특이한 노크를 하자 묘령의 여인이 현관문을 열어주었다. 찰랑거리는 긴 흑발에 남색의 경장. 공교롭게도 게일이 까맣게 잊고 있던 누군가를 상기시키는 외양이었다.

'젠장, 고 좀도둑. 스토니스 떠나기 전에 꼭 잡혀야 하는데.'

"이쪽은 린다 아가씨. 아가씨, 이쪽은 새로운 호위무사들입니다."

린다는 잘 부탁한다며 꾸벅 목례를 했다. 부잣집 아가씨답지 않게 소탈한 태도의 여자였다. 슬론은 다시 건물 밖으로 나와 두 남자에게 지시사항을 내렸다.

"아가씨께선 유난스럽게 호위 무사를 달고 다니는 걸 좋아하지 않으셔. 그래서 자네들은 기본적으로 잠복근무를 해야 한다. 한 사람은 집에서 시선을 떼지 말고, 다른 한 사람은 건물 주위를 순찰하며 수상한 사람이 있나 살펴봐. 교대 텀은 자네들 재량이나 빈틈이 생기지 않도록 주의해."

"이런 가정은 싫지만, 혹시 마법사가 나타나 우리 둘 다 당해버리면 어떡하오?"

슬론이 주머니에 넣을 만한 크기의 작은 조명탄을 건넸다.

"이걸 쏘면 우리 사무실 위치에서도 충분히 보여. 위급할 때 써라."

"너무 화려한 수단이잖아. 당신만이 아니라 치안유지대원까지 쫓아올걸."

게일이 조명탄을 받아들면서 탐탁지 않은 듯 말하자 엘리야는 어리둥절해졌다.

"뭐가 문제야? 와주면 다행이지. 우릴 도와줄 거 아냐."

"치안유지대가 덜컥 스토커를 잡아버리면 내 인센티브가 날아가."

"벌써 마법사를 잡을 생각하는거?"

"뭐, 그들이 오기 전에 내가 잡아버리면 그만이긴 하군. 일단 가지고는 있겠다."

"굉장히 믿음직한 형씨로군. 허허……."

마부석에 오르던 슬론이 두 용병에게 충고했다.

"의욕에 찬 건 좋아. 하지만 욕심내다 임무의 본질을 잊지 마라. 최우선은 마법사가 아가씨 곁에 접근하는 걸 막는 일이다."

그는 여덟 시간 뒤에 보자는 말을 남긴 뒤 떠났다.

⚜

린다의 생활 패턴은 지극히 단순했다. 종일 집에 틀어박혀 있다가 하루 두 번쯤 외출했는데 낮에는 장 보기, 밤에는 가벼운 산책이었다. 밖에 나가더라도 딱히 만나는 사람이 없었다. 일부러 가족이나 친구를 만나지 않는 건지, 아니면 원래 없는 건지 어쨌든 그녀는 늘 혼자서만 스토니스를 돌아다녔다. 게일의 업무도 덩달아 단순해졌다. 하루 종일 안전가옥 주위를 빙빙 맴돌거나 린다가 외출할 때 몰래 졸졸 따라다니는 게 전부였다.

퇴근하고 돌아오면 그를 기다리고 있던 아멜리가 오늘 뭐했냐며 이 것저것 물어왔지만 딱히 해줄 말이 없을 정도였다.

"오늘도 어제랑 똑같아. 멀뚱멀뚱 서서 눈알만 데굴데굴."

"호위무사란 게 생각보다 위험하지 않은 일이네요? 한시름 놓았 어요."

"난 제발 좀 위험해졌음 좋겠다만."

"무슨 그런 소릴 하셔요. 말이 씨가 된다니까요."

아멜리는 못마땅하게 핀잔을 주었지만 게일은 진심으로 매일 그렇 게 빌었다. 쌀이 있어야 밥을 하든 죽을 하든 할 터인데, 마법사가 나 타나지 않으니 아르바이트를 언제 끝낼 수 있을지 모르게 된 것이 아 닌가. 엘리야는 공으로 돈을 번다며 좋아했지만, 마법사가 나타나기만 하면 그날부로 아르바이트가 끝날 거라 확신하는 게일의 입장에선 매 우 적자였다.

"우리가 그놈 찾아 나서는 게 어때? 가만히 앉아 벌벌 떠는 것보단 그게 낫잖아."

게일은 초조한 마음에 교대를 하러온 슬론에게 적극적으로 제안을 하기도 했다.

"그러고 싶었음 탐정을 고용했지 호위무사를 고용했겠나. 쓸데없는 소리 말고 일이나 열심히 해."

여지를 주지 않는 냉정한 거절에 게일은 좌절할 수밖에 없었다. 정 말이지 되는 일이 없는 요즘이었다.

그렇게 벌써 닷새째가 되었다.

늦은 저녁, 린다는 상점가 옆 돌담 거리에서 열리는 야시장을 구경하러 나섰다. 야시장은 말 그대로 밤늦게까지 열리는 장으로, 알록달록한 등불을 단 노점들이 향이 강한 음식과 갖가지 잡화를 팔며 행락객의 발길을 끌어들이는 곳이었다. 린다가 인파로 혼잡한 시장 거리에 들어서자 자연히 그 뒤를 따라가던 호위무사들의 눈초리는 한층 더 날카로워졌다.

'사람들 사이에 섞여 수상쩍은 짓 하기 딱 좋은 장소잖아.'

게일은 닭꼬치를 우적대며 린다에게서 눈을 떼지 않았다. 그의 뒤쪽에선 숯불 오징어구이를 든 엘리야도 주변의 동태를 열심히 살피는 중이었다. 그러나 린다의 관심사가 주로 리본과 털실이었기에 그녀가 가는 곳마다 평화롭고 평범해 보이는 부녀자들만이 바글거렸다. 게일은 점차 따분해졌다. 급기야 눈으로는 털실을 만지작거리는 린다를 지켜보면서 머릿속으로는 의식의 흐름을 따라가기 시작했다.

'이 짚신벌레 같은 스토커 자식은 왜 안 나타나? 설마 그새 사랑이 식은 건 아니겠지? 쯧. 제대로 하지 않을 거면 애초에 시작을 하질 말든지. 세상의 절반이 여잔데 왜 여자 하나에만 들러붙어 잘살고 있던 남을 이 지랄하게 만드냔 말이다. 그러고 보면 칸 그놈도 똑같아. 감금도 모자라 마지막까지 항구에 헐레벌떡 쫓아오던 꼬락서니란. 변태도 그런 변태가 없어요. 아마 한 여자에게 집착하는 게 변태들의 공통점인 모양이지. 도통 이해가 안 가네. 날 봐라. 왕년에 어울렸던 여자들의 연락처를 이젠 하나도 모르잖아? 하룻밤 좋은 시간 보내도 다음 날 구질구질하게 매달리는 일도 없고 말이야. 음, 뒤끝 없고 훌륭해.

실로 매너의 제왕! 세상 남자들이 다 나 같으면 아멜리나 린다 같은 불쌍한 여자들은 안 생길 텐데. 하긴 나처럼 훌륭해지기가 쉽지 않다는 게 문제로군. 후후. 그런데 이런 매너남을 난봉꾼이라 부르고 칸 같은 스토커를 떠받들어주지 못해 안달이라니. 히스톤 인간들, 보는 눈이 약에 쓸래도 없어요. 한심한 놈들. 평생 그러고 살아라.'

"내버려 둬?"

어느새 게일의 등 뒤에 바짝 따라 붙은 엘리야가 물었다. 벌써 시장 길 끝에 다다른 린다에 관한 질문이었다. 게일은 뒤돌아보지 않은 채 시큰둥하게 대꾸했다.

"안 될 건 뭐야."

"서쪽엔 부랑자 노숙촌과 쓰레기매립지가 있잖아. 아가씨가 갈만한 덴 아닌데. 말려야 하지 않을까."

"소장은 우리더러 아가씨를 지키라 했지 위험한 데 못 가게 막으란 소린 안 했어."

"거야 너무 당연하니까 말 안 했겠지."

"누구는 마법사가 나타날까 무서운가 보네."

엘리야가 가볍게 발끈했다.

"누가 무섭대. 그냥 고용주를 생각해서 말려야 하지 않을까 했던 거지."

"그럼 가서 말리든지."

둘이 옥식각신대는 사이 린다는 이미 시장 서문을 통과해버렸다. 게일은 태연하게 그 뒤를 따라 갔고 엘리야는 잠깐 고민하다가 에라 모르겠다 하며 두 사람을 뒤쫓았다.

린다는 엘리야의 우려처럼 쭉 서쪽을 향해 나아가진 않았다. 시장 바깥에 나와 돌담 모퉁이에서 발길을 꺾었다. 그 길은 돌담 바깥을 빙 두르긴 했지만 처음에 들어섰던 동문 쪽으로 이어져 있었다. 돌담 밖은 야시장의 소란이 웅웅 들려오긴 했지만 훨씬 고요하며 인적이 드물었다. 흐릿한 빛을 흘리는 가로등만 호젓한 길을 따라 띄엄띄엄 서 있었다.

게일은 린다보다 약간 뒤처져 따라가고 있었다. 그는 맞은편에서 우르르 몰려오는 술 취한 남자들을 약간 경계했으나, 평범한 행락객인 듯 린다를 지나쳐 시장 안으로 사라졌다. 그다음으로는 도로변의 짐더미를 뒤적거리는 아낙도 수상쩍어 보였다. 그러나 역시 평범한 시장 상인인 듯 빗자루를 찾아내자마자 종종걸음으로 자리를 떴다. 이제 남은 것은 바쁜 일이라도 있는지 발걸음을 서두르고 있는 말총머리 청년 하나뿐이었다. 하지만 그 청년마저 린다를 무심히 스쳐 지나갔다. 게일은 짧게 혀를 찼다.

'오늘도 공쳤구먼.'

툭. 작은 물체가 땅에 떨어지는 소리에 게일은 시선을 내렸다. 생뚱맞은 복숭아 씨앗 한 알이 발치에서 데구루루 구르고 있었다. 린다 옆을 지나쳤던 말총머리 청년이 방금 게일의 옆도 스쳐 지나간 참이었다. 그가 버린 쓰레기라 생각한 게일은 혀를 차며 복숭아 씨앗을 걷어찼다. 씨앗은 시원스레 허공을 날아 밤하늘 속으로 사라져 갔다. 그 직후였다.

쿠쿠쿵! 천둥소리와 함께 투박한 불꽃과 연기가 밤하늘을 수놓았다.

한순간 어안이 벙벙해졌던 게일은 빠르게 정신을 차렸다. 땅으로 돌아온 그의 시선이 호위 대상을 찾아 헤맸다. 게일과 얼마 떨어지지 않은 거리에서 린다는 폭발의 잔재에 넋을 잃고 있었다. 자신의 등 뒤를 덮치려는 검은 그림자를 전혀 알아차리지 못한 채.

"뒤!"

게일은 외치는 것과 동시에 허리춤의 단검 손잡이를 쥐었다. 그러나 단검을 뽑아들기 직전에 그의 귓전에 파공음이 스쳤다. 엘리야의 표창들이었다.

"꺄악!"

괴한을 눈치챈 린다가 반사적으로 풀썩 주저앉았다. 막 잡히기 직전이었기에 다리가 풀린 것은 오히려 구사일생의 도움이 되었다. 기다렸단 듯한 타이밍으로 괴한의 팔과 어깨에 표창들이 다다닥 줄지어 꽂혔다. 괴한은 놀라지도, 비명을 지르지도 심지어 피도 흘리지 않았다. 달려가며 장검을 뽑아든 게일은 그 모습을 보고 태연히 예상했다.

망토 아래 갑옷을 입었나. 하지만 그쯤이야 우리 이쁜이한텐 일도 아니지.

그의 팔뚝에 힘이 들어가며 푸른 정맥이 두둑 튀어나왔다. 곧 검이 자신만만하게 괴한의 옆구리를 베어 넘겼다.

'어라?'

괴한이 뒤로 나동그라지는 동시에 게일의 표정은 미묘해졌다. 그가 익히 아는 철갑옷을 베는 손맛과는 뭔가 조금 다른 느낌이었다. 그의 의문은 머지않아 풀렸다.

"얼굴이!"

린다가 괴한을 가리키며 소리 질렀다. 망토의 후드가 벗겨진 괴한의 머리에는 머리카락이 없었다. 눈코입도 존재하지 않았다. 괴한의 목 위에 달린 것은 그저 사람 머리 크기의 둥그런 나무 공이었다.

게일은 괴한의 망토 전체를 찢어 치웠다. 그의 예상대로 목 아래도 모두 인체를 모방한 나뭇조각이었다. 괴한은 인간이 아니라 살아 움직이는 등신대 인형이었던 것이다. 달려와 게일과 합류한 엘리야도 목각 인형을 보고서 크게 놀랐다.

"이건 분명 마법사 소행이로군."

엘리야는 게걸음으로 조심스레 접근해 땅에 널브러진 인형을 발끝으로 툭툭 차보았다. 미동조차 없었다.

"죽은 건지 뭔지. 인형이라 모르겠네."

엘리야가 주섬주섬 표창을 회수했다. 게일은 주위를 두리번거리며 말했다.

"마법사가 누군지 알 거 같다. 내가 쫓아갈 테니 당신은 아가씨를……"

그때 느닷없이 세 사람의 머리 위에 작고 딱딱한 돌멩이 같은 것이 후드득 쏟아져 내렸다.

"으악, 뭐야 이거!"

엘리야가 소스라치게 놀라며 머리를 털었다. 게일은 자신의 정수리를 콩 찍고 땅으로 떨어진 그것을 보고 눈을 홉떴다. 돌멩이가 아니라 복숭아 씨앗이었다.

"도망쳐!"

게일은 꺅꺅 비명을 지르고 있는 린다를 번쩍 안아 옆구리에 끼고선 무작정 달려나갔다. 자리를 벗어난 지 얼마 되지 않아 등 너머에서 굉음과 화끈한 바람이 밀어닥쳤다. 폭발에 영향을 받은 돌담까지 와르르 크게 무너져 내리자 사방에 천둥 같은 소리가 진동을 했다. 시장 안팎에서 비명과 고함도 연달아 터져 나왔다. 황무지 방향으로 달려갔던 게일은 폭발의 여파가 닿지 않는 곳에 이르러 린다를 내려놓았다.

"쓰라는 마법은 안 쓰고 웬 폭탄이야, 이 미친 마법사."

그는 아찔했던 정신을 가다듬었다. 엘리야는 다른 방향으로 도망갔는지 보이지 않았고, 린다는 주변을 땅바닥에 주저앉아 맥없이 흐느끼는 중이었다. 게일은 꼬여버린 계획에 낭패감을 느꼈다. 원래는 마법사가 나타나면 마법사 대적은 자신, 린다 호위는 엘리야. 이런 식으로 일을 분담을 할 작정이었다. 그런데 엉겁결에 자신이 린다를 데려와 버렸고, 엘리야는 행방이 묘연해졌다. 이렇게 되면 문제는.

"저기, 고용주님? 나 지금부터 마법사 잡으러 갈 테니 혼자서 써니 필드 찾아가지 않을래요? 동문까지만 걸어가서, 마차를 타고 555번지로 가달라고 하면 그 담부턴 마부가 알아서 할 텐데…….."

"흐어어엉!"

폭포수 같은 린다의 통곡에 졸졸거리던 게일의 목소리는 묻혀버렸다. 게일은 착잡함에 앞머리를 쥐어뜯었다.

'젠장, 젠장, 제기랄!'

거의 일주일이 다 되어 찾아온 기회가 이대로 날아가게 생겼다.

마법사가 바로 근처일 텐데, 울고 있는 고용주님 때문에 발목이 잡혀버린 것이다. 게일은 차라리 눈앞의 여자가 린다가 아닌 아멜리였으면 하는 부질없는 상상도 했다.

'아멜리였다면 울더라도 발은 움직이면서 울었을걸.'

아멜리는 히스톤에서 감금됐을 때 맨손으로 문짝을 뜯어내려다 손을 다쳐 꽤 여러 날 붕대를 감고 지낸 적이 있었다. 연약한 여자지만 위기상황에서 뭐라도 해내려는 아멜리의 그 정신력을 게일은 기특하게 여겼었다. 반면에 지금 같은 상황에 대책 없이 주저 앉아버린 린다는 썩 마음에 들지 않았다. 다른 때였다면 "자기 인생은 자기가 사는 거야! 바이바이!"하고 가버렸을지도 모르나 유감스럽게 현재 게일은 「을」이고 린다는 「갑」이었다.

"으이구, 하는 수 없군. 일어나요. 일단 써니필드에 데려다 줄 테니."

린다가 부축해 주려는 게일의 손길을 뿌리치며 히스테릭하게 외쳤다.

"싫어! 손대지 마!"

"오늘이 인생의 마지막 날이길 희망하는 거라면 어쩔 수 없고."

게일이 짐짓 떠나려는 시늉을 해도 린다는 요지부동이었다. 게일은 자포자기하는 심정으로 린다를 등에 업으려 했다. 그러나 린다가 거세게 발버둥을 쳐 그도 불가능하자 자포자기하는 심정으로 그녀를 짐짝처럼 어깨에 들쳐 맸다. 그리고 린다의 버둥거리는 두 다리를 팔로 단단히 끌어안았다. 물론 팔은 제압할 수 없었으므로 게일의 등짝은 린다의 폭력에 고스란히 노출되었다.

"이거 놔! 집에 갈 거야!"

비록 여자의 주먹이 솜방망이 같다고 해도 억울하게 두들겨 맞고 있노라니 기분이 썩 좋지 않았다. 게일은 속으로 이를 갈았다.

'고용주만 아니었어도, 으휴.'

그러나 겉으로는 점잖게 타일렀다.

"입 다무쇼. 혀 깨물고 싶지 않으면."

"내려달라니까!"

게일은 린다의 고함에 귀를 닫아버린 채 야시장 동문 쪽을 향해 내달렸다.

그런데 달리기 시작한 지 얼마 지나지 않아서였다. 이상한 소리가 들렸다. 게일이 달리면서 뒤를 돌아보았다. 꽤 먼 거리였지만 후드를 깊이 눌러쓴 실루엣 다섯이 보였다. 하나같이 육상 선수라도 되는 것처럼 이쪽으로 맹렬하게 달려오는 중이었다. 게일은 다소 놀랐으나 금방 여유를 되찾았다. 마법이 아니라 단순한 달리기 대결이라면 무엇이 무서우랴. 성인 여자 한 명을 짊어지고 있는 상황에서도 따라잡히지 않을 자신이 있었다.

"열~심히 달려봐라. 아가들아."

게일은 낄낄거리며 고개를 앞으로 돌렸다. 그런데 전방에도 뒤와 똑같은 풍경이 펼쳐지고 있었다.

그는 급히 멈춰 섰다. 앞뒤로 목각 인형들에게 포위된 상황이었다. 비록 아직 거리는 멀었지만, 그의 좌우는 돌담과 황무지였으니 달리 빠져나갈 길이 없었다. 앞과 뒤 어느 한쪽을 돌파해야만 하리라.

우선 그는 옆에 있는 큰 바위 밑에 린다를 내려주었다.

"여기 꼼짝 말고 있으십쇼."

목각 인형이 앞뒤로 여섯 구씩, 총 열두 구가 덤벼오는 상황이었다. 다수이긴 하나 상대할 수 없는 압도적인 수는 아니고, 제대로 된 공격 진형도 아니다. 승산 파악을 끝낸 게일이 검을 뽑아들었다.

"와라. 선착순으로 예뻐해 주마."

첫 제물은 선두에 있던 인형이었다. 푸른 검이 통나무와 같은 인형의 몸통에 깊은 상흔을 남겼다. 거의 동시에 바로 뒤에 있던 또 다른 인형의 안면에는 무자비한 발차기가 작렬했다. 두 인형이 대차게 넘어지며 바닥을 나뒹굴었다. 일반적인 인간이었다면 이쯤에서 게임 오버였겠지만, 넘어졌던 인형들은 오뚝이처럼 일어나 린다 쪽으로 다시 뛰기 시작했다. 졸지에 투명인간이 되어 버린 게일은 상대하고 있던 세 번째 인형을 쓰러뜨리고는 당황해 하며 그들을 뒤쫓아 갔다.

'통증을 못 느끼니 어지간한 공격으론 안 되나 보군. 사지를 잘라 버려야겠어.'

게일은 어렵지 않게 선두의 인형들을 따라붙어 다리를 뎅겅 잘라 버렸다. 그러자 인형이 두 팔을 이용해 포복 전진을 하기 시작했다. 집념이 무엇인지를 보여주는 눈물 나게 씩씩한 인형들이었다.

'누가 스토커 마법사 작품 아니랄까 봐. 쯧쯧.'

게일은 혀를 차며 검을 고쳐 쥐었다. 그리고 피와 비명이 없는 도륙이 시작됐다.

머지않아 일대는 사람 크기만한 인형이 사지가 토막난 채 널브러진 마네킹 폐기장이 되었다. 언뜻 참혹하기 짝이 없는 광경 속에서 게일은 검을 검집에 넣으며 혼잣말을 뇌까렸다.

"아오, 팔 저려……."

그는 망토가 벗겨진 인형의 몸통을 발끝으로 차 뒤집었다. 깨알 같은 문자들이 인형의 등판을 가득 뒤덮고 있었다. 문자는 저마다 다른 모양을 하고 있었지만 도형과 도형이 겹치고 또 겹쳐진 듯한 공통된 패턴이 존재했다. 보기만 해도 토가 나올 것 같은 복잡한 모양에 게일은 그만 눈살을 찌푸렸다.

'마어로군. 이게 이 녀석들 마법식인가.'

하지만 뭔가 신경 쓰였다. 이 목각 인형들의 마법식 내용이란 아마도 여자를 잡아오라는 명령과 두 다리로 달리는 법이 전부일 터였다. 그 외엔 할 줄 아는 게 없고, 공격력도 방어력도 제로일텐데 이토록 복잡한 식이 필요하단 말인가? 게일이 마어를 내려다보며 생각에 잠긴 사이, 바위 밑에서 나온 린다가 다급히 외쳤다.

"저, 저기! 또!"

새로운 목각 인형들이 달려오고 있었다. 약하디약하다는 것을 알았으니 더 이상 부담스럽진 않았지만 마치 죽여도 죽여도 계속 나타나는 바퀴벌레 떼를 보는 것 같아 게일은 질려 버렸다. 계속 상대해줘 봐야 의미 없고 재미도 없다. 그는 린다를 다시 들쳐 매고 동문 방향으로 줄달음질을 쳤다.

무사히 목각 인형들을 따돌린 게일이 동문에 막 도착했을 때, 말을 탄 한 무리의 치안유지대원들이 우르르 지나쳐 갔다. 그들은 게일이 왔던 길을 고스란히 거슬러 올라갔다. 돌담이 무너져 내린 현장으로 출동하는 것임이 자명했다.

"망했다……."

이 멍청한 마법사가 야시장을 폭파시켜 놓는 바람에 치안유지대도 노리게 생겼다. 하나의 목표물을 두고 경쟁한다면, 절대 다수인데다 능동적으로 수사를 펼칠 수 있는 치안유지대 쪽이 훨씬 유리한 위치였다. 인센티브가 점점 멀어지는 소리가 들리는 듯했다.

'요새 왜 이리 되는 일이 없지? 행운의 마스코트로 아멜리를 달고 다녀야 하나, 진짜.'

게일은 구시렁거리며 동문 근처에 대기 중이던 핸섬[1] 한 대를 불러 탔다.

써니필드 사무소로 돌아가는 동안 린다는 연신 알 수 없는 소리를 중얼댔다.

"이건 아냐. 안 돼. 못 견디겠어. 당장 그만둔다고……."

게일은 그런 그녀에게 전혀 신경 쓸 기분이 아니었다. 그녀가 깜냥깜냥 혼자 도망쳐줬거나, 엘리야만 사라지지 않았다면 지금쯤 자신의 옆자리엔 창백한 얼굴의 여자 대신 눈탱이가 밤탱이가 된 스토커 마법사가 타고 있었을 터였다. 아르바이트를 끝내고 두둑한 돈을 손에 넣을 수 있는 기회가 바로 코앞에서 날아갔다. 그런 생각을 하면 할수록 게일의 아쉬움은 짙어졌다.

---

1) 핸섬 : hansom, 말 한 필이 이끄는 2인승 이륜마차

핸섬 마차는 스토니스의 변두리 지역으로 접어들었다. 동네 풍경은 점차 을씨년스러워지고 있었다. 써니필드 사무소에 가까워지고 있다는 뜻이었다.

쾅! 돌연히 마차가 뒤흔들렸다.

린다와 마부의 비명이 동시에 터져 나왔다. 게일은 반사적으로 린다를 감싸 보호했다. 그러나 손님석의 천장 덮개가 허물어지는 통에 린다의 머리가 마차 벽에 세게 부딪치고 말았다. 게일은 곧장 기절해 축 늘어지는 린다를 끌어당겨 마차에서 냅다 뛰어내렸다. 그들이 길 위에서 몇 바퀴 구르는 사이 마차는 죽은 마부만을 실은 채 길 끝으로 빠르게 사라져 갔다.

"웬 버러지가 내 일을 훼방 놓는가 했더니만."

음산한 목소리에 게일은 고개를 들었다. 근방의 바위산 꼭대기에 붉은 망토를 걸친 중년 남성이 뜬금없이 서 있었다. 마른 체구에 칼날처럼 날카로운 눈매의 남자였다.

어쩐지 꽉 조여진 턱에서 악에 받친 분노가 느껴졌다. 누구인지 알 만했다.

"비싸게 굴던 얼굴을 이제야 보여주는군, 스토커."

게일이 빙글거리며 말하자 붉은 망토 마법사가 사나운 으르렁거림으로 답했다.

"그년이나 내놔."

"싫다면 어쩔 건데."

마법사는 대꾸 없이 허공에 지팡이를 휘둘렀다.

게일은 올리언 때처럼 단도를 날려 마법을 저지하려다 멈칫했다.

'수인이 아니네. 전투마법사가 아니라 마어조합산가?'

번쩍 스친 생각에 게일은 더욱 아리송해졌다. 마어조합사면 스크롤 제작자이니 스크롤을 산더미처럼 꿍쳐 놨을 텐데? 왜 이 급박한 와중에 굳이 번거로운 마법식을?

"헬 크리퍼!"

마법사가 시동어를 외치자 지팡이 끝이 휘젓고 있던 허공에 빛으로 이루어진 문자가 나타났다.

게일은 곧 닥쳐올 공격을 예상하며 장검을 뽑아들었다. 그러나 빛이나 폭발은 발생하지 않았다. 어디선가 쩍쩍, 정체불명의 소리가 고막을 긁어댈 뿐.

"어라라."

그것은 이미 게일이 나타나기 전 마법사가 땅에 뿌려둔 콩들이 급격히 발아하는 소리였다. 게일이 눈꺼풀을 깜박이는 찰나 덩굴은 사람 팔뚝만한 굵기로 자라나 그를 덮쳐왔다.

"으익!"

게일이 몸을 날려 덩굴을 피했다. 그러나 아슬아슬한 차이로 왼발목이 잡혔다.

아예 뼈를 볼 작정처럼 덩굴이 발목을 지독하게 옭아맸다. 가만히 내버려두면 발목이 사라지겠다 싶었던 그가 잡초를 치듯 덩굴을 검으로 퍽퍽 내리쳤다. 단순무식한 동작이었지만 마법 덩굴은 의외로 싱겁게 잘려나갔다.

게일이 후하고 작게 안도의 한숨을 쉬었다.

"뭐야. 별거 아니네."

반면에 무저항 상태였던 린다는 덩굴에 온몸을 칭칭 휘감긴 채 피부색이 빠르게 변해가는 중이었다. 가만히 내버려두면 질식사는 시간문제였다. 게일이 허겁지겁 린다의 덩굴을 잘라내다가 투덜거렸다.

"내가 벌초하러 온 것도 아니고. 젠장."

지켜보고 있던 마법사에겐 기회라면 기회일 수 있는 순간이었다. 하지만 마법사는 게일을 멍청히 지켜보고만 있을 따름이었다. 잘 벼려진 검이 움직일 때마다 마법 덩굴이 후드득 후드득 떨어져나갔다. 믿기 힘든 일이었다. 마법사 자신이 직접 고안한 마법 헬 크리퍼는 아무리 베이고 꺾여도 재생되어 목표물을 끝내 포박하는 것이 특징이건만 왜 지금은 길가의 잡초처럼 무력한 건지 당최 알 수 없었다.

'이게 대체 어떻게 된 일이냐. 어떻게 저런 삼류 용병 따위가 내 마법……?'

동요하던 마법사의 시선이 문득 붉은 머리 검사의 검에 주목했다. 어둠이 깔린 거리에서 은은히 푸르게 빛나는 모습이 제법 독특했지만 사실 적을 위협하거나 교란시킬 목적으로 무기에 조잡한 장치를 하는 것은 용병들 사이에서 흔히 있는 일이었다. 그러므로 마법사의 주의를 끌어당긴 것은 빛보다도 검날에 일렬로 새겨진 어떤 문양으로 향했다. 마법사에겐 공기보다 친숙하며 필수불가결한 문자.

'마어……. 마어 일곱 글자가 새겨진 항마검…….'

둔탁한 충격이 마법사의 머리를 내리쳤다.

"설마 타르 블레이드?"

린다를 구출해 길가의 바위 뒤로 막 옮긴 게일이 그 중얼거림을 주워들었다.

"생각보다 빨리 눈치채네. 한참 얻어터지고 나서야 알아보는 녀석도 있던데."

"그 검 어디서 얻었느냐."

"어디긴 어디야. 만든 사람한테서 받았지."

"그럴 리가! 타리스는 자기 작품의 주인을 몹시 가린다고 들었는데!"

"무슨 의미야, 그거."

게일은 눈대중으로 적과의 간격을 쟀다. 맞은 편 바위산은 마법사가 서 있는 바위산은 대략 3층 건물 높이. 하지만 주변 지형을 이용하면 못 닿을 것도 없었다. 마법사는 설마 지상에 있는 게일이 자신에게 접근할 수 있으리라곤 상상도 못 하는지 빈틈투성이였다.

'이거 식은 죽 먹기로구만. 이 아르바이트는 이제 끝났어. 핫핫핫!'

게일은 히죽히죽 웃으며 마법사를 도발했다.

"내려와. 한 판 뜨자."

"넌 뭐하는 놈이냐."

역시 상대는 섣불리 덤벼오지 않았다. 타르 블레이드를 발견했으니 당연했다. 게일은 일부러 상대의 선공을 기다리는 듯한 태세를 취하며 느긋하게 말했다.

"보다시피 타르 블레이더잖아. 그럼 대충 추측이 가능할 텐데?"

"……."

"왜 그래? 설마 몰라?"

마법사는 비록 은둔자라는 이미지가 강하지만 실상 그 누구보다 소식과 정보에 민감한 자들이었다. 새로운 마법 연구, 새로 밝혀진 마법식, 최신의 마법 도구 등을 알지 못하면 제아무리 유능했던 마법사라도 순식간에 도태되기 마련이므로 그들 사이에선 정보력이 곧 실력이라는 인식이 존재했다. 다시 말해, 붉은 망토의 마법사가 침묵으로써 정보력의 한계를 드러낸 것은 「나는 형편없는 마법사요.」하는 고백과도 같은 셈이었다.

"어쩐지 콩알이나 던지며 놀더라니."

"닥쳐. 연구를 하느라 좀 바빴던 것뿐이다."

"풉! 그놈의 연구는 두 번 했다간 세상이 멸망해도 모르겠네."

마법사의 얼굴이 붉으락푸르락 달아올랐다.

"감히 나를 놀려……."

마법사의 지팡이가 허공에 문자를 쓰려고 하자 게일이 손을 크게 내저으며 말렸다.

"워, 워. 스톱. 내가 안타까워서 그래, 안타까워서. 어차피 내 명예도 걸려 있으니 타르 블레이더들이 누군지 알려줄까 하는데 안 들어볼겨?"

"……."

대답은 없어도 가만히 있는 걸 보니 내심 솔깃한 눈치였다. 호기심은 고양이와 마법사를 죽인다지? 게일은 속으로 낄낄댔다.

"자, 잘 들어보셔. 이 세상에는 말이지, 천하제일의 대장장이 타리스가 만든 타르 블레이드라는 항마검이 있어. 다섯 자루. 여기까진 당신도 알지? 검이 다섯 자루니까 당연히 소유자도 다섯 명인데 보통 타르 블레이더라고 부르더군. 보다시피 나도 그중 한 명이다. 근데 개인적으로 타르 블레이더라는 명칭, 굉장히 불쾌해. 왜 주인의 정체성이 소유물에 종속되어야 하는 거지? 부르려면 내 이름을 따라서 검을 불러야 맞는 거 아냐?"

마법사의 눈빛에 황당함이 스쳐 지나갔다. 뭐 저렇게 자기애가 넘쳐나는 놈이 다 있어?

"아무튼 그 타르 블레이더들이 누구냐. 첫 번째 주인공은 워낙 유명해서 연구에 바빴던 당신도 이름을 알만 한데. 파샤의 수프림 나이트 칸 메이슨. 아, 유명인 한 명 더 있다. 마그네시아 대신전의 제11대 홀리 가디언 귄터 바로스. 참고삼아 알려주면 전자는 영 상종 못 할 놈이고, 후자는 괜찮은 사람이야. 좀 꼰대긴 해도."

게일은 검을 아래로 늘어뜨린 채 은근슬쩍 한 발자국 앞으로 나섰다. 아직은 상대방의 바운더리 밖이었다.

"그다음으론 원해(元海)의 무법자라고 불리는 검은 두건의 아이언턴가 하는 남자가 있다. 이쪽은 나도 만난 적 없어 해줄 말이 없군."

이번엔 어깨를 으쓱거리면서 오른쪽으로 한 발자국.

"대신 램피의 광녀, 아니, 광전사 루크레티아는 만난 적 있는데……. 누가 지었는진 모르겠지만 참으로 적절한 별호란 말이지."

다시 옆으로 한 발자국 더.

"이상이 내 선배 되시는 타르 블레이더들이고 마지막이 바로 나……."

마법사의 집중도가 최고조에 달했던 그때, 게일이 말을 끊고 느닷없이 달음박질을 쳤다. 아뿔싸! 놀란 마법사가 황급히 지팡이를 들어 올렸다. 그런데 적이 향한 곳은 엉뚱하게도 마법사와 전혀 다른 방향의 바위였다. 마법사가 동작을 멈추고 게일을 가만히 지켜보았다.

'뭘 하려는 거지?'

바위 위로 올라선 게일이 그 옆에 있던 보다 높은 바위로 재차 뛰어 올랐다. 그리고 또 물 찬 제비처럼 날렵한 점프가 몇 번 이어졌다. 주변 바위를 디딤돌 삼아 어느덧 게일은 마법사의 높이까지 도달해 있었다. 물 찬 제비처럼 빠르게 접근해오는 적을 보고서 마법사가 분주히 허공에 손을 놀렸다.

"잡았다!"

푸른 검광이 마법사의 눈앞에 번쩍임과 동시에 마법식도 완성되었다.

"가드!"

마법사와 게일의 사이에 잎이 무성한 아름드리나무가 솟아났다. 퍽! 게일이 나무 기둥에 깊이 파고들었던 검을 재빨리 회수하며 뒤로 성큼 물러섰다. 그 사이 마법사는 재빠르게도 벌써 바위산 벼랑 끝까지 도망친 상태였다.

"뛰어내릴 거냐?"

게일의 조소에 독이 서린 눈빛을 한 마법사가 상의 안에 손을 집어 넣었다. 곧 비장하게 꺼내 든 것은 달랑 두루마리 하나. 그러나 딱 보기에도 마법 스크롤처럼 보였다. 게일은 의아해졌다.

'스크롤이 있었네? 근데 왜 아깐 굳이 마법식을 쓴 거지?'

바위산 아래에서 큰 소리와 함께 엄청난 양의 흰 연기가 뭉게뭉게 피어올랐다. 뭔가 심상치 않다. 게일이 눈을 가늘게 뜨며 연기 속을 살폈다. 시간이 흐를수록 연기가 흩어지며 거대한 무언가의 모습이 점점 뚜렷해졌다. 셀 수 없이 많은 덩굴과 나뭇가지가 얽힌 덩어리. 언뜻 터무니없이 거대한 고목과 같았지만, 게일은 보았다. 거친 덩굴 사이로 검게 빛나는 한 쌍의 눈동자, 일명 다크 스톤이라 불리는 그것을.

"골렘이냐……."

게일의 목구멍에서 납작하게 눌린 듯한 목소리가 기어 나왔다. 반면 기세등등해진 마법사는 우렁차게 외쳤다.

"저 빨간 머리를 죽여, 우드스탄!"

골렘의 눈동자가 스르륵 움직였다. 그 시꺼멓게 빨려 들어갈 듯한 눈동자가 게일과 시선이 마주친 순간 새하얀 섬광이 번뜩였다.

"이런 젠장!"

게일은 본능적으로 다리를 움직이며 무작정 바위산 아래로 뛰어내렸다. 좌아아악! 그의 두 발이 흙먼지를 일으키며 가파른 산비탈을 아슬아슬하게 미끄러져 내려갔다.

"미친놈! 돌은 놈! 정신 나간 놈!"

급박한 와중에 마법사에 대한 욕지거리도 멈추지 않았다. 골렘은 전장에서 적군의 방어선을 뚫거나 요새를 무너뜨릴 때나 불러내는 소환수였다. 그런 것을 시가지에서 불러냈다는 것은 결국 이 도시의 사람들을 다 죽일 작정을 했다는 뜻이었다.

"상식도 없지. 스토니스에서 나무 골렘이라니!"

게다가 골렘의 전력이 100이라 치면 상성이 맞지 않는 장소에서는 50 이하로 떨어지게 되니 암석 도시에서 나무 골렘을 소환하는 것은 지극히 비경제적인 행위였다.

"고작 나 하나 상대하려고?"

또한 스크롤은 기본적으로 일회용이며, 골렘 소환 스크롤이라 하면 한 장당 가격이 웬만한 성 한 채와 맞먹는다. 종합하자면, 지금 나타난 나무 골렘은 비효율적이고 자원 낭비적인 과잉 대응의 산 증거였으며 달리 말하자면 마법사의 「나에겐 내일이 없다」는 선언이었다.

"살다 살다 저런 돈지랄은 처음 보네."

태생이 유복하여 평생 돈 때문에 근심해본 적이 없는 게일조차도 혀를 내둘렀다. 차라리 비단 천으로 코를 풀고 산삼 캐서 개밥으로 쓰는 것이 훨씬 알뜰하다는 소릴 들을 것이다.

어쨌든 마법사의 역대급 돈 지랄 덕분에 게일은 상당히 수세에 몰렸다. 아무리 타르 블레이드가 대단하다 해도 골렘 정도로 막대한 마력의 결정체를 온전히 상대하기엔 무리가 있다. 그가 알기로 정석적인 골렘 대응법은 골렘소환자를 제압하든가 혹은 골렘 내부의 핵을 파괴하는 것인데, 이 방법엔 적어도 두 사람이 필요하니 현재는 불가능했다.

'그냥 도망칠까? ……안 되겠지.'

게일은 입을 쩝 다셨다. 사실 이 상황에선 도망도 그리 속 편한 방법은 못 되었다. 도시를 벗어나 황무지로 도망치면 도중에 진이 빠져 죽을 것이고, 도심 속으로 도망친다면 그를 쫓아온 골렘이 스토니스 사람들을 단체로 비명횡사시킬 것 아닌가.

'가만있어봐라. 골렘 소환 유효 시간이 얼마나 되더라. 세 시간? 네 시간?'

적당히 시간을 끌다 보면 치안유지대가 나타나 어떻게든 도와주겠지만, 그때까지 자신이나 린다가 무사할 수 있을 것인가가 관건이었다. 게일은 궁리를 채 마치지 못한 채로 지상에 안착했다. 골렘의 덩굴 채찍들이 무시무시한 기세로 날아들었다.

"으익!"

공격은 간발의 차로 빗겨나갔다. 대신 게일이 방금 타고 내려온 바위산이 고스란히 가격당하고 말았다. 쾅! 쾅! 쾅! 덩굴 채찍 세 대에 오랜 세월을 그 자리에서 버텨왔을 거대한 바위산은 산산조각이 났다. 무너져 내리는 낙석을 피하는 게일의 얼굴은 해쓱했다.

'스치기만 해도 황천행 특급 열차 예약이로군.'

이 장소가 인가가 없는 외딴 동네인 것이 그나마 다행이었다. 게일은 린다가 있는 장소와 최대한 멀리 떨어지되, 도심과는 가까워지지 않도록 주의하며 필사의 도망을 시작했다. 골렘은 쥐를 쫓는 코끼리 같은 모양새로 그의 뒤를 쫓아다녔다. 물론 덩굴 채찍도 폭풍처럼 휘몰아치며 그들 주변을 착실히 쑥대밭으로 만들어갔다.

'소환자를 잡아야 하는데. 소환자. 어디 갔냐.'

게일은 바삐 도망치는 와중에 눈알을 굴려 붉은 망토를 찾았다. 마법사는 린다에게 접근하는 중이었다.

'아차!'

게일은 급히 방향을 틀었으나 이미 늦었다.

마법사의 마수가 린다의 머리채를 잡아채기 일보 직전이었다. 화살 한 대가 마법사와 여인의 사이에 날아들었다.

"헉!"

바로 코앞에서 세차게 땅에 내리꽂힌 화살에 마법사가 크게 놀라 물러섰다. 화살을 쏜 것은 길 끝에서 말을 타고 달려오는 남자로, 게일은 먼 거리에서도 기수의 검은 구레나룻을 알아볼 수 있었다.

"슬론 소장!"

슬론은 말 위에서 연달아 시위를 당겼다. 마법사는 쏟아지는 화살을 피해 도망치면서 린다의 곁에 작은 콩들을 흩뿌려두는 것을 잊지 않았다. 마법사의 모습이 큰 바위 뒤로 자취를 감추자 슬론은 활쏘기를 멈추고 린다를 살피러 땅으로 내려왔다. 하지만 곧 발바닥이 땅바닥에 닿기 무섭게 느껴지는 묵직한 진동에 눈살을 찌푸렸다. 바위 뒤에서 마법식을 완성한 마법사가 외쳤다.

"헬 크리퍼!"

그에 슬론도 거의 반사적으로 손에 쥐고 있던 스크롤을 찢었다. 골렘 때와 같이 흰 연기가 먼저 나타나고 이윽고 그 안에서 황소만한 덩치의 도마뱀이 모습을 드러냈다. 다홍빛의 비늘과 정수리부터 꼬리까지 한 줄로 이어지는 불꽃 갈기가 인상적인 생김새였다.

"플레임. 적의 마법을 처리해."

도마뱀의 입에서 길고 새파란 혀가 튀어나와 슬론을 덮쳐오던 마법 덩굴들을 마치 밧줄 꼬듯 서로 얽어 들어갔다. 잠깐의 힘겨루기 끝에 덩굴들은 모조리 도마뱀의 입속으로 빨려 들려가고 말았다.

굵고 억센 덩굴들을 꿀꺽 삼키고 난 뒤 쩝쩝 입맛을 다시는 플레임을 목격한 마법사는 경악했다.

'헬 크리퍼가 벌써 두 번이나 실패를. 어떻게 이런 일이!'

직접 고안한 마법이 한 시간도 안 되는 짧은 시간 동안 각기 다른 적을 상대로 연달아 실패를 했다. 그것은 모든 마법사들의 악몽이었다. 붉은 망토의 마법사는 수치심과 분노로 얼굴이 벌겋게 달아올랐다.

한편 골렘에게 쫓기는 정신없는 와중에 힐끔힐끔 마법사 쪽의 형편을 살피고 있던 게일도 갑자기 나타난 거대 도마뱀을 보고서 눈이 휘둥그레졌다.

'헐. 웬일이야. 몸값 겁나 비싼 애 같은데 막 불러도 되나?'

물론 최강의 소환수인 골렘에 비할 데는 못 되지만 저 붉은 도마뱀 역시 최소 상급으로 보이는 소환수였다. 그리고 상급 소환마법 스크롤이라면 마법사와 직접적인 연줄이 없는 이상 돈이 있어도 얻기 힘든 물건이었다. 게일은 자연히 의구심이 들 수밖에 없었다.

'후줄근한 용병 사무소의 소장 주제에 상급스크롤을 갖고 있었다니 수상하군. 아니, 그건 둘째 치고 스크롤 사용이 너무나 익숙한 저 모습이 가장 수상해.'

헬크리퍼가 막히자 마법사는 복숭아 씨앗 폭탄을 던졌다. 그러나 이번에도 공격은 도마뱀의 한 입 간식으로 전락했다. 슬론이 싸늘하게 빈정거렸다.

"고고한 마법사 자존심에 폭탄 따윌 서슴없이 쓰는 걸 보니 정말 곳간에 쌀 한 톨 안 남았나 보군 그래."

"시치미 떼지 마라. 네가 감싸고도는 저년 덕분이 아니냐."

마법사가 슬론과 플레임이 엄호하고 있는 흑발의 여자를 노려보았다. 린다는 아직도 의식을 회복하지 못한 상태였다.

"무슨 수로 보안을 뚫은 거냐."

"글쎄. 난 모르겠는걸."

"내 제자는 어디 있지?"

"알고 싶으면 항복해."

"이 찢어 죽일 놈이⋯⋯!"

"시간 낭비하고 싶지 않다. 순순히 따라오지 않겠다면 험하게 다룰 수밖에."

슬론의 말투는 느긋했으나 분위기는 결코 온화하지 않았다. 마법사는 분기탱천해 이를 부득부득 갈았다. 천적인 화염계 상급소환수를 앞에 두고서는 목마법계 마어조합사인 그가 할 수 있는 것은 별로 많지 않았다. 현 상황에서 가진 가장 강한 무기라면 골렘 하나뿐인데, 전쟁병기답게 파괴력은 압도적이지만 대신 섬세함이 떨어지는 단점이 있었다.

"저 인간들, 날 완전히 잊고 있군."

그리고 여전히 골렘을 피해 도망 다니고 있던 게일은 울컥 짜증이 치밀었다. 특히 슬론이 마음에 들지 않았다. 전장의 영웅처럼 폼 잡으며 등장할 땐 언제고, 왜 한가하게 마법사와 눈싸움이나 하고 있는 것인가. 엎어 치든 메치든 빨리 마법사를 제압해야 이 대책 없는 마수가 사라질 것 아닌가.

아니면 일개 고용인의 목숨 따윈 안중에도 없다는 뜻인가?

"지들도 당해봐야 알지."

게일이 부득 이를 갈았다.

골렘의 발소리가 점점 가까워지고 있다는 것을 먼저 알아차린 건 슬론이었다. 마법사와 신경전을 벌이고 있던 차에 느낌이 이상해 무심코 고개를 돌렸는데, 땀범벅이 된 적발의 청년과 원근감을 깡그리 무시하는 나무 괴물이 그를 향해 열심히 달려오고 있었다. 슬론은 안색이 급변했다.

"이쪽으로 오면 어떡하나!"

게일이 엄지를 척 들며 상큼한 미소를 날렸다.

"엿은 나눠 먹어야 제맛이지."

저런 미친놈! 슬론은 황급히 린다를 안아 들고 그 자리에서 도망쳤다. 그레이도 슬론의 반대편으로 피신했다. 소환수는 소환자를 해칠 수 없는 법이었지만 골렘의 현재 속도라면 의도와는 상관없는 사고가 일어날 것이 분명했기 때문이었다. 물론, 슬론과 마법사라는 기로에서 게일이 택한 것은 후자였다. 한창 도망치고 있던 마법사가 어깨를 툭 툭 건드리는 느낌에 뒤를 돌아보았다. 거기엔 땀범벅이 되어 히죽히죽 웃고 있는 게일이 있었다.

"네 애완동물 데려가."

쿵쿵거리며 게일을 따라온 골렘도 소환자를 발견했다. 골렘은 우뚝 멈춰 섰지만 전력으로 달려오던 거대한 몸집이 한순간에 완벽히 정지하는 것은 물리적으로 불가능한 일이었다.

게일은 마법사를 어깨동무로 꽉 붙잡아두고 있다가 골렘의 균형이 무너지자마자 혼자 휘리릭 달아났다. 그만큼 민첩하지 못했던 마법사는 자신의 위로 쓰러지는 나무 골렘을 보고 악을 썼다.

　"캔슬!"

　골렘의 형체가 허공중에서 감쪽같이 사라져 버렸다. 게일이 혀를 찼다.

　"저런 저런. 저 비싼 스크롤을 15분도 안 쓰다니 이런 낭비가 있나."

　슬론은 게일의 뻔뻔한 낯짝을 잠깐 가증스럽다는 듯이 흘겨보았다가, 가쁜 숨을 몰아쉬고 있는 마법사에게 말했다.

　"계속할 텐가, 그레이."

　그레이라고? 게일은 내심 움찔 놀랐다. 하지만 슬론은 마법사의 움직임에 집중하느라 게일의 시선을 알아차리지 못한 듯했다. 마법사는 잠깐 사이 더욱 노쇠해진 듯한 모습으로 대꾸했다.

　"내 연구실에서 훔쳐간 마기와 스크롤은 되돌려 달라 하지 않겠다. 전부 가져도 좋아. 대신 한 가지만 알려다오."

　"그게 뭔가."

　마법사의 충혈된 눈이 희번덕거렸다.

　"내 제자는 어떻게 됐나."

　"글쎄. 난들 알까."

　지팡이를 쥐고 있던 그레이의 뼈마디가 하얗게 도드라졌다.

　"참 아이러니하지 않은가. 다른 누구도 아닌 당신이 그렇게 애타게 「사라진 사람」을 찾아 헤매는 날이 올 줄이야."

"네놈, 감히……."

그레이가 차마 말을 잇지 못하고 아랫입술을 꾹 깨물자 한 줄기 피가 흘러내렸다. 게일이 지루하다는 듯한 표정으로 한 발 앞으로 나섰다.

"이보셔들. 말싸움도 좋은데 어서 마무리하지 않으면 치안유지대가……."

게일의 말은 다 끝나지 못했다. 그레이가 돌연 지팡이를 집어 던진 것이었다. 하지만 어설프기 짝이 없는 공격이었다. 게일은 다소 황당한 기분으로 지팡이를 슬쩍 피했고 그 사이 슬론은 그레이가 풍성한 소매에 손을 집어넣는 장면을 목격했다.

"플레임, 돌격!"

스크롤이 찢어졌다. 불꽃도마뱀이 땅을 박차는 동시에 태양이 추락한 듯한 엄청난 섬광이 세 사람과 소환수를 완전히 삼켜버렸다. 게일과 슬론은 반사적으로 눈을 가리며 상체를 둥글게 말았다. 묵직한 것들끼리 강하게 부딪치는 소리, 화르륵 하고 불길이 타오르는 소리, 고통에 찬 비명소리 같은 것들이 연달아 들려왔다.

섬광은 수 초 만에 사라졌고, 차츰 시력을 회복한 두 남자가 주변을 두리번거렸으나 그레이는 보이지 않았다. 불꽃 갈기의 도마뱀도 마찬가지였다.

"제길. 뭐가 어떻게 된 거야."

"플레임의 공격이 먹힌 것 같았다만 결국 그레이가 뚫고 도망친 모양이다."

"도망쳐? 어떻게?"

"글쎄……. 어쨌든 아가씨부터 병원에 모셔야겠다."

린다는 이 요란한 소동 속에서도 비교적 평안하게 쓰러져 있었다. 그러나 여태껏 눈을 뜨지 못하는 것을 보면 정말로 평온한 상태일 리는 없었다. 게일이 근방에서 방황하고 있던 슬론의 말을 데려왔다. 안장에 오른 슬론은 한 팔로 축 늘어진 린다를 안고 다른 손으로 고삐를 쥐었다.

"부상자를 그렇게 덜렁 안고 타도돼? 아까 우리가 타고 온 핸섬이 아직 근방에 있을지도 모르는데 찾아올까?"

"그건 못 쓸 거다. 바퀴에 금이 갔더군."

"허?"

"그걸 보고 내가 여기로 온 거니까."

죽은 마부가 모는 마차가 승객도 없이 목적지까지 제대로 간 모양이었다.

"난 이제 뭐 해?"

"오늘 밤은 끝난 것 같다. 내일 사무소로 출근해."

슬론과 린다를 태운 말이 멀어져갔다.

"엉망진창이군."

게일은 입맛을 다시며 난장판이 된 동네를 둘러보다가 까맣게 잊고 있던 한 사람이 떠올랐다. 야시장으로 돌아가 보니 장은 이미 파한 지 오래였고, 무너진 돌담 주위로 횃불과 바리케이트가 쳐져 있었다. 사고 현장 주위에서는 치안유지대원들이 수색과 검문 작업을 벌이는 중이었다.

'미친 마법사 하나 때문에 졸지에 특근을 하고 있군. 불쌍한 치들.'

게일은 대원들을 측은히 바라보다가 그들 옆에 아까 자신이 동강 냈던 목각인형들의 잔재를 발견했다. 마법사가 수습하기 전에 치안유지대의 손에 먼저 넘어간 모양이었다. 결국에는 경쟁자가 붙었단 뜻이었다. 게일은 짜증스레 뒤통수를 긁적대다가, 지나가는 대원을 잡고 엘리야에 대해 물었다.

"혹시 빼빼 마르고 탁한 금발의 남자를……."

대원들은 고개를 절레절레 저었다. 사고에 휘말린 사람 중에 없다면 살아서 어떻게든 도망쳤을 가능성이 높았다. 게일은 떠나기 전, 목각인형의 잔해에 잠깐 눈길을 던졌다. 횃불 그림자가 일렁대는 가운데 사람을 닮은 인형의 사지가 토막 나 쌓여 있는 장면은 신경이 무딘 그가 보기에도 참 뒤숭숭한 것이었다. 마음 같아선 모두 깔끔하게 태워 잿더미로 만들고 싶었지만.

'뭐, 치안유지대에서 알아서 처리하겠지.'

그의 손을 떠난 물건이었다. 게일은 가볍게 어깨를 으쓱댄 뒤 야시장을 떠났다.

15
마법

아침이 밝자 게일은 기세등등하게 써니필드 사무소로 출근했다.

"내가 왔다!"

사무실 안에는 슬론 소장이나 매일 책상머리에 붙어 있던 더벅머리의 모습이 없었다. 혼자 덩그러니 소파에 늘어져 있던 엘리야만이 아는 척을 해왔다.

"어라. 형씨 멀쩡하네?"

"그쪽도 안 죽었군."

"어. 견습 마법사라더니 별로 견습 아닌 거 같더라고. 계약위반이다 싶어 냅다 튀었지."

"잘하셨수. 소장은?"

"안에 있어. 처리할 일이 있어서 좀 있다 나오겠대. 그나저나 어제 얘기나 들려줘. 어떻게 된 거야?"

게일은 엘리야에게 간밤에 벌어진 사건에 대해 간략히 들려주었다. 엘리야는 린다의 부상 대목에서 한 번 놀라고, 골렘의 등장 대목에서 두 번 놀랐다.

"거짓말이지? 골렘과 맞붙었으면 형씨, 살아있을 리 없잖아."

"맞붙긴 뭘 맞붙어. 똥줄 빠지라고 도망만 다녔다니까."

그래도 엘리야는 긴가민가하는 눈치였다.

얼마 지나지 않아 슬론이 로비로 내려왔다. 그는 소파에 한껏 불량하게 앉아 있는 두 용병을 발견하고서 고개를 주억거렸다.

"묻고 싶은 말이 많겠지."

게일이 기다렸다는 듯이 냉큼 응수했다.

"그걸 말이라고 해. 1부터 100까지 있는데 나부터 시작해봐?"

엘리야가 급히 끼어들었다.

"잠깐잠깐! 그 전에, 린다 아가씨 상태는 어떻소?"

"병원에 계시지만 금방 퇴원하실 거다. 지금은 조지가 지키고 있어."

"그런가. 이거 면목이 없군."

엘리야가 겸연쩍게 중얼거렸다.

임시직이라고는 하나 명색이 호위 무사인데 가냘픈 아가씨를 남겨 두고 도망친 것이 민망했고, 또 그 아가씨가 다쳤다고 하니 양심에 찔렸던 것이었다.

"질문 끝났나? 그럼 내 차례."

게일은 슬론을 빤히 쳐다보며 말했다.

"먼저, 왜 마법사 그레이가 린다 아가씨를 쫓고 있는지 설명해 보쇼."

"고용주의 사생활과 관련된 부분이라 말해줄 수 없다."

가만히 있던 엘리야는 뒤늦게 표정이 이상해졌다.

"마법사 그레이라니. 설마 어제 그놈이 현상수배범 그레이였어? 소장, 이게 진짜요? 당신은 알고 있었단 말이야?"

"대강은. 하지만 확실치 않은 정보라 자네들에겐 알려줄 수 없었다."

엘리야의 얼굴이 험악하게 일그러졌다.

"지금 장난하는 거요? 심증이든 확증이든 당연히 말해줬어야지. 그레이는 지금까지 500명이 넘는 사람들을 납치해 죽인 1급 현상수배범이오. 그런 놈의 아가리에 우릴 들이밀면서 언질을 줘야 한단 생각이 전혀 안 들었단 말이오?"

"그런 식으로 겁을 먹을까 봐 말해줄 수 없었던 거다."

슬론이 뻔뻔하게 대꾸했다. 엘리야는 한층 더 분기탱천해졌다.

"아무것도 모르고 그레이한테 덤볐다가 날아가는 건 우리 목숨이야! 그런데 견습이 어쩌고 저째? 이런 사기꾼을 봤나!"

"우리 쪽에서 적의 레벨을 가늠해 그리 말해준 거다. 진짜 그레이라고 해도 마어조합사가 전투에 취약하다는 건 잘 알려진 상식이지. 더구나 스토니스에서 목마법사인 그레이는 제대로 힘을 쓸 수 없으니 보통 견습 전투마법사의 실력과 비등하다고 봐도 좋을 거다. 어제 게일이 그 점을 가장 잘 느꼈을걸."

슬론이 동조하라는 듯이 게일을 슥 쳐다보았다. 물론 게일은 오히려 어이없다는 듯한 눈빛으로 되받아쳤다.

"전투 실력은 둘째 치고 마어조합사는 대개 스크롤 부자들이잖아. 그렇게 따지면 위험성은 전투마법사와 거기서 거기야. 어쩌면 더 할지도 모르지. 소장 당신도 어제 그 골렘 봤으니 알 거 아냐."

"그건 확실히 예상외였지. 우리가 입수한 정보에 따르면 그레이의 아이템 상황은 꽤 열악하거든. 아마 골렘소환스크롤 같은 건 또 없을 거다. 괜찮은 것이 남았다면 폭탄 따윌 던지느니 스크롤을 썼겠지."

누구 좋으라고 그 말을 믿어.

게일이 궁얼거릴 때 엘리야는 거의 슬론의 멱살을 잡기 일보 직전이었다.

"어디다 사후약방문을 들이대? 이 양반이 남 목숨을 아주 파리똥 취급하는군."

"가만있어봐, 엘리야. 아직 물어볼 말이 남았어. 어제 그레이가 자기 연구실에서 훔쳐간 스크롤과 마기를 안 돌려줘도 되네 마네 하면서 제자가 어쩌고저쩌고하던데, 그 대화는 뭐야. 혹시 당신네, 그레이 연구실을 털고 그의 제자를 납치라도 한 거 아냐?"

엘리야가 말도 안 된다는 듯이 눈살을 찌푸렸다.

"무슨 미친 도둑이 마법사 연구실을 털어?"

"엘리야의 말대로 그런 미친 짓을 할 인간이 어디 있겠나. 있다면 목숨이 열 개라도 모자라겠지. 난 그레이가 빈털터리나 다름없는 신세가 됐고, 비슷한 타이밍에 애제자도 행방불명이 돼 절박하게 찾아 헤매고 다닌다는 정보를 입수했을 따름이다."

"그러니까 그 정보, 어디서 입수했냐고."

"내가 정신 나갔다고 정보원을 남에게 공개하겠나."

게일과 슬론이 서로 눈을 부라리고 있을 때, 엘리야가 자리에서 벌떡 일어났다.

"난 이 일에서 빠지겠소. 악질 마법사가 얽혀 있는 건에 어떻게 이 돈 받고 끼란 말이야."

"더 올려준다면?"

"얼마를 올려주든 내 목숨값으론 부족해."

엘리야의 태도는 단호했다. 그러자 슬론도 굳이 잡으려는 시늉을 하지 않았다.

"마음대로 하게. 어차피 자네는 꽁무니 빼느라 바빴지 않나."

"내막을 알고 나니 내 판단이 아주 적절했다는 생각이 드는군! 난 갈 테니 오늘까지의 일한 보수나 내놓으시지."

그 말에 소장은 자신의 호주머니를 주섬주섬 뒤지더니 엘리야의 손바닥에 한 줌의 동전을 올려놓았다. 엘리야의 표정이 딱딱해졌다.

"장난치는 거요?"

"설마 몰랐나? 도중에 그만두면 고용비의 3할만 정산되네. 자네도 동의한 조건인데."

"뭐? 내가 언제!"

슬론는 계약서 한 부를 엘리야의 코앞에 내밀었다. 엘리야가 종이를 거칠게 낚아챈 뒤 서류를 읽어 내렸다. 이윽고 그의 얼굴이 분노로 붉게 달아올랐다.

"이런 같잖은 사기를……."

"고작 한 달짜리 계약도 못 버텨주면 고용하는 입장도 꽤나 곤란해. 하루아침에 그만둔다고 나가면 새 사람 구하기 얼마나 힘든지 아나? 노동법 때문에 3할이라도 주는 걸 고맙게 여기도록."

"스토커의 정체를 숨긴 건 그쪽이잖아!"

"그렇게 말한대도 어쩔 수 없어. 괜히 불확실한 정보를 제공하면 나중에 고용인 쪽에서 트집 잡는 경우도 있으니 우린 신중해질 수밖에 없거든."

분위기는 당장 주먹이 오간대도 이상하지 않을 살벌해졌다. 그때 게일이 불쑥 손을 들었다.

"다들. 잠깐만."

엘리야가 으르렁거리듯 쏘아붙였다.

"왜? 넌 저 말 같잖은 말을 하는 놈을 가만 둬둘 거냐?"

"그게 아냐. 계산을 좀 해보자고."

"무슨 계산?"

"소장, 당신은 마법사를 생포하는 쪽이 좋다고 했지?"

"그래."

"근데 그 마법사가 그레이야. 그레이 목에 걸린 현상금만 벌써 10만 벨 아닌가?"

"……."

"당연히 인센티브 조정이 필요하겠지?"

"……그래서?"

"그레이를 잡으면 말이지. 당신이 그레이를 지지든 볶든 상관없어.

다만 그쪽이 원하는 걸 얻고 나면 나한테 산 채로 돌려줘."

"왜?"

"관청에 갖다 팔게."

슬론의 눈썹이 움찔거렸다.

"그게 곤란하다면 당신들이 상응하는 대가를 치러주던가. 그렇지 않겠다면 내가 그레이를 잡고서 굳이 당신들한테 넘길 이유가 없잖아. 현상금을 타는 쪽이 몇 배나 이득인데."

게일의 발언을 듣고 있던 엘리야는 입을 딱 벌렸다.

'설마 진짜 그레이를 잡을 생각인가, 이 녀석?'

젊은 객기에도 정도가 있지, 숫제 돈만 주면 절벽에서 맨몸으로 떨어지겠단 것 아닌가.

하지만 엘리야의 생각과 달리 게일은 이것을 결코 무모한 도전으로 여기지 않았다.

우선 스토니스라는 무대는 목마법사를 상대하기에 이보다 더 좋을 수가 없는 곳이었다. 또 슬론의 말대로, 아이템이 바닥난 마어조합사는 견습 전투마법사나 다름없는 존재다.

간밤에 그레이가 골렘 소환 외에 부린 잔재주라곤 변변찮은 포획용 마법과 폭탄뿐이라는 사실이 그것을 증명했다.

비록 어젯밤엔 린다라는 핸디캡이 있고, 상대가 그레이인 걸 몰랐기 때문에 어설프게 상대하다 놓치고 말았지만, 상황을 파악한 지금은 달랐다.

게일은 눈 감고도 그레이를 때려잡을 자신이 있었다.

물론 이 일이 처음 생각했던 것처럼 단순한 호위 임무이진 않은 것 같다만…… . 그의 육감은 뒤가 구린 내막이 있을 거라 경고했지만, 이성적으로 생각해보면 그게 뭐가 대수랴. 어차피 자신은 돈만 벌면 이곳을 떠날 계획이었다. 스토니스에 남은 자들이 무슨 작당을 벌이든 그와는 관계없었다.

　"진심으로, 그레이를 잡을 수 있을 거라고 자신하는 건가?"

　"인센티브가 조정된다면."

　게일은 넉살 좋게 대꾸했다.

　"배짱 한 번 두둑하군. 그러고 보니 어제 그레이나 골렘 앞에서도 꽤나 침착했지. 여기 오기 전엔 뭘 했나?"

　"검으로 밥 빌어먹었지. 딴 게 있겠수?"

　슬론은 게일의 자태를 내리 훑었다. 껄렁한 척 앉아 있어도 떠돌이 무사나 용병과는 느낌이 달랐다. 움직임 어딘가에 절도가 느껴진달까. 길거리에서 처음 발견했을 때도 범상치 않은 투기를 느꼈었고, 간밤에 골렘도 상당히 노련하게 상대했다. 단순한 허풍선이는 아니리라. 그렇다면 정체가 뭘까.

　'파샤 출신이라 했으니 몰락기사일지도 모르겠군.'

　잠깐 고민해보면 슬론은 가장 편한 결론을 내렸다.

　"알았다. 인센티브를 현상금과 같은 금액으로 조정해주겠다."

　"좋아. 그럼 난 계속 한다. 엘리야 당신도 그냥 콩고물이나 언어."

　엘리야는 여전히 황당했으나 게일의 자신만만한 태도를 보니 말문이 막혔다.

저렇게까지 말한다면 어떤 특별한 수가 있는 것일지도 모른다. 정말로 콩고물을 얻어먹을 수 있을까?

"소장. 그레이가 탈출하기 직전에 공격이 먹혔다고 했지? 얼마나 먹혔는지도 알 수 있나?"

"플레임의 불꽃을 뒤집어썼으니 적어도 전신 2도 내지는 3도 화상을 입었을 거다."

"그런가. 지금쯤 완치됐을 수도 있겠군."

"어? 왜?"

게일이 엘리야를 보며 대답했다.

"특급치유스크롤을 쓰면 완치까지 여덟 시간이거든. 솔직히 그런 좋은 스크롤이 있을 거 같진 않지만 만에 하나라는 것도 있으니까."

슬론이 게일의 말을 받아 덧붙였다.

"하지만 그쪽도 재정비할 시간이 필요하고 또 자기 모가지에 돈이 걸린 신세도 고려해야 할 테니 오늘 온대도 일몰 후에나 오겠지."

게일이 씩 웃으며 손을 비볐다.

"드디어 선수를 칠 때가 왔군."

"선수를 치다니? 어디 숨었는지 알고?"

"스토니스를 뒤져보면 어디엔가는 있겠지."

"스토니스 밖으로 달아났을 수도 있어."

"안에 있을걸. 적어도 한 명은."

"뭔 소리야?"

"생각해보면 간단해. 어제 그레이는 소장과 내 눈앞에서 그야말로 눈 깜짝할 새 사라졌어. 마법의 힘이겠지. 하지만 심한 화상을 입은 그레이가 그 와중에 마어를 끄적였겠어?"

"다른 녀석의 마법이란 뜻이야?"

"그래. 아마 기회를 노리며 숨어 있던 공모자가 있었을 거다. 그자가 공간 이동 마법을 써서 그레이를 은신처로 데려간 게 틀림없어."

"공모자?"

"야시장에서 폭탄 던진 놈 말이야."

게일은 어제 보았던 말총머리 청년을 떠올리며 말했다. 하지만 엘리야는 린다를 덮치려고 했던 목각 인형과 머리 위로 우수수 떨어지던 복숭아 씨앗들밖에 기억하고 있지 않기에 고개를 갸우뚱거렸다.

"그때 습격해온 녀석이 그레이의 패거리였다고? 그레이 본인이 아니라?"

"맞다니까. 내가 그놈 봤다. 젊은 남자였어."

"난 그레이가 비행마법이나 공간이동마법으로 린다 아가씨를 쫓아다녔다고 생각했었는데……."

게일이 말도 안 된다는 듯이 헛웃음을 지었다.

"비행이나 공간이동이나 마력 소모가 무지막지한 마법이다. 도망칠 때라면 몰라도 적이랑 싸우러 가는 길에 쓰겠어? 머저리도 아닌데."

"스크롤을 썼다면?"

"말도 안 되는 소리. 유사 이래 비행이나 공간이동의 마법스크롤 제작이 성공했다는 소린 들어본 적 없다."

"형씬 마법사도 아니면서 뭘 그리 단언해?"

두 사람의 대화를 가만히 듣고만 있던 슬론이 끼어들었다.

"게일 말이 맞아. 비행이나 공간이동에 소모되는 초용량의 마력을 스크롤에 저장하는 건 불가능하다는 게 정설이다."

소장도 마법사는 아닌데.

엘리야는 문외한 둘이 입을 모아봤자 신빙성 없기는 마찬가지라 생각했지만 어쨌든 수적 우세를 따르기로 했다.

"좋아. 그건 그렇다고 쳐. 그래도 마법사 패거리 중 한 명이 스토니스 안에 있을 거란 추측과는 상관없는 얘기잖아."

"사실 내가 어제 야시장을 벗어나면서 뒤쫓아 오는 목각 인형 몇 개를 따돌렸었거든. 그건 치안유지대에 넘어가지 않았어. 하지만 스토니스 안 어딘가에 남아 있을 테니 그곳이 어딘가만 알면 마법사 잡기는 식은 죽 먹기지."

이건 또 뭔 소리가. 엘리야가 게일을 끔벅끔벅 쳐다보았다.

"공간이동마법이란 게 대단해 보여도 실상 여러모로 한계가 많은 성가신 마법이거든. 한 번에 이동할 수 있는 부피와 중량이 정해져 있고, 연달아 여러 번 쓸 수도 없어. 물론 그건 마법진의 품질에 따라 달라지는 얘기지만. 어쨌든 보통은 한 번 이동을 하고 나면 마법진의 마력이 다시 차오를 때까지 수 시간을 기다려야 해. 그런데 그레이의 동료가 앞서 목각 인형들을 공간이동으로 옮겨났다면 그레이를 피신시킬 수 없었을 거 아냐. 그레이가 공간이동으로 도망쳤단 얘기는 목각 인형은 옮겨지지 않았단 뜻이 되는 거지."

"마법진 여러 개를 썼을 수도 있잖아."

"마법진은 그렇게 뚝딱 만들어지는 게 아냐. 마법사 여러 명이 매달려 적어도 3개월, 길면 3년 걸려 완성시킨다고."

엘리야가 입을 딱 벌렸다. 3년이라면 웬만한 신전의 공사 기간과도 맞먹는 기간이었다.

"마법진이란 건 대체 얼마나 큰 건물인 거야?"

"그건 뭐라 설명해주기 어렵군. 마법진 형태는 마법사의 속성에 따라서도 달라지고, 취향에 따라서도 달라져서. 아. 공통점은 두 가지 있다. 어떤 식으로든 「원형」이라는 점. 그리고 「마어」가 들어간다는 점."

엘리야는 감탄 반 의혹 반 섞인 눈길로 게일을 바라보았다.

나는 마법진은커녕 마어도 본 적 없구만. 이 빨간 머린 왜 이리 마법에 대해 잘 알지? 도대체 정체가 뭐야?

그때 혼자 고민 중이었던 슬론이 입을 열었다.

"그레이가 가진 마법진은, 증폭기도 뭐도 없는 자연 상태에서 최소 규모의 마법진일 거라 생각한다. 그렇다면 쿨타임은 다섯 시간쯤으로 잡으면 될 거다."

게일이 수긍하며 말했다.

"그레이 상황이 열악하다는 소장의 정보를 전제로 하면 그렇겠지. 지금은 어젯밤 전투로부터 여덟 시간이 흐른 상태. 만일 그레이의 동료가 목각 인형을 수거하러 돌아왔다면 은신처로 다시 돌아가려고 마법진 마력이 차기를 기다리고 있을 거다. 그렇다면 스토니스 어딘가에 숨어 있겠지. 혹은 당장은 안 나타난다 하더라도 언젠가는 반드시 와. 넉넉한 형편도 아닌데 마구를 일회용으로 쓰고 버리진 않을 거 아냐."

"먼저 찾아내면 선공의 기회가 생기겠군."

"그러췌."

"발상은 좋다만 스토니스를 다 뒤지기엔 시간이 부족하지 않나."

"야시장이나 상점가 근처만 살펴보면 돼."

"어째서?"

"목각 인형들이 느닷없이 떼로 우르르 나타날 수 있었던 건 아무래도 보관 장소가 근처이기 때문 아니겠어. 게다가 제일 그럴싸한 장소잖아. 상점가에 넘쳐 나는 게 창고와 포장 상자다. 커다란 공용화물창고 같은 것도 있으니 부피 많이 나가는 마기쯤이야 숨기기 식은 죽 먹기겠지. 솔직히 길바닥에 마네킹이 산처럼 쌓여 있다고 해도 전혀 이상하게 보지 않을 거라 생각한다만."

죽이 맞아 가열차게 의견을 나누는 게일과 슬론을 지켜보던 엘리야의 심기는 한없이 불편해져 갔다.

마법에 대한 지식이 얕은 그로서는 두 남자의 대화를 따라가기가 버거웠던 것이다.

'아까부터 이 녀석들이 뭔 소릴 지껄이는 거야? 혹시 나 무시하는 건가? 나 무시당하는 중?'

그가 한창 자격지심의 늪으로 빠져 들어가고 있던 그때 소장이 불쑥 물었다.

"게일의 말이 일리가 있다고 보는데. 자넨 어떻게 생각하나."

"어? 그, 맞는 말…… 같은데……."

"좋아. 그럼 받아들이겠다. 원칙상 아가씨 보호가 우선이지만 적어도 오늘 낮 동안은 그레이가 공격해올 가능성은 현저히 낮다고 본다. 이 역습의 기회를 놓치긴 아깝지. 지금부터 자네 둘은 시장 일대를 수색해."

"소장은?"

"난 조지와 함께 아가씨를 지키고 있겠다. 어느 쪽이든 먼저 그레이와 맞닥뜨리게 된다면 조명탄으로 다른 팀에 신호를 준다. 그리고 자네들은 오늘 저녁까지 마법사들을 찾아내지 못할 경우 수색을 멈추고 아가씨 곁으로 돌아와."

작전은 정해졌다.

게일과 엘리야는 써니필드에서 내준 말들을 타고 곧바로 상점가로 향했다. 마침 경로가 스토니스의 중앙 광장을 거치기에 게일은 엘리야에게 양해를 구하고 숙소에 들렀다. 때마침 아멜리가 자신의 방에서 딱 나오는 모습이 보였다.

"여어!"

아멜리는 낮도깨비처럼 불쑥 나타난 게일을 발견하자마자 질겁을 했다.

"게일님? 일, 일하러 간다더니 왜 여기에……?"

"왜 그렇게 놀라? 못 볼 거라도 본 것처럼."

게일이 아멜리의 차림을 위아래로 훑어보았다. 외투에 가방까지 챙긴 것이 딱 외출 채비를 마친 모습이었다.

"어디 나가?"

"앗, 저기, 그냥 잠깐 산책을 좀……."

"그래? 난 특별 근무가 생겼어. 오늘은 못 돌아올지도 몰라."

"예?"

"밤엔 외출하지 말고, 잘 땐 문단속 두 번 세 번 하고 자라. 살아 있으면 내일 정오 전에 돌아올게. 안 오거들랑 치안유지대에 이 편지 보여주면서 신고해."

"예에?"

이게 웬 귀신이 아닌 밤중에 홍두깨로 봉창 두드리는 소리란 말인가. 아멜리는 어안이 벙벙했지만 용건을 끝낸 게일은 그녀가 뭐라 대꾸할 기회도 주지 않고 바람처럼 여관을 빠져 나가버렸다.

"잠시만요! 게일님!"

아멜리가 허둥지둥 그를 따라 나섰다. 하지만 게일이 탄 것으로 추정되는 말 궁둥이는 이미 멀어지고 있었다. 그녀는 망연자실 서 있다가 게일이 쥐여준 쪽지를 펼쳐 보았다.

너무 길지도 짧지도 않은 분량의 글이 종이 위에 지렁이처럼 꿈틀대고 있었다.

보통 사람이라면 눈 뜨고 봐주기 힘든 악필부터 지적했겠지만 사실 아멜리의 문제는 따로 있었다.

"전 글을 못 읽는데……."

그녀가 까막눈인 걸 게일이 모르지도 않는데 무작정 이런 쪽지만 남기고 가버리면 어쩌란 말인가. 아멜리는 작게 한숨을 쉬며 의미 불명의 편지를 가방에 잘 갈무리해 넣었다.

여러 가지로 걱정이 들긴 했지만 아직 게일은 활기찬 모습인 것 같고 내일 아침엔 돌아온다 했으니 믿고 기다려보는 수밖에 없었다.

아멜리는 외출하려고 했던 원래의 목적을 상기하며 발걸음을 옮겼다.

"또 만나게 될 줄은 몰랐군요."

신경질적으로 가는 눈썹이 아멜리를 보자마자 일그러졌다.

"이것도 싫다, 저것도 싫다 하는 태도로는 아무리 우리의 일거리가 많다고 해도……."

상담사가 못마땅한 태도로 퇴짜를 놓으려 하자 아멜리가 두 손을 맞잡으며 간절히 말했다.

"아니어요. 전 오늘 일을 꼭 구할 각오로 나왔답니다."

게일이 나름대로 성실히 아르바이트를 하는 동안 아멜리도 일자리를 찾아보고 지냈다. 하지만 인력시장을 통하지 않고서는 낯선 외지인을 선뜻 써주려 하는 곳이 없었다.

남아도는 시간에 혼자 놀러 다녀 보기도 했지만 게일과 함께 다니는 것만큼 흥이 나지 않았고, 숙소에 틀어박혀 동굴 책 필사를 해보아도 좀이 쑤셔 한계가 왔다.

'일하는 것보다 가만히 있는 게 더 고역스럽다니. 난 역시 소처럼 일할 팔잔가 봐.'

마침내 일감의 필요성을 절감한 아멜리는 인력시장을 재방문하게 된 것이었다.

"상담사님 말씀을 잠자코 잘 듣겠어요. 보셔요. 지난번 그 남자와 같이 오지도 않았잖아요?"

"딸 같아서 충고하는데, 남자는 가려 사귀는 편이 좋아요."

상담사의 진지한 충고에 아멜리는 객쩍은 웃음을 흘리며 게일을 변호했다.

"그날 그분이 절 너무 걱정하느라 좀 예민해지긴 했지만 결코 상담사님에 대한 나쁜 의도는 없었어요. 원래 나쁜 사람도 아니고요. 그래도 말투가 무례했던 건 사실이라 상담사님께 무척 죄송했답니다. 제가 대신 사과드릴 테니 부디 노여움을 푸셔요."

"아가씨가 잘못한 건 없지만 그렇게까지 말을 한다면……."

상담사가 안경을 고쳐 쓰더니 서류를 집어 들었다.

"어디 한 번 봅시다."

진땀을 빼고 있던 아멜리는 겨우 안도했다.

"그때 제안했던 자리는 전부 마감됐어요. 그럴 수밖에요. 아무런 하자가 없는 좋은 자리들이었으니까요. 이제 남은 일자리 중에…… 20대 초중반의 젊은 아가씨, 단기직. 직종 불문, 이 요건에 부합하는 공고는 현재 딱 한 자리가 있네요. 그런데 급구라고 쓰여 있는 걸 보니 조건만 맞으면 선착순으로 채용될 가능성이 높을 것 같은데요."

"어떤 일이어요? 그리고 조건이란 건요?"

"조금 특수한 건이라 제가 다 설명해줄 순 없어요. 업체를 방문하면 그쪽에서 직접 어떤 일인지 설명을 해줄 텐데, 찾아가 보겠어요? 물론 고된 육체노동이거나 불건전 혹은 불법적인 일은 아니니 염려 말아요. 오히려 정의롭다면 정의로운 일이죠."

대체 무슨 일자리이기에? 아멜리는 고개를 갸웃거리며 물었다.

"그 업체는 어디에 있는데요?"

이멜다는 서류에 끼워져 있던 명함을 빼내 아멜리 앞으로 내밀었다.

"브로드스톤 555번지 써니필드 사무소로 가보세요."

❧

써니필드 사무소에 도착한 아멜리는 현관문을 두드렸으나 안에서는 아무 반응이 없었다.

"실례합니다."

조심스레 문을 열어보고 들어서니 썰렁한 공기가 맴도는 실내가 나타났다.

사무실 겸 로비인 듯했다. 책상 앞에서 사무원으로 보이는 더벅머리 청년 한 명이 끄덕끄덕 졸고 있었다. 아멜리는 그의 책상에 이멜다가 준 명함을 살포시 내려놓으며 말을 걸었다.

"저, 스토니스 인력사무소 이멜다 씨의 소개를 받고 왔는데요."

다행히 청년은 금방 잠에서 깼다. 그는 흐리멍덩한 눈빛으로 고개를 들었다.

말갛다 못해 창백한 피부였는데 눈 밑의 음영이 두드러지게 짙었다. 꼭 사흘 밤낮을 샌 사람 몰골이었다.

"오세요. 이리……."

청년이 비척비척 앞장서서 2층으로 올라갔다.

청년은 2층의 어느 방문을 열어주었는데 그곳은 5평 남짓한 작은 사무실 방이었다. 큰 책상 앞에 앉아 있는 남자는 턱까지 내려오는 구레나룻을 가진 마초였다.

"아르바이트 지원자입니다, 소장님."

청년은 차를 내오겠다며 아멜리를 남겨두고 방을 나갔다.

"아, 안녕하셔요."

아멜리가 뻣뻣하게 인사를 했다. 발번에서 보기 힘들었던 근육질 무사 타입의 남성은 칸과 게일 덕분에 많이 익숙해져 이제 그런 용모 앞에서 주눅 드는 일이 거의 없어졌다. 하지만 이 구레나룻 남자는 품행 좋은 기사들과 다른, 거리의 남자 특유의 거친 기운을 가지고 있었다. 여성과 약자에 대한 매너를 교육받는 귀족 기사들과 있을 때보다 아무래도 긴장하게 되는 것은 어쩔 수 없었다.

"잘 오셨습니다. 저는 써니필드 용병중개소의 소장 슬론이라고 합니다."

그런데 터프하게 생긴 소장은 의외로 살뜰한 사람이었다.

그는 손수 책상 앞에 의자를 가져다 놓고 그 위에 방석까지 올려 아멜리가 편히 앉을 수 있게 해주었다. 그리고 더벅머리 청년이 김이 모락모락 나는 차 두 잔을 갖고 올 때까지 오늘 날씨라든가, 오는 길에 별일 없었냐는 등의 소소한 화제로 그녀의 긴장까지 풀어 주었다.

"자, 그럼 추천서를 한 번 볼까요."

아멜리는 상담사에게서 받은 추천서를 꺼내 내밀었다.

"저는 내려가 있겠습니다."

더벅머리 청년은 거의 속삭이듯 말하고서 퇴장했다.

"실례되는 질문인지도 모르겠지만 혹시 저분 어디 아픈 건가요?"

아멜리가 청년이 나간 문 쪽을 걱정스레 보며 물었다. 소장은 서류에서 눈을 떼지 않은 채 건성건성 대답했다.

"아, 뭐. 괜찮아요. 죽지 않으면 살아 있을 겁니다."

"……."

소장은 추천서를 꼼꼼히 다 읽은 뒤 미소를 지었다.

"성실하고 적극적인 아가씨라고 쓰여있군요."

아멜리는 냉정해 보이던 상담사가 의외로 좋은 말을 써주었다는 사실에 감동했다.

'역시 그분도 매정한 사람은 아니었어.'

"아멜리 씨의 입장에선 이 일이 과연 어떤 일인가, 그것이 제일 궁금하시겠지요. 요점부터 말하자면 이 일은 「대역 배우」라는 단어로 가장 잘 설명이 될 겁니다."

아멜리는 히스톤에서 게일과 함께 보러 갔던 연극을 떠올렸다.

깃털과 하늘하늘한 천으로 화려하게 분장하고서 무대에 올라 연기를 하는 사람들. 그들을 배우라 칭한다 했다. 아멜리가 낭패감을 느끼며 말했다.

"전 부끄럼을 타는 성격이라 그런 건 좀……."

"오, 이런. 오해하지 마십시오. 진짜 배우가 되어 무대에 오르라는 말이 아닙니다. 마치 배우가 연기를 하듯, 어떤 가련한 아가씨의 흉내를 내어달라는 거죠."

"가련한 아가씨요?"

"제가 모셨던「린다」라는 아가씹니다. 어린 시절부터 몸이 약해 제대로 된 학교도 못 다니고, 친구도 없고, 약한 면역력 때문에 외출조차 자유로이 할 수 없는 분이셨죠. 몸은 그래도 원래는 명랑하고 활달한 성격이었어요. 하지만 병석에 누워 지내는 나날이 길어지자 성격도 소심하고 부정적으로 변해가더군요. 자신에겐 미래가 없다며 치료에 적극적으로 임하지 않고, 심지어는 정원의 나뭇잎이 떨어지는 장면만 봐도「저 잎이 다 떨어지는 날 나도 죽을 거야.」라는 식으로 중얼거리기 일쑤였습니다. 몸이 마음 따라간다던가요. 실제로 아가씨는 전보다 더 급격하게 쇠약해져 가고 있었습니다."

"저런."

아멜리는 가냘프고 창백한 소녀의 모습을 상상하며 안타까운 한숨을 지었다.

"호위무사로서 아가씨를 늘 곁에서 지켜보아 왔던 저로선 실로 가슴 아픈 현실이었지요. 그 가엾은 목숨은 정말 얼마 남지 않은 듯해 보였습니다. 그러던 중, 한 1년 전쯤이었던가요. 아가씨께서 갑자기 제게 부탁을 해왔습니다. 「슬론, 죽기 전에 단 한 번만이라도 저 밖에 나가 자유로이 놀고 싶어. 저 높은 하늘의 종달새처럼 세상을 마음껏 누비고 싶어.」 아아! 이 얼마나 가엾은 호소입니까. 아가씨 또래의 수많은 소녀들에겐 너무나 당연한 일상이 린다 아가씨에겐 일생의 소원이라니. 사실 아가씨의 주치의는 신체에 무리가 가니 외출을 금해야 한다고 말했지만, 저는 아가씨의 청을 들어주지 않을 수가 없었죠. 치료사가 아닌 제가 아가씰 위해 할 수 있는 일은 그게 전부였으니까요. 그래서 어느 날, 주인 어르신들 몰래 아가씨의 외출을 감행했습니다. 아주 짧은 시간이었지만 아가씨는 어린애처럼 좋아 어쩔 줄 몰라하시더군요. 그 후 아가씨는 제게 계속 같은 부탁을 했고, 저도 기꺼이 들어주었습니다. 그런데 바로 이 비밀 외출이 아가씨에게 있어선 복이자 화가 되고 말았습니다.”

“무슨 일이 벌어졌나요?”

“외출을 통해 늘 긍정적인 기분을 유지하게 되자, 놀랍게도 아가씨의 몸이 낫기 시작했습니다. 전 세계 명의들도 가망이 없다던 아가씨의 상태가 호전되다니, 그야말로 기적이었죠. 더 이상 앙상한 나무의 낙엽을 바라보며 「나도 곧 죽을 거야.」 같은 말도 중얼거리지 않게 되셨고. 아가씨와의 비밀 외출은 단순히 아가씨의 즐거움만이 아니라 저 자신에게 있어서도 삶의 보람이 되었지요. 친딸 같은 린다 아가씨가 하루빨리 병석을 털고 일어나, 좋은 짝도 만나고 예쁜 아기도 낳아 행복한 가정을 꾸린다면 더 이상 바랄 게 없다며 매일 아스라

여신님께 치성을 드렸어요. 하지만 운명이란 슬픈 자에겐 행복을 주고 행복한 자에게는 슬픔을 안겨주는 비정한 것! 우리의 비밀 외출 때문에 아가씨에게는 크나큰 비극이 닥치고 만 겁니다."

"비극이라뇨……?"

아멜리가 조심스레 물었다.

"남잡니다."

슬론이 이를 부득 갈며 답했다.

"남자라뇨?"

"우리가 시장과 공원을 드나들 때 웬 남자가 아가씨를 보고 마음에 두게 된 겁니다. 돌이켜보자니 제 가슴이 찢어질 듯하군요. 어디서 그런 더러운 잡놈 따위가 감히!"

"그래도 소장님이 바라던 일이 아닌가요? 아가씨가 좋은 짝을 만나 행복한 가정을 꾸리는 것……."

아멜리의 말이 채 끝나기도 전에 슬론의 성난 주먹이 책상을 탕탕 내리쳤다.

"짝도 짝 나름이죠! 그 남자는 나이 많고 못생긴데다 아주 사악한 마법사였단 말입니다!"

"마법사라고요?"

그제야 아멜리도 안색이 달라졌다. 그녀는 마법사에 대한 괴담이 만연한 라트샤에서 나고 자란 터라 일단 마법사라고 하면 부정적인 인식이 강했다.

"집안에서 자고 있는 아기를 유괴해간다든가, 착한 농부를 개구리로 변신시킨다든가, 아리따운 처녀의 심장을 꺼내 간다는 그런 마법사요?"

"굉장히 시골 사람처럼 말씀하시는군요. 그래도 뭐, 대체로 맞습니다. 아가씨의 구애자는 바로 그런 류의 사악하디 사악한 마법사였어요!"

"맙소사. 너무 끔찍해요! 그래도 설마 아가씨에게 별일은 없었겠죠?"

"왜 없었겠습니까. 사악한 마법사는 아가씨를 집요하게 쫓아다니며 결혼해달라며 괴롭히기 시작했습니다."

아멜리의 얼굴은 완전히 새파래졌다.

"마법사와 결혼이라니요. 말도 안 돼요. 귀신이나 도깨비의 신부가 되라는 것과 뭐가 다르나요. 너무 끔찍해요!"

"물론 그렇죠! 그래서 당연히 아가씨도 거절을 했습니다. 처음엔 말로 타일렀고, 나중엔 무시로 일관했지요. 그러자 마법사의 행동은 정도가 심해져 구혼을 빙자한 추행까지 서슴없이 저지르기까지에 이르렀습니다. 물론 제가 곁에서 지키고 있었기에 큰일은 없었지만, 아가씨께선 마침내 그 좋아하시던 산책을 꺼리게 되셨죠. 호전되고 있던 병세도 다시 악화되고, 옛날의 병약하고 어두운 아가씨로 돌아가게 되고 말았습니다……."

슬론이 침통하게 고개를 떨어뜨렸다. 아멜리도 안타까운 표정을 지었다.

"세상에, 어쩜. 혹시 치안유지대에 신고를 해보셨나요?"

"소용없었습니다. 사악한 마법사라는 얘기를 듣자 그쪽에선 두 손을 들어버렸거든요. 증거가 있어야 한다느니, 실제로 직접적인 상해를 입거나 피해를 당한 사실이 있어야 자기들이 나설 수 있다느니 말하더 군요."

"그럴 수가! 그 사람들의 임무가 원래 사람들을 돕고 구해주는 거 아니어요?"

"아멜리 씨는 파샤인이니 잘 모르시겠군요. 원래 이 나라엔 딱 두 가지 종류의 관리밖에 없답니다. 부패하거나 나태하거나. 아무튼 전 아가씨네 호위무사 일을 그만두고 나와 퇴직금으로 이 용병 사무소를 차렸습니다. 썩어빠진 젤원 관리와 치안유지대를 믿느니, 차라리 이 두 손으로 그 음흉한 스토커를 직접 잡아 죗값을 치르게 하는 편이 빠를 것 같았거든요."

"대단하시네요. 어떻게 가족도 아닌 남을 위해 그런 결심을."

"아가씬 제게 딸이나 여동생과 다름없는 존재였으니까요. 게다가 제가 데리고 나갔던 일로 인해 그런 버러지가 꼬였으니 책임감도 느껴졌죠. 전 솜씨 좋은 무사들을 모으고, 또 아가씨와 같은 체격에 머리색을 가진 젊은 여성 한 명을 구했습니다. 대역을 맡은 여성이 아가씨의 흉내를 내며 스토니스를 돌아다니면 또 그 시러베 잡놈이 접근해올 테니, 그때 잠복해 있던 우리 사무소의 용병들이 그놈을 때려잡는다는 그런 작전을 세웠거든요. 그런데 원래 그 역할을 맡아준 여성이 어젯밤 갑작스러운 개인 사정으로 일을 그만두는 바람에 다시 급하게 새 사람을 구하게 된 겁니다. 하지만 말씀드린 대로 워낙 복잡한 사정이 얽혀있는 데다 스토커에 시달리고 있다는 사실이 소문나면 아가씨의 명예가 실추될 수도 있기 때문에 지원자가 직접 내방하기 전까진 설명을 못 드린 겁니다. 인력시장부터 여기까지 먼 걸음 해주셔서 아멜리 씨에게 정말 감사드립니다."

"얘기를 듣고 보니까 충분히 이해할 만한 걸요."

"상냥하시군요."

아멜리는 수줍게 얼굴을 붉혔다.

"아니어요. 저는 별로……."

"솔직히 말씀드리죠. 저는 아멜리 씨가 마음에 듭니다. 키나 체격, 매끄러운 흑발이 꼭 우리 아가씨를 떠올리게 해 이보다 적격일 수 없다는 생각이 드는군요. 이 일을 맡아주셨으면 하는 바람입니다."

"음……."

아멜리는 망설였다.

사정은 딱하지만 아무래도 너무 위험한 일이었다. 한 번도 해본 적 없는 종류의 일이라 잘해낼 자신도 없고, 무엇보다 가정부 일도 고생스럽다며 뜯어말리던 게일이 과연 이 아르바이트엔 만족해할까? 절대 그럴 리 없을 것이다.

슬론이 대뜸 기도하듯 양손으로 깍지를 꼈다. 그의 텁텁한 안구에 물기가 비치고 있었다.

"간악한 마법사가 바깥에서 활개 치고 돌아다니고 있습니다. 내버려둔다면 저희 아가씨만이 아니라 아멜리 씨 혹은 또 다른 어떤 여성이 그의 희생양이 될지도 모르는 일 아닙니까. 그렇기에 이 일을 단순한 아르바이트가 아니라 사회 정의를 위한 일이다, 그런 생각으로 한번 고려해주시길 부탁드립니다. 부디 치한에게 고통받는 이 땅의 모든 가련한 여성들을 위해!"

아멜리의 눈동자가 흔들렸다.

'나도 게일님이 구해주지 않았더라면 아직도 저 린다 아가씨처럼 고통받고 있었을 텐데…….'

바로 얼마 전까지 비슷한 처지에서 극적으로 구해진 경험이 있다는 사실을 상기하자 갈등은 강해졌다.

자신은 도움받아 살아났으면서 남은 도와주지 않는다면 그 얼마나 파렴치하고 이기적인 행동이란 말인가.

'게일님……'

불현듯 그녀를 구해준 남자의 쾌활하면서 장난기 많은 얼굴이 뇌리를 스쳤다. 그 순간 마치 마법처럼 불안과 공포가 사라지며 그녀 스스로도 놀랄 정도로 마음이 평안해졌다.

'어째서?'

아멜리는 자문했다. 파샤에서 두 번째로 강한 남자가 자신의 편이라는 것을 깨달은 덕분일까? 아니면 게일의 낙천적인 사고방식에 감화가 된 것일까?

정답이 무엇이든, 아멜리는 슬론의 제안을 받아들일 수 있을 만큼 용기가 생겼다.

"구체적으로 뭘 어떻게 하면 되는 건가요?"

"어려울 것은 하나도 없습니다. 그저 평소 린다 아가씨가 있던 장소에 아멜리 씨가 있어주면 되는 겁니다. 그 주변에서 우리 사무소 용병들이 아멜리 양을 숨어서 지켜드릴 겁니다. 24시간 철통 방어로 아주 안전하게요."

"24시간이라고요?"

"아무래도 출퇴근 방식은 힘들지 않겠습니까. 마법사가 노리고 있는 와중에."

"하지만 계속 집을 떠나있으면 걱정할 사람이 있어서 그건 좀 곤란한 걸요······."

슬론이 추천서를 집어 들고서 다시 살펴보았다.

"스토니스에 가족이 있다고요? 추천서엔 임시 체류 중인 외국인이라고 쓰여 있던데요."

"가족이 아니라 친구와 함께 여행 중이거든요."

말하던 중 아멜리는 아까 바람처럼 나타났던 게일이 내일 낮까지 돌아오지 않는다고 말했던 것이 기억났다.

"혹시 오늘 하루만 시험 삼아 일해볼 수 있을까요? 해보고 나서 저도 충분히 할 수 있는 일이라는 생각이 들면 친구를 설득할 수 있을 것 같아요."

"좋습니다."

슬론은 흔쾌히 수락했다.

곧 그는 린다의 옷이라며 의복 하나를 내밀었다. 묘하게도 그것은 드레스 타입의 평상복이 아니라 셔츠와 바지로 구성된 여행용 경장(輕裝)으로, 무케스산에서 만난 도둑 모르간이 입고 있던 옷과 비슷했다.

물론 시중의 흔한 디자인이었으므로 딱히 특이한 일은 아니었다. 린다의 옷으로 갈아입고 나온 아멜리를 보고 슬론이 박수를 쳤다.

"잘 어울리는군요."

"린다 아가씬 저보다 키가 큰 분인가 봐요. 옷이 살짝 커요."

"작아서 안 들어가는 것보단 낫죠."

"얼굴이 보이는 건 괜찮나요?"

슬론은 어두운 녹색 망토를 건네주었다. 발목까지 내려오는 길이였고 후드가 달려 있었다.

"집안에 있을 땐 상관없습니다. 그냥 외출할 때만 후드를 써주십시오."

아멜리가 미덥지 않은 눈길로 후드를 바라보았다.

"겨우 이 정도 변장으로도 괜찮은 거여요?"

"어차피 마법사는 저희 용병들 때문에 함부로 다가올 수 없습니다. 그러니 먼발치에서 봤을 때 린다 아가씨 같은 분위기만 나면 오케이입니다."

슬론은 방 밖에 있는 누군가를 외쳐 불렀다.

문밖에서 대기하고 있던 것인지 곧바로 건장한 체격의 남자가 들어왔다. 갈색 머리에 갈라진 턱을 가진, 조금 흔한 듯한 인상의 남자였다.

"이쪽은 조지입니다. 저와 짝을 이루어 아가씨를 지켜드릴 겁니다. 그리고 두 명이 더 있는데, 현재는 외부 순찰 중이니 나중에 소개해드리겠습니다. 우선 우리끼리 이동해야 하니 후드를 쓰시죠."

아멜리는 소장의 말대로 녹색 후드를 깊이 눌러 쓰며 물었다.

"어디로 가는 거죠?"

슬론이 누런 이를 드러내며 미소 지었다.

"안전 가옥이죠."

16
숨바꼭질

아멜리가 슬론과 면접을 보고 있던 그때, 게일과 엘리야는 상점가를 한창 들쑤시는 중이었다.

마네킹이 있는 의류점이 가장 의심스럽다는 게일의 의견에 따라 두 남자는 손님인 척하며 의류점에 들어가 마네킹의 옷을 훌렁훌렁 까뒤집어보았으나 별 소득은 없었고 괜히 변태 손님으로 오인당해 쫓겨나기만 했다.

그 뒤로도 의류점 외의 가게는 물론 상점가 내의 창고란 창고는 거진 다 뒤졌으나 목각 인형의 흔적은 찾을 수 없었다.

어느덧 해는 중천을 훌쩍 지났다. 두 남자는 시장기를 느껴 노점에서 산 돼지고기 샌드위치로 늦은 점심을 해결하기로 했다. 엘리야가 투덜거렸다.

"길바닥에 쭈그리고 앉아 이게 뭐냐. 지나가던 거지가 우리한테 돈을 던져주겠다."

"식당에서 우아하게 나이프질할 시간은 없잖수."

칼 찬 남자들이 길가에 앉아 지나가는 행인들을 향해 눈알을 부라리며 고기 샌드위치를 먹어치우는 장면은 사실 동정심보다는 공포를 유발하는 그림이었다. 그러나 다행인지 불행인지 당사자들에게 그런 인식은 없었다.

"상점가는 거의 뒤진 것 같은데 이젠 어딜 살펴보나."

게일은 대꾸 없이 먼 곳을 응시하며 샌드위치를 우적 씹었다. 그런 반응이 성에 차지 않았던 엘리야가 말을 보탰다.

"우리끼리 백날 천날 찾아봐라. 나타나나. 설령 진짜 여기 있다고 해도 오늘 저녁까지 찾아내기란 무리야. 안 그래?"

게일이 입맛을 다시며 중얼거렸다

"쯧. 이럴 줄 알면 히스톤에서 오프스를 챙겨오는 건데."

"오프스가 뭔데?"

"지 혼자 마력을 감지해서 알려주는 도구."

로열나이트 공무관의 창고에 산적한 각종 무기와 마구(魔具)는 임무 수행 중인 단원에 한해 출납할 수 있게 되어 있었다. 하지만 게일은 단지 갖고 놀기 위해 마구를 반출했다가 걸려 징계를 받았던 과거가 있었다.

그때 반출했던 마구 중 하나가 오프스였다.

엘리야는 희소식이라도 들은 것처럼 눈을 반짝 떴다.

"그런 편리한 게 있단 말이야? 아니, 그걸 왜 이제야 말해? 당장 하나 사자!"

"무슨 돈으로 사?"

"까짓 내가 낸다. 어차피 그레이만 잡으면 목돈이 들어오잖아. 투자하는 셈 치겠어."

"그러든가. 오프스가 8만 벨쯤 하던가?"

엘리야가 마시던 물을 코로 내뿜으며 컥컥거렸다. 8만 벨이면 젤원의 일반 4인 가구의 반년 치 생활비와 맞먹는 금액이었다.

"금테 둘렀냐?"

"마법사들 쓰는 도구가 다 그렇지 뭘."

"……잠깐만. 형씨가 어젯밤의 인형들도 마구랬잖아. 알고 보면 엄청 비싼 거 아냐?"

"십중팔구."

엘리야의 안색이 한순간 오색찬란하게 변했다. 이내 그는 게일의 멱살을 잡을 듯 달려들어 왁왁 외쳤다.

"알면서 안 챙겨왔단 말이야?"

"뭘 챙겨?"

"목각 인형! 열 구 넘게 쓰러뜨렸다며? 그 전리품들만 챙겨왔어도 여기서 이러고 있을 필요 없겠다!"

"아. 그땐 고용주 데리고 도망치느라 정신이 없어서."

지나간 여자, 아니 지나간 돈에 대해서는 깊게 생각하지 않는 모태 부르주아다운 발언이었다.

그러나 모태 평민인 엘리야는 초연할 수 없었다. 이건 마치 바닥에 흘린 복권 1등 용지를 바빠서 못 주워왔다는 말이나 다름없지 않은가.

내가 주워 올 거어어어어어얼!

엘리야의 가슴 깊은 곳에서 피맺힌 절규가 울려 퍼질 때, 게일은 목각 인형의 행방에 대해 계속 고민 중이었다.

'사람 크기만한 목각 인형, 하나도 아니고 여러 구를 그리 쉽게 감춰둘 순 없을 텐데. 엘리야 말대로 여기 없는 건……. 아니야. 야시장 서문과 동문에서 불쑥 나타난 타이밍을 보면 이 근처가 맞아. 거리를 따지지 않아도 동쪽으론 치안유지대 사무소가 있으니 마법사 놈들이 얼씬거릴 리 만무하고 서쪽으론 황무지밖에……?'

게일이 불쑥 말했다.

"야시장 서쪽에 뭐가 있더라? 황무지 맞지?"

"부랑자 움막촌하고 쓰레기 폐기장이 있어. 왜?"

"쓰레기 폐기장……. 목각 인형을 쓰레기인 척 숨겨둘 수도 있겠군."

엘리야가 손을 내저었다.

"못할걸. 부랑자들은 돈이 될 만한 쓰레기를 찾아 하루에도 몇 번이나 쓰레기장을 들쑤시고 다닌다고. 사람만한 목각 인형들을 발견했다면 가만 놔둘 리가 없으니 마법사도 거긴 못 숨겨."

"마법사와 부랑자들이 직접 교섭했을 수도 있지. 아니면 협박."

"에이, 설마."

"가자."

엘리야는 반신반의하는 표정이었지만 게일을 따라 일어났다.

"뭐 밑져봐야 본전이니까."

두 남자는 말에 올라 시장 서문 방향으로 달려갔다.

❧

부랑자란 폭황과 우황이라 불리던 폭군들이 군림하던 시절부터 현재까지 사회와 유리된 채 국토 이곳저곳을 떠도는 꽤 대규모의 사람들을 일컫는 말이었다.

신고하지 않은 거주지 이탈, 그리고 세금과 부역의 의무 기피는 중범죄로 간주되기에 부랑자는 제대로 된 직업을 가질 수 없었다. 그리하여 주로 넝마주이, 고물상, 걸인, 창녀, 깡패 등이 되어 생계를 유지했는데, 이 때문에 자연히 일반 백성들에게도 멸시의 대상이 되었다.

그들은 단속을 피해야 했기 때문에 시의 가장 후미진 곳들에 움막촌을 형성해 살다가 흩어지곤 했다.

스토니스 서쪽 변두리에도 넝마와 헤진 가죽을 이어 만든 움막 수십 채가 모여 있었다.

부랑자 공동체였다. 쓰레기 폐기장과 이웃해 늘 고약한 악취가 떠돌았고, 상하수도 시설이 없는 구역이라 모두 기름진 봉두난발에 땟국물이 줄줄 흐르는 몰골이었다. 그런 장소에 보통 정신으로 다가올 사람은 없었다.

누군가 다가온다면 그건 십중팔구 불순한 의도였다.

그런고로 움막촌을 향해 달려오는 말 두 필을 보고서 십여 명의 부랑자들이 동시에 불가에서 일어난 것은 정해진 일도, 우연도 아니었다.

"신수 훤한 무사님들께서 누추한 곳엔 어인 일로 행차시오."

말이 움막촌 입구에서 멈췄을 때 나이 많고 점잖아 보이는 남자가 가장 앞으로 나섰다.

모르는 사람이 봐도 무리의 우두머리라고 쉽게 짐작할 수 있는 인상이었다. 엘리야가 물었다.

"사람 크기만한 나무 인형을 찾고 있는데, 혹시 본 적 없나?"

부랑자들이 묘한 눈빛을 주고받았다.

우두머리 사내는 고민을 하는 척하며 머리를 긁적거렸는데 어깨 위로 비듬이 비처럼 떨어졌다.

엘리야는 내색하지 않았지만 속으로 비명을 질렀다. 그도 양갓집 규수처럼 청결하다고는 할 수 없는 몸이고 결벽증도 아니었지만 아무래도 부랑자들의 위생 상태에는 따라갈 수가 없었다.

"글쎄. 본 적 있는 것 같기도 하고 아닌 거 같기도 하고."

우두머리 사내가 손톱 끝에 묻은 비듬을 후하고 불어 날렸다. 얼굴을 구긴 엘리야 대신 게일이 나서 물었다.

"잘 생각해 봐. 마네킹 같이 생겼는데 등에 문자가 자잘하게 새겨져 있을 거야."

"스토니스의 쓰레기란 쓰레기는 다 이곳에 몰려오니 찾아보면 있을

지도 모르지. 들어가서 찾아보시겠소?"

"쓰레기장이 아니라 움막촌 안에서 봤는지 묻고 있는 건데?"

"배고파서 쓰레기장에 노니는 까마귀를 잡아먹었더니 기억이 오락가락하는구려. 아, 내가 제대로 된 고깃국 한 그릇만 먹었어도 이처럼 백치가 되진 않았을 텐데."

게일이 동전 두 잎을 팅겨 던지자 우두머리가 재빠르게 낚아챘다. 금액을 확인한 그가 까맣게 썩어들어가는 치아를 내보이며 웃었다.

"본 것도 같수다."

"어디서?"

"폐기장 안쪽 어디였던 것도 같고, 바깥쪽 어디였던 것도 같고…….
아, 그놈의 까마귀고기!"

팅. 동전이 다시 한 번 허공을 날았다.

"이제 생각났소. 폐기장 맨 안쪽. 그랬던 거 같아."

쓰레기 폐기장의 맨 안쪽이라면 가장 오래된 쓰레기가 모여 있는 곳으로, 엘리야의 기준으로는 단연 지상 최악의 장소였다. 만일 그 안으로 들어갔다간 일주일이 걸려도 악취를 씻어내지 못하리라. 엘리야는 마음이 급해져 외쳤다.

"혹시 자네들이 찾아줄 순 있나? 사례는 섭하지 않게 하겠다."

우두머리는 능청스럽게 자신의 때 낀 손톱을 들었다.

"고작 3일 전에 씻은 손을 더럽히고 싶지 않소. 이 동넨 물도 귀해서 말이지. 물동이 날라줄 노새 한 마리가 있으면 매일 같이 똥물이 튀어도 무슨 대술까 싶지만."

노새값을 요구하는 것이었다. 엘리야가 도둑놈이 따로 없다며 욕을 차려는 참에 갑자기 옆에서 시퍼런 검날이 튀어나왔다. 부랑자들 사이로 즉각 야유가 터져 나왔다.

"어허이. 그 흉악한 건 뭐요?"

"남의 동네에서 난동 부릴 마음은 없었는데, 이거 신경 쓰여서 견딜 수가 없군."

"뭐가 말이오?"

"저기."

게일의 검 끝이 가리킨 것은 움막촌 안쪽의 평범한 움막 한 채였다. 앞에는 모닥불이 피워져 있고 그 둘레에 부랑자 서너 명이 둘러앉아 있었다. 아까부터 움막촌 입구의 소란을 힐끔힐끔 곁눈질하면서도 엉덩이를 땅에 붙인 듯 꼼짝을 않고 있는 자들이었다.

"그냥 우리 동네 사람들인데. 무슨 문제 있소?"

"뭘 지키고 있는 거냐?"

"이상한 소리를 하는군. 빨리 쓰레기장에 가서 물건이나 찾아보시구려. 늦으면 썩은 배춧잎 한 장도 건지기 어려울걸."

"왜 말을 돌리고 그러시나."

게일이 말고삐를 고쳐 쥐며 앞으로 나가려는 기미를 보이자, 인간 울타리를 형성하고 있던 부랑자들이 우르르 게일의 말에 들러붙었다.

"이 자식들! 이거 안 놔?"

엘리야는 게일을 도와주어야 한다는 것을 알았지만 차마 도와줄 엄두가 나지 않았다.

한 달은 족히 안 감은 듯한 정수리 냄새들은 둘째 치더라도 시커먼 사내들이 같은 사내에게 우글우글 달라붙어 죽어도 떨어지지 않으려 하는 꼴은 그야말로 꿈에 나올까 두려운 한 편의 지옥도였다.

그런 까닭에 슬프게도 홀로 고군분투하던 게일은 가까스로 부랑자 몇 명을 걷어찬 뒤 지옥도를 빠져나올 수 있었다. 아예 검을 뽑아든 게일이 으르렁거리며 외쳤다.

"더러운 수작을 부리는 거 보니 켕기는 구석이 있긴 하구만!"

"무기를 든 낯선 남자들로부터 우리의 보금자리를 지키려는 노력을 더러운 수작으로 폄하하다니. 이거 참 억울하군. 당신들은 찾는 것의 행방을 물었고, 나는 대답했소. 그런데 엉뚱한 트집을 잡으며 여기서 나가려고 하질 않으니, 우리야말로 당신들에게 달리 꿍꿍이가 있다고 밖에 볼 수 없는 거 아니오?"

부랑자 우두머리의 말에 엘리야는 저도 모르게 수긍했다. 불쑥 나타나 깽판을 치고 있는 건 확실히 자신들 쪽이었으니까.

"웃기고 자빠졌네. 이기주의의 정점을 달리는 부랑자들이 이렇게 한마음 한뜻으로 앞길을 막아서는데 그냥 보고 넘기라고? 내 눈은 동태눈이 아니다."

"……."

"죽고 싶지 않으면 물러나 있어. 엄한 사람 잡고 싶진 않지만 내 앞길을 막는다면 나도 어쩔 수 없다."

부랑자들이 우물쭈물거리며 우두머리를 쳐다보았다. 우두머리는 게일을 험악하게 쏘아보았지만 백전연마한 무사의 기백에는 상대가 되지 않았다.

"가게 해줘라."

부랑자들은 뒤로 물러나 길을 터주었다. 엘리야는 우두머리를 스쳐 지나가면서 빈정거렸다.

"폐기장 맨 안쪽이라고?"

"……이쪽은 나름 호의를 베푼 거였소. 후회는 당신들의 몫일 따름이지."

"부랑자 주제에 끝까지 허세는."

엘리야는 우두머리의 발치에 가래침을 퉤 뱉고서 게일을 따라 문제의 움막 앞으로 다가갔다.

움막 입구는 두꺼운 천으로 가려져 있었다. 엘리야가 천을 젖히려고 하자 게일이 제지했다.

"기다려."

"왜?"

"감이 온다."

"뭐?"

멍청하게 반문하는 엘리야를 뒤로 밀친 게일이 검을 냅다 움막 입구 앞에 내리꽂았다. 그러자 검날의 푸른빛이 짙어지더니 이내 점멸했다.

게일은 다시 검을 수거해 흙을 대강 툭툭 턴 다음 움막 입구를 걷었다.

"형씨 방금 뭐한 거?"

"모르는 게 약이지. 아, 혹시 모르니까 거기서 기다려."

움막 밖에 덩그러니 남은 엘리야가 뒤통수를 긁적대며 게일이 나오길 기다리고 있는데, 멀찍이 서서 그들을 구경하고 있던 부랑자들 중 누군가의 중얼거림이 들려왔다.

"말도 안 돼. 어제 그 녀석은 완전히 통구이가 됐는데……."

통구이? 엘리야가 귀를 쫑긋 세우려는 찰나, 게일이 옆구리에 목각 인형을 하나씩 끼고 위풍당당하게 움막에서 걸어 나왔다.

"빙고다, 빙고."

움막 안의 인형을 전부 끄집어내고 보니 총 열 구였다. 엘리야는 그중 하나를 뒤집어 등을 확인했다. 징그러울 정도로 빼곡히 새겨져 있는 글자들이 게일이 말한 마어인 듯했다.

"마법사들은 이런 걸 전부 외우고 쓴다는 거지. 어휴, 인간 같지 않은 놈들."

엘리야가 넌더리를 쳤다. 게일은 목각 인형보다는 움막 주위를 두리번거리며 아쉽다는 듯이 말했다.

"마법사는 없나 보군."

"기다려야 하나?"

"글쎄. 왠지 금방 올 것 같진 않은데. 곧 날이 저물기도 할 테고."

"그럼 어서 이 소름 끼치는 인형들부터 처분해야지. 내가 장물을 좋은 값에 처리해주는 가게를 몇 군데 알고 있는데 말이야."

열 구의 값비싼 마구에 대한 수익 분배를 암산하며 엘리야가 막 군침을 삼키려는 찰나.

"태울 거다."

게일이 지극히 건조한 목소리로 단언했다.

"뭐라?"

"내버려 뒀다간 마법사에게 또 이용당할지도 모르잖수."

"자, 잠깐. 마력 검출만 해주는 도구도 8만이라며. 그럼 이렇게 크고 움직이기까지 하는 마구는 훨씬 더 비싸게 쳐줄 거 아냐. 그 돈을 그냥 다 태우겠단 거야?"

"귀찮아. 위험해."

"아무리 그래도……. 낭비가……. 아나바다 운동이……."

아무리 엘리야가 웅얼웅얼 미련을 흘려도 게일은 들은 체도 하지 않았다.

푸른 검이 목각 인형 더미의 틈을 찔렀다. 그러자 무슨 조화인지 검을 넣은 틈에서 연기가 솔솔 피어오르기 시작했다. 본격적으로 활활 타오르는 불꽃을 바라보는 엘리야의 안구가 촉촉해졌다.

아아. 내 로또가…….

그의 꿈과 기대는 착실하게 거대한 캠프파이어로 변해가고 있었다.

❧

아멜리는 슬론을 따라 1층은 상점, 2층은 가정집인 작은 바위산건물에 다다랐다.

"여기가 안전가옥입니다. 마법사 때문에 다른 식구들이 위험해지는 것이 싫어 아가씨 홀로 이곳에 피신해 있다는 설정이지요."

"진짜 린다 아가씨는 지금 어디 계시나요?"

"병원에 계십니다. 스토커 때문에 심신 양면으로 충격을 많이 받으신 상태거든요."

"저런. 얼른 나으셔야 할 텐데……."

"너무 염려 마십시오. 착실히 회복되고 있는 중이십니다. 그보다, 여기 2층에서 아멜리 양이 오늘 밤을 보내게 될 겁니다. 호위무사가 은밀히 이 건물을 지켜보고 있고, 시시때때로 순찰을 돌며 수상한 사람을 찾아 나설 겁니다. 그동안 아멜리 양은 그저 안전하게, 편안하게 이집에서 쉬고 계십시오."

슬론은 등불까지 손수 켜준 다음, 집 근처에 있겠다며 물러났다.

안전가옥 내부는 대략 13평 정도로, 집안 구조는 평범했고 식탁이며 책장이며 침대, 그릇 따위의 흔한 살림살이가 갖춰져 있었다. 아멜리는 침대에 풀썩 드러누웠다. 여러 가지 복잡한 사정이 얽혀 있는 아르바이트를 하게 됐지만 막상 일 자체는 집안에서 쉬고 있는 게 전부인 것 같다. 아직은 좋은 일자리인지 나쁜 일자리인지 감을 잡을 수 없었다.

"휴우. 게일님은 지금쯤 뭘 하고 계실까."

바로 얼마 전까지만 해도 할 일이 없어 심심해 죽겠다던 그가 뜬금없이 내일까지 안 들어온다니. 위험한 임무라도 맡겨진 걸까. 설마 파샤 2인자가 어디 가서 맞고 다니진 않으리라 생각하면서도 아무래도 눈에 안 보이니 자꾸 걱정이 됐다.

"그러니까 식당 아르바이트 같은 걸 찾아보는 편이 좋았을 텐데. 어째서 게일님은 편하고 안전한 일을 꺼리고 일부러 위험을 찾아 나서는 걸까? 나중에 아타락시아라고 하는 곳에 굳이 모험을 하러 가겠다는 것도 그렇고, 삶이란 건 굳이 모험을 찾아갈 필요가 없을 정도로 이미 충분히 불안정하고 위태로운 건데 왜 굳이 위험에 빠뜨리려 하시는 거지? 게일님의 생각은 이해할 수 없는 것 투성이야."

혼자가 되자 동굴에서의 버릇이 되살아나고 있었다. 아멜리는 혼잣말을 중얼대는 제 모습이 이상해 보인다는 것을 알고 있어도 답답함과 막연한 불안감을 견디기 위해 멈추지 않았다.

생각이 소리가 되어 입 밖으로 나오면 한결 더 명쾌하게 정리되는 느낌도 들었다.

"그래도, 이해하고 싶어……."

동굴에서 나온 이후 그녀의 인생에 존재하는 단 하나의 사람이었다. 가급적이면 이해하고 싶고 지지하고 싶고 함께하고 싶었다. 모험을 바라지 않는 자신과 모험을 바라는 게일. 두 사람의 차이는 도대체 무엇일까. 아마도 게일의 삶은 그녀의 것보단 덜 위태로웠으리라. 아멜리는 하루 벌어 하루 먹고 사는 날품팔이였고 매일 끼니를 걱정해야만 하는 처지였다. 이번 주엔 일감이 있을까, 일이 없어 혹시 굶게 되진 않을까, 올해에 가뭄이 닥치면 어떡한다, 세금을 못 내면 큰 벌을 받을 텐데. 항상 그런 식으로 전전긍긍하던 생활이 신중하고 걱정 많은 성격으로 발전했을 수도 있다. 혹은.

"가족의 유무일까?"

다치거나 지칠 때 돌아갈 수 있는 장소가 있다는 것을 아는 자와 그렇지 않은 자. 그 두 사람이 위험을 대하는 태도에는 마땅히 차이가 있지 않을까. 고아인 그녀는 다치거나 병들면 그것으로 끝이었다. 비빌 언덕이라곤 없으니, 마땅히 알아서 몸을 사려야 했다.

약초꾼 일도 위험했지만 그것은 먹고살기 위한 불가피한 선택이었지, 만일 좀 더 좋은 조건의 안정적인 직업이 있었다면 결코 약초꾼이 되지 않았을 것이다. 하지만 가족이란 울타리가 있었다면 좀 더 용기를 내며 살아갈 수 있지 않을까. 약해지고 힘들 때 곁에서 도와주고 보호해줄 이가 있다면…….

"아니야. 만일 가족이 있다면 난 더욱더 위험한 일은 하고 싶지 않을 거야. 소중한 사람이 걱정하는 건 보고 싶지 않으니까."

장시간 고민해봤지만 결론은 「게일님의 사고방식은 잘 모르겠어.」였다. 역시 사람이 다른 사람을 이해하는 일은 쉽지가 않았다. 약간 답답해진 아멜리는 침대에서 벌떡 일어났다.

"가만히 누워 있으니까 자꾸만 잡생각이 드나 봐."

안전가옥의 세간살이는 모두 가지런히 정돈되어 있으나 은근히 먼지가 쌓여 있는 상태였다. 마른걸레로라도 싹 닦아주면 훨씬 말끔해질 수 있으리라. 아멜리가 슬슬 팔을 걷어 올려붙였다.

"기분전환 삼아 청소라도 할까?"

역시 소처럼 일할 팔자의 여성다운 사고방식이었다.

목각인형은 잿더미만 남긴 채 말끔히 소각되었다. 그 뒤로도 게일과 엘리야는 마법사를 기다렸으나 나타나지 않자 결국 저녁놀이 질 즈음 움막촌을 떠났다.

좀 더 기다리고 싶었지만 슬론과 미리 약속한 바가 있기 때문에 어쩔 수 없이 돌아가야 했다. 그런데 사무소로 갔더니 아무도 없었다. 두 남자는 안전 가옥으로 이동했다. 슬론은 역시 그곳에 있었다.

"시궁창에서 목욕이라도 하다 왔나?"

슬론은 쓰레기장 냄새가 진동하는 두 남자를 잔뜩 찌푸린 얼굴로 반겼다.

"찾았어. 목각 인형."

"호오."

"야시장 서쪽 부랑자 움막촌 안에 있더군. 아쉽게도 마법사는 없었지만. 그쪽 부랑자에게 물어보니, 한 사흘 전쯤 웬 젊은 청년이 갑자기 나타나서 목각 인형을 숨겨 달라 했다나. 자기 일이 끝날 때까지 잘 보관만 해주면 나중에 전원에게 금괴를 하나씩 준다고 했대. 싫다고 거절한 부랑자들도 있었는데 그들은 마법으로 어딘가에 데려가 아직까지 돌려보내지 않았다더군."

"그레이 같은 마법사가 쓸만한 치졸한 수법이군."

"발견한 목각 인형은 다 태웠다. 그거 보고 열 받아서 우릴 쫓아와 주면 참 감사하겠는데 말야. 핫핫핫!"

"정말로 깡그리 태웠지. 깡그리……."

엘리야가 우울하게 중얼거렸다.

게일은 안전 가옥 2층을 바라보았다. 창문은 덧문까지 꼭 닫혀 있었지만 틈으로 희미한 빛이 흘러나왔다.

"아가씨는 안에?"

"음."

"멀쩡하셔?"

"그래."

"잘됐군. 들어가서 좀 씻고 오겠어."

"음……. 음?"

"마법진 찾느라 쓰레기장을 뒤졌더니 냄새가 영 구리네."

게일은 소맷부리에 코를 대고 킁킁거리며 안전 가옥 쪽으로 발을 옮기려 했다. 슬론이 재빠르게 게일에게 발을 걸었다. 넘어질 뻔한 게일이 균형을 되찾으며 항의했다.

"뭐하는 짓이야?"

"그건 내가 할 말이다. 자넨 남녀유별도 모르고 위아래도 없나? 어떻게 감히 여성 혼자 있는 집에 들어가 몸을 씻겠다는 건지."

슬론이 경멸스럽다는 듯 눈을 흘겼다.

"왜 안 돼? 그냥 순수하게 샤워만 좀 하겠다니까?"

"샤워를 더럽게 하든 순수하게 하든 상관없어. 안 되는 건 안 돼."

"그러니까 왜?"

"아가씨의 신변을 위해서다."

멀쩡한 사람 치한 취급하는 슬론의 행태에 게일은 심히 억울해졌다.

"내가 무슨 짓이라도 한대? 게다가 밖에 호위무사 셋이 흉기를 들고 눈을 또랑또랑 뜨고 지켜보고 있다는 걸 아는데 그 와중에 어떻게 허튼짓을 해?"

"죽을 걸 알면서도 사는 게 인간이다. 그리고 걸리면 인생 종칠 걸 알면서도 하반신 함부로 놀리고 다니는 게 치한들이지."

"진짜 너무하네! 그놈의 고용주 지켜준다고 오후 내내 쓰레기장에서 오물 뒤집어쓰다 온 나한테 작은 호의 하나도 못 베풀어줘?"

갑의 횡포에 게일이 치를 떨든 말든 그 옆에서 엘리야는 주린 배를 문지르고 있었다. 점심에 샌드위치 하나 말곤 종일 먹은 게 없는 까닭에 몹시 시장했다.

"샤워는 못 시켜준대도 밥은 먹게 해주겠지, 소장?"

한시라도 냄새를 떨쳐내고 싶은 게일과 달리 엘리야는 몸에서 나는 냄새 정도는 참을 수 있었다.

어쨌든 몸에 이상은 없으니 일을 할 수 있지 않은가. 그러나 배가 고프면 기력이 떨어진다.

기력이 떨어지면 일을 할 수 없다. 슬론도 엘리야와 비슷한 생각을 한 터라 쉽게 허락해주었다.

"근처 밥집에나 갔다 오든지."

"이 꼴론 어느 식당에 들어가도 쫓겨날 텐데."

투덜거리는 게일에게 슬론이 파리 쫓는 시늉을 하던 그때였다.

✤

참방참방. 물에 행궈진 더러운 걸레가 깨끗해져 갔다. 아멜리는 양동이에 대고 걸레를 꾹 짜서 탁탁 털었다.

"이제 또 어딜 닦을까?"

그러나 이미 거실, 침실, 부엌까지 번쩍번쩍 광이 나는 상태였다. 아멜리는 노동의 결과물을 흐뭇하게 바라보았다. 가볍게 시작한 집 청소였지만 꽤 열중하게 되어 어느새 복잡한 잡념은 사라지고 기분도 상쾌해졌다.

어쩌면 간만의 집 청소라 더욱 재미있었던 것일지도 몰랐다. 최근에는 노숙, 여관 숙박, 아니면 남의 집에 얹혀사는 생활의 연속이었기에 굳이 청소할 필요가 없었고 그럴 기회도 없었던 것이다. 아멜리는 새삼스러운 감회에 젖었다.

"청소할 필요가 없는 생활이라니. 살다 보니 이런 날도 오는구나."

고향에 있었을 땐 매일 같이 집을 쓸고 닦고 했다. 가진 건 별로 없어도 깔끔하고 청결하게 살고 싶었기 때문이다. 하지만 그녀의 손길이 닿지 않은 지 오래되었으니 지금쯤 고향집은 황폐해졌으리라.

"안젤라가 돌봐주지 않았으려나. 부모님이 물려주신 집인데 너무 귀신 소굴은 안 됐음 좋으련만."

아멜리는 마음속 걱정을 중얼거리며 거실 책장의 책을 가지런히 정리하다가, 책장 옆에서 벽에 붙어 있는 작은 문을 발견했다.

"공간이 하나 더 있었네?"

대수롭지 않게 벽장문을 연 아멜리의 눈이 문득 커다래졌다.

"힉!"

아멜리는 반사적으로 제 입을 틀어막았다. 좁은 벽장 안에 낯선 사람이 몸을 웅크린 채 앉아 있었다고 착각한 건 지극히 찰나였다.

"사람……이 아니구나. 인형?"

가까스로 비명은 지르지 않았으나 심장이 터질 듯이 쿵쿵 뛰었다. 인형인 걸 알고 보아도 실제 사람 크기이다 보니 괜히 소름이 끼쳤다. 머리털도 눈코입도 없고 전신에 나뭇결이 드러나 있어, 의류점에서 본 적 있는 마네킹을 연상케 했다.

"와, 놀랐다. 왜 이런 게 여기에 있지? 써니필드 물건인가?"

아멜리는 벌렁거리는 심장을 진정시키며 인형을 밖으로 끄집어냈다. 그러자 퀴퀴하고 고약한 냄새가 코끝에 확 끼쳤다. 마치 썩은 쓰레기 냄새 같았다. 아멜리는 미간을 잔뜩 찌푸리며 인형을 이리저리 살폈다.

"벽장 안에서 곰팡이라도 슬었나 봐."

아멜리는 이맛살을 찌푸렸다. 썩은 나무는 개미 같은 벌레를 꼬이게 만들기 때문에 집안에 간직해두면 좋지 않다. 만약 자신의 물건이었다면 당장 내다 버렸을 테지만 남의 물건이니 최소한 통풍이 잘되는 곳에 옮겨 놓기로 했다.

"으샤."

테라스로 옮기기 위해 인형의 몸통을 끌어안은 아멜리는 살짝 놀랐다. 속이 비어 있지 않고 완전히 통나무로 만든 것인지 굉장히 무거웠던 것이다. 인형을 지탱하기 위해 전신의 힘을 다 쓰지 않으면 안 될 정도였다. 그녀는 더욱더 어리둥절해졌다.

"마네킹이 아니라 공예품일까? 아니라면 이렇게 무거운 것을 대관절 어디에 쓰지?"

툭.

기묘한 소리와 은근한 감촉. 아멜리가 고개를 돌려 자신의 어깨를 바라보았다. 인형의 손이 있었다.

'어라?'

아멜리의 시선이 저도 모르게 인형의 표정 없는 얼굴로 향했다. 턱 끝이 약간 흔들리고 있었다. 그건 아멜리의 움직임과는 무관한, 인형 스스로의 움직임이었다.

움찔. 움찔.

'이, 이건 말도 안 돼.'

목각 인형의 머리가 서서히 움직였다.

'소장님을 불러야……'

아멜리는 반신반의하면서도 차분히 목각 인형에게서 물러나려고 했다. 하지만 그럴 수 없었다. 어느새 인형은 그녀의 어깨를 강하게 움켜쥐고 있었다.

스으, 목각 인형의 머리가 90도로 돌아간다. 텅 빈 얼굴. 그러나 이상하게도 인형이 시선이 마주친 느낌이었다. 그리고 아멜리는 인형의 존재하지 않는 입으로부터 흘러나온 목소리를 들었다.

– 잡았다.

✺

비명소리에 제일 먼저 이층집 안으로 들이닥친 사람은 현관 문밖에서 대기 중이던 조지였다.

떨어진 문짝을 밟고 실내로 들어가자, 거실의 가장 큰 창 앞에 서 있는 목각 인형의 등짝과 인형에게 붙잡힌 여자를 발견할 수 있었다. 허공에 들린 아멜리의 발이 필사적으로 버둥거리고 있었으나 목각 인형은 미동도 보이지 않았다.

조지가 가타부타 말없이 허리춤의 검 두 자루를 뽑아 목각 인형에게 달려갔다. 그러나 한발 빠르게 인형이 창밖으로 몸을 날렸다.

나무 창문이 굳게 닫혀 있었지만 상관없었다. 덕분에 건물 밑에 있던 엘리야는 느닷없이 정수리 위로 떨어지는 창문 문짝을 아슬아슬하게 피해야만 했다.

"어제 그 인형이다!"

비명을 듣자마자 2층으로 달려가던 중이었던 슬론과 게일은 흑발의 여자를 안고 창에서 뛰어내린 인형을 발견해 다시 방향을 되돌렸다. 슬론은 목각 인형에게로, 게일은 반대 방향이었다.

　"어딜 가는 거야, 형씨! 인형은 이쪽!"

　"알아! 난 마법사를 찾아내겠어!"

　게일은 마법사의 실력이 어설퍼 근거리 조종밖에는 못 할 거라고 앞서 짐작한 바가 있었다. 그래서 어젯밤의 인형이 다시 나타난 것을 안 순간 게일의 머릿속에는 온통 마법사를 찾아야 한다는 생각뿐이었다.

　한편 슬론은 도망치는 중인 목각 인형을 쫓아가며 스크롤을 찢었다. 펑하고 연기 속에서 불꽃 갈기가 넘실거리는 황소만한 도마뱀이 나타났다. 슬론과 함께 달리고 있던 엘리야는 거의 까무러치기 전이었다.

　"소, 소환마법 스크롤! 소장 당신 부, 부, 부자였군!"

　저렇게 크고 강해 보이는 소환수라니, 스크롤 가격이 차마 짐작도 가지 않았다. 그러거나 말거나 슬론이 외쳤다.

　"돌격!"

　플레임이 잘 훈련 받은 사냥개처럼 빠르게 뛰어가 목각 인형을 덮쳤다. 그러나 목각 인형은 쓰러지지 않고 그저 상체만 조금 흔들렸을 뿐이었다.

　여자를 단단히 안고 있는 팔 역시 풀리지 않았다. 목각 인형의 팔은 아멜리를 질식시킬 것처럼 옥죄여왔다. 비명은커녕 숨 쉬는 것이 고작이었다.

　냉정을 되찾은 슬론이 외쳤다.

　"플레임, 인간은 해치지 말고 마구의 등을 지져!"

목각 인형의 등에 매달려 있던 플레임의 불꽃 갈기가 전신으로 퍼져 나가 하나의 커다란 불덩어리가 되었다. 플레임과 목각 인형이 맞닿은 부분에서 잿빛 연기가 피어올랐다. 그러나 불길은 인형의 등을 서서히 태워갔지만 금세 전신으로 퍼져 나가진 않았다.

"이럴 수가. 어떻게 움직이는 거지?"

마법의 원동력은 마어의 배열. 그 일부가 훼손되면 마력 공급이 끊기고 마법도 중단돼야 정상이었다. 무생물인 목각 인형을 뛰고 움직이게 만드는 것이 당연히 인형 등에 새겨진 마어일 거라 짐작했던 슬론은 당황할 수밖에 없었다. 반면에 마법에 관해 무지한 엘리야는 당황할 이유도 주저할 필요도 없었다. 엘리야가 헐렁한 소맷부리를 탁탁 털자 표창 세 개가 튀어나왔다.

"핫!"

표창들은 격하게 움직이고 있는 목각 인형의 다리에 모두 훌륭히 명중했지만 이번에도 큰 타격은 주지 못했다. 인형은 불덩어리를 매달고, 다리엔 칼 세 자루를 꼽은 채 품 안의 여자와 함께 지옥 끝까지라도 가겠다는 기세로 전력 질주 중이었다. 엘리야가 질렸다는 듯한 표정을 지었다.

"고통을 전혀 느끼지 못하나 봐."

어느새 슬론과 엘리야를 거의 따라잡은 조지가 외쳤다.

"움직임 자체를 봉쇄해야 해! 막다른 골목으로 몰든가……."

조지의 말을 끝까지 듣지 않고 엘리야가 이어받았다.

"혹은 이렇게!"

엘리야의 손을 떠난 비수들이 목각 인형의 발 앞에 후둑 떨어졌다. 갑작스러운 장애물에 발이 걸리고만 인형이 대차게 나동그라졌다.

"옳지!"

그러나 조지가 엘리야의 기쁨에 찬물을 끼얹었다.

"이런 멍청한! 그러면 아가씨가!"

아니나 다를까, 인형이 앞으로 넘어진 탓에 아멜리는 꼼짝없이 육중한 통나무에 깔리고 말았다. 조지가 재빠르게 달려와 꿈틀거리는 인형의 다리를 검으로 내려찍었다.

☙

달빛이 스며드는 실내에서 홀로 가부좌를 틀고 있던 청년이 감았던 눈을 떴다.

송골송골 땀 맺힌 이마는 이미 처참하게 일그러져 있었다.

"빌어먹을!"

청년은 분을 못 이긴 듯 거칠게 일어났다.

"마지막 남은 피스(piece)까지! 이런 찢어 죽을 놈들!"

용병들을 향해 욕설을 내씹던 말총머리 청년은 곧 안절부절 제 자리를 맴돌며 중얼댔다.

"그레이님도 안 계시는데 피스도 스크롤도 없이 나 혼자 어떡하란 말인가. 미치겠군. 이대로는 돌아갈 순 없는데……. 젠장. 이게 다 저 개새끼들 때문에!"

"스승이나 제자나 어휘력이 참……. 아는 욕 중에 그게 제일 심한 거냐?"

난데없는 굵직한 목소리에 청년이 화들짝 뒤돌아보았다. 달빛이 비치는 창가에 웬 붉은 머리 검사가 걸터앉아 씩 웃고 있었다. 여자를 따라다니는 호위무사 중 한 명. 말총머리 청년은 지팡이를 치켜들며 경계 태세를 취했다.

"어떻게 여길?"

"감으로."

"뭐?"

"이 야심한 시각에 창문을 활짝 열어놓은 집이 있길래 들어와 봤다. 근데 딱 맞췄네?"

히죽. 장난 같은 미소가 게일의 입가에 번졌다. 심기가 뒤틀린 청년 마법사가 지팡이를 빠르게 놀렸다. 그러나 상대방은 이미 실내로 완전히 진입해 있는 상태였다. 단 열 걸음. 게일의 가벼운 발놀림이 멈췄을 때 둔탁한 충격음이 실내에 울려 퍼졌다.

꩜

플레임의 불꽃은 기어코 목각 인형을 우걱우걱 집어삼켰다. 엘리야
는 시커먼 잿더미로 변해가는 인형을 바라보다가 시큰하게 아려오는
콧날을 움켜쥐었다.

잘 가라, 내 로또…….

슬론은 정신을 잃은 아멜리의 상태를 살펴보았다. 슬론의 옆에서 조
지가 목소리를 낮춰 물었다.

"클라우스에게 데려가야 할까요?"

"아니. 잠시 혼절한 것뿐인 듯하니 안전한 곳으로만 데려가."

"치안유지대로 가겠습니다."

조지는 엘리야가 타고 왔던 써니필드의 말에 올랐다. 아멜리를 단단
히 품에 안은 그가 말고삐를 내리치자 두 사람의 모습은 곧 길 끝으로
자취를 감추었다.

"치안유지대라고?"

"왜?"

"그런 데 가도 돼?"

"안 될 이유라도?"

"딱히 이유를 대라면 없지만……."

써니필드에서 솔솔 풍기는 수상쩍은 냄새로 봐서는 왠지 치안유지대와는 담쌓고 살아야 마땅할 거 같은데, 라는 뒷말은 이어지지 못했다. 엘리야가 어슬렁어슬렁 걸어오고 있는 붉은 머리 남자를 발견한 것이었다.

"게일이다."

심지어 혼자가 아니었다. 말총머리의 청년이 앞장서서 걸어오고 있는데 그것은 그의 본의가 아님을 제삼자가 봐도 한눈에 알 수 있었다.

휘파람을 휘휘 불고 있는 게일과 몹시 대조적으로 청년의 얼굴은 울퉁불퉁 울긋불긋, 가관인 데다 무릎도 자꾸만 휘청거렸다. 그럴 때마다 게일이 검자루로 청년의 허리를 쿡쿡 찌르며 윽박을 질렀다.

"여차하면 확 찔러버릴 거니까 똑바로 걸어라. 엉?"

그 모습을 본 엘리야는 다소 심란해졌다. 여기 또 악당 아닌 듯 악당 같은 놈이⋯⋯.

말총머리 마법사는 거의 전소한 목각 인형을 발견하고서 믿을 수 없다는 듯 눈을 감았다가 떴다.

"어떻게 피스가 불에⋯⋯."

그러다가 슬론의 옆에 찰떡처럼 붙어있는 플레임을 보고 무언가 깨달은 듯 입을 다물었다. 게일이 마법사의 꽁지머리를 확 잡아당겨 주의를 환기시켰다.

"더 없는 거 맞아? 움막촌에 있던 거 빼고."

"없다. 너희가 전부 망가뜨렸지 않나."

청년의 목소리엔 분노와 원한이 잔뜩 서려 있었다.

게일은 하하하고 건조하게 웃다가 주먹으로 청년의 머리통을 두어 번 갈겼다.

"이게 어디서 사람을 야려."

"……."

"그리고 누가 망가뜨리고 싶어서 망가뜨렸어? 네가 먼저 주제도 모르고 나댔잖아. 엉?"

딱! 딱!

"꼴통. 너 이름이 뭐냐. 어쭈, 입을 딱 다무네? 말 안 해? 이래도? 이래도?"

머리통에 쏟아지는 꿀밤의 비를 눈 딱 감고 고통스럽게 참아내는 포로의 모습이 상대편인 엘리야의 눈에도 참 가상하면서도 측은해 보였다. 한편 같은 편인 게일은…….

"야, 내 말 안 들려? 아님 밤이라 졸리냐?"

엘리야는 생각했다.

'저 형씨. 분명히 여기저기에서 원한을 사고 다녔을 거야.'

그 시각, 파샤의 로열 나이트 공무관에서 야근을 하고 있던 힌다가 느닷없이 재채기를 터뜨렸지만 물론 엘리야는 알 길이 없었다.

"그만 좀 쥐어박게. 그러다 아는 것도 다 까먹겠네."

나름 양식 있는 인간이 한 명 있구나 싶어 고개를 들었던 마법사는 허리춤에서 대바늘을 꺼내 드는 슬론을 목격하고서 사색이 되었다.

"놀고 있을 시간 없다. 가장 효과적인 방법으로 끝내."

"별걸 다 가지고 다니셔."

게일이 히죽 웃으며 넙죽 바늘을 건네받았다. 그러자 말총머리 청년이 다급히 외쳤다.

"더, 더그다!"

"더더그다? 되게 이상한 이름이네."

"……더더그다가 아니라 더그다."

"여자 이름도 아닌데 별로 정성 들여 외워줄 생각은 없고."

그럼 애초에 왜 머리통을 때려가며 물어본 건데! 더그는 목 끝까지 올라온 불만은 와그작와그작 씹어 넘겼다.

"너, 그레이를 위해 일하는 거 맞지?"

"……."

"그레이가 스승이냐?"

"……."

"마법사의 손은 무사들과 달리 하얗고 굳은살도 없지. 바늘 꽂으면 푹푹 잘 들어갈걸. 시험해볼까?"

더그의 울대가 크게 움직였다. 마른침을 삼키고 난 더그는 결심했다는 듯 눈을 감았다.

"할 테면 해라. 난 고문에 굴복하지 않는다."

"어디 한 번 두고 보자구. 우헤헤……. 왜 이래, 소장?"

게일의 삼류 건달스러운 작태를 보다 못한 슬론이 그를 휙 떠밀어내고 대신 더그 앞을 차지했다. 슬론은 게일보다는 정중한 몸짓으로 더그와 시선을 맞추었다.

"더그. 우리가 죄명 없는 자네를 오래 붙잡아봐야 불법적인 일밖엔

안 돼. 현상수배범은 그레이다. 우리가 원하는 것도 그레이 한 명이다. 자네에겐 일없어. 그러니 그레이의 은신처를 알려다오. 맹세컨대 자네 목숨과 안전은 보장해주겠네. 나는 신의로 먹고사는 용병. 거짓말은 안 해."

게일의 가증스럽다는 듯한 눈빛과 엘리야의 떨떠름한 눈빛이 슬론의 뒤통수에 꽂혔다. 이미 슬론의 거짓말에 한 번 당한 적이 있는 두 사람인 것이다. 그들은 일단 뒤로 물러나 슬론과 더그에게 들리지 않을 정도로 작게 속닥거렸다.

"소장 놈, 같은 편이지만 참 못 들어주겠군."

"그러게. 근데 말을 참 뻔드르르해. 어쩌면 저 마법사 넘어갈지도?"

"바보냐. 저기에 넘어갈 모지리면 그냥 접싯물에 코 박고 죽어야 한다."

"근데 안 넘어가면 바늘꽂이가 될 텐데."

"마법사 자존심이 얼마나 센데. 웬만한 귀족 뺨 서너 대는 너끈히 후려치는 종자들이 마법사다. 하찮은 용병 따위에게 회유될 바에 바늘꽂이가……."

그러나 게일의 말이 끝나기도 전에 더그가 말했다.

"정말인가."

게일은 그만 손에 힘이 빠져 검을 떨어뜨릴 뻔했다.

"그래. 정말이다. 거듭 말하지만 우리가 원하는 건 오직 그레이다. 다른 일당이 누구든, 또 몇 명이든 상관없어."

더그는 다시 입을 다물었다. 슬론은 그를 재촉하지 않았다.

잠깐의 정적이 흐른 뒤 더그가 말했다.

"치안유지대."

"응?"

"그레이님께선 치안유지대의 창고에 숨어계시다."

갑자기 고요가 찾아왔다. 세 남자가 더그의 말을 믿었기 때문이 아니라, 너무 기가 막혀 말문이 막혔기 때문이었다. 특히 게일의 시선은 시궁창의 장구벌레라도 보는 듯했다.

"거참. 말이 될 법한 말을 해야 좀 믿어주지, 어떻게 밑도 끝도 없는 거짓말을. 현상수배범이 치안유지대 사무소에 숨어있다는 말을 믿으란 말이냐?"

"믿든지 말든지. 나는 진실을 얘기했다."

게일보다 냉정한 태도로 슬론이 물었다.

"어떻게 그레이가 거기 숨어있을 수 있나. 치안유지대라면 유명 현상수배범의 얼굴 정도는 기본으로 외고 다닐 텐데."

"치안유지대의 부지는 넓고 건물은 여럿이니 그중 하나는 사람들 관심에서 소외돼 있기 마련이다. 우린 그중 하나에 지하 벙커를 만들었다."

"너네가 삽질하는 동안 치안유지대에서 공사 소리 좀 줄여달라는 요청은 안 하더냐?"

이죽거리는 게일을 더그가 노려보자 슬론이 손가락을 튕기며 그의 주의를 되돌렸다.

"그레이의 현재 상태는 어떤가."

"움직일 수 없으시다."

"아직도? 치유스크롤을 쓰지 않았나?"

"썼지만 완치되려면 아직 시간이 더 필요하다."

"특급은 없었나 보군."

"······."

슬론은 자리를 털고 일어났다.

"어쩔 거요?"

"자정까지 기다리자. 그땐 치안유지대 2조가 퇴근하고 그 이후론 소수의 야간 당직자만 남으니 잠입하기 수월할 거다."

"저 청년 말을 믿는 거요?"

"믿는다."

에라이. 게일이 혀를 차면서 뒤돌아섰다. 더그는 용병들의 대화를 들은 건지 만 건지, 잿더미가 된 목각 인형만을 응시할 뿐이었다.

17
재회

아멜리가 눈을 뜨자 한창 달리고 있는 말 위였다. 주위를 둘러보니 어두운 밤이었고 말은 낯선 골목을 누비는 중이었다. 자신을 끌어안아 지탱해주고 있는 팔은 딱딱하긴 했으나 나무와는 달랐고 온기도 느껴졌다. 그녀는 고개를 들었다. 너무 덥수룩하지 않은 턱수염이 보였다.

"조지 씨…… 맞아요?"

"깼습니까?"

"지금 어디로 가는 거여요?"

"마법사가 나타났어요. 다른 용병들은 잡으러 갔고 우린 치안유지대 사무소로 가는 중입니다."

'치안유지대? 내가 왜 치안유지대로 가고 있지?

아멜리는 이마를 짚었다. 어지럽던 머릿속이 조금씩 맑게 개어갔다.

정신을 잃기 전 마지막 기억은 살아 움직이던 나무 인형이었다. 왠지는 모르지만 인형이 그녀를 공격하려고 했던 것 같았다. 아멜리는 오한에 몸을 떨었다.

'바로 그게 마법이란 거로구나. 상상했던 것보다 훨씬 끔찍했어⋯⋯.'

아멜리가 깨어난 지 얼마 지나지 않아 그들은 스토니스 중심가에 위치한 치안유지대 사무소에 다다랐다. 조지는 경비대원에게 호패를 내보여 정문을 통과했다.

치안유지대 사무소에서 게일과 함께 도난신고를 하러 방문한 적이 있었다. 1층은 민원실, 2층 이상은 대원들의 사무실이었다. 민원실에서 당직을 서고 있는 대원은 두 명 정도로, 어딘가 무기력하게 서류업무 중이었다.

"치한 사건 때문에 찾아왔습니다만."

아멜리는 으슥한 골목에서 치한과 마주친 아가씨, 자신은 지나가다 사건 현장을 목격한 행인. 나쁜 짓을 하려던 치한은 다른 사람이 나타나자 도망치고 행인은 사건을 신고하기 위해 피해자와 함께 치안유지대로 왔다.

그게 조지가 꾸며낸 이야기의 전부였다. 간결하면서도 특이점 없는 내용에 치안유지대원은 별다른 의심 없이 신고를 접수했다.

"보시다시피 현재 인원 부족이라 순찰을 돌긴 어려운데."

대원의 말투에는 약간의 귀찮음이 섞여 있었다.

"그냥 보호자가 데리러 올 때까지만 머무르게 해주시면 될 것 같습니다."

"그건 뭐 상관없죠."

조지는 대원들의 주의를 피해 아멜리에게 몰래 속삭였다.

"전 소장님 쪽 상황을 확인하고 돌아오겠습니다. 그동안 절대로 사무소 바깥으로 나가지 마십시오."

물론 신신당부가 없더라도 아멜리는 사건이 해결되거나 날이 밝기 전까진 이 장소를 벗어날 생각 따윈 추호도 하지 않고 있었다.

"걱정 마시고, 부디 몸조심하셔요."

조지가 떠난 뒤 치안유지대 사무소에 덩그러니 남겨진 아멜리는 불안과 걱정에 안절부절못했다. 마법사를 퇴치할 수 있다면 다행이지만 만에 하나 실패하면? 용병들은 모두 죽임을 당하게 될까? 또한 자신의 운명은?

아멜리는 기운 없이 사무소 구석에 쪼그려 앉았다. 막 치한을 만난 연약한 여자가 홀로 있는데도 민원실의 대원들은 별로 관심을 보이지 않았다.

치안유지대원들은 모두 의지할 만한 사람이라고 여겼던 아멜리는 살짝 실망스러웠다.

'차라리 게일님이 곁에 있었으면 듬직했을 텐데.'

문득 떠오른 게일도 사실 또 다른 문제였다. 대관절 어디서 뭘 하고 있길래 아침까지 돌아오지 못하는 건지 참 걱정이 들었다. 아침에 만나면 꼬치꼬치 물어볼 작정이지만 이대로 마법사 일이 해결되지 못하면 그 계획도 꼬여버리지 않을지?

"거 참. 억울한 누명이래도."

갑자기 문전에서 들려오는 소란스러운 소리에 아멜리가 고개를 들었다.

"누명은 무슨 누명. 네가 들고 있던 지갑을 내가 두 눈으로 똑똑히 봤다."

순찰을 마치고 돌아온 듯한 대원 두 명이 웬 소년 하나를 오랏줄에 묶어 끌고 오는 중이었다.

"선량한 백성 괴롭히는 게 치안유지대원이 할 짓인가?"

"시끄럽고, 똑바로 걷기나 해."

"줄 때문에 걷기 힘들어요. 대원 나리께서 나 좀 업어줘요.

"이 자식이 따박따박!"

"네, 네. 걷는다고요."

소년이 태도 불량하게 한 걸음 뗴려던 차에, 아멜리의 호기심 어린 시선을 눈치챘다. 소년의 얼굴을 정면으로 보게 된 아멜리가 눈매를 가늘게 좁혔다.

저 짧은 잿빛 머리는 낯설었지만 사람을 홀릴 듯이 그윽한 눈매가 낯익었다. 보석같이 예쁜 녹안. 설마?

"혹시 모르간 씨?"

소년도 약간 놀란 얼굴로 아는 척을 해왔다.

"어라라. 아멜리? 이게 웬 우연이래? 여긴 웬일이에요?"

아멜리는 이 상황이 꿈인 듯 생시인 듯 얼떨떨해 말문이 막혔다. 설마 지갑과 말을 갖고 튄 도둑과 이렇게 느닷없는 조우라니. 그것도 다른 곳 아닌 바로 치안유지대 사무소에서 말이다.

"아! 혹시 끌려왔나? 뭐야, 이거. 혹시 아멜리 양도 알고 보면 나랑 같은 업계 종사자?"

이게 무슨 상황이야? 모르간을 잡아온 두 치안유지대원들은 갑작스러운 전개를 따라가기 위해 두 여자를 번갈아 쳐다보던 중, 한 대원이 아멜리를 알아보았다.

"어. 혹시 금품도난 신고하러 왔던 아가씨 아니에요?"

그는 공교롭게도 게일과 아멜리의 도난신고를 접수해주었던 대원이었다. 대원이 관자놀이를 긁적거렸다.

"모르간? 그건 아가씨가 신고한 여자도둑 이름이 아닙니까."

눈썰미만 좋은 게 아니라 기억력도 비상한 대원이었다.

"네. 거기 대원님과 함께 있는 여자가……."

"그럴 리가. 이 자의 이름은 크리스일 텐데."

대원은 믿을 수 없다는 듯이 진작에 소년에게서 압수한 호패를 꺼내 꼼꼼히 내리훑었다. 이름과 신체적 특징 등이 기재된 부분에는 별 이상이 없었다. 그런데 신상 정보 밑에 찍혀 있는 관인(官印) 형태가 어딘가 다소 묘했다. 정사각형 테두리 안에 젤원 황문으로 관청명과 담당 관리의 성명이 들어가 있어야 하는데, 어찌 된 일인지 문자보다는 도형에 가까운 모양이었다. 이윽고 대원의 손이 부들부들 떨리기 시작했다.

"별과 하트 무늬……?"

"아잉. 들켰네."

모르간이 혀를 날름 내밀었다.

평범하게 여자 복장이었다면 미인계가 됐을지도 모르는 제스처였지만 현재의 모르간은 어디로 보나 수려하기 그지없는 미소년이었던지라 애교는 역효과였다.

"절도죄와 호패 위조죄, 그리고 공무원 능멸죄도 추가다!"

마지막 죄명은 다소 미심쩍은 부분이 존재했으나 지적하는 이는 없었기에 대원은 일사천리로 모르간을 지하 구류간에 가두었다. 지하에는 여러 개의 독실이 있는데 각 방은 두꺼운 벽으로 막혀 서로 교류할 수 없고, 방 입구는 쇠창살로 가로막혀 있으며 밖에서 자물쇠를 풀어 철창문을 열어주지 않으면 나올 수 없는 형태였다.

"이제부터 저 고문할 거예요, 나리?"

모르간이 쇠창살에 여유롭게 몸을 기대며 방긋 웃었다. 철컹철컹. 자물쇠의 단단함을 확인한 대원이 코웃음을 쳤다.

"네 녀석이 무법자라고 해서 남들도 다 그렇게 살 줄 아느냐."

"호오. 사감은 접어두고 원칙대로 처리하겠다고요?"

"아니. 퇴근하겠단 소리야."

"기껏 갓 잡아온 먹이를 두고 집에 가려고요?"

"아무리 할 일이 많아도 퇴근 시간이 되었으니 법과 규칙을 준수하는 마음으로 퇴근해야지."

모르간이 짝짝짝 박수를 쳤다.

"역시 젤원 공무원답군요."

치안유지대원은 철창 안에서 여유 부리는 범죄자를 아니꼽게 쳐다보다가 구류간까지 줄래 줄래 따라온 아멜리의 등을 떠밀었다.

"가시죠. 오래 있을 곳이 못 됩니다."

"전 여기에 좀 더 남아있어도 될까요?"

"뭐하시려고요?"

"모르간과 할 말이 있거든요."

대원이 가자미눈을 하고서 아멜리를 새삼 훑어보았다. 저 남장한 좀도둑과 달리 평범하고 마음 약해 보이는 여성이었다. 더욱이 피해자 신분이니 범죄자와 이상한 공모를 하지는 않으리라. 빨리 집에 가고 싶기도 하고, 젊은 여성 앞에서 관대함을 보여주고 싶었던 대원은 아멜리의 체류를 허락했다. 물론 경고도 잊지 않았다.

"원래 얼마나 친한 사이였는진 모르겠지만 저런 녀석은 멀리하십시오. 한 번 배신한 인간에게 두 번 배신은 식은 죽 먹기보다 쉽습니다."

"네······."

"풀어달라고 애걸해도 절대로 도와주지 마세요."

"물론이죠."

"사실 어차피 좀도둑이 탈출해봤자 여긴 사무소 안팎으로 대원들이 깔렸어요. 제까짓 게 토껴봤자지."

결국 혼자 지하를 빠져나가는 대원의 등 뒤에 대고 모르간이 큰 목소리를 냈다.

"와, 진짜로 구류간에 일반인 여잘 혼자 두고 가네? 역시 젤윈 공무원 클래스!"

"닥쳐!"

일갈이 복도를 타고 웅웅 들려왔지만 그렇다고 대원이 되돌아오는 일은 없었다. 비교적 조용해진 구류간에 남겨진 아멜리는 일단 다른 손님들이 있는지부터 확인했다. 모르간과 한참 떨어진 독실에 남자 두 명이 각각 갇혀 있었는데 코를 골며 깊은 숙면 중이었다. 두 명 모두 철창 바깥까지 술 냄새가 진동하는 걸 보니 옆에서 뿔나발을 불어대도 일어나지 못할 것 같았다. 아멜리는 안심하며 모르간에게 되돌아왔다.

"오랜만이네. 잘 지냈어요?"

살가운 인사에 아멜리는 어이가 없어 톡 쏘아붙였다.

"말이라고 해요? 당연히 잘 지내지 못했죠."

"왜? 무슨 일 있었어요?"

무슨 일 있었냐고? 아멜리는 기가 막혀 말문이 막히려는 것을 간신히 참으며 답했다.

"내 지갑. 내 일행의 말. 모르간이 전부 가져갔잖아요."

"다신 못 볼 줄 알았는데 또 만나 반갑네요. 이런 걸 운명이라고 하나봐."

저 진실성 없는 말장난들. 아까 전엔 치안유지대원을 농락하려 들더니 이번엔 아멜리로 타겟을 정한 모양이었다. 말려들지 않겠노라 다짐하며 아멜리는 단호한 어조로 말했다.

"모르간. 우린 모르간을 도둑으로 신고했어요. 아마 내일이 되면 모르간은 처벌을 받게 될 거여요."

"야식 나왔으면 좋겠다. 배 안 고파요?"

"대원님한테 들었는데요. 어쩌면 감옥으로 끌려가 수년간 굉장히 심한 노역을 하게 될지도 몰라요."

"아멜리는 여전히 피부 좋고 머릿결도 좋네. 진짜 비법이 뭐예요?"

소귀에 경 읽기가 따로 없었다. 아멜리는 머리가 지끈거려 이마를 짚었다.

"머리 아파……."

"왜 아파요?"

진정 몰라서 묻는 것인가.

"아, 돈 때문에? 걱정 마요. 어차피 내일 치안유지대에서 다 알아서 처리해줄 텐데 뭘."

"남 일처럼 말하지 말아요. 모르간 씨가 훔쳐간 거면서."

"잠깐만. 생각해보니까 산장 바닥에 떨어졌던 뭘 주운 기억이 날 듯 말 듯 해. 내 건 줄 알고 주워갔는데 아멜리 씨 거였나 보네."

우길 걸 우겨야지. 아멜리는 어처구니가 없었지만 반쯤 자포자기하는 심정으로 응수했다.

"그럼 돌려줘요."

모르간이 윙크하며 말했다.

"미안. 다 써버렸어."

치안유지대원에게 노역에 관한 얘기를 들었을 때 언뜻 들었던 동정심은 먼지가 되어 사라져 가는 순간이었다.

"근데 같이 다니던 빨간 머리는 어디 갔어요?"

모르간의 질문에 아멜리는 까마득히 잊고 있던 인물을 상기했다. 모르간을 잡았다고 하면 입에 거품을 물고서 펄쩍펄쩍 뛸 게일의 모습이 벌써부터 눈앞에 선했다. 그 소란을 진정시키는 것도 결국 그녀의 몫이 되리라. 아멜리는 한층 더 번뇌에 빠졌다.

"일하는 중이어요."

"이 밤중에? 의외로 성실하네."

"그보다요. 모르간은 어떻게 치안유지대에 걸리게 된 거여요?"

"선행에서 비롯된 억울한 내 사연 좀 들어줄래요? 흑흑. 난 조금 전에 스토니스의 광장을 걷고 있었어. 그때 어떤 아저씨가 지갑을 떨어뜨리고 지나가는 거야. 주워서 돌려주려고 딱 집어 들었지. 그런데 그 순간 지갑주인 아저씨랑 눈이 딱 마주치는 바람에 오해를 받고 만 거야. 하필이면 근처에 치안유지대가 순찰 중이어서 현행범으로 잡혀버렸어. 소매치기라니 나 정말 억울해, 흑흑."

입으로 흑흑 소리를 내고 있지만 모르간의 눈가는 건조하기 짝이 없었다. 사기와 거짓말이 아주 습관이 된 여자구나. 아멜리는 세상엔 이런 유형의 인간도 있는가 싶어 속으로 혀를 내둘렀다.

"남장은 왜 했어요?"

"편하게 살기 위한 나만의 요령이라고나 할까."

"그게 무슨 소리여요?"

"여자 차림을 하고 다니면 귀찮은 파리들이 너무 자주 꼬여서."

그 사정은 좀 딱하다. 아멜리는 심각하게 고개를 주억거렸다.

"미인으로 사는 것도 쉽진 않군요."

무케스산에서 마주쳤을 땐 미인이라 그저 세상 편하게 살 수 있을 줄 알았는데 이면에는 또 그런 고충이 존재하니 역시 사람은 다 가질 수 없는 모양이었다.

"우연한 재회의 밤이라."

모르간이 얼굴에 희미한 미소를 띠었다.

"어쩐지 예감이 좋은걸. 오늘 밤엔 근사한 일이 생길 거 같아."

오늘 밤 현행범으로 잡혀 철창에 갇힌 남장 여인이 말해봤자 설득력 없는 소리라고 생각했지만 아멜리는 굳이 지적하지 않았다.

⚜

슬론 일행은 안전 가옥 근처에 세워놓았던 써니필드 사무소의 마차를 타고 치안유지대로 향했다. 게일과 엘리야, 더그가 좌석 칸에 들어가고 플레임은 마차 지붕에 착 달라붙었다. 마부석에 앉은 슬론이 마차를 몰았다. 그런데 목적지까지 길이 절반쯤 남았을 때 맞은 편에서 혼자가 된 조지가 나타났다.

"소장님!"

그들은 서로 말을 멈추었다.

"그레이가 치안유지대 창고에?"

조지의 얼굴이 다소 딱딱해졌다. 그렇다면 자신은 방금 호랑이 아가리에 먹이를 밀어 넣고 온 꼴이 아닌가.

"당황할 필요 없다. 그레이는 현재 움직일 수 없는 상태라고 하니까."

"어쨌든 한시라도 빨리 다른 데 모셔야겠군요. 다시 빼 오려면 보호자 역할이 한 명 필요한데요."

"그건 엘리야에게 맡기지."

슬론은 마차 창밖으로 고개를 삐죽 내밀고 있던 엘리야에게 고갯짓을 했다.

"어. 문제없어."

엘리야가 엄지를 척 치켜들었다. 슬론은 그들이 떠나기 전 조지에게 당부했다.

"엘리야가 아가씨를 데리고 나오면 자넨 따로 빠져 나와서 우리가 잠입하기 적당한 지점을 신호로 알려라. 우린 담벼락 밑에서 대기하고 있겠어."

엘리야는 조지의 말로 옮겨가 먼저 출발했다. 마차 안에 더그와 게일 단둘만 남게 되자 슬론은 만일의 사태를 대비해 마차 위에 붙어 있던 플레임을 더그 옆으로 보냈다. 거대 도마뱀의 합석으로 공간은 장정 셋이 타고 있을 때보다 더욱 비좁아졌다.

"윽, 답답해. 꼭 이럴 필요 있수, 소장?"

슬론은 플레임의 꼬리에 깔려 버둥거리는 더그를 예의 주시하며 게일에게 대답했다.

"여차하면 확 태워버릴 거니까."

"……나까지?"

슬론은 대꾸 없이 고삐를 내리칠 뿐이었다.

　조지와 엘리야는 마차에 탄 사람들보다 먼저 치안유지대 건물에 다다랐다. 그런데 아멜리를 마지막으로 보았던 방문자 휴게실은 텅 비어 있었다. 조지가 야간 당직 중인 대원에게 물었다.

　"혹시 여기 있던 검은 머리 아가씨 보셨습니까?"

　"아. 그 아가씨. 구류간에 있던데. 웬 소매치기하고 사이좋던데요."

　소매치기? 두 용병은 어리둥절해하며 구류간이 있는 건물 지하로 내려갔다. 대원의 말대로 아멜리가 어느 철창 앞에 쭈그리고 앉아 있었다.

　"아가씨? 누구랑 얘기 중인 겁니까?"

　불쑥 튀어나온 남자 목소리에 놀란 아멜리가 휙 뒤돌아보았다. 조지, 그리고 낯선 남자였다.

　"조지 씨. 금방 돌아오셨군요. 슬론 소장님은 무사한가요?"

　엘리야가 동그랗게 뜬 눈으로 낯선 흑발의 여자를 쳐다보았다. 지하가 어두워서 착각한 줄 알았는데 아무리 눈을 가늘게 떠도, 소매로 벽벽 문질러 보아도 역시 옷만 비슷할 뿐 린다가 아니었다.

　"이 여잔 누구요?"

　"나중에 설명해 줄 테니 일단 이 아가씨를……."

　"조지?"

느닷없이 구류간 안쪽에서 튀어나온 자신의 이름에 조지의 안색이 변했다. 구류간 내부를 들여다본 그는 낯익은 회색 머리를 발견하고서 아연해졌다.

"모르간?"

아멜리가 놀라서 조지를 올려다보았다.

"모르간을 아셔요, 조지 씨?"

이번엔 조지가 커진 눈으로 아멜리를 내려다보았다.

"아멜리 씨가 어떻게 모르간을?"

"잠깐. 조지랑 아멜리가 아는 사이라고?"

"엣? 그러니까 모르간과 조지 씨가……."

고요하던 구류간은 순식간에 소란스러워졌다. 심지어 세 사람을 멍청히 바라보고 있던 엘리야도 퍼뜩 정신을 차린 듯 소리쳤다.

"잠깐잠깐! 이건 또 뭔 소리들이야. 어이, 형씨. 이 여자랑 저 소년은 대체 누구야?"

그러자 아멜리와 모르간의 시선이 동시에 엘리야에게로 향했다. 갑자기 두 미인의 관심을 한몸에 받게 된 엘리야가 움찔하고 뒤로 물러섰다. 아멜리가 경계의 눈초리를 던지며 물었다.

"그러는 그쪽이야말로 누구셔요?"

돌고 도는 질문 속에서 갈피를 못 잡던 네 사람은 마침내 동시에 입을 다물었다.

"……."

"……."

"……."

"……."

물론 눈알만 굴리고 있는다고 해서 상황이 저절로 정리될 리 없었다. 하지만 이 얽히고설킨 실타래를 누가 어디서부터 어떻게 풀어야 하는 것인가. 네 사람은 더욱더 깊게 침묵의 늪으로 빠져 들어갔다.

ꙮ

"정말 더 몸에 숨긴 건 없겠지?"

"없다."

"진짜? 뒤졌다가 뭐 나오면 하나에 열 대다."

게일의 맞은편에 앉아 있던 마법사가 인상을 우그러뜨렸다.

"이미 네 눈으로 확인하지 않았나. 내 완드는 반 토막이 났고 아이템은 네가 가져간 게 전부다."

더그의 말대로, 게일은 마법사를 생포하자마자 가장 먼저 무장해제부터 시켰다. 완드, 복숭아 씨앗 폭탄, 공격력 없는 하급스크롤 세 장. 전투에 나선 마법사답지 않게 초라하고 시시한 물건들이었다. 그것만으로도 왠지 찜찜한데 슬론에게 바로 넘어가 은신처를 술술 부는 꼴을 보니 더욱 미심쩍었다.

"마법사들은 워낙 잔재주를 잘 부리니 방심할 수 없단 말이지. 솔직히 말하자면 일부러 검사 안 한 곳도 한 군데 남아있고. 나도 거기까진 손 대고 싶지 않았거든.”

“거기?”

“왜 그 있잖아. 항…….”

게일의 뒷말을 예상한 더그가 벌게진 얼굴로 악 소리를 냈다.

“없어! 없다고, 이 미친놈아!”

더그의 허벅지에 꼬리를 올려놓고 있던 플레임이 고개를 번쩍 치켜 들었다. 위협적으로 커지는 불꽃 갈기에 머리카락 몇 가닥의 끝이 약 간 타들어 가자 더그가 우웃 하며 흥분을 억눌렀다. 마부석과 연결된 창을 통해 슬론의 점잖은 타이름이 들려왔다.

“쓸데없이 괴롭히지 마라.”

“나도 재미있어서 이러는 건 아냐.”

“그럼 왜?”

게일은 입을 다물었다. 꺼림칙한 느낌이 들긴 하지만 아직 말로 설 명하기 어려운 단계였다. 뭔갈 놓치고 있다는 느낌은 들지만 아무리 고민을 해도 사고의 파편은 하나로 뭉쳐지지 않고 안개처럼 흩어져간 다. 이러한 컨디션 난조의 원인은 간단했다.

‘제길! 배고파서 머리가 안 돌아가!’

같이 굶주리고 있는 건 엘리야도 마찬가지이지만 저 마른 몸으로는 그럭저럭 버틸만할지도 모른다는 생각이 들었다. 그러나 자신은 기초대 사량이 극도로 높은 신체의 소유자이면서 기본적으로 대식가였다. 아 멜리가 여행 경비가 주머니 구멍 난 듯 술술 빠져나간다고 하소연하는

데에는 사실 게일의 식비도 상당한 공헌을 하고 있을 정도였다.

'저 지독한 놈. 밥 한 번 안 챙겨주고 부려 먹네. 내가 로열 나이트일 때도 밥만큼은 안 굶고 다녔다.'

게일은 짜증스레 마부석의 뒤통수를 노려보다가 문득 팔자 좋게 늘어져 있는 붉은 도마뱀으로 시선을 옮겼다. 불그죽죽하고 탱탱한 몸통이 화염에 휩싸여 있는 걸 보니 바비큐가 절로 떠올랐다.

'그러고 보니 소환수를 먹어본 사람 얘긴 들어본 적이 없군. 의외로 맛있지 않을까?'

갑자기 머리 위에서 적의인지 뭔지 다소 헷갈리는 종류의 흥분을 감지한 플레임이 긴장된 울음소리를 냈다.

"크르르르……."

"플레임? 게일은 네 적이 아니다."

슬론이 마차 안을 들여다보며 심기 불편해진 소환수를 말렸지만 플레임의 경계심은 풀어지지 않았다. 마차가 목적지에 닿을 때까지 연신 입맛을 쩝쩝 다시는 게일 때문에 플레임은 내내 불꽃 갈기를 세우며 긴장했고 졸지에 더그는 머리카락이 타들어 가는 수모를 겪어야 했다.

꼬

"그러니까 린다 아가씨는 실제 고용주의 대역이었는데, 지난번 그레이 습격 때 부상을 당해 이 아멜리라는 아가씨가 새로 고용되었다고?"

끄덕끄덕.

"이 금발 머리 아저씨는 얼마 전 써니필드에 호위무사로 고용된 용병?"

끄덕끄덕.

"조지랑 모르간은 예전부터 한 동네 살던 이웃사촌이라고요?"

끄덕끄덕.

호오. 아하. 어머. 차례차례 후련한 탄성이 터졌다. 열심히 고개를 끄덕여주던 조지가 마지막으로 모르간에게 물었다.

"아멜리 양과는 어떻게?"

모르간은 간결하게 한 마디로 응수했다.

"친구야."

표정이 묘해진 것은 조지와 아멜리 둘 다였다.

"네게 친구가 있었어?"

"얼마 전에 새로 사귀었는데. 왜, 무슨 불만이라도?"

"……아니."

난 조금 있는데. 하지만 아멜리가 속으로 생각한 것을 입 밖에 전에 엘리야가 먼저 끼어들었다.

"신기한 우연인 건 알겠는데 사실 계속 노닥거리고 있을 상황은 아니거든. 난 계획대로 이쪽 아가씨랑 여기서 나갈 테니 뒷일을 부탁해, 형씨."

느닷없이 생면부지의 남자가 자신을 데려가겠다는 소리에 아멜리는 다소 불안한 표정이 되었다.

"제가 따라가야 하나요?"

"마법사가 이 근처에 있다고 합니다. 호위무사인 엘리야와 함께 다른 안전한 데로 피하는 게 나을 겁니다."

아멜리는 엘리야를 따라가기 전 뒤돌아 모르간을 바라보았다. 모르간은 철창에 달라붙어 생글생글 웃는 얼굴로 손을 흔들었다.

"안녕, 아멜리. 또 봐요."

이미 잡혀 옥에 갇힌 몸. 그리고 날이 밝으면 처벌이 기다리고 있는 신세. 이로써 도난 사건은 반쯤 해결됐다고 봐도 좋을 것이다. 하지만 뭘까. 모르간의 저 묘한 여유는.

"뭘 꾸물거려요, 아가씨. 마법사가 바로 이 옆에 있다니까?"

계단을 먼저 오르고 있던 엘리야가 멈춰선 아멜리를 채근했다. 아멜리는 하는 수 없이 발걸음을 돌렸다. 두 남녀의 발소리가 계단 너머로 완전히 사라졌을 때, 침묵하고 있던 조지가 입을 뗐다.

"어딜 갔나 했더니 여기서 농땡이 중이었단 말이지?"

은근히 못마땅한 말투였다.

"써니필드에 갔더니 아무도 없잖아. 클라우스까지도."

"클라우스는 치유마법을 너무 써서 앓아누웠어."

"흠. 어쨌든 난 상황을 몰라서 슬론을 만나기 전까지 치안유지대에 신세 좀 져볼까 하고 들어온 거야. 그나저나 마법사가 여기 있단 건 뭐야?"

"아까 그레이 제자를 잡았어. 그자의 말론 여기 창고 지하에 그레이가 숨어있다더군."

"호오."

모르간은 바닥에 주저앉아 자신의 신발 밑창을 약간 뜯어냈다.

그곳에는 작은 바늘이 숨겨져 있었다. 모르간이 철창 밖으로 손을 내밀어 자물쇠 구멍에 바늘을 집어넣었다. 조지가 물었다.

"나가려고?"

"유명인이 나타났다는데 구경 가야지. 드디어 그 노인네 얼굴 구경 좀 해보겠군."

철컹. 자물쇠가 풀렸다.

⚜

호르륵, 호르륵.

얼핏 밤새 소리 같았다. 하지만 치안유지대의 돌담 밑에서 대기 중이던 용병들은 조지의 신호임을 곧장 알아차렸다.

"담을 어떻게 넘을 거지?"

게일은 도마뱀과 인질을 쳐다보며 슬론에게 물었다. 자신과 슬론만이라면 어렵지 않지만 저 짐덩이들까지 데리고 이동하려면 좋은 방법이 있어야 할 듯했다.

"플레임을 타고 넘는다."

플레임이 땅바닥에 납작 엎드려 몸을 낮추었다. 올라타란 듯한 움직임이었으나 게일은 망설였다. 도마뱀의 등에는 여전히 불꽃 갈기가 활활 타오르고 있었다. 플레임의 등에 타려면 저 불꽃을 깔고 앉아야 하는데 누가 자발적으로 통구이가 되려 하겠는가.

"괜찮아. 플레임의 불꽃은 적이 아닌 자들에겐 아지랑이나 마찬가지다."

"못 믿겠다. 시범을 보여."

"……"

할 수 없이 슬론이 먼저 플레임 등에 탔다. 그다음에는 더그가, 맨 뒤에는 게일이 탔다. 과연 불꽃 갈기는 모양뿐이라 화상은커녕 미지근하지도 않았다. 심지어 넓적한 플레임의 등은 의외로 타기도 편했다.

호르륵. 호르륵.

조지가 다시 한 번 신호를 보냈다. 플레임은 소리 난 방향으로 펄쩍펄쩍 뛰어가 한순간 훌쩍 공중으로 날아올랐다. 눈 깜박할 새 그들은 치안유지대 뒷마당에 안착했다.

"어이."

어두침침한 마당 한가운데엔 조지가 전신에 달빛을 받으며 위풍당당하게 서 있었다. 게일이 목소리를 낮춰 물었다.

"그러고 있어도 돼?"

"처리해놨어."

조지가 마당의 후미진 곳을 가리켰다. 어둠 속에서 땅에 쓰러진 남자의 실루엣이 보이는 듯했다. 아마도 치안유지대원이리라. 하지만 현상수배범 스토커 마법사가 아니라 공권력에 손을 대는 것은 빼도 박도 못하게 범죄가 아닌가. 게일이 인상을 구기며 조지에게 물었다.

"죽였어?"

"재웠다."

"어떻게?"

"스크롤로."

순간 게일의 뇌리에 좋지 않은 기억이 스쳤다. 끙, 나도 그때 저렇게 한심한 몰골로 쓰러져 있었단 말이지?

"자네에게 수면마법 스크롤이 있었는지 몰랐군."

"제 것이 아닙니다. 그 여자가 돌아왔어요, 소장."

슬론의 눈이 커졌다.

"벌써? 여기에?"

"건물 밖에 나와 있는 대원들이 있으면 수면마법을 걸어두러 갔어요. 금방 올 겁니다."

써니필드의 동료가 온 모양이군. 게일은 대수롭지 않게 그들의 대화를 흘려들으며 더그의 등을 검자루로 쿡쿡 찔렀다.

"자, 빨리 그레이에게 안내해."

"……."

더그는 불만이 그득한 표정을 짓긴 했지만 반항하지 않고 발걸음을 옮겼다. 치안유지대 부지는 사무소로 쓰이는 바위산 건물 한 채와 작은 창고 한 개와 큰 창고 두 개를 포함하고 있다. 창고들의 문 옆에는 「사건보존기록 및 증거품」, 「압류품 및 유실물」, 「기타 자재」라는 명패가 달려 있어 용도를 알기 쉬웠다. 더그가 증거품 창고를 가리켰다.

"여기다."

"잠겨 있는데. 그레이가 열어 주나?"

"……마법을 쓰게 해준다면 내가 열겠다."

더그가 꽁꽁 묶여 있는 양 손목을 내밀며 풀어달라는 시늉을 했다. 물론 게일은 코웃음을 쳤다.

"수작 부리긴. 이딴 건 그냥 내 검으로 박살 내면 돼. 이렇게 확!"

검을 번쩍 치켜드는 게일의 옆구리를 슬론이 확 밀쳐버렸다.

"아예 북도 치고 장구도 치지 그러나."

슬론은 한심스럽다는 듯이 게일을 내리훑더니 자신의 바늘로 자물쇠를 간단히 따버렸다. 혹시나 전 직장의 창고처럼 마법 함정이 설치되지나 않았을까 살짝 경계했던 게일은 창고 문이 열리는 것을 보고 김이 새 중얼거렸다.

"치안유지대면서 허술하네."

"치안유지대라서 허술한 거야."

느닷없는 허스키 보이스. 그것도 어쩐지 낯익은.

설마?

게일이 반사적으로 뒤돌아보았다. 등 뒤에 서 있는 인물은 예상했던 흑발의 미인이 아니라 짧은 회색 머리칼의 소년이었다. 하지만 묘하게도 여성스러운 이목구비와 가무잡잡한 피부색, 특히 맑게 반짝이는 담녹색 눈동자와 왼뺨의 작은 흉터는 그가 기대하고 있던 생김새가 맞았다. 너무나 그의 취향대로 생겨서 잊으려야 잊어먹을 수도 없는 그 생김새와 말이다.

18
마른하늘에 날벼락

    치안유지대에서 빠져나가려던 엘리야와 아멜리는 의외의 장벽에 부딪혔다.

    "당신이 이 아가씨 보호자라고요? 어떻게 증명할 겁니까. 가족은 아니잖아요. 호패의 성이 전혀 다른데."

    야간 당직 중이던 치안유지대원이 떠나려는 두 남녀의 발목을 잡은 것이었다. 엘리야는 당황했다. 그는 구르고 뛰고 싸우는 일에는 자신이 있었지만 이런 종류의 돌발 상황에 대처하기엔 유연성과 융통성이 부족한 면이 있었다.

    "그건 좀 복잡한 사정이……."

    "무슨 복잡한 사정요. 설명을 해보시라니깐."

    이걸 어디서부터 어떻게 설명해야 하는 거야.

린다와 스토커 얘기? 현상수배범 마법사와 목각 인형? 엘리야가 진땀을 뻘뻘 흘리고 있자 보다 못한 아멜리가 대신 나섰다.

"그냥 가게 해주시면 안 될까요? 제가 확실히 믿을 수 있는 분이어요."

"미안하지만 아가씨의 말을 곧이곧대로 믿을 순 없습니다."

"이것 보세요. 이 아가씨가 괜찮다고 하잖아요."

"글쎄요. 안 보이는 데서 협박이라도 당해 어쩔 수 없이 장단 맞춰주는 중일지도 모르잖습니까."

"너무하는군! 이 선량한 눈빛을 마주하고 있으면서도 절 범죄자 취급하는 겁니까?"

엘리야가 앙증맞게 눈을 깜박거리자 대원이 오만상을 찌푸렸다.

"아무튼 그냥 보내줄 순 없습니다. 적어도 두 사람의 관계는 명확하게 밝혀주셔야 절차상 문제가 없거든요. 신변보호를 요청했던 여성을 관계가 확인되지 않은 남자와 그냥 내보냈다가 만일 무슨 사건이라도 터지면 문책을 받는 건 나란 말입니다. 인사고과에 올라가서 영영 승진이 막히면 당신들이 책임질 겁니까."

결국 무슨 일 생기면 책임지기 싫으니까 얌전히 있으란 거군. 웬일로 사명감 투철한 치안유지대원이 납셨나 싶었던 엘리야는 그럼 그렇지 하며 고개를 절레절레 저었다.

"그래요. 사실 전 이 아가씨 보호자가 아니라 호위무사입니다. 요즘 괴한의 위협이 있어 용병인 절 고용한 거죠."

"이 아가씨가 당신을 고용했다고요?"

"정확히는 중개소가……라고 해야 하나?"

"거기 상호명이 어떻게 됩니까."

"써니필드 용병중개소입니다. 번지수는 555. 소장 이름은 슬론이고요."

"처음 듣는 업체로군요. 실제 등록된 영업장인지는 자료를 검토해봐야 알 수 있을 것 같은데 지금 자료실 담당이 퇴근했으니까 내일 아침에 확인해보겠습니다."

"그럼 우린 어떡하라고요?"

"대기하시든가. 그쪽 양반께선 집에 돌아가시든가."

"그런 게 어디 있습니까. 아가씰 두고 혼자 가라고요?"

"걱정할 필요 있습니까? 치안유지대보다 안전한 장소가 어디 있다고요."

사악한 대마법사가 지척에 은신 중이라는 악다구니를 쓰고 싶은 것을 꾹 참으며 엘리야는 억지 미소를 띠었다.

"아무리 그래도 어떻게 여잘 혼자 낯선 곳에 내버려두고 집에 가 발 뻗고 잘 수 있습니까. 인상이 좋으신 걸 보니 도량도 크실 거 같은데 이번 한 번만 저희 사정 좀 봐주십시오. 아무 문제 없을 겁니다."

"내 인사고과에 줄 가면 그쪽이 책임지시려고요?"

할 말이 없어진 엘리야가 인상을 확 구겼다. 사실 그는 이런 경우 가장 효과적인 해결책을 알고 있었다. 젤윈 공무원들이 뇌물에 약하다는 건 널리 알려진 사실이었고, 엘리야도 용병 생활을 하면서 관청 쪽이나 다른 지방 치안유지대에 뇌물을 찔러준 적이 몇 번 있었다. 눈앞의 치안유지대원도 원리원칙에 충실한 공무원인 척하고 있지만 은근히 다른 걸 바라고 있는 것 같았다.

'하여간 젤원 공무원 놈들! 건수만 생기면 해처먹으려고!'

분하지만 어쩔 도리가 없었다. 이럴 줄 알았으면 지갑 빵빵한 슬론 소장더러 치안유지대에 가라고 할 걸 하는 후회도 생겼지만 지금쯤 슬론은 마법사를 상대하느라 한창 바쁠 테니 불러올 수도 없었다.

"혹시 우리가 이대로 떠난다면 체포하실 겁니까?"

"그럴 리가요. 다만 엘리야 스미스 씨는 스토니스 치안유지대의 블랙리스트에 올라 행적을 주시당하게 됩니다. 범죄예방차원이죠."

엘리야는 낭패감을 느꼈다. 떠돌이 용병으로 지내다 보면 아주 큰 피해를 끼치지 않는 경범죄 정도는 종종 저지르게 되는데, 대부분 「걸리면 유죄, 안 걸리면 무죄」라는 식으로 용인되는 행위였다. 그러나 블랙리스트에 오르면 얘기가 달라진다.

'치안유지대 블랙리스트는 뇌물을 뜯어내기 위한 협박용이라던데.'

엘리야는 언젠가 동료 용병에게 언뜻 들었던 얘기를 떠올렸다.

"할 수 없이 여기서 적당히 아침을 기다려야겠군요. 수고하십쇼."

엘리야는 대원의 눈치를 슬슬 보면서 아멜리를 사무소 구석으로 몰고 갔다.

"진짜 계속 여기 있을 거여요?"

아멜리가 소곤소곤 물었다.

"아뇨. 까짓거 걍 탈출합시다."

"네?"

"탈출했다가 낼 아침에 돌아오면 되잖습니까. 그때쯤이면 그레이쪽 상황도 정리될 테니까 돌아와도 괜찮을 겁니다."

그것이 엘리야가 임기응변으로 짜낼 수 있는 최선의 계획이었다.

"여기 예전에 와봐서 아는데 3층에 외부계단이랑 연결된 비상구가 있어요. 원래 폐쇄출입구라 일반인은 사용하지 못하지만 안 들키기만 하면 되니까."

한 가지 걱정은 보통 그 비상구는 두꺼운 쇠사슬로 칭칭 감겨 굳게 잠겨 있다는 점이었다. 그렇다면 창문을 통해 벽에 매달려 빠져나가는 것도 불사하겠다고 엘리야는 각오를 다졌다.

"2층에 휴게실이 있던가……. 거기에서 눈 좀 붙여야겠군."

엘리야가 피곤한 척 하품을 하면서 슬슬 계단 쪽으로 발걸음을 옮겼다. 치안유지대원은 2층으로 올라가는 아멜리와 엘리야를 주시하다가 곧 열중하고 있던 심심풀이용 낱말 퍼즐 풀기로 시선을 돌렸다.

휴게실을 제외한 2, 3층의 방들은 굳게 문이 잠겨 있었지만 복도만은 자유롭게 오갈 수 있었다. 희미하게나마 벽에 붙은 등불이 켜져 있고, 복도를 돌아다니는 사람은 없었다. 불 켜진 방안에는 누군가 있을지도 모르지만 발소리를 죽여 들키지 않으면 그만이었다. 두 사람은 살금살금 3층까지 순조롭게 전진했다. 엘리야의 안내로 3층 비상구도 금세 발견했다. 그런데 이게 웬일인지 비상구의 자물쇠는 풀려 있는 상태였다.

'당직이 문단속을 깜박하기라도 했나? 하여간 젤윈 공무원 놈들. 돈 밝히고 말 많은 주제에 허술하긴 더럽게 허술해.'

엘리야는 차려진 밥상을 마다하지 않기로 했다. 그는 주저 없이 문을 열었다.

더그는 창고 문이 열리자마자 남들보다 먼저 내부로 쑥 들어갔다. 슬론이 그 뒤를 따라 들어가려는데 뜬금없이 익숙한 목소리가 들려왔다. 반갑게 뒤를 돌아보니 희한하게도 게일이 먼저 아는 척을 하고 있었다.

"너, 너! 잘 만났다!"

게일이 검 끝을 모르간에게로 돌렸다. 심상치 않은 분위기를 느낀 슬론이 조지와 함께 게일을 가로막았다.

"뭐하는 거냐."

게일의 눈썹이 험악하게 일그러졌다.

"당신들이 왜 그 여잘 보호하는 거지? 아하. 그렇군. 다 한 패거리였어."

"진정하고 설명해. 왜 이러는 거냐."

"저 망할 여자가 내 돈을 갖고 튀었다. 그리고 나를 엿 먹였어!"

게일의 분노에 찬 눈에선 불똥이 튈 듯했다. 슬론은 얼떨떨하게 모르간에게 물었다.

"정말 게일과 만난 적이 있나."

모르간이 유들유들 웃었다.

"엿 먹인 건 사실이야. 정확히 말하면, 엿 같이 달달한 꿀잠을 선사해줬달까."

"터진 입이라고 나불나불⋯⋯!"

슬론은 창고 안으로 사라진 더그가 신경 쓰였지만, 살기가 흉흉해진 게일을 내버려둘 수도 없었다.

"무슨 일인진 모르겠지만 진정해라. 그레이가 바로 저기 있지 않나."

"하! 그레이!"

게일은 코웃음을 쳤다.

"내가 일면식도 없는 마법사를 잡으려고 이리 뛰고 저리 뛰게 된 이유가 뭔데. 바로 다 저 계집애 때문이다. 그런데 이 상황에서 그레이이고 나발이고 내가 신경이나 쓰겠냐!"

말이 끝남과 동시에 게일이 모르간에게로 달려들었다. 조지가 쌍검을 교차시키면서 방어 자세를 취했다. 슬론은 앞으로 튀어나와 게일의 몸통 쪽으로 날카롭게 파고들었다. 하지만 게일은 슬론의 공격이 자신의 몸에 닿기 전에 그의 어깨를 밟고 뛰어올랐다. 목표는 조지 뒤에 있는 모르간이었다. 슬론은 조지를 아예 뛰어넘어 모르간의 등 뒤에 착지한 게일을 보고 다급히 소환수를 불러냈다.

"플레임, 돌격!"

플레임이 머리통을 앞세우며 게일의 옆구리를 들이받았다. 게일은 가까스로 몸통을 비틀어 피해갔지만 그것만으로도 옷자락은 거멓게 그을렸다. 화염계 소환수란 같은 편일 땐 듬직하지만 적이 되면 상당히 성가신 존재였다.

'부딪치면 그레이 꼴 나겠군.'

용케 균형을 잡으며 땅에 착지한 게일은 쉴 틈도 없이 조지의 왼발을 막아냈다. 그리고 조지의 비어 있는 명치를 주먹으로 가격한 뒤 두 번째로 몸통을 날려 오는 플레임을 피해 몸을 날렸다.

"웃차!"

기세가 힘찼던 만큼 플레임의 비거리는 지나치게 길었다. 성가신 소환수가 잠시 시야에서 사라진 틈에 슬론이 검을 쥐고 공격해왔고, 한바탕 위액을 쏟아내고 난 조지도 정신을 차리고서 현란한 쌍검술을 펼쳤다. 두 명과 검 세 자루를 상대해야 했지만 게일의 마음은 위기감보다는 짜증이 가득했다.

"길바닥 용병들 주제에."

챙! 타르 블레이드가 슬론의 검을 두 동강 냈다. 게일은 믿을 수 없다는 듯이 자신의 검을 바라보는 슬론을 걷어차 버리고 조지의 등 뒤로 돌아가 어깨죽지를 움켜쥐었다.

"크악!"

어깨가 탈골되는 고통에 조지가 비명을 내질렀다. 북! 게일의 귀가 종이 찢어지는 소리를 민감하게 캐치했다. 누구인지, 어떤 스크롤인지는 눈에 보이지 않아도 뻔했다.

"한 번 속지, 두 번 속냐!"

수면마법이 발동하려면 일정 거리 내에 목표물이 들어와야 한다. 게일은 그 점을 상기하며 재빨리 자리를 피하자 역시나 아무 일도 일어나지 않았다.

허무하게 찢어지기만 한 스크롤을 든 채 모르간은 짧게 혀를 찼다.

"그냥 잠드는 편이 나을 텐데, 아저씨."

"개소리 마라, 이 여자야."

게일은 으르렁거리며 속으로 모르간의 수를 읽기 위해 머리를 굴렸다.

'저 좀도둑이 그레이 일당보다는 형편이 나은 모양이군. 스크롤을 몇 장이나 더 가지고 있을까? 수면마법 스크롤은 타르 블레이드로는 막아내기 어려우니 소진하게 하든가, 아예 쓰지 못하게 제압해야 하는데.'

그때 슬론이 소환수에게 명령했다.

"플레임! 파이어 브레스!"

어느새 슬론의 곁으로 돌아와 있던 플레임이 아가리를 쩍 벌렸다. 점액으로 뒤덮인 녹색 목구멍으로부터 시뻘건 화염이 솟구치더니 입 밖으로 튀어나와 게일을 덮쳤다. 하지만 게일은 전혀 당황하지 않고 오히려 불줄기를 반기는 듯 검을 쳐들었다.

"반사."

불줄기는 검에 닿기 무섭게 튕겨 나와 오히려 슬론과 플레임을 덮쳤다. 플레임은 즉시 아가리를 다물고 몸통으로 슬론을 휘감아 떨어지는 불똥으로부터 지켜냈다.

말도 안 돼. 슬론은 경악에 휩싸여 게일의 검을 바라보았다. 게일이 마법사일 리 없으니 분명히 이런 요망한 짓을 벌이는 것은 저 무기다. 아마도 모종의 마법이 걸려있으리라.

그래도 자신과 조지, 모르간까지 힘을 합쳐 전력을 다한다면 제압할 수 있을지도 몰랐다. 다만 창고로 들어간 더그를 등 뒤에 남겨 놓는 것이 불안했다.

안에서 뭘 하고 있길래 이렇게 밖이 소란스러운데 코빼기도 보이지 않는 것인가.

게일과의 전투에 집중을 하려 해도 그 꺼림칙한 생각이 계속 슬론의 발목을 잡았다.

혹시 그레이를 데리고 제3의 경로로 도망치는 중은 아닌지?

슬론은 초조해졌다. 이 의미 없는 전투를 멈추고 어서 그레이 쪽의 상황을 살피고 싶은 마음만이 굴뚝같았다.

"게일, 이만하면 됐지 않나."

"되길 뭘 돼."

"자세한 사정은 모르겠지만 모르간은 우리의 동료다. 자네와 트러블이 있었다면 책임지고 중재해주마. 지금은 우선 그레이를……."

"풉!"

슬론과 게일의 시선이 모르간에게 향했다.

조지의 어깨를 맞춰주고 있던 그녀는 웃음을 참을 수 없다는 듯 입을 가리고 킬킬거렸다.

"게일? 스테아 씨 본명이 게일이었어? 하하하! 나 게일이란 이름을 가진 「남자」는 처음 봐."

검자루를 쥔 게일의 손이 부들부들 떨리기 시작했다. 성인이 된 후로 이름 가지고 놀리는 인간은 없어져 겨우 마음의 평화를 되찾았건만, 저

재수 없는 도둑 계집애가 그의 오랜 트라우마를 건드렸다. 그것도 「모르간」이란 이름을 가진 「여자」가!

"누가 누굴 비웃어! 나도 모르간이란 이름을 가진 여자는 첨 본다!"

"게일! 게일! 하하하! 게일 언니!"

그러나 아무래도 남장 여자가 남자 이름으로 불리는 것보단 마초 근육남이 남녀혼용 이름으로 놀림 받는 것이 정신적 피해가 크기 마련이었다. 슬론과 조지 앞에서 왠지 모르게 낯 뜨거워진 게일이 으르렁거렸다.

"닥치고 내 돈이나 내놔라. 도둑년아."

"어머. 말이 심하네. 저번엔 나보고 여신이라더니?"

"여신 같은 소리 하네. 남자 등쳐먹는 여잔 질색이다."

"나도 경박한 남잔 비호감."

"잘됐군! 피차 잘 풀릴 일도 없는데 체면 차리지 말자고!"

게일이 허공에 타르 블레이드를 내리쳤다.

검이 일으킨 칼날 같은 바람이 모르간과 조지에게 닥치는 것을 보고 슬론이 외쳤다.

"막아, 플레임!"

플레임이 타이밍을 맞춰 검기를 막아냈으나 그만 게일의 검에 몸통이 깔끔하게 절단이 났다. 반 토막이 되어 추락한 소환수는 이내 연기로 화해 사라졌다. 순식간에 눈앞에서 소환수를 잃어버린 슬론은 경악했다.

"너 대체 정체가 뭐냐."

게일 대신 모르간이 대답했다.

"일반적인 쇠로는 상처를 낼 수 없는 소환수를 베는 검, 푸른 검날에 마어 일곱 글자. 그리고 그 검을 자유자재로 휘두르는 빨강 머리의 파샤 무사. 아직도 감이 안 와, 슬론?"

그러자 슬론과 조지가 이구동성으로 외쳤다.

"말도 안 돼!"

게일은 왠지 기분이 나빠졌다.

"뭐가 말도 안 돼?"

"타르 블레이드는 웬만한 마법사는 덤벼들 수 없는 무적의 마검사로 만들어준다는 전설의 비기, 불세출의 대장장이 타리스에게 인정받은 용사만이 쥘 수 있는 신비의 검이라고 들었다!"

"그래서?"

"그러니까 자네가 갖고 있을 리 없잖나."

"무슨 논리야, 그건."

조지도 슬론의 말에 고개를 끄덕였다.

"맞아. 차라리 돼지가 다이아 목걸이를 차고 다닌다는 말을 믿지."

"내가 돼지란 거냐?"

"타르 블레이더는 눈빛만으로 상대를 제압하는 엄청난 카리스마의 소유자들이라고 들었…… 아, 아니 뭐 나도 들은 얘기긴 한데."

조지가 눈알이 튀어나올 것처럼 눈을 부라리는 게일의 시선을 회피하며 말을 얼버무렸다.

게일은 옛 기억이 떠올랐다.

처음 타르 블레이드를 손에 넣어 로열 나이트 동료들에게 자랑했던 그때. 직접 검의 항마 능력을 보여 증명하기 전까지 칸을 제외하고는 단 한 사람도 믿어 주지 않았었다. 친형인 알렉스와 절친인 제롬마저도!

나 정도로 강하면 됐지 다들 뭘 더 바라는겨.

빈정이 상한 게일이 예고 없이 모르간과 조지를 향해 검을 휘둘렀다.

북! 얼이 빠져 있던 두 남자 대신 모르간이 스크롤을 찢었다. 전광석화처럼 달려오던 검기는 난데없이 땅에서 솟아난 거목에 가로막혀 나무 기둥을 베고 소멸됐다. 검기를 날린 직후 모르간을 제압하려 달려가려던 게일은 움찔 멈춰 섰다. 저 마법은 몹시 낯익다.

'어제 그레이가 썼던 방어마법이랑 비슷하잖아?'

이상한 예감이 스쳤다. 그레이를 쫓고 있다는 일당이 그레이의 마법 스크롤을 쓴다는 것은 단순한 우연으로 치부하기 어려웠다.

– 거하게 털려서 가진 것도 별로 없을 텐데 아이템 좀 아껴 쓰지 그러나?

소장은 그레이가 거하게 털렸다는 것을 어떻게 알았을까.

– 듣자 하니 그의 연구실이 털렸다네?

– 뭐? 별 미친……. 마법사의 연구실을 터는 간 큰 도둑도 있나?

– 범인과 아는 사이인 듯하니 소장에게 물어봐.

마법사의 연구실을 터는 간 큰 도둑. 소장과 아는 사이인 범인. 게일의 시선이 모르간의 얼굴 위로 옮겨갔다. 이 와중에도 혼자 묘한 미소를 짓고 있는 모습이 상당히 아니꼬웠다.

'설마 저 여자가 그레이의 연구실을 털었다는 도둑인가? 그래서 그 레이에게 쫓기고 있었던 거? 하지만 마스터스 리그라서 원래 올리언 에게도 쫓기고 있었잖아. 뭐야, 대체? 이게 무슨 개뼉다구 같은 상황 이야?'

중구난방인 현 상황을 정리하려던 게일은 더욱 꼬여 드는 생각에 거 칠게 앞머리를 쓸어 올렸다. 하지만 한층 더 기가 막힌 상황이 바로 코 앞까지 다가왔음을 그는 미처 깨닫지 못하고 있었다.

엘리야와 아멜리는 비상탈출로로 쓰이는 건물 밖 계단을 따라 내려 오는 중 뒷마당에서 벌어진 싸움을 목격했다. 처음에 그는 당연히 그 레이 일당과 써니필드 간에 전투가 벌어졌다고 생각했지만, 다음 순간 슬론과 조지를 상대로 검을 휘두르는 게일을 발견했다. 황당해진 엘리 야가 발걸음을 멈췄다.

'왜 지네끼리 싸우고 지랄이야? 단체로 돌았나?'

아멜리도 영문을 모르고 따라 멈췄다가 뒷마당의 싸움판을 발견 했다.

"엘리야 씨. 무슨 일이죠? 저기 저 사람들, 혹시 써니필드 사람들이 어요?"

싸움에 익숙한 엘리야와 달리 아멜리는 어두침침한 장소에서 현란하게 움직이고 있는 사람들을 제대로 알아보기 힘들었다.

"잠깐만 기다려봐요, 아가씨."

엘리야가 미간을 좁혔다. 싸움판에 끼지 않고 물러서 있는 인물은 말총머리 마법사가 아니라 짧은 잿빛 머리를 가진 비교적 체구가 작은 사람이었다. 행색으로 보아 구류간에 갇혀 있던 조지의 지인이라는 소년, 아니 여자가 분명했다. 왜 저 여자가 저 난장판에 끼어있는 것인가. 그리고 더그는 어디로 사라진 것인가? 엘리야는 더그를 찾으려고 이리저리 눈을 굴리다가 한 창고에서 걸어 나오고 있는 사람을 발견했다. 헉! 그는 저도 모르게 숨을 들이켰다. 창고에서 나오고 있는 것은 더그가 아니라 십여 구에 달하는 목각 인형이었다.

"잠깐, 저걸 봐!"

슬론 역시 목각 인형의 행렬을 발견한 참이었다. 그러나 게일은 창고 쪽을 힐끔 보더니 흥미 없다는 듯 다시 고개를 돌렸다.

'거의 다 잡았어.'

그는 검을 고쳐 쥐었다. 플레임은 사라졌고 슬론의 검은 동강 났으며 조지는 겨우 어깨를 맞춘 참이었다. 누가 봐도 게일이 압도적으로 우세한 형국이었다. 슬론이 초조하게 외쳤다.

"우리끼리 싸우다가 마법사에게 전멸당하고 싶나?"

"내 알 바 아니다."

"슬론!"

조지가 자신의 검 중 하나를 슬론에게 던졌다.

슬론이 검자루를 잡기 무섭게 게일이 슬론의 머리 위로 타르 블레이드를 내리쳤다.

"큭!"

간신히 막아냈어도 상대방이 내리누르는 무지막지한 힘에 슬론은 자신의 두 발이 땅속으로 들어가고 있는 중은 아닐까 하는 착각마저 들었다.

"원랜 저 여자만 붙잡아 치안유지대에 넘기고 돈 문제 깔끔하게 해결할 계획이었는데, 생각이 바뀌었어. 너희들에게 자세한 얘기를 들어야겠다. 아무것도 모른 채 꼭두각시놀음하기는 싫거든."

게다가 그가 올리언을 살해했다는 사실을 모르간이 알고 있으니, 파샤 왕실과 상인조합의 공적이 되지 않기 위해선 상황 파악을 하고 조치를 취해야할 필요성이 있었다.

"말해준다고 하지 않았나! 그것보다 마법사를……."

대화로 게일의 주의를 흐트러뜨리면서 슬론은 무릎을 올려 게일의 고간을 기습했다. 그러나 게일이 귀신같은 속도로 눈치채면서 공격은 수포로 돌아갔다. 공격의 대상이 사라져 헛발질을 한 슬론이 바닥으로 쓰러지자 게일이 그의 몸통을 후려 찼다.

"큭!"

이어 슬론의 머리통을 지그시 발로 눌러 밟았다.

"여기서 황천 가고 싶지 않으면 조지와 저 도둑년 무장 해제시켜."

코피 범벅이 된 얼굴로 슬론이 손을 들었다.

"잠깐. 마법사가 인형을 조종하고 있잖아."

"인형 따위에 쫄지 말고 나한테 집중해라."

게일은 목각 인형의 공격력이 제로에 가깝다는 것을 알고 있어 여유 만만이었다. 그런데.

"저런 저런. 은혜를 원수로 갚는군."

모르간의 한숨 섞인 혼잣말을 들은 순간 게일은 자신의 귀를 의심했다. 방금 저 여자가 뭐라 한 거지?

"은혜? 으으은혜에에?"

"그래. 은혜. 무케스산에서 말이야. 살려줬잖아?"

게일은 잠시 생각했다. 저건 물리적 타격으로 쓰러뜨릴 수 없는 적을 기가 막혀 죽게 하려는 신종 공격법이 아닐까?

"웬 헛소리야. 네가 무케스산에서 했던 짓이라면 날 함정에 빠뜨린 다음 돈과 말을 훔쳐 달아난 것뿐이다."

"입장 바꿔 생각해봐. 너한테 앞으로 앙심을 품을 게 분명한 남자가 코앞에서 아기처럼 쌔근쌔근 자고 있어. 심지어, 믿거나 말거나지만 올리언 같은 일류 마법사를 물리친 강자라네? 눈을 뜨고 나면 앙심을 품고 보복하러 달려올지도 모르는데 후환을 남기지 않으려면 어떻게 해야 하지?"

"……"

"코를 골며 태평하게 잠든 당신을 보며 죽일까 말까 엄청 고민했지만 결국 그냥 떠나기로 했지. 산중에 네 친구 혼자 남게 되면 여러모로 곤란해 할 것 같아서. 그녀에겐 도움받은 게 있으니까 최소한 머슴은 남겨줘야지. 그렇게 따졌을 때 최종적으로 난 당신을 살려줬단 얘기야."

게일은 말문이 막혔다. 궤변이긴 했지만 사실 그가 올리언을 해친 이유도 모르간과 비슷한 논리였던지라 딱히 할 말이 없었다. 그렇다고 모르간의 주장을 이대로 수긍하고 물러나자니 약이 올라 오장육부가 절로 꼬이는 기분이 들었다.

"애초에 왜 그런 일이 벌어졌는지를 간과한 매우 자기중심적인 주장이로군. 내가 널 왜 쫓아갔는데? 네가 아멜리의 돈을 훔쳤기 때문이었지. 아멜리는 널 산중에서 구했다는 이유만으로 가진 돈을 다 잃었어!"

"거기에 대해선 나도 아멜리에게 좀 미안함을 느끼지만 이 신세는 언젠가 갚을 거야. 「아멜리」에게."

아멜리의 이름을 강조하며 자연스럽게 그를 제외시키는 모르간의 태도에 게일은 한층 더 짜증이 났다.

"말은 미안하다면서 세계정복이라도 한 것처럼 뻔뻔한 태도로군."

그러자 모르간이 양손을 들고 어깨를 으쓱거렸다.

"난 애초에 그쪽이 왜 이렇게 열을 내는지 이해를 못 하겠는데. 당신 돈은 안 가져갔고 곱게 살려두기까지 했는데 나한테 왜 이래?"

"난 아멜리의 친구로서……."

"혹시 그날 밤 내가 당신 까서 그래?"

게일의 눈동자가 지진 난 것처럼 흔들렸다. 반면에 모르간의 눈과 입은 초승달처럼 유려하게 휘어졌다.

"어머. 진짜? 내가 진심으로 당신한테 넘어간 줄 알았어? 근데 아니라서 열 받은 거야?"

"우, 웃기지 마. 그런 게 아니야."

"우와, 대박 찌질해."

찌질해. 찌질해. 찌질해.

모르간의 한 마디가 게일의 정신세계에서 끊임없이 메아리쳤다. 여자관계에 있어 맺고 끊음이 분명한 게일로서는 생전 처음 들어보는 평가였다. 그는 충격을 받았고, 당혹스러웠으며 수치심마저 들었다.

'찌질, 내가 찌질하다니? 이 내가?'

문득 게일은 슬론과 조지의 시선을 의식했다. 그들은 아무 말도 하지 않고 있었지만 눈빛은 너는 왜 그러고 사냐며 애잔함을 던지고 있었다. 아니, 그건 단지 자신의 자격지심의 반영이리라. 그럼에도 왠지 모르게 열세에 몰린 듯한 기분에 게일은 끝없이 당황했다. 방금 전까지 그들을 궁지로 몰아넣고 있던 것이 다름 아닌 게일 자신이었던 것을 상기하면 이런 심리적인 위축감은 실로 이상한 현상이었다.

'아니야. 나는 찌질한 남자가…….'

게일의 흔들리던 동공이 문득 맞은편에 서있는 모르간을 발견했다. 강아지 재롱이라도 구경하는 사람처럼 피식피식 웃고 있다. 게일은 갑자기 머리가 띵 해졌다. 말렸구나.

'아멜리와 날 곤경에 빠뜨린 도둑 주제에 뻔뻔한 태도로 나오는 것도 모자라 날 찌질하다며 매도해?'

제정신을 차린 게일의 잇새로 부득 이 가는 소리가 흘러나왔다. 저 계집애만큼은 용서할 수 없었다. 게일이 검 끝을 모르간에게로 겨누었다.

"넌 오늘 죽었어."

엘리야는 미치고 팔짝 뛸 지경이었다. 창고에서 일렬로 걸어 나온 목각 인형들은 인간들에게서 멀찍이 떨어진 곳에 둥글게 모여 섰다. 인형들을 뒤따라 나온 더그가 그 옆에서 손가락을 꼼지락대자 돌연 인형들은 허리를 약간 굽히더니 서로 어깨동무를 했다. 마법에 관해 문외한인 엘리야조차도 이것이 매우 수상쩍은 일이 벌어지려는 조짐임을 쉽게 알아차릴 수 있었다. 그러나 그의 동료들은 대체 뭘 하고 있는 건지 더그 쪽은 쳐다보지도 않고 있었다.

'저 인간들은 대체 뭘 하는 거냐! 저렇게 가까이 있으면서!'

결국 엘리야는 답답한 나머지 본인이 나서기로 했다. 그가 갑자기 계단을 성큼성큼 뛰어 내려가는 것을 보고 아멜리도 황급히 그 뒤를 따랐다. 그녀는 엘리야 못지않게 혼란스러웠다. 어두운 밤에, 엘리야만큼 전투 장면에 익숙지 않은 눈으로는 지상에서 격하게 전투 중인 사람들이 누구인지 알아보긴 쉽지 않았지만 도중에 밤공기를 타고 선명한 외침이 들려왔던 것이다.

게일, 이라고.

그건 슬론 소장의 목소리였다. 아멜리는 소장이 상대하고 있는 유난히 움직임이 좋은 남자를 다시 바라보았다.

얼굴까진 식별할 수 없지만 저만한 덩치에, 저런 실력을 가진 동명이인이 또 있을 리가 없다. 그녀가 아는 게일임이 분명했다. 부잣집의 호위무사 아르바이트 중일 그가 여기 나타난 까닭은 이해할 수 없었지만 아멜리의 마음은 다급해졌다.

'어째서 게일님이 슬론 소장님과?'

아는 사람들끼리 목숨을 내놓고 무시무시한 기세로 싸우고 있는데 강 건너 불구경할 수는 없는 것이었다.

계단에서 내려온 엘리야가 더그를 향해 달려갔다.

"뭘 수작을 하려는 건진 몰라도 내가 막아주마!"

시간차를 두고 1층으로 내려온 아멜리는 게일과 슬론이 있는 장소로 향했다. 그런데 달려가던 중 그녀는 또 하나 낯익은 얼굴을 발견했다.

모르간?

아멜리는 더욱 혼란스러워졌다.

'조금 전 구류간에 갇혀 있던 모르간이 왜 여기에? 무슨 수로 빠져나온 거지? 게다가 벌써 게일님과 만났어? 설마 게일님이 저렇게 펄펄 날뛰는 이유가 모르간?'

달리 이 상황을 설명할 길이 없었다. 아멜리는 더욱 사색이 되었다. 혹시 게일이 모르간을 해치기라도 한다면 이곳은 바로 치안유지대 사무소. 현행범으로 잡혀 들어가기 딱 좋은 곳이었다. 도둑질도 무려 3년 노역이라는데 상해죄나 살해죄는 얼마나 심한 처벌을 받게 될 것인가. 어쩌면 평생 빛도 보지 못하게 될지도 모른다.

"게일님! 멈추셔요!"

아멜리가 절박하게 외쳤다. 여기 있을 리 없는 인물의 목소리에 게일은 무심코 고개를 돌렸다가 자신에게 달려오고 있는 익숙한 얼굴을 발견했다.

"아멜리? 네가 왜……."

그의 말은 끝을 맺지 못했다. 말을 거는 도중, 갑자기 아멜리의 몸이 하얀빛에 휩싸이더니 감쪽같이 사라진 것이었다.

⟑

엘리야는 충분히 공격을 감행할 수 있을 정도로 마법사와 가까워지자 지체 없이 암기를 꺼냈다. 큰 발소리를 내며 달려오는 적을 알아채지 못할 정도로 마법에 몰입하고 있던 더그는 복부를 고스란히 내주고 말았다.

"컥!"

더그가 울컥 피를 쏟으며 무릎을 꿇었다. 엘리야가 신이 나 주먹을 붕붕 흔들었다.

"좋았어! 내가 잡았다!"

그때 다른 용병들 쪽에서 여자의 고함소리가 들려왔다.

"게일님! 멈추셔요!"

엘리야도, 치명상을 입은 더그도 목소리의 주인공에게 반사적으로 시선을 빼앗겼다. 나부끼는 흑발. 그 여자다. 생명의 빛이 꺼져가고 있던 더그의 눈동자 속에서 광기가 희번덕거렸다.

"이, 이런. 저 아가씨가!"

엘리야가 허둥지둥 몸을 돌려 아멜리에게로 달려가려던 순간이었다. 더그의 피 묻은 손가락이 짧은 마법식을 썼다. 그러자 둥글게 서있던 목각 인형들의 등에서 검은 먹물로 그려져 있던 마어가 새하얀 빛을 내뿜기 시작했다. 그 빛은 순식간에 아멜리에게 옮겨갔다. 용병들은 놀랐지만 상황을 온전히 이해할 수 있는 시간은 주어지지 않았다. 아멜리의 신체가 완전히 빛으로 휩싸이자마자 더그가 단말마처럼 시동어를 부르짖었다.

"이동!"

아멜리는 달려가던 모습 그대로 사라졌다.

"너, 너 이 자식!"

엘리야가 정신을 차리고 더그에게 암기들을 날렸다. 당황한 나머지 너무 많은 비수를 던진 탓에 더그는 마치 고슴도치 같은 모습이 되었지만 그는 고통스러워하지 않았다. 이미 숨을 거둔 상태였던 것이다.

게일은 멍해졌다. 정확히는, 멍청해졌다. 도대체 무슨 상황인지 이해할 수 없었다. 써니필드의 협잡꾼들과 싸우고 있는데 뜬금없이 아멜리가 나타났다. 희한하게도 그만이 아니라 슬론 소장에게까지 아는 척을 하며 달려오더니, 뭐라 반응하기도 전에 증발한 것이다.

꿈인가?

게일은 천천히 좌우를 두리번거렸다. 곧 피웅덩이 속에 쓰러진 말총머리 마법사와 기묘하게 원을 그리며 뭉쳐 있는 목각 인형들을 발견했다. 그와 멀지 않은 곳엔 눈이 한껏 커다래진 엘리야가 엉거주춤 서 있었다.

"어떻게 된 거야? 그레이 제자는 죽었는데 왜 그 아가씨가 사라진 거지? 마법사가 죽으면 마법도 풀리는 거 아냐?"

목각 인형을 바라보고 있던 게일이 이내 무언가를 깨달은 듯 중얼거렸다.

"마법진이었군⋯⋯."

"그게 무슨 소리야, 형씨. 저 목각 인형이 마법진이라구?"

게일은 대답하지 않았다. 대신 낭패한 기색이 역력해진 슬론 소장이 말했다.

"필시, 그레이의 은신처로 통하는 공간이동 마법진이겠지. 아마 더 그 자신이 탈출하기 위해 우리를 이리로 꾀어냈다가 막판에 마음을 바꾼 모양이다."

엘리야는 소장의 설명이 잘 이해 가지 않았지만 한 가지는 깨달았다.

"그럼 아까 그 아가씨는 지금 그레이 있는 곳으로 갔단 말이야?"

무심코 내뱉은 그 말에, 남아 있던 자들 사이에 천금 같은 침묵이 내려앉았다. 비무장의 무력한 여자를 휘말리게 해, 잔악무도한 마법사가 있는 곳으로 보내버렸다. 이중 그 누구도 이런 사태를 바란 자는 없었다. 하지만 구하러 가고 싶어도 은신처가 어디인지 알 수 없고, 그때까지 사라진 여자가 무사할지는 아무도 장담할 수 없었다. 따라서 남은 자들의 침묵은 무거웠으며 또 무기력했다.

슬론은 게일을 바라보았다. 조용했지만 목각 인형만을 응시하는 모습에서 정신적인 충격이 엿보였다.

'설마 함께 여행 중이라던 친구가 게일이었나.'

참으로 좁은 세상이었다. 슬론은 아멜리의 배경을 좀 더 꼼꼼히 조사해두지 않은 점을 후회했다. 그때 옆에 있던 엘리야가 약하게 침음했다. 게일이 쥐고 있는 검의 푸른빛이 짙어지면서 형언하기 힘든 불길한 기운이 솟구치기 시작한 것이었다. 긴장한 슬론은 경계 태세를 취했지만 까닭 없이 오싹거리는 등골 때문에 도저히 전의가 불타지 않았다.

'저건 대체 뭐냐.'

단순한 검일 뿐인데 마치 사람을 잡아먹을 듯했다.

전투가 시작된다면 모르간을 데리고 도망치기부터 해야 할지 모르겠다고 슬론이 머릿속으로 계산하고 있는데 짙은 사기(邪氣)로 뒤덮인 검이 갑자기 땅에 툭 떨어졌다. 뜻밖의 전개에 당황한 슬론은 게일을 멍하니 지켜볼 수밖에 없었다. 맨손으로 다가온 게일이 슬론의 멱살을 틀어올렸다.

"설명해."

까맣게 가라앉은 녹안이 물었다.

"왜 아멜리가 린다의 옷을 입고 있었지."

"그건 이 자리에서 설명하기가, 큭!"

멱살을 잡은 손아귀에 힘이 들어갔다. 그에 따라 슬론의 머리도 터질 듯 붉어졌다.

"아멜리가 무슨 짓을 당하든."

"놓고, 얘기를."

"너희 모두가 똑같이 당하게 될 거다."

게일을 말릴까 말까 망설이고 있던 엘리야는 게일의 전신에서 스멀스멀 피어오르기 시작하는 섬뜩한 살기에 소스라치게 놀라 오히려 뒷걸음질을 치고 말았다. 머리털이 쭈뼛 서고 식은땀이 등 뒤로 죽 흘러내리는 게 느껴졌다. 좋은 투기를 가진 녀석이라는 생각은 진작 했었지만 살의를 뒤집어쓰자 인간 같지 않아 보일 정도였다.

'흐익, 저런 놈은 절대로 전장에서 만나고 싶지 않아.'

이 자리에서 슬론의 머리가 터져 죽는대도 전혀 이상하지 않았다. 그때 의연한 목소리가 날아들었다.

"그만해."

모르간이었다. 그녀는 마법사의 시체 살펴보기를 끝내고서 게일과 슬론에게로 다가와 섰다.

"사람 잡겠다."

어떻게 저럴 수가? 엘리야는 야차 같은 형상을 한 게일에게 조금도 주눅 들지 않은 모르간을 보며 또 한 번 놀라야 했다. 그 자신이나 조지, 슬론조차 쩔쩔매는 상황에서 어찌 무사도 아닌 여자가 저리 꼿꼿할 수 있단 말인가?

"아멜리를 구할 거야. 그러니까 그만해."

게일은 미동도 하지 않았지만 모르간도 더 이상 말리는 시늉을 하지 않았다. 대신 손에 들고 있던 작은 종이를 찢었을 뿐.

"넵! 툴입니다!"

무거운 공기를 찢고 발랄한 목소리가 튀어나왔다. 엘리야가 반사적으로 꽥 소리를 질렀다.

"유, 유령이다!"

반투명한데다 허여멀건 안개 같은 것이 사람의 형상을 하고 허공을 떠돌고 있으니 엘리야가 그렇게 오해하는 것도 무리는 아니었다. 소년이 하하하 웃더니 모르간에게 인사를 건넸다.

"안녕하셨어요, 모르간 누님! 절 부르셨나요?"

모르간이 목각 인형들을 가리켰다.

"어디로 연결된 마법진인지 살펴봐."

"넵!"

소년은 목각 인형으로 이루어진 마법진 주위를 빙글빙글 돌며 살펴보더니 금세 결론을 내렸다.

"미라 숲과 연결되어 있네요. 그곳이 본진(本陣)입니다."

"넌 지금 어디?"

"베즈 시요."

"잘됐군. 너, 본진으로 가서 나랑 비슷한 나잇대인 흑발의 여자 좀 구출해와."

"그분 성함은요?"

"아멜리 발번. 지금 당장 가."

"네!"

씩씩한 대답이 끝나기 무섭게 소년의 환영이 사라졌다.

⚜

아멜리는 자신의 볼을 꼬집어보았다. 꿈이라면 깨겠지만 아무리 아프게 꼬집어도 현실은 변하지 않았다. 발밑에서 축축한 흙냄새와 풀냄새가 물씬 풍겨 올라왔다. 바람이 불 때마다 살랑살랑 나뭇잎 비벼지는 소리가 들렸다. 그러나 어둡다. 울창한 나뭇가지가 달빛을 가리고 있는 탓이었다.

"여긴 숲······?"

꿈이라 해도 기가 막힌 일이었다. 단지 눈을 한 번 감았다가 떴을 뿐인데 치안유지대 사무소 뒷마당이 어두컴컴한 낯선 숲으로 변했다. 게일, 모르간, 슬론, 조지, 엘리야 그 누구도 보이지 않았다.

"게일님? 소장님?"

사라진 사람들의 이름을 차례로 불러보아도 주위는 온통 묵묵부답이었다. 아멜리는 눈을 가늘게 뜨고 주위를 두리번거렸다. 이윽고, 어둠 속에서 마치 도깨비불처럼 덩어리진 불빛을 발견했다. 얼마나 먼 위치인지 가늠하기 힘들었지만 유일한 단서이니 갈 수밖에 없었다. 그녀는 양손을 앞으로 휘저으며 더듬더듬 어두운 숲을 헤쳐나가기 시작했다. 뚝. 뚝. 발밑의 잔 나뭇가지가 부러지는 섬뜩한 소리에 심장이 콩닥콩닥 뛰었다.

얼마나 시간이 흘렀을까. 정말 도깨비불은 아닐까 긴가민가하던 차에, 아멜리는 겨우 불빛의 실체를 알아냈다. 마른 가시덤불이 마치 울타리처럼 길게 처져 있었고 그 안에서 빛이 새어나오고 있었다. 성기게 얽힌 나뭇가지들이었지만 폭이 제법 두껍고 또 그녀보다 키가 커서 미리 안을 들여다볼 수 없었다. 무엇보다 덤불의 끝이 어디인지 알 수 없을 만큼 길었다. 자연적으로 자라난 모습이라기엔 조금 위화감이 느껴졌다.

"불이 있는 걸 보니 안쪽에 뭐가 있긴 있나 봐. 아프겠지만 할 수 없지."

아멜리는 양팔을 들어 얼굴을 보호하며 가시덤불을 비집고 들어갔다.

"아야. 따가워. 아파라."

가시에 긁히고 머리카락과 옷자락이 걸리는 등 한참이나 고군분투한 끝에 아멜리는 덤불을 통과할 수 있었다. 그런데 안도하며 고개를 들기도 전에 발밑에 물컹하고 묘한 감촉이 느껴졌다.

"엄마야! 뱀!"

아멜리는 그야말로 기절초풍할 듯 펄쩍 뛰었다. 하지만 밟힌 것은 꿈쩍도 하지 않았다. 물컹거리는데 움직이지 않는 것이 뭐지? 아멜리는 조심조심 땅을 살펴보았다. 짧고 희끄무레한 소시지 같은 것이 땅으로부터 삐죽 솟아 있었다. 무려 네 개, 아니 다섯 개가.

"뭐야, 손가락버섯이었구나."

버섯이란 것들은 종류가 다양한 만큼 뭐라 형용하기 힘든 기묘한 생김새를 가진 것도 많았다. 손가락버섯도 그중 하나로, 짧고 통통한 봉 모양을 갖고 있어 사람 손가락으로 자주 착각되었다. 아멜리는 약초꾼이 된 초반에는 산에서 손가락버섯을 발견할 때마다 깜짝깜짝 놀라곤 했지만 의외로 맛이 좋아 수요가 많다는 걸 알게 된 후로는 오히려 반갑기만 했다. 약초꾼으로서의 호기심이 동한 아멜리가 아예 무릎을 꿇고 앉아 버섯을 살펴보았다.

"어쩐지 굉장히 오랜만에 보는 느낌이야. 설마 젤원에도 이 버섯이 있을 줄 몰랐는데. 발번에서 자라는 것과 완전히 같은 종류일까? 어라. 근데 손가락버섯에…… 마디가 있던가?"

아멜리는 버섯 끄트머리에 붙어 있는 이물질을 지그시 응시했다. 짧고 반들거리는 그것은, 사람의 손톱이었다.

"헉!"

소스라칠 듯 놀라 뒤로 물러난 아멜리는 무심코 뒤를 돌아보았다가 또 한 번 숨을 들이켰다. 나무마다 주렁주렁 구슬들이 매달려 찬란한 빛을 뿜어내고 있었다. 그녀가 발견한 빛의 정체였다. 하지만 더 이상 그것은 문제가 아니었다. 아멜리의 떨리는 시선이 구슬 옆에 매달려 있는 것에 닿았다. 얼핏 말도 안 되게 거대한 번데기 같지만, 두꺼운 덩굴에 꽁꽁 묶여있는 몸의 위아래로 머리와 발이 드러나 있다. 사람이다. 아멜리가 손으로 입을 틀어막은 채 하얗게 경악했다. 더욱 끔찍한 것은 나무에 매달린 사람들이 구슬만큼이나 많다는 사실이었다. 다만 그들에게는 움직임이 없었으며 생기 또한 느껴지지 않았다. 그저 푸줏간의 고깃덩이처럼 매달려 있을 뿐이었다.

웃, 구역질이 치밀어 오른 아멜리가 급히 허리를 꺾다가 발치에 있던 한 쌍의 눈과 마주쳤다. 정확히는 눈이라 부르기 어려웠다. 안구가 있어야 할 곳은 뻥 뚫려있고 그 안에선 이름 모를 식물이 자라고 있었으므로.

아멜리의 메슥거림이 멈추었다. 지나치게 상식을 넘어선 상황인 까닭에 이젠 이 모든 게 현실이 아니라 꿈처럼 느껴졌다. 물론 단순한 꿈이 아니라 아주 끔찍한 악몽이지만. 실제로, 이 풍경에는 확실히 이상한 점이 있었다. 시체들이 이렇게 많은데 냄새가 별로 나지 않았다. 파리나 벌레도 꼬여 있지 않은 상태고, 별로 썩은 것 같지 않았다. 하지만 죽은 지 얼마 안 됐다면 이 발치의 시체처럼 풀이 무성하게 돋아날 수 있을까? 아니면 설마…….

'설마 살아 있을 때부터?'

아멜리가 휘청, 뒷걸음질을 쳤다. 하지만 어디로 눈을 돌려보아도 마찬가지였다. 산모처럼 배가 부풀어 올라 나자빠져 있는 자, 온몸의 구멍이란 구멍에서 식물이 자라고 있는 자, 혹은 배가 갈려 곤죽이 된 내장을 비료로 제공하고 있는 자 등 온갖 끔찍한 시체들이 가지런히 눕혀져 비료이자 화분으로 「이용」당하고 있었다. 그들을 유린한 식물은 각기 다른 종류로, 비록 초보 약초꾼이지만 일반인보다는 훨씬 많은 식물을 접해온 아멜리조차 아주 생소했다. 다만 아스라이 먼 기억 하나가 스쳤다.

– 아주 귀한 거니 다들 잘 봐 두시게!

불현듯 한 자락의 옛 기억이 스쳐 지나갔다. 예전에 발번의 한 약초꾼이 매우 귀한 버섯을 얻었다며 마을 사람들을 모두를 광장에 불러 모은 적이 있었다. 그가 자랑하며 내민 것은 죽은 지 오래된 듯 버석하게 마른 매미의 시체였다. 매미의 몸 안에서 붉고 길쭉한 식물 줄기 같은 것이 슬그머니 튀어나와 있어 더욱 기이한 모습이었다.

– 이게 바로 동충하초이올시다.

– 에그머니! 너무 징그러워요.

– 보기엔 징그러워도 이게 희대의 명약이야. 버섯의 씨가 살아 있는 벌레의 몸속으로 들어가 벌레의 살을 거름 삼아 자라다가 나중에 입이나 몸을 뚫고 나오는 거거든. 그러니까 엄청난 생명력이 담겨 있겠지.

– 설명을 들으니 더욱 기생충 같이 느껴지는군. 찝찝해서 누가 먹겠나.

– 답답한 소리들 하네. 돈 많은 사람들은 없어서 못 먹는단 말일세.

다른 지방에선 일부러 양식해 팔기도 한다고. 물론 자연산만 하겠냐마는. 난 이걸 팔아 목야의 시민권을 살 테다. 하하하!

아멜리는 비싼 약재라는 말에 호기심을 갖고 동충하초를 구경했지만, 아무래도 살아 있는 벌레를 파먹으며 자란 버섯이란 말에 징그러움을 느껴 흥미도 잃어버렸다. 그런데 묘하게도, 이 가엾은 송장들의 모습이 그때 구경했던 동충하초를 연상시켰다.

'누가 이런 짓을. 대체 무슨 목적으로?'

"더그냐?"

힘없고 가느다란 남자 목소리였다. 논리적으로 이해하는 일이 불가능한 풍경 속에서 혼이 빠진 듯 서 있던 그녀는 갑자기 들려온 낯선 목소리에 퍼뜩 정신을 차렸다. 이윽고 목소리의 주인공이 나무 그늘 속에서 빠져나왔다. 초면인 중년 남자였다. 그는 마르고 유약해 보이는 체구에 점잖은 학자 같은 분위기를 풍겼다. 어쩐 일인지 안색은 낮에 써니필드에서 만났던 더벅머리 청년만큼이나 하얗게 질려 있었다. 당장 흉기 들고 덤빌 깡패처럼 보이진 않았지만 아멜리는 잔뜩 경계심 가진 채 그를 보았다. 이런 난장판에 태연자약하게 서있는 저 남자가, 절대로 정상인일 린 없는 것이다. 십중팔구 이곳의 주인이리라.

"넌 누구냐."

중년 남자와 시선이 마주친 아멜리는 차라리 까무룩 기절해버리고 싶은 심정이었다. 물론 그랬다간 저 인간 화분 중 하나가 될 것이 분명했지만.

"넌 누구냐. 결계가 쳐진 이곳에 어떻게 들어온……."

갑자기 무언가 깨달은 듯, 느슨하게 풀려있던 중년 남자의 눈빛이 일순 또렷해졌다가 삽시간에 강렬한 광기에 휩싸였다.

"그년이구나!"

나직한 한 마디의 탄성에 아멜리의 전신에는 소름이 돋았다. 저 남자의 눈빛은 칸 때와는 달랐다. 그때 마주했던 칸의 눈빛이 숨이 막히도록 무겁고 밀도 높은 불길함이라면 지금 이것은 몸을 갈가리 찢어놓을 듯한 적의였다.

"올리언은 어디 있나."

"가까이 오지 마셔요."

다가오는 남자를 피해 아멜리는 주춤주춤 뒤로 물러났다. 등 뒤는 가시덤불 벽이다. 들어올 때와 같은 방식으로 빠져나가려 한다면 제 발로 덫에 들어가는 셈이 되리라. 그녀는 다른 활로를 찾아 눈을 굴려 보았지만 이 공간을 둥글게 에워싸고 있는 가시덤불 벽에는 기묘하게도 출입구라 할 만한 틈이 존재하지 않았다. 천장은 잎이 무성한 나뭇가지와 덩굴로 밀폐되어 있어 나무를 타고 올라간다 해도 빠져나갈 수 있을 것 같지 않았다.

"맨튼에서 만나자던 마지막 연락 이후로 사라졌다. 추적마법이 통하지 않는 걸 보니 보통내기에게 당한 것이 아니겠지. 너냐, 아니면 널 돕는 그 쓰레기 같은 용병들이냐."

미치광이이기 때문인가. 중년 남자는 도통 알아들을 수 없는 말만 지껄이고 있었다. 가만히 입 다물고 있다간 금방이라도 덮쳐올 것만 같아 그녀는 머릿속에 떠오르는 대로 아무 말이나 던졌다.

"당신이 이랬어요?"

"무슨 소리냐."

"이곳. 이렇게 만들어 놓은 건 당신인 거죠. 대관절 이 시체들은 다 어디서…… 혹시, 혹시 산 사람을 잡아다 이렇게 만든 건 아니죠?"

설령 원래부터 송장들이었다 하더라도 이 지옥도가 달라 보이진 않겠지만, 적어도 마음속 공포심은 아주 약간 가실지도 모른다. 아멜리의 그런 기대는 상대방의 비웃음으로 산산조각이 났다.

"그렇다면 어쩔 건가."

"어떻게 사람으로서 이런 짓을!"

아뿔싸. 아멜리는 입술을 깨물었다. 단지 주의를 흐트러뜨리려고 말을 걸고 있었던 건데 무심코 본심이 나와 버렸다. 가뜩이나 미친 사람인데 화를 돋우기까지 했으니 필연적으로 예상되는 결과에 아멜리는 겁을 집어먹었다. 하지만 의외로 남자는 화내지 않았다.

"멍청하기 짝이 없는 소리로군. 사람이라서 이런 일을 한 게 당연하지 않나."

다만 노골적으로 무시하는 말투였다.

"인간에겐 지성과 탐구정신이 있다. 그것을 바탕으로 마법 실험을 하고 있는 것이니 말하자면 사람의 도리이지. 먹고 자고 싸고 아무 생각 없이 산다면 그거야말로 사람으로서 못할 짓이라고 생각하는데?"

'마법 실험? 이 남자가 설마 슬론 소장님이 얘기하던 마법사?'

아멜리는 눈앞이 깜깜해졌다. 건장한 용병들도 단단히 준비하며 잡으려던 자다. 무기도, 힘도 없는 여자가 대적할 수 있을 리 없었다.

적이 마법을 부릴 줄 안다면 방심을 틈타 도망치는 요행도 기대하기 어렵지 않겠는가. 아마 마법으로 간단히 다시 잡아들일 테니까.

'살려고 빛을 찾아왔더니, 바로 호랑이 아가리 속이었구나.'

아멜리는 허탈감을 느끼며 중얼거렸다.

"말도 안 돼요."

"뭐라?"

"사람을 비참하게 죽여야만 지성과 탐구정신을 발휘할 수 있나요? 아니야. 그렇지 않아요. 당신은 잘못 생각하고 있는 거여요. 이 사람들을 희생시킨 건 단지 당신의 욕심. 그 욕심을 컨트롤할 능력이 없다는 건 당신에겐 지성이고 뭐고도 없는 거여요."

마법사의 살기에 주눅 들어 있던 목소리가 반듯해졌다. 스스로 의식하지도 못한 사이 찾아온 희미한 체념이 얄궂게도 그녀의 태도를 대담하게 만들어준 것이었다. 이러한 아멜리의 변화가 마법사는 몹시 신경에 거슬렸다. 마법사의 볼이 실룩거렸다.

마어라고는 한 글자도 모를 것 같은 무식한 계집애가 감히 궤변이라니. 벼룩이 황새에게 나는 법을 가르치는군.

"너 뭔가 착각하고 있는 것 같군. 이놈들은 부랑자들이다. 쓰레기를 주워 먹고 사는 도시의 해충."

"무슨 상관이어요? 모든 사람들의 삶과 죽음의 가치는 동등해요. 당신의 삶만큼이나 저 사람들의 삶 또한 귀중하다고요. 당신이 무슨 권리로 그걸 짓밟는단 말이어요?"

"누구나 타고 나는 삶과 죽음 따위로 가치를 운운하다니, 역시 무식

하구나. 인간의 가치를 논하려면 「활용도」를 따져야 한다. 쓸모가 있느냐 없느냐. 그것으로 인간의 가치가 갈린단 말이다."

"쓸모가 없는 사람은 가치가 없고, 죽어도 된단 말이어요?"

"그렇다."

아멜리는 소리 없이 경악했다. 이렇게 극단적인 사상을 가진 사람이라니. 게다가 같은 인간이면서 타인에 대해 쓸모를 운운하는 그 태도가 지독히도 오만했다. 오만하다 못해 폭력적으로 느껴지기까지 했다. 최초에 느꼈던 공포와 혐오감은 어느덧 분노로 변해, 아멜리의 목소리가 커졌다.

"그쪽이야말로 큰 착각을 하고 있군요. 당신의 이기적이고 속 좁은 주장에 동의해줄 마음은 없지만, 설령 그렇더라도 당신이 타인의 전 생애 1분 1초, 본인조차 모르는 마음 깊은 곳, 아직 다가오지 않은 미래의 가능성까지 알지 못하는 이상 그가 쓸모 있는 존재인지 아닌지를 판단하는 건 불가능해요. 당신은 전지전능한 신이 아니라 한낱 인간에 불과하니까요. 그런데 무슨 자격으로 제멋대로 기준을 세워 타인의 가치를 따지고 실제로 죽이기까지 한 거죠? 사회에 도움되지 않는 부랑자여서 죽였다? 부랑자라는 신분은 그 사람이 가진 많은 일면 중 하나에 불과할 텐데 그걸로 사람 전체를 판단했단 말이어요? 그걸 과연 똑똑하고 올바른 생각이라 할 수 있나요?"

주장의 오류를 지적하는 것은 지식과 허영으로 무장한 마법사의 약점을 정확히 찌르는 행위였다. 그레이가 신경질적으로 반박했다.

"쓸모가 있다고 한들 개미가 쌀알 나르는 것 정도의 쓸모였겠지.

나의 쓸모가 더욱 크고 값진 것이니 대의 앞에서 소의는 양보해야 마땅하다. 너는 천것이라 잘 이해하지 못하겠지만."

"당신의 쓸모가 더욱 크고 값지다고요? 그래요. 이해하지 못하겠어요. 대관절 무슨 근거에서 나오는 자신감이죠?"

"내가 하고 있는 실험이 근거다. 이것이 성공하면 인류의 생태가 완전히 달라진다. 우린 지구 상에 존재하는 그 어떤 종족보다도 우월한 위상을 차지할 수 있어! 네가 감히 상상하지도 못할 엄청난 가치를 창출할 수 있는 실험이란 말이다. 알겠느냐. 그러한 대업에 먹고 싸는 것밖에 못 하던 천한 몸뚱이를 바칠 기회를 주었단 말이다, 나는. 저들은 내게 고마워하면 고마워했지 원망할 까닭이 없다."

그레이의 허황된 일장연설을 들으며 아멜리는 손바닥으로 입을 가렸다. 머리에 벌레라도 들어간 듯 사상이 위험한 남자와 한 공간에 있다는 것만으로도 속이 메슥거렸다.

"이야기가 너무 길어졌군. 무식하고 어리석은 네 분수를 깨우쳐주려고 했지만 타고난 한계 때문에 불가능한 모양이구나. 시간 낭비하지 않겠다. 올리언이 어디 있는지 대답이나 해라."

마법사가 다가오려는 움직임을 취했다. 아멜리는 급한 대로 바닥의 돌을 주워 던졌다.

"오지 마!"

딱! 마구잡이로 던진 돌이 공교롭게도 마법사의 이마 정중앙에 훌륭하게 명중했다. 그레이가 이마를 감싸 쥐며 멈춰 서는 것을 보자마자 아멜리는 냅다 줄행랑을 쳤다. 그레이는 이마의 통증보다 정신적인 충격에 머리가 띵했다. 나이도 먹을 만큼 먹고 사회적 명예와 지위가 있는 자신이 소위 말하는 「짱돌」에 얻어맞았다니. 방심의 결과물이라 해도 창피하고 민망하기 이를 데 없었다.

'제자들이 안 보고 있기에 망정이지.'

모멸감에 치를 떨던 그레이의 눈에 한층 더 강한 독기가 서렸다.

"어리석은 것. 순순히 잡혔다면 고통은 없었을 것을."

그레이는 한쪽 무릎을 꿇고 앉아 흙바닥에 마법식을 쓰기 시작했다. 막다른 길에서 덤불을 헤치며 탈출로를 만들고 있던 아멜리는 문득 조용해진 그레이 쪽을 바라보았다.

'이 와중에 웬 낙서?'

상황에 맞지 않는 행위가 왠지 모르게 꺼림칙했다.

'무슨 목적이든 그냥 내버려두면 안 될 거 같아.'

아멜리는 바닥에서 닥치는 대로 부러진 나뭇가지며 돌 부스러기를 주워 모았다.

픽! 한창 마법식에 열중하고 있던 그레이의 정수리에 또 한 번 「짱돌」이 명중했다. 잔뜩 열이 오른 그레이가 목에 핏대를 세우며 악다구니를 썼다.

"너! 한 번만 더 돌을 던졌다간 산 채로, 으흭!"

픽! 이번엔 좀 커서 자두만한 돌이었다. 그 이후에도 뭔지 모를 쓰레기 같은 것들이 닥쳐오는데, 역시나 아프기보단 민망하고 수치스러웠다. 저 여자는 대마법사가 무슨 호숫가 청개구리라도 된다고 착각하고 있는 게 아닌가.

그렇지 않다면 감히 자신에게 이토록 품위 없는 공격을 행할 순 없는 일이었다.

짱돌 테러로 집중력이 떨어진 그레이가 마법식을 포기하고 일어났다. 저 잔망스러운 계집애의 모가지를 직접 비틀어 끌고 오지 않으면 직성이 풀리지 않으리라. 어차피 이곳은 출구가 없는 한정된 공간. 잡는 건 시간문제일 뿐이었다.

"힉!"

광포하게 달려오는 마법사를 본 아멜리도 다시 뛰기 시작했다. 마법사의 가시덤불 아지트는 넓게 쳐도 50평. 바닥에는 흙 밖으로 드러난 나무뿌리와 덩굴이 함정처럼 널려 있고 가히 편치 못한 모습의 송장 백여 구까지 들어찬 곳이었다.

'죄송해요! 죄송해요! 다들 좋은 데에 가 계시길!'

아멜리는 가엾은 송장들을 타 넘거나 실수로 밟을 때마다 마음속으로 비명 지르듯 사과를 반복했다. 그들의 추격전은 잠시간 지속되었는데 시간이 흐르면서 아멜리가 점점 유리해졌다. 약초꾼 일을 하며 체력과 지구력을 다져온 그녀와 달리 주로 연구실의 책상머리에 붙어 있는 생활을 해온 고령의 마법사가 상대가 될 리가 없었다. 그레이가 헐떡거리며 멈춰 섰다. 그 사이 아멜리는 폴짝폴짝 다람쥐처럼 뛰어 큰 나무 뒤로 숨어버렸다.

'저 계집은 어디서 산삼 뿌리만 캐먹다 왔나?'

체력으론 안 되겠다 싶었던 그는 다시 마법식을 쓰기로 했다. 나무 뒤에서 그레이의 동태를 살핀 아멜리는 마음이 급해졌다.

마법사의 행동을 막아야 하는데 안타깝게도 마땅히 던질 만한 돌이나 나뭇가지가 보이지 않았다.

'아, 어쩌지!'

그러던 중 아멜리는 숨어 있던 큰 나무의 나뭇가지에 구슬도 송장도 아닌 묘한 것이 걸려 있는 것을 발견했다. 투명한 액체가 가득 차 있는 투명한 주머니였다. 주머니 밑에 붙어 있는 가느다란 관은 송장 사이에 놓인 커다란 구슬과 연결되어 있고, 그 구슬에서 다시 여러 관이 뻗어 나와 바닥의 송장들 팔뚝으로 연결되었다. 무엇에 쓰는 도구인지는 알 수 없어도 안에 든 액체는 물처럼 맑았다.

'찬물 세례라도 해줘야지.'

아멜리가 머리 위로 손을 뻗었다. 주머니까지 충분히 손에 닿고도 남았다. 마법식을 쓰다가 문득 아멜리의 움직임을 포착한 그레이는 순간 눈앞에 벼락이 떨어지는 느낌이었다.

"안 돼!"

마법사의 숨넘어가는 외침에도 아멜리는 주머니를 휙 낚아채고 말았다. 그레이는 더욱 다급하게 외쳤다.

"그건 건드리면 안 된다. 이제 딱 한 팩밖에 남지 않았어!"

물론 그 설명이 아멜리에게 충분할 리 없었다.

'뭐지? 이거 물이 아닌가?'

영문은 알 수 없었지만 적어도 감이 왔다. 이 정체불명의 액체는 저 마법사에게 있어 몹시 귀중한 것이리라. 그렇다면 이 액체가 그녀에겐 기사회생의 찬스가 될 수 있지 않을까.

아멜리의 손가락이 당장에라도 물주머니를 터뜨릴 듯 세게 움켜쥐었다.

"하던 것 멈추고 뒤로 물러나요!"

그레이는 아멜리의 의도를 즉각 알아차렸다.

"멍청하긴! 그런 짓 하면 너도 무사하지 못해."

"당장 뒤로 물러나란 말, 못 들었어요?"

마법사가 마지못한 내색을 하면서 천천히 뒷걸음질 쳤다. 아멜리는 마음속으로 안도의 한숨을 내쉬었다. 물주머니로 인질극을 벌이고 있는 자신의 꼴이 좀 우스워 보이긴 했지만 먹히기만 한다면 뭔들 못하겠는가.

"출구가 어디죠?"

"없다."

"그럼 당신과 저 송장들은 땅에서 솟았어요?"

"여긴 마법진 안이다. 공간이동마법을 통해서만 출입 가능하다."

"거짓말! 전 저 가시덤불 사이를 통해 들어왔다고요. 나갈 수 있잖아요."

"덤불 밖도 마법진의 일부다. 나가봤자 끝없는 어둠의 숲이야."

아멜리는 터무니없는 소리라고 생각하면서도 긴가민가했다. 마법사의 태도를 보니 즉흥적으로 말을 꾸며내는 것 같지 않았다.

"좋아요. 그럼 날 공간이동마법이란 걸로 원래 있던 장소에 돌려보내 주면 되겠네요."

"못해."

"이래도요?"

아멜리가 손톱을 세워 주머니를 꾹 눌렀다. 그레이의 볼이 씰룩거렸다.

"진짜 못한단 말이다! 네가 들어오면서 마력이 전부 소진된 상태야. 네 시간 후에나 이동이 가능하다."

"거짓말이죠?"

"진짜래두!"

"그러면 안 되죠. 난 당신 같은 미치광이하고 그렇게 오래 같이 못 있어요. 당신은 마법사니까 틀림없이 다른 좋은 수가 있을 거예요. 빨리 말해주지 않는다면 이 주머니 터뜨려버릴 거여요."

그레이는 울화가 치밀었다.

'미치광이? 그건 내가 하고 싶은 말이다!'

저 「액체」를 손안에 쥔 채 협박을 해대는 저 미친 여자를 보면 무식하면 용감하다는 말이 딱이었다. 저것이 얼마나 중요하고 위험한 물질인지 알았다면 감히 가로소운 협박질이 가당키나 하겠는가. 그레이는 「액체」에 대한 정보를 남에게 발설하는 일이 껄끄럽게 느껴졌지만 아멜리를 말리기 위해 일부 사실을 실토하기로 했다.

"그 주머니부터 원위치에 돌려놓아라. 유독한 액체라 오래 쥐고 있으면 네 몸에도 해가 간다."

"거짓말."

그레이의 속에서 불길처럼 짜증이 치밀었다.

'저 계집은 왜 내가 무슨 말만 하면 다 거짓말이라는 건지!'

제자와 노예에 둘러싸여 무조건적인 신뢰와 복종만 받으며 살아온 그레이는 아멜리의 반응과 같은 불신과 거부는 익숙하지도 않을뿐더러 상대하는 방법도 몰랐다. 답답하지만 그저 어린애 떼쓰듯 자신의 진실성을 주장하는 것이 최선이었다.

"경을 치고 나서야 후회를 할 테냐. 어리석은 것."

"뺑을 치려면 좀 그럴듯하게 치셔요."

심지어 훈수까지 받았다.

"왜 안 믿어!"

그레이는 간신히 회복한 냉정을 또다시 잃고 말았다. 그럼에도 아멜리는 초지일관이었다.

"이게 진짜 독이라면 당신이 그렇게 소중하게 여길 리 없잖아요."

아멜리가 제시한 근거에 그레이는 할 말을 잃었다. 저 오해를 바로잡으려면 이야기가 매우 길어지는 데다, 또 그 이야기가 기밀정보이기에 애초부터 남에게 설명해주는 일은 불가능했다. 그레이는 초조하게 아랫입술을 깨물었다.

어찌하면 저 「액체」의 안전을 확보할 수 있을까.

"믿든 말든, 그걸 원위치로 돌려놓아라. 그러면 네 시간 뒤에 널 내보내 주마."

"거짓말."

"……사람 말 좀 믿어라."

"바보가 아닌 이상 그럴 수 없지요."

그레이는 포기했다. 어쩌면 이 계집은 과거에 된통 사기를 당한 적이 있는 게 아닐까? 솔직히 자신이 데리고 있는 젊은 것들 중에도 이렇게까지 세상에 대한 불신이 팽배한 자는 없었던 것 같다.

"그래, 내가 뭘 하면 믿어주겠나."

아멜리는 찰나간 고심하다 입을 뗐다.

"머리 박아요."

순간 그레이는 아까 맞은 짱돌 때문에 자신의 고막에 이상이 생긴 게 아닐까 의심했다.

"나갈 수 있게 될 때까지 기다릴게요. 하지만 당신이 제정신이면 무슨 수작을 부릴지도 모르니까, 그동안 기절 좀 하고 있어주면 고맙겠어요."

순진해 보이는 얼굴을 하고 있으면서 참 의심도 많고 철두철미한 계집이었다. 그레이가 체념적으로 말했다.

"그냥 내게 수면마법을 걸겠다."

"안 돼요."

뜻밖의 거부에 그레이는 의아하게 되물었다.

"왜?"

"수면마법을 쓰는 척하면서 나를 공격할지도 모르잖아요."

"그럼 나더러 정말 땅에 머릴 박아 기절하라고?"

"네. 아, 이왕 하는 김에 여기서 고통당한 사람들에게 속죄하는 마음으로 하면 더 좋고요."

"이런 미친-!"

"어허!"

아멜리의 손톱이 물주머니를 파고들었다. 터지기 일보 직전으로 팽팽해진 주머니를 보면서 그레이는 자신의 복장도 터지기 일보 직전인 것 같은 기분이 들었다. 이곳에 허락받지 않은 외부인이 출입하게 되리라곤 상상도 못 해서 중요 물건에 보호마법을 걸어두지 않은 게 화근이었다. 하물며 도망치던 여자가 난데없이 저 물건에 손을 대리라곤 상상이나 했겠는가. 그레이는 뼈아픈 실수를 되새기며 천천히 무릎을 꿇었다.

쿵!

"다시요."

쿵!

"더 세게."

쿵!

"그래 갖고 기절하겠어요? 더 세게, 빠르게, 강하게 박아요."

사실 그레이의 동작이 영 미적지근한 까닭은 그가 이마를 찧으면서 몰래 바닥에 마법식을 써나가는 중이었기 때문이었다. 그러나 아직 눈치채지 못한 아멜리는 그저 답답함만 느끼고 있었다.

"아이참! 왜 그렇게 잘 못 해요? 눈앞이 번쩍할 만큼 세게 박아 보라고요!"

고함을 치느라 투명주머니를 쥐고 있던 그녀의 양손에 무심코 힘이 들어간 것과, 그레이의 날카로운 외침이 터져 나온 것은 거의 동시였다.

"헬 크리퍼!"

압력을 이기지 못한 주머니가 퍽 소리를 내며 터졌다.

주머니에 들어있던 액체가 사방으로 튀면서 가장 가까이 있던 아멜리는 상반신이 물에 빠진 생쥐꼴이 되고 말았다. 하지만 당황할 틈도 없이 곧바로 마법 덩굴이 그녀를 휘감기 시작했다.

"안 돼!"

비명은 그레이의 것이었다. 아멜리는 그 순간 공포보다 다른 생각에 사로잡혀 있었다.

'어라? 이 향기?'

투명한 액체에서 퍼지는 냄새가 왠지 낯설지 않았다. 하지만 생각을 뻗어 나가려는 찰나에 이변이 일어났다. 아멜리의 축축했던 몸이 급속도로 말라가기 시작한 것이었다.

"어라?"

하지만 수분이 증발하는 게 아니라 아멜리를 휘감은 덩굴에 흡수되는 것처럼 보였다. 단 한 방울도 남김없이. 주르륵, 덩굴이 힘없이 미끄러져 흘러내렸다. 자유를 되찾은 아멜리가 헐레벌떡 자리를 벗어났다. 자유를 되찾아 다행이었지만 무슨 영문인지를 알 수 없었다. 게다가 땅바닥에서 춤을 추듯 경련하는 덩굴을 보며 마법사가 절규하고 있었다.

"마지막 남은 피가! 아직, 아직 내 실험이 안 끝났는데!"

꺼림칙한 느낌이 들었지만 넋 놓고 있을 때가 아니다. 마법사의 신경이 명백히도 딴 데 쏠려 있으니 그녀에겐 절호의 탈출 기회였다. 하지만 출구가 없으니 어디로 갈 수 있을까? 바로 그때, 기적 같은 일이 일어났다.

바람에 흔들리는 촛불처럼 야명주의 빛이 껌벅껌벅하더니 쉬이익거리는 이상한 소리가 났다. 잇달아 마법사의 공간을 둘러싼 가시덤불 벽이 무서운 속도로 시들어갔다. 바짝 시든 벽은 먼지로 화해 사라졌다. 그 너머로 나타난 바깥세상은 처음에 보았던 칠흑 같은 어둠이 아니었다. 나뭇잎 사이사이로 은은한 달빛이 내리비치는 고요한 팔라톤 나무 숲이 그녀 앞에 모습을 드러낸 것이다. 생생한 숲 냄새가, 먼 데서 울리는 밤새소리가 현실 감각을 일깨워주었다.

　'지금 도망쳐야 해!'

　아멜리는 뽀얀 먼지가 된 덤불을 넘어섰다. 그리고 달이 떠 있는 방향으로 달리기 시작했다.

⬥

　얼룩덜룩한 구름 떼는 육안으로 구별할 수 있을 정도로 빠르게 흘러가고 있었다. 그에 따라 얼굴을 보였다 말았다 하는 보름달 탓에 지상은 어두워졌다가 밝아지기를 반복했다. 변덕스러운 건 밤하늘만이 아니었다. 오늘 밤엔 바람마저 나무의 머리채를 잡고 흔들어대는 듯한 별스러운 생떼를 부렸다.

　수해의 주인이나 다름없는 팔라톤 나무들의 가지에서 아직 한창때인 잎사귀들이 떨어져 내렸다.

원래라면 썩어 흙이 되어야 할 낙엽들은 기이하게도 땅에 닿자마자 잎맥이 활어처럼 요동쳤다. 잎의 가장자리를 따라 없던 가시가 나고, 더듬이 두 쌍이 튀어나왔다. 삽시간에 푸른 벌레로 변한 팔라톤 나뭇잎들이 일제히 더듬이를 기울였다. 그들은 음습한 숲 바닥을 기어 더듬이가 가리킨 방향으로 행군을 시작했다.

방전되어 있던 그레이가 정신을 차린 것도 그 무렵이었다. 마법진이 붕괴되어 그의 아지트가 고스란히 외부 공기에 노출된 상태였다. 만일 라이벌인 마법사가 근처에 있다거나 했다면 일이 상당히 곤란해졌으리라. 하지만 지금 이 순간, 중요한 문제는 따로 있었다.

"도망쳤어?"

계집이 도망쳤다. 도망쳤다는 건 살아 있다는 뜻이다. 「피」를 함께 뒤집어쓴 헬크리퍼 덩굴이나 마법진은 보다시피 끝장이 났다. 하지만 가장 많이 뒤집어쓴 그 여자는 살아서 도망쳤다. 이것이 무슨 의미인가. 어떻게 이럴 수 있나.

다음 순간, 그레이는 누군가 망치로 머리를 한 대 후려갈긴 듯한 충격에 휩싸였다.

"설마. 「진짜」인가?"

하지만 곧 고개를 저었다.

"아니, 그럴 리 없어. 「진짜」가 나타났다면 여기가 이렇게 평화로울 리 없지."

그렇다면 그 여자의 정체는 무엇이란 말인가. 설명이 되지 않는다. 그레이는 황급히 땅에 마법식을 그렸다.

"커대버 스네이크!"

시동어가 끝나기 무섭게 그레이의 소매 안에서 푸른 뱀이 뛰쳐나왔다. 사실 뱀이 아니라 팔뚝 길이쯤 되는 덩굴이었지만 꿈틀거리는 모습이 흡사 뱀과 같았다.

"안내해."

뱀 덩굴이 지체 없이 숲을 향해 기기 시작했다. 그 뒤를, 왠지 모르게 결연한 표정을 하고 있는 그레이가 따라 나섰다.

❧

"길이다!"

달을 쫓아 숲을 빠져나가던 아멜리는 국도를 발견하고서 큰 안도의 한숨을 내쉬었다. 사람이 만든 길을 따라가면 반드시 사람이 나오는 법. 비록 개미 새끼 한 마리 보이지 않는 밤길이라곤 하나 막연히 밀림을 헤매는 것보단 백배 천배 나았다.

허겁지겁 수풀을 헤치고 나와 국도 위로 올라선 아멜리는 잠시 숨을 고르며 주변을 둘러보았다. 수상한 낌새는 느껴지지 않았다. 하지만 방심할 순 없었다. 적은 마법사가 아닌가. 천 리 길도 한걸음에 뛰어넘는 축지법 같은 수법을 알고 있을지도 모른다. 그녀는 눈길을 돌려 국도의 양 끝을 응시했다.

그 너머에 무엇이 있는진 아직 알 수 없는 데다 주변엔 이정표도 없어 어디로 향하는 길인진 알 수 없었다.

"스토니스와 가까운 쪽으로 가고 싶지만, 일단은 운에 맡겨 보는 수밖에 없겠어."

아멜리는 달이 기울어지는 방향으로 몸을 돌렸다. 마법사의 아지트에서부터 줄곧 체력을 소진하고 있었기에 이미 다리는 저릿저릿하고 입에선 단내가 났다. 그래도 아무래도 등 뒤에 남겨 놓은 마법사가 신경 쓰여 마음 편히 걸어가기 힘들었다. 조급한 발걸음은 이내 가벼운 뜀박질로 변했다.

"제발 길 끝에 누군가 있어줬으면."

이 상황에서 만나면 가장 든든할 사람은 게일이지만 아무래도 헛된 기대이리라. 하다못해 치안유지대라도 만날 수 있다면 얼마나 좋을까.

탁! 탁! 탁! 고요한 밤의 숲에 거친 발소리가 요란히 울려 퍼졌다.

'내 발소리가 이렇게 컸나?'

묘하게 등줄기가 서늘해 뒤를 돌아보았다. 그리 가깝지는 않은 거리의 길 복판에 아까는 보지 못한 뭔가가 있었다. 밧줄같이 기다랗고 가는 것이었다.

아멜리가 눈매를 좁혔다.

'저게 뭐지?'

시간이 흐르자 밧줄은 커졌다. 아니, 가까워지고 있었다. 스르륵 스르륵 땅바닥을 기어 그녀를 쫓아오고 있는 것이었다. 암만 봐도 구렁이 같았다.

'왜 하필 이런 때에!'

아멜리는 영락없이 배고픈 구렁이가 인간을 잡아먹으러 오는 것이라 착각해 그만 울고 싶어졌다. 운이 따르지 않아도 이렇게 따르지 않을 수가 있을까. 그런데 힐끔힐끔 뒤돌아보던 그녀의 시야에 구렁이 뒤 흔들거리는 사람 그림자가 포착되었다.

'헉! 미치광이 마법사!'

기함할 듯 놀란 아멜리가 온 힘을 다해 뛰기 시작하자, 힘겹게 쫓아가고 있던 그레이는 울컥 짜증이 치밀어 올랐다. 웬만한 여자 같았으면 지금쯤 헉헉거리며 나가떨어질 때도 되지 않았나. 추적마법인 커대버 스네이크에 포획 기능이 없음이 무척 안타까웠다. 물론 기능이 단순한 덕분에 현재처럼 체력도 마력도 고갈된 상태로도 발동시킬 수 있는 것이긴 하지만.

'피스가 있었다면 훨씬 간단했을 것을.'

아쉽게도 포획과 추적 기능을 동시에 가진 마구는 모조리 스토니스 안에 있다. 일부는 노숙자들에게 맡겨 놓았지만 일부는 치안유지대에 빼앗겼다. 제자의 말에 의하면 빨간 머리의 검사 때문이라 했다. 틀림없이 어젯밤 만났던 시건방진 타르 블레이더를 뜻하는 것이리라. 뜬금없이 나타난 그놈 때문에 귀한 마구를 잃고, 귀하다는 말론 부족한 골렘소환스크롤을 낭비해버렸으며, 저 계집을 생포할 수 있는 절호의 기회를 놓쳤다. 게다가 화염계소환수에게 당한 것도 일부는 그 빨강 머리의 탓이었다.

저 도둑 계집과 관계없이 그놈만큼은 반드시 죽여 놓고 떠나겠다.

그렇게 그레이가 이를 부득부득 갈며 각오를 다지고 있던 그때.

타닥타닥타닥타닥. 타닥타닥타닥타닥. 타닥타닥타닥타닥. 타닥타닥타닥타닥.

딴생각에 정신이 팔려 미처 눈치채지 못했던 소리가 뒤늦게 귀에 들어왔다. 그레이가 얼굴을 찡그리며 뒤를 돌아보았다. 누런 국도의 끝이 검게 얼룩져 보였다. 그곳으로부터 이 기묘한 소리가 들려오는 것이었다. 나뭇가지가 바닥을 치는 것처럼 가벼운 타격음, 그러나 수천 번이 동시에 들려오는 듯한 소음이.

타닥타닥타닥타닥. 타닥타닥타닥타닥. 타닥타닥타닥타닥. 타닥타닥타닥타닥. 타닥타닥타닥타닥. 타닥타닥타닥타닥. 타닥타닥타닥타닥. 타닥타닥타닥타닥. 타닥타닥타닥타닥. 타닥타닥타닥타닥.

"저건……."

손바닥만한 크기에 다리가 여럿 달린 푸른 벌레들이 홍수처럼 몰려오고 있었다. 당황한 그레이가 급히 멈춰서 땅에 마법식을 썼다. 그러나 겨우 마어 두 자를 완성하기도 전에 벌레떼가 그의 몸을 덮쳐왔다.

"크아악!"

먼 데서 들려오는 비명에 깜짝 놀라 뒤돌아본 아멜리는 그만 핏기가 싹 가셨다. 시야를 가득 메운 것은 태어나서 처음 보는 엄청난 수의 벌레떼였다. 보는 것만으로도 온몸에 소름이 쫙쫙 돋는다. 저것에 잡히면 어떻게 될까 상상하니 소름이 돋다 못해 정신이 혼미해졌다. 그러나 체력은 이미 거의 한계에 다다른 참으로, 헐떡거리느라 목구멍이 찢어질 지경이었다. 다리의 힘도 거의 풀려가고 있는데 야속하게도 국도는 아직 끝날 기미가 보이지 않았다. 아멜리의 시야가 땀으로 잠깐 아득해진 사이 발이 그만 돌부리에 채였다.

"꺄악!"

가속도가 붙었던 만큼 엎어지는 것도 대찼다. 아멜리가 신음하며 화끈거리는 얼굴을 짚자 미끈한 액체가 묻어났다. 코에서 피가 주륵 흘러내리고 있었다. 아멜리는 코피를 소매로 대충 닦으며 비틀비틀 일어났다. 하지만 한 번 멈춰선 다리는 통나무처럼 뻣뻣해져 좀처럼 말을 듣지 않았다.

그새 아멜리 뒤에 있던 뱀 덩굴이 벌레떼에 당했다. 이제 남은 것은 아멜리 단 한 명. 잡히는 건 시간문제였다. 아멜리는 눈을 질끈 감았다.

'게일님!'

실낱같은 희망으로 그리운 사람의 이름을 외친 순간, 그녀의 눈앞이 번쩍했다.

펑! 하늘로부터 보름달보다 수십 배는 강한 섬광이 터져 나왔다. 빛줄기는 아멜리의 머리 위를 지나면서 여러 갈래로 갈라져 아멜리의 등을 덮치려 하던 나뭇잎 벌레떼를 관통했다. 벌레떼는 작살에 찔린 물고기처럼 경련하다 본연의 평범한 낙엽 모습으로 되돌아갔다.

"안녕하세요! 달이 참 밝네요!"

명랑한 목소리가 아멜리에게 인사를 건넸다.

"아멜리 발번 씨 맞죠?"

목소리의 주인공은 깜찍한 회색 케이프를 두른 소년이었다.

아멜리는 소년의 너무나 돌발적인 등장에 한 번 놀라고, 소년의 발이 허공에 둥실둥실 떠 있다는 사실에 또 기절초풍을 했다.

"누구셔요?"

그러나 소년은 아멜리의 질문에 대답하지 않고 손가락으로 총 모양을 만들더니 쏘는 시늉을 했다.

"탕!"

장난스러운 외침과 동시에 검지 끝에서 터져 나온 빛은 아까와 같은 섬광이 되어 새로이 몰려오고 있던 벌레떼를 깨끗하게 소탕했다. 소년이 조용해진 국도로 내려왔다.

"전 툴입니다. 아군이죠."

"아군?"

"그렇습니다. 부르면 달려가는 아군, 언제 어느 때든 무조건 고객님의 편이 되어 드리는 아군! 시간당 단돈 1만 벨으로 완벽한 고객님의 편이 되어 드립니다. 항시 대기 중! 언제든 연락주세요!"

마법사 소년이 허리를 90도로 꺾으며 두 손으로 공손히 명함을 들이밀었다. 아멜리는 엉겁결에 소년의 명함을 건네받았지만 제대로 살펴볼 기회는 없었다.

"힉!"

두 발이 허공으로 떴다.

"자! 어서 가요!"

한 팔로 아멜리의 허리를 끌어 안은 소년이 남은 팔로 허공에 휘저었다. 그러자 놀랍게도 그들의 몸이 하늘 위로 두둥실 뜨기 시작했다.

"핫둘! 핫둘!"

소년의 무릎이 힘차게 굽혔다가 펴지고, 한 팔은 물살을 가르듯 열심히 허공을 허우적거렸다. 어디로 보나 훌륭한 개헤엄 포즈였지만 아멜리는 하늘을 날고 있다는 흥분감에 신경 쓰지 않았다. 자그마해져 가는 지상에는 질리지도 않고 나뭇잎 벌레떼가 또 몰려오고 있었다. 하지만 이미 두 사람은 땅을 기어 다니는 벌레로선 도저히 미칠 수 없는 장소에 있었다.

'이 소년이 나타나 주지 않았더라면 난 지금쯤⋯⋯.'

아멜리가 몸을 흠칫 떨자 소년이 물었다.

"괜찮아요?"

"아, 네. 근데 우리 어디로 가는 거죠?"

"모르간 누님에게로요."

"모르간⋯⋯."

아멜리가 망연히 중얼거렸다.

"저것 보세요. 미라 숲의 끝이 보이네요."

부지런히 개헤엄을 치는 소년이 고갯짓으로 숲의 경계를 가리켰다. 아멜리는 숲 너머로 펼쳐진 황무지와 장난감처럼 보이는 스토니스의 바위산들까지 확인할 수 있었다. 그녀는 마법의 힘에 다시금 감탄했다. 홀로 국도를 달리고 있을 땐 절대로 나올 것 같지 않던 수해의 *끄트머리*가 이토록 간단히 나타나다니.

'그러고 보니 아까 넘어졌지.'

코를 어루만져 보았더니 손가락 끝에 말라가던 중의 핏자국이 살짝 묻어났다. 아멜리는 더러워진 손을 옷에 대충 닦아낸 뒤 나지막이 한숨을 내쉬었다. 머릿속이 복잡했다.

게일은 왜 써니필드 용병들과 싸우고 있었을까. 구류간에 있던 모르간은 또 왜 그곳에 있었을까. 자신은 어쩌다 이런 숲 한가운데로 떨어졌으며 숲에서 발견한 끔찍한 송장들과 미치광이 마법사는 다 무엇이었을까. 마지막에 나타난 벌레떼들은 왜 그녀를 쫓아오려 안달이었을까.

하지만 고민을 거듭할수록 정리가 되기는커녕 조난자 같은 심정만 되어갈 뿐이었다. 보통 조난자도 아니고, 해변을 산책하다가 잠깐 눈을 감았다가 떠보니 망망대해 한가운데라는 기가 막힌 사정의 조난자랄까. 사실 이런 심정은 오늘 밤 시작된 게 아니라 절벽에서 떨어져 동굴에 갇혔던 그 시점부터 들고 있었다.

아멜리는 문득 고개를 들어 보름달을 바라보았다. 서정적인 달빛에 마음이 뭉클하더니 서글픔이 밀려들었다.

'난 언제쯤이나 되어야 평화로운 생활을 되찾을 수 있을까?'

이번에도 답 없는 자문이었다. 참 아는 게 없는 그녀였지만 단 한 가지만은 점점 확실하게 짐작할 수 있었다. 평화를 바라는 자신의 소박한 꿈이 점점 요원해져만 가고 있다는 사실을.

19
막간극: 꼭두각시 2

　구름에 가려졌던 보름달이 다시 모습을 드러냈을 때 달빛은 파샤에 있는 어느 낡은 성에도 교교한 빛을 뿌리고 있었다. 성의 상층부, 연회가 벌어질 수 있을 정도로 넓은 발코니 공간에는 10여 명의 사람이 한꺼번에 들어갈 수 있음직한 크고 넓은 둥근 통이 놓여있었다. 언뜻 욕조처럼 보이는, 녹색 보석으로 화려하게 장식된 그 통에는 갖가지 굵기의 호스들이 연결되어 방안 깊은 곳으로 이어지고 있었다. 무엇과 이어졌는지는 방안이 너무 어두워 보이지 않는다.

　욕조 안에는 맑은 물 대신 녹색 젤리와 같은 반투명한 물질이 가득 차 있고, 그 가운데 한 여자가 깊이 잠수해 있었다. 그러던 어느 순간, 그녀가 벌떡 몸을 일으켰다.

　"다 잡았는데! 어디서 튀어나온 풍마법사야, 저건!"

새빨간 눈동자만큼이나 얼굴을 붉히며 흥분하고 있는 것은 흑마녀 샤샤였다. 그녀는 칸에게 아닌 밤에 홍두깨 같은 협박을 받은 이래 줄곧 아멜리와 게일을 추적해왔다. 동시에 비샤에게 머리를 굽실굽실해 가며 도움을 받아 초원격용 마기를 제작했는데 하필이면 그들이 목기가 부족한 스토니스로 들어가 버리는 바람에 일이 지연됐다.

매일 기회를 노리고 있던 샤샤는 아멜리가 목기 가득한 장소로 이동한 것을 알아차리자마자 당장에 마기를 작동시켰다. 그런데 다 끝난 것이나 다름없다며 자신하던 차에 뜻밖의 봉변을 당한 것이었다.

"으으, 짜증나!"

분통을 터뜨리던 샤샤가 다시 젤리 속으로 거칠게 입수했다. 그녀의 의식이 미라 숲에 있는 마구로 옮겨갔다. 바닥에 쓰러져 꿈틀대고 있는 그레이가 보였다. 온몸에 들러붙은 벌레들 탓에 겨우 눈만 끔벅거릴 수 있는 처지였다.

"이 덜떨어진 놈아."

그물 같은 입을 지닌 나뭇잎 벌레 한 마리가 샤샤의 목소리를 내었다. 그레이가 고통으로 붉어진 눈으로 샤샤의 의식이 빙의한 벌레를 노려보았다.

"얼굴에 붙은 것들은 좀 떨어져 봐라."

샤샤의 명령대로 그레이의 하관에 붙어 있던 벌레들이 자리를 이동했다. 벌레의 날카로운 다리에 살갗이 쓸리고 찢겨 뺨과 입술이 피로 흥건했다.

"어디선가 본 것도 같은 얼굴인데. 이름이 그레이였던가?"

"넌 흑마녀 샤샤겠지."

그레이가 분노를 억누르며 물었다.

"왜 날 노리는 거냐."

샤샤가 코웃음을 쳤다.

"착각도 유분수지. 내가 너 따위를 상대할 만큼 한가해 보여?"

"날 방해했지 않나."

"그건 내가 따지고 싶은 말이네. 넌 아멜리를 왜 쫓아가고 있었던 거야?"

"아멜리?"

본인이 쫓던 여자의 이름도 모르는 건가. 샤샤는 혹시나 했던 생각을 역시나로 바꾸었다.

"또 생체실험용 재료를 사냥 중이었냐? 정말이지 한심한 놈이로군. 찔끔찔끔 인간사냥이나 하면서 삼류연구나 하고."

"아니, 난!"

"닥쳐."

그레이에게 항변의 기회는 주어지지 않았다. 나뭇잎 벌레들은 그나마 세상 구경을 하고 있던 그의 안면마저 전부 덮어버렸다. 숨구멍을 모조리 막힌 그레이가 격렬하게 몸부림을 쳤다. 하지만 벌레들은 빨판이라도 달린 것처럼 떨어지지 않았다.

"너 같은 건 그냥 죽는 편이 목마법계에 이롭다."

샤샤의 말이 끝나자마자 벌레들이 일제히 치켜들었던 다리를 그레이의 살점에 찔러 박았다. 그레이의 움직임이 일순간 뻣뻣해졌다.

그는 입이 막혀 마지막 비명조차 지를 수 없었다. 벌레들의 다리가 빠져나가자 전신의 자상에서 흐르는 피로 푸른 벌레들이 붉은 낙엽처럼 변해갔다. 피를 줄줄 흘리며 경련하던 몸이 얼마 지나지 않아 축 늘어졌다.

"쓰레기."

고깃덩이에게 조롱을 남긴 뒤 샤샤의 의식은 파샤로 돌아왔다. 그녀는 녹색 젤리 밖으로 나와 달빛 아래에서 개운하게 기지개를 켰다. 보기 싫은 벌레 한 마리를 죽여 스트레스는 다소 풀렸다. 그래도 가장 큰 골칫덩이가 사라진 건 아니었다.

"이제 어쩌지. 칸이 준 기한도 다 끝나가는데."

샤샤는 문득 칸의 눈치를 설설 봐야 하는 제 신세가 서러워졌다. 차라리 맞짱을 뜨면 떴지, 협박당해 시키는 대로 따라야 하는 처지니. 곱씹을수록 억울해서 오장육부가 꼬였다.

'그냥 수장님에게 손이 발이 되도록 빌면서 솔직히 고백할까?'

이내 샤샤는 어깨를 바르르 떨며 도리질 쳤다.

"그랬다간 내가 죽지 죽어."

칸의 수중에 「그것」이 들어갔는데 히스톤 왕성에 있던 자신이 그걸 몰랐다고 한다면 조용히 넘어가기 어려우리라. 역시 무슨 수를 쓰더라도 「그것」부터 되찾아 놓아야 했다. 그러기 위해서는 시간을 벌어야 하고, 시간을 벌려면 칸이 원하는 것을 갖다 바쳐 일단 얌전하게 만들어야 했다. 결론은, 역시 아멜리를 붙잡아 와야 한다는 것.

"샤샤."

갑자기 바로 귓가에서 들린 목소리에 화들짝 놀란 샤샤는 하마터면 난간 아래로 떨어질 뻔했다.

"왜 이렇게 놀라?"

샤샤의 얼굴 옆에서 날고 있는 건 비샤가 부리는 요정이었다. 인간의 손가락 사이즈만한 인어의 몸통에 잠자리 날개가 달린 자아가 없는 마구(魔具)이기에 요정이 하는 말이 곧 비샤의 말이었다.

"기척 좀 내고 다녀!"

샤샤가 버럭 짜증을 냈다.

"아까부터 불렀어. 네가 못 들은 주제에."

"아무튼! 무슨 용건이야?"

"수장님이 널 호출하셨다."

쿵! 심장 떨어지는 소리가 났다. 샤샤는 약간 해쓱해져 물었다.

"왜, 왜, 왜? 혹시 화나셨어?"

"글쎄. 너 뭐 잘못한 거 있어?"

"없어!"

"없으면 없는 거지 왜 성질이래?"

비샤의 요정이 꿍얼거리며 멀어져갔다. 테라스에 혼자 남은 샤샤는 망연자실 서서 머리를 쥐어뜯었다.

"망했다……."

마법진을 통해 블랙서클의 본부에 도착할 때까지 샤샤는 안절부절못했다. 망할 놈의 칸 때문에 이 꼴이 뭐람. 샤샤는 정말이지 억울하기 짝이 없었다.

그녀가 지금 고통을 당하는 까닭은 그저 조직을 위해 헌신을 했다는 것 하나였다. 상을 받았음 상을 받아야지 문책이나 질책을 받을 군번이 아니었다. 마음속으로 내 팔자야 한탄을 하다가, 칸 개자식 하고 욕을 하다가 하며 정신없이 걷다 보니 어느덧 수장의 방 앞이었다. 샤샤는 쭈뼛쭈뼛 노크를 했다. 안으로 들어가자 어두운 방 안에 커다란 유리창을 통해 희미한 달빛만 흘러들어오고 있었다. 그 창백한 어둠 속에서 의자에 앉아 있던 누군가가 기척을 냈다.

"왔느냐."

샤샤는 수장의 앞에 다소곳하게 섰지만 심장은 쿵쾅대고 있었다.

'역시 다 알고 계신 거야. 어떻게 아신 걸까? 아니, 그보다 뭐라고 변명해야 하지?'

머릿속이 복잡해 시야가 빙글빙글 돌았다. 그때 별안간 뭔가가 확 날아들었다. 샤샤가 엉겁결에 낚아챈 그것은 반투명한 붉은빛의 보석이었다. 샤샤가 달빛에 보석을 이리저리 비춰보며 물었다.

"웬 거예요?"

"2일 전 제라드가 발견한 정령석이다."

제라드. 낯익은 이름에 샤샤의 미간이 절로 일그러졌다.

"히스톤 장인공방에서 제라드의 제자에게 의뢰한 물건이다. 얼마 전 여러 보석상에서 대거 매입한 보석 중 오프스 검사에서 꽤 강한 마력이 검출된 것이 있어서 저주인지 아닌지 알아보고 싶었나 봐. 제라드의 제자는 정령석일 거라 짐작하고 오피지로 측정했다더군."

이게 웬 뜬구름 잡는 소리야 하면서도 샤샤는 장단을 맞춰주었다.

"마력 측정할 땐 오프스보단 오피지가 정밀하니까요. 그래서요? 저 주석이에요, 정령석이에요?"

"모른다. 측정하는 순간 기계가 고장 났으니까."

"한심하게 불량품을 사용하고 있던 건가요, 제라드 녀석은."

"제라드의 기계는 지극히 정상이었어. 돌발적인 고장의 원인은 그 돌 때문이었어. 마력이 측정 가능 범위를 초과했던 거다."

샤샤의 눈이 커졌다.

"초규모 마법진이라면 모를까, 웬만하면 오피지가 다 스캔해낼 텐데……?"

샤샤가 손안의 보석을 신기한 듯 관찰했다. 강대한 마력을 지닌 것 치곤 평범하게 생겼다. 약간 탐이 나기도 했지만 정체가 불명확하다면 쓰기 꺼림칙하다. 마력이 비정상적으로 응축된 물건이라면 십중팔구 인위적인 결과물일 텐데, 만든 사람 외의 사람들에게 과연 어떤 방식으로 작용할지는 미지수였다.

"그래서 결국 이 돌의 정체가 밝혀졌나요?"

"이제부터 비샤가 알아봐야지."

"그럼 비샤를 부르시지, 전 왜 부르셨어요?"

괜히 지레 쫄았네. 샤샤가 속으로 툴툴거렸다.

"이 돌의 출처를 추적해봤다. 히스톤 시내의 한 보석상이 한 달 전쯤 어떤 일반 여성으로부터 사들인 거였어. 그런데 원래 주인인 그 여자도 이게 뭔지 몰랐던 모양이야. 평범한 루브얀 시가를 받고 돌아갔다고 하더군."

"호오. 보석상만 횡재했군요. 보석값으로 마력석을 사다니. 아, 수장님이 뭘 명하실지 알겠어요. 저더러 그 여자 찾아내라는 거죠?"

"시킬 일은 결국 그것이긴 하다만…… 사실 판매자보다도 그 여자의 동행인 때문이야."

"동행인?"

"판매자와 함께 온 남자가 있었다. 제라드의 제자가 보석상 점원에게 물어봤는데 워낙 인물이 잘나선지 다행히 그의 인상착의를 기억하고 있더군. 칸 렉시온 메이슨과 동일했다."

샤샤는 머리 위로 찬물이 와락 쏟아진 듯했다.

칸이 여자와 함께 보석상에 들렀다니. 사교성 좋지 않은 그 목석 남과 저잣거리를 함께 돌아다닐 만한 여자는 많지 않다. 여느 때라면 패트리샤 공주일 가능성부터 염두에 두겠지만 파샤 일주 이후 공주는 외출 금지령이 내려진 상태. 사이 나쁜 이복누이일 리도 없다. 그렇다면 남은 건 한 명.

현재 그 남자가 유별난 관심을 보이고 있는 유일한 인물.

'아멜리!'

샤샤의 동요를 눈치채지 못했는지 수장은 태연히 말을 이었다.

"넌 최근까지 그와 함께 여행을 했으니 혹시 그 여자가 누군지 알지 않을까 하고 확인차 부른 거다."

물론 알고 있다. 하지만 그 이름을 댔을 경우 고구마 줄기처럼 줄줄이 딸려오는 문제들도 알고 있다. 샤샤는 시치미를 잡아뗐다.

"아시다시피 그 인간이 워낙 무뚝뚝해서 도로시는커녕 패트리샤와도 대화를 잘 안 하는 걸요. 사생활 쪽은 알기 힘들어요."

"그런가."

"물론 조사하면 못 알아낼 것도 없죠. 패트리샤나 가십을 좋아하는 왕성 시녀 중에 뭔갈 아는 애가 있을 지도요. 찾아내면 어떡할까요?"

"이리 데려와라."

데려오라고? 샤샤의 심장이 콩닥콩닥 불안하게 뛰었다.

"심문하시려고요? 직접은 번거로우실 텐데 그냥 제가 할게요."

"아니. 약간 마음에 걸리는 점이 있으니 내게 곧장 데려와."

"멍청한 일반인일 텐데 귀찮게 뭐하러 손을 쓰시려고요. 그냥 제게 맡겨 주시면……."

샤샤가 시선을 발치로 내린 채 웅얼웅얼하는 모습을 가만히 지켜보던 수장이 입을 열었다.

"자신 없나."

샤샤가 황급히 손사래를 쳤다.

"아닙니다! 그, 그냥……."

"그냥?"

"칸이 우리가 지인을 데려간 걸 알면 가만있지 않을 거라는 생각이……."

"샤샤."

수장이 그녀를 차분히 호명했다.

"우리 조직의 모토가 뭐지?"

"알아서, 적당히, 몰래."

찰떡같은 대답이 반사적으로 튀어나오자 수장의 입꼬리가 만족스럽게 올라갔다.

반면에 샤샤의 기분은 지층을 뚫을 듯이 내려갔다. 잠시 후 수장의 방에서 나온 샤샤는 고민으로 머리가 터져나갈 지경이었다. 설마하니 아멜리를 잡아오라는 사람이 한 명 더 늘어날 줄이야.

'아멜리는 한 명인데 어떻게 두 사람 각각에 바치라는 거야!'

두 남자가 상식적인 일반인이었다면 아멜리를 차례대로 만나게 해 주면 그만이리라.

하지만 한 명은 여자에 눈이 돈 사이코, 다른 한 명은 베일에 싸인 단체의 수장. 전자는 욕망 때문에 아멜리를 성한 꼴로 돌려보내지 않을 테고 후자는 비밀엄수 때문에 아멜리를 해치워버릴 가능성이 몹시 높았다.

솔직히 안면 몰수하고 싶은 쪽은 전자의 남자다.

애초에 별로 호감 가는 상대도 아니었던데다 협박당하고 있는 상황이 아닌가. 하지만 그녀가 칸의 요구를 들어주지 않으면 「그것」에 어떤 이변이 생기게 될지 알 수 없었다.

칸과 수장 중 우선순위는 단연 수장이지만, 결과를 생각하면 조직의 사활이 달린 칸의 요구를 우선시해야 옳았다.

'하지만 수장님께 뭐라 둘러댈 수 있겠냐고. 으으, 골치 아퍼.'

샤샤는 비련의 여주인공처럼 복도에 털썩 주저앉았다.

고민을 너무해서 뇌에 쥐가 날 것 같았다. 자신의 단순하고 일직선적인 사고방식으로는 참신한 해결 방법을 찾아낼 수 없었다.

평소에 전투형 마법사로서 자부심이 넘치는 샤샤도 이럴 때만은 쌍둥이 자매의 능력이 부러워졌다.

'나한텐 무리야. 잔머리 굴리기라면 비샤가 낫지. 비샤……. 웅?'

불현듯 스친 생각에 샤샤가 번쩍 고개를 들었다.

'잠깐 기다려. 이젠 대놓고 움직여도 상관없잖아? 칸의 협박 때문이 아니라 수장님의 명령이 떨어졌으니까!'

수장의 명령이라는 좋은 명분은 비샤만이 아니라 조직 전체의 힘을 빌릴 수 있다는 뜻이기도 했다. 머릿속을 가득 메웠던 먹구름이 가시고 어디선가 희망의 서광이 비치는 듯해 샤샤의 얼굴빛도 대낮같이 환해졌다.

'우선 비샤에게 맡기자. 얄밉긴 해도 똑똑하니까 분명히 해결책을 알겠지. 그러면 난 아무 생각 없이 실행만 하는 거야!'

마음의 짐 반쪽을 멋대로 쌍둥이 자매에게 덜고 나니 발걸음이 날아갈 듯 가벼웠다.

'적재적소란 거지. 적재적소(適材適所).'

샤샤는 콧노래마저 흥얼거리며 복도 끝으로 사라졌다.

다음 권에서 이어집니다.

지은이 후기

안녕하세요. 온푸나무입니다. 예상했던 것보다 오랜만에 찾아뵙게 되었습니다. 지금쯤 아멜리를 온라인 연재 때부터가 아니라 단행본으로 접하기 시작하신 분들은 조금 놀라셨을지도 모르겠네요.

"이거 뭐죠? 로맨스 아니에요? 남주 누구예요?"와 같은 의문들도 자연스레 예상되는데요. 모든 질문에 답을 드리자면! 이 소설은 처음부터 끝까지 「제목」에 극히 충실한 그런 소설입니다! ……(먼산).

다음 권부터는 온라인 연재 분량 이후의 새로운 내용들도 전개됩니다. 모험이 점점 진행되면서 아멜리의 고생도 점점 심해져 가겠지만 고생 끝에 언젠가 낙이 오겠지요? 독자님들께서 부디 그 과정을 즐겨주시길 바랍니다.

이번 권에도 멋진 표지 및 삽화 그려주신 팀 그레이존과 허술한 원고의 편집에 힘써주신 나비노블 편집부에게 감사드립니다

그럼 이만 3권에서 새로운 미남 Y군과 찾아뵙겠습니다!

2015년 3월

온푸나무

그린이 후기

안녕하세요, 삽화를 맡은 팀 그레이존입니다.

이렇게 2권에서 다시 만나게 되어 기쁩니다! 와 2권!

1권 읽고 난 후에 2권은 어떻게 진행될까 두근두근하며 기다렸는데 기다린 만큼 즐거운 작업이 된 것 같습니다. 특히 삽화 장면을 고를 때 그리고 싶은 장면이 너무 많아서 많이 고민했던 기억이 나네요ㅠㅠ!

즐겁게 보고 즐겁게 작업한 만큼 독자분들도 즐거운 2권이 되길 바랍니다

감사합니다. 3권에서 다시 뵈어요!

2015년 3월

팀 그레이존

이야기꾼 지음
정에녹 일러스트

"그에게 걸린 저주를 제게 파십시오."

저희는 돈이 될 만한 것은
수단과 방법을 가리지 않고 구하고 말지요.
그에게 걸린 저주는 돈이 됩니다.
그를 길들이는 데 힘이 들지는 않았습니까?
당장 수를 쓰지 않으시면 언젠가
광포함이 티 느세의 맹세 위로 뛰쳐나와 날뛸 겁니다.

당신이 그의 진정한 주인이 아니라면 더더욱.

여라의 잿빛 늑대

3

심장이 몸 밖에서 자라는 마법사와
마법사의 심장을 지키는 늑대 이야기

초판 한정 캐릭터 카드 증정

나비노블

푸른 사막의 달

3

글 강민정
그림 하운

여행길에 오른 민아와 세 남자.
유루스, 뮤리온, 데이드라트.
민아는 가족이 보고 싶었고 자신의 세계가 그리웠다.

사람을 멋대로 노예로 만들고,
잡아다 고문하고,
어린아이까지 목을 매달아 죽이는 그곳에서.
민아는 가족의 품으로 돌아올 수 있을까?

네가 이렇게, 나한테 고맙다고 말해주는 게
이 정도로 기쁠 거라고는 상상도 하지 못했어.

달콤한 말을 속삭이는 그를 두고.

민아의 이세계 방황기 『푸른 사막의 달』 세 번째 이야기

초판 한정 캐릭터 카드 증정